DRACHENMOND VERLAG

NINA F. MAY

IMAGINATE
Der Nachttannenturm

Drachenmond Verlag GmbH
Auf der Weide 6
50354 Hürth
http: www.drachenmond.de
E-Mail: info@drachenmond.de

Lektorat: Stephan R. Bellem
Korrektorat: Michaela Retetzki
Satz & Layout: Astrid Behrendt

Umschlagdesign: Alexander Kopainski
Bildmaterial: Shutterstock
Autorenfoto: Ina Funk-Flügel

Druck: Booksfactory

ISBN 978-3-95991-357-7

Für Jaro und Lille

Die Fachwelt über

IMAGINATE

»*Imaginate* avancierte in kürzester Zeit zum Kultbuch und hält eine ganze Generation von Fans in ständiger Erwartung auf den nächsten Fortsetzungsband. Ein Mysterium hat sich um den anonymen Autor gebildet, der in den Medien wahlweise als Außerirdischer, Genie oder Geistesgestörter gehandelt wird.
Oder als eine abgefahrene Mischung aus allen dreien.«
Nachrichten aus Nirgendwo, Baldorger Tageszeitung

»Eine wahrhaft köstliche Spezialität, die den Lesergaumen mit süßen Romanzen ebenso verwöhnt wie mit scharfen Actionszenen. Die Komposition wird abgerundet durch bittersüßen Humor, gewürzt mit einer Prise Ironie.«
Vermicelli, der Bücherwurm Ihrer führenden Buchhandlung

»der roman gewinnt noch durch die übersetzung in die zwergensprache aufgrund der häufung an gutturalen lauten wird die grundaussage des textes plastisch ausgedrückt zudem ermöglichen konsequente kleinschreibung und die streichung sämtlicher satzzeichen die ablösung von dem dogma ein text müsse einen sinn ergeben«
Gilbo, Zwerg, Sprachwissenschaftler und Philosoph

Prolog

Ein Heer von Schatten strömte durch das Tor zwischen den Welten. Das dunkle Geschwader setzte sich wie ein Krähenschwarm auf Häuser und verschluckte jeden Lichtstrahl, der es wagte, leichthin durch die Luft zu tanzen. Die Schatten versteckten sich nicht länger, waren von Spionen zu Eroberern geworden. Es war ein Sturm aufgekommen, und sie ritten auf den Windböen, die die stolzen Köpfe von uralten Bäumen beugten, bis ihre Wipfel den Boden berührten. Schon hatte die schwarze Wolke das grüne Eckhaus der Koboldfamilie Brantock umzingelt, den Buchladen des Bücherwurms Vermicelli und den Sitz der Königin, den Nachttannenturm.

Sie drangen durch eine Ritze in der Wand in die Druckerei ein. Kippten Kästen mit losen Seiten um und ließen die Sätze darauf im Nichts verschwinden. Setzten sich auf die Maschinen und saugten die Tinte heraus. Die Druckmaschinen blieben wie ausgeblutete Beutetiere zurück. Das Dunkle hatte Einzug ins Reich des Nachttannenturms gehalten. Es rüstete sich für den Kampf, der diesem Land den Frieden nehmen sollte, den es so lange gehegt hatte. Bis ein Unbekannter einen Roman schrieb, der alles veränderte. Und nebenbei noch die Bestsellerlisten stürmte. Dessen Hauptfigur hatte von all dem keine Ahnung, bis …

Imaginate, stellt euch vor.

1. Teil

Weltfremd

1. Kapitel

Alles begann mit einem Blitz. Oder eher mit der rudimentären Zeichnung eines Blitzes, die irgendein Unbekannter in ein altes Buch gekritzelt hatte. Die Krakelei passte nicht zu der ehrwürdigen Strenge der Universitätsbibliothek, fand Raizel. Sie studierte in einer mittelgroßen britischen Stadt Internationale Literaturwissenschaft und war im vierten Semester. Ihr blieben nur noch drei Tage, ehe die Abgabefrist für ihre Hausarbeit ablief. Der Titel sollte lauten: *Chronisch unterschätzt: Wie die fantastische Belletristik die großen Fragen der Menschheit verhandelt.* Raizel wollte wissenschaftlich belegen, dass Geschichten von Magie und epischen Schlachten mehr zur Literaturgeschichte beizutragen hatten als Unterhaltung und Alltagsflucht. Ein Text von ihrer Lektüreliste fehlte noch: ein Aufsatz über den Drachen als Symbol, mal für chaotische Gewalt, mal für gewaltige Weisheit. Autoren und Filmemacher verwendeten dieses Motiv, um von den Ambivalenzen und Herausforderungen des Lebens zu erzählen.

Laut der Empfangsdame der Bibliothek war der entsprechende Essayband endlich nach Monaten zurückgegeben worden. Voller Vorfreude betrat Raizel den Lesesaal und suchte anhand der Registriernummer nach dem Band. Natürlich, er versteckte sich im obersten Regal der Bücherwand, die bis an die Stuckdecke des Raumes ragte. Und so blieb Raizel nichts übrig, als die wackelige Holzleiter hochzuklettern, die vermutlich wie das Bibliotheksgebäude noch aus dem 17. Jahrhundert stammte. Auf jeden Fall knarzte sie entsprechend.

Raizel stieg vorbei an Sammelbänden über antike Mythologie und moderne Märchen. Je höher sie kam, desto weniger abgegriffen wirkten die Buchrücken. Raizel riskierte einen Blick über die Schulter. Unter sich sah sie lesende Menschen in Zwergengröße. Zumindest erschienen sie aus dieser Höhe so klein. *Es ist die Perspektive der Bücher*, schoss es Raizel durch den Kopf. Ihr wurde schwindelig, und sie drehte sich rasch wieder um. Endlich fand sie den gesuchten Titel. Mit seinem unscheinbaren mausgrauen Umschlag verriet er äußerlich nichts über die darin verborgenen Wunder.

Neugier und Ungeduld erlaubten es Raizel nicht abzuwarten, bis sie wieder am Schreibtisch saß. So lehnte sie sich Halt suchend an die Bücherwand und schlug die erste Seite auf. Und da war sie, die Blitzzeichnung. Raizel hatte eine ausgeprägte Fantasie und die simple Zeichnung reichte ihr als Inspirationsquelle völlig aus. Wer sie wohl hier hinterlassen hatte? Ein Student, der sich über eine schlechte Note geärgert hatte? Ein Leser, der vor einer langweiligen Lektüre warnte? Oder fühlte sich der Zeichner aus einem ganz anderen Grund wie vom Blitz getroffen? Raizel verlor sich im Reich ihrer Fantasie. Und als sie wieder hinunterklettern wollte, war da keine Leiter mehr. Auch kein Bücherregal zum Festklammern. So fiel sie in die Tiefe.

Panisch schlug Raizel um sich, unter sich nur Luft, mit der einen Hand noch immer das Drachenbuch umklammernd. Der linke Arm schrammte an etwas Dunklem, Stacheligem vorbei. Doch sie fand keinen Halt und fiel weiter. So hoch war das Bücherregal nun auch wieder nicht gewesen, dachte sie, als der Aufprall ausblieb. Dann wurde sie am Schlafittchen gepackt, ihr Fall gestoppt. Irgendetwas musste sich durch die Rückseite ihres türkisfarbenen Pullovers gebohrt haben, und jetzt hing Raizel in der Luft wie aufgespießt. Als sie sich umdrehen wollte, riss der Stoff ihrer Kleidung und es ging weiter abwärts.

Sie sah den Boden unter sich. An die Stelle der glänzenden Mahagonidielen aus der Bibliothek waren Pflastersteine getreten, ein verspieltes Mosaik aus lilafarbenen und hellgrauen Elementen. Es wirkte sehr kunstvoll – und sehr hart.

Die Pflastersteine kamen unaufhaltsam näher, Raizels Atmung beschleunigte sich. Jetzt würde sie die Hausarbeit niemals rechtzeitig abgeben können, schoss es ihr absurderweise durch den Kopf. Etwas federte den Fall im letzten Moment ab und sie landete unsanft auf dem Rücken. Der Schock lähmte Raizels Glieder, und so blieb sie zunächst einfach liegen. Über ihr keine Stuckdecke mehr, sondern ein Nachmittagshimmel, der zu unspektakulär für die jüngsten Ereignisse war. Wohin war die Bibliothek verschwunden? Oder war sie es etwa, die verschwunden war? Ihr wurde schon wieder schwindelig – und das, obwohl sie auf dem Boden lag. Langsam bewegte sie Arme und Beine, es schien nichts gebrochen zu sein. Auch der Essayband hatte den Fall heil überstanden, was sie als seltsam tröstlich empfand. Wo war sie bloß?

Raizel rappelte sich auf, setzte sich hin und strich sich eine freche Strähne aus dem Gesicht. Die hastig hineingesteckten Haarnadeln, die ihre roten Locken während der Bibliotheksarbeit im Zaum halten sollten, hatte sie beim Fall verloren. Ihr Blick fiel auf einen riesigen, beinahe unbebauten Platz, der sich in alle Richtungen erstreckte. In seiner Mitte nahm sie sich winzig aus. Voller Panik blickte sie um sich. Wie war sie bloß hierhergeraten? Und wo war dieses *hier* eigentlich? Instinktiv wusste Raizel, dass die Bibliothek und mit ihr das altvertraute Leben weit entfernt waren. Der Gedanke ließ ihre Handflächen feucht werden. Sie nestelte an den Kordeln ihres Kapuzenpullis herum, wie stets, wenn sie nervös war. Wobei nervös eine gewaltige Untertreibung für die Beschreibung des Gefühlsaufruhrs darstellte, der in ihr tobte.

Sie war allein. Wenn man von dem majestätischen Turm absah, der neben ihr aufragte. Er war so dunkel, dass selbst die warme Nachmittagssonne ihn nicht erhellen konnte. Aus ihrer Perspektive schien es Raizel, als schwängen sich die schimmernden Steintreppen zu einem himmelhohen Eingang hinauf. Ihr Herz begann zu rasen. Das konnte nicht möglich sein! Hatte sie sich beim Sturz von der Leiter etwa den Kopf gestoßen und fantasierte? Paralysiert blieb sie eine ganze Weile sitzen, weiterzuatmen erschien ihr schon Herausforderung genug.

Normalerweise müsste sie sich daran erinnern können, eingeschlafen zu sein – und am Ende der Geschichte würde sie aus einem Traum erwachen und in der Scheinwelt des Schlafes eine Erklärung für all das Zauberhafte finden, das sie in der Zwischenzeit erlebt hatte. Jetzt dachte sie von sich selbst schon wie von einer Romanfigur. Wenigstens würde ihr in diesem Fall garantiert eine außergewöhnliche Person begegnen und die Geschichte vorantreiben. Doch es kam niemand. Ungewissheit war für Raizel beängstigender als eine Katastrophe, der sie ins Gesicht blicken konnte. Also erklomm sie trotzig die Treppen zum Turm. Erst allmählich begriff sie, was sie da vor sich hatte. Die Fassade erinnerte nur vom Fuße des Turms aus betrachtet an einen dieser düsteren Türme, die in Märchen meist mächtige Zauberer mit einem Hang zur schwarzen Magie beherbergten. Tatsächlich bestand er aus unzähligen Tannen, die sich aneinanderschmiegten und immer dunkler wurden, je weiter Raizel die Treppe hinaufstieg. Nachtfarben. Die Bäume neigten ihr die Wipfel zu, und Raizel war sich nicht ganz sicher, ob sie den Eindringling begrüßen oder warnen wollten. Das also war das Stachelige gewesen, an dem sie hängen geblieben war und das ihren Fall abgefedert hatte. Ein Turm aus Tannen – für das Stadtkind Raizel war diese Vorstellung so sonderbar, dass sie einen Moment innehielt und überlegte, ob sie wirklich weitergehen sollte. Aber was war die Alternative? Sie konnte ja nicht bis in alle Ewigkeit darauf warten, dass sie auf wundersame Weise zurück in die Bibliothek katapultiert wurde. Wobei eine Ewigkeit an einem Ort wie diesem vermutlich besonders lange dauerte.

Also ging Raizel weiter, bis sie bei einem Tor ankam, das aus ineinander verwobenen Ästen bestand. Bei Raizels Berührung teilten sie sich und gaben ihr den Weg frei. Noch einmal zögerte sie, ihr Herz klopfte bis zum Hals. Sie verschränkte die Arme vor der Brust, als könnte sie sich so vor dem schützen, was sie im Innern des Turmes erwartete. Dann straffte sie die Schultern und trat ein. Das Tannentor schloss sich raschelnd hinter ihr und sie fühlte sich wie ein Zootier, hinter dem man die Käfigtür geschlossen hatte. Für einen Moment blieb Raizel stehen und versuchte ihre Sinne an die neue Umgebung anzupassen. Das plötzliche Dämmerlicht inmitten all der Bäume raubte ihr die Sicht, dafür meldete sich der Geruchssinn überdeutlich: Tannengeruch mischte sich in der Luft mit dem Duft von Zimt und Flieder. Eine schwindelerregende Kombination. Alles beherrschend erstreckten sich gigantische Gewächse weit in die Höhe, die aussahen wie in Nachtschwärze getunkte Bäume. Trotz des Zwielichts wirkten die Farben hier warm, das Sonnenlicht blitzte an manchen Stellen durch die Tannen hindurch. Raizel kam sich vor wie an einem Herbstnachmittag im Wald. Nur dass sie sich nicht im Freien befand, sondern in einer Art ausladendem Ballsaal, wie sie überrascht feststellte. Raizel legte den Kopf in den Nacken und bewunderte die Bäume, die in schwindelerregende Höhen wuchsen. Ein lebendiger Organismus, und sie selbst mittendrin. Dieser Gedanke war beklemmend und aufregend zugleich. Langsam begann ihre Neugier über die Angst zu triumphieren, und so schaute sie sich weiter um.

Sosehr sie auch versuchte, den Blick zu fokussieren, die Luft hörte nicht auf zu flirren. Als Raizel die Ursache dafür erkannte, musste sie sich an einer der Tannen festhalten: Wesen in Kleinkindgröße schwirrten kometenhaft durch den Raum, ihre bunten Flügel blitzten in der Bewegung auf. Und noch ehe Raizel ganz begriffen hatte, was sie da sah, landete eine der Gestalten vor ihr auf dem Boden und sagte: »Hey, Puppe, erbitte dich ergebenst, die Lady da hinten zu kämmen.« Was für eine merkwürdige Ausdrucksweise! Wie ein Barkeeper, der einen neuen Slang-Rhetorik-Cocktail mixte, eine abgefahrene Kombination aus Ghettogangster und Hoflyriker. Die seltsame Sprache des Wesens lenkte Raizel so weit ab, dass sie nicht sofort durchdrehte, wie es angesichts fliegender Gestalten wohl angebracht gewesen wäre. Ihr Gegenüber drückte Raizel eine federleichte Bürste in die Hand und deutete mit einem Finger auf einen Punkt am gegenüberliegenden Ende des Saales. Sie musste wohl doch träumen, beschloss Raizel, um nicht vollends den Verstand zu verlieren. Sie wollte schon wie in Trance den Raum durchqueren, da hielt das Wesen mit der bizarren Sprechweise sie zurück.

»Derbe abgefahren, sie hat eine fürwahr erquickliche Lektüre eingeheimst!« Dabei zeigte es auf den Drachenband, den Raizel noch immer umklammerte. Halt suchend an etwas Vertrautem. Das Geschöpf vor ihr blickte sie an, zugleich auffordernd und einschmeichelnd. Ohne Worte machte es ihr deutlich, dass es das Buch gern hätte. Raizel überreichte es anstandslos. Die Hausarbeit würde sie ohnehin nicht so bald schreiben können. Das Wesen sackte unter der Last des Buches zusammen und landete auf dem Boden. Mit sichtlichem Kraftaufwand blätterte es neugierig die ersten Seiten um. Nach einer Weile sagte es: »Hab Dank. Jetzt checke ich es, die lütte Schnalle hat ein Sachbuch in hiesige Gefilde gebracht.« Der Tonfall klang ein bisschen enttäuscht.

»Ein Sachbuch? Über Drachen?«, fragte Raizel. Dann verstand sie: Fabelwesen waren hier wohl alltäglich und gehörten deshalb nicht in die Fiktion, sondern in den Biologieunterricht. Anscheinend war diese Welt so übersättigt mit dem, was in Raizels Augen fantastisch erschien, dass sich die Bewohner nach einer Alternative sehnten. Doch wonach?

Ihr Gegenüber hatte bereits das Interesse an dem Buch verloren. Er gab es ihr jedoch nicht zurück, sondern deutete mit einer Kopfbewegung dorthin, wo Raizel jetzt im Halbdunkel eine weitere Gestalt erkennen konnte. Unschlüssig blieb sie stehen. Was war das bloß für eine bizarre Willkommenszeremonie?

Beinahe andächtig näherte sie sich dem weiblichen Wesen, dem sie offenbar die Haare kämmen sollte. Es hatte zwei pastellfarbene, durchsichtige Flügel und blickte sie zugleich unschuldig und bittend an. Da blitzte etwas in den Augen auf, voller Herausforderung und Schalk. Das Geschöpf hatte eine majestätische Aura, ob es sich um eine Art Königin handelte?

Das Wesen sprach kein Wort, doch das war auch nicht notwendig. Raizel fühlte sich merkwürdig angezogen, beugte sich hinunter und hob die Hand mit der Bürste, um mit ihrer Aufgabe zu beginnen. *Ihrer Aufgabe,* wie absurd das klang! Aber an einen Auftrag konnte man sich wenigstens klammern, wenn all die erdrückenden Neuigkeiten eigentlich danach verlangten, sich irgendwo in einer Höhle zu verkriechen, um in Ruhe nachdenken zu können. Oder wahnsinnig zu werden. Oder beides.

Das Haar des Wesens war rappelkurz – gemessen an dem allgemeinen Elfenklischee. Die Farbe wechselte ständig, mal glänzte es in edlem Perlmutt, dann wieder in schrillem Pink. Behutsam nahm Raizel eine Strähne zwischen die Finger und begann zu kämmen. Als sie das Haar zur Seite streifte, wurde ein langes, spitzes Ohr sichtbar.

Während Raizel weiterkämmte, spielten ihre Gedanken verrückt. Es war einfach unglaublich: Gerade noch war es ihre schwerste Entscheidung gewesen, ob sie sich an ihre Hausarbeit setzen oder mit ihren Freunden eine Pubtour machen sollte. Und jetzt? Bürstete sie einem geflügelten Wesen die Haare. Die Situation war derart surreal, dass sie keine Formulierung für all die Gedanken fand, die in ihrem Kopf Amok liefen.

So sprach sie kein Wort, bis die erste Hälfte des Haares glatt gestrichen war. Alsbald schmiegte sich das weibliche Geschöpf ganz eng an ihren Körper und Raizel spürte den warmen Atem. Das Haar war wieder verstrubbelt. Da hielt Raizel es nicht länger aus und die Fragen strömten nur so aus ihrem Mund.

»Wer seid ihr? Wie bin ich hierher …« Das Wesen gebot ihr mit einem Fingerzeig, zu schweigen.

»Later, Baby. Ein Hauch von Patience erquickt den Geist und relaxt ungemein.« Wieder diese verwirrende Ausdrucksweise. Noch nie hatte Raizel gehört, wie jemand die Sprachebenen so gehörig durcheinandermixte.

Sie war so von ihrer Aufgabe eingenommen gewesen, dass sie den Rest des Raumes vergessen hatte. Jetzt aber hörte sie ein glucksendes Kichern, das so gar nicht zur ätherischen Erscheinung dieser Wesen passte.

Langsam drehte Raizel den Kopf zur Seite und blickte in unzählige neugierige Gesichter. Eines der Geschöpfe hielt ein Buch mit der Aufschrift *Imaginate* in der Hand, blickte abwechselnd zu ihr und auf die Seiten und murmelte dabei aufgeregt: »Voll krass, unglaublich, fürwahr.« Dann überreichte es Raizel feierlich den Wälzer, der aus weit mehr Seiten bestand als das Drachenbuch, das sie am Eingang zurückgelassen hatte. In dem Moment, als ihre Finger den Einband berührten, änderte sich die Situation dramatisch: Da war plötzlich ein Geruch, beißend und intensiv. Raizels Atemwege schienen wie gelähmt zu sein und sie fing schrecklich an zu husten. Zu allem Überfluss durchzuckte sie ein Stromschlag, als hätte sie sich gerade eine Badewanne mit einem Zitteraal geteilt. So intensiv hatte Literatur noch nie auf sie gewirkt. Erst viel später würde sie sich einen Reim auf den merkwürdigen Effekt des Buches machen können. Für den Moment reagierte sie instinktiv.

Raizel ließ Buch und Bürste fallen und rannte. Fort von diesem Abenteuer, ehe es überhaupt erst richtig begonnen hatte. Sie lief aus dem Saal, aus dem Turm, aus dem Dämmerlicht zurück in die Sonne.

Die plötzliche Helligkeit zwang sie, die Augen zusammenzukneifen. Dann flüchtete sie weiter, ein kleines Heer aus elfenartigen Wesen folgte ihr. Über die Treppen und den Platz. Ihre Verfolger stießen Laute aus, die wie zerplatzende Wassertropfen klangen. Lachten sie Raizel etwa aus? Sie wollte nur noch fort von diesem unheimlichen Turm und seinen merkwürdigen Bewohnern.

Der Platz war zwar groß, aber nicht unendlich. Raizel verlangsamte ihr Tempo kaum, als sie in eine schmale Gasse bog. Die Weite des Platzes wich augenblicklich einem Gefühl von Enge. Dafür verantwortlich waren dicht an dicht gebaute Steinhäuser, deren bunt gestrichene Eingangstüren malerisch von Efeu umrankt wurden. Der Boden war ebenso gepflastert wie der Platz mit dem Turm, aber alles Pompöse war einer entspannten Schlichtheit gewichen. Raizel nahm das alles nur aus den Augenwinkeln wahr, konzentrierte sich aufs Laufen. Langsam begann ihre Lunge zu schmerzen. Hastig blickte sie sich um. Ihre Verfolger waren verschwunden.

Raizel spürte einen Stich der Enttäuschung. Hatte sie sich nicht ihr halbes Leben lang Elfenohren gewünscht, in Sommernachtsträumen mit den Feen getanzt und war am Morgen nur ungern wieder in die Realität zurückgekehrt? Und jetzt, da sie aus unerklärlichen Gründen tatsächlich solch fantastischen Wesen begegnete, lief sie einfach weg. Eine schöne Heldin war sie!

Ihre Schritte hatten sich beim Blick zurück nicht verlangsamt. Plötzlich fasste sie jemand unsanft an den Handgelenken und stoppte ihren Schwung abrupt. Alarmiert schwang Raizel ihren Kopf herum.

Vor ihr stand ein junger Mann, in etwa so alt wie sie selbst, sein schulterlanges Haar von einem dunklen Braun. Offenbar hätte sie ihn beinahe umgerannt. In der engen, gewundenen Gasse hatte Raizel ihn nicht kommen sehen. Reflexartig befreite sie sich aus seinem Griff und streifte die fremden Hände ab, die sich warm auf ihrer Haut anfühlten. Ihr Gegenüber musterte sie amüsiert.

»Lass mich raten: Du hast einem Zwerg heimlich den Bart gestutzt und er ist hinter dir her. Oder angesichts der Panik in deinem Blick ist es vielleicht eher eine Horde ausgehungerter Zyklopen, vor der du fliehst?« Als ihre Antwort ausblieb, schob er nach: »Oder gar vor dir selbst?«

»Du bist offenbar ein Amateurpsychologe«, konterte sie, und es klang patziger als beabsichtigt. Sie konnte ja schlecht sagen, dass sie vor liebreizenden Elfenwesen geflohen war, weil ein Buch komisch roch. Ihre Reaktion erschien ihr mittlerweile überstürzt, und so projizierte sie ihren Unmut auf den Mann, der sich ihr einfach so in den Weg gestellt hatte. Jetzt entgegnete er mit spöttischem Unterton:

»Du hast mich ertappt. Und meine ausgeprägten Antennen für das Befinden anderer Menschen sagen mir, dass du derzeit zwischen wütend, überrascht und peinlich berührt schwankst.« Raizel starrte ihn an. Seine Diagnose war zugegebenermaßen ziemlich zutreffend. »Ah, jetzt überwiegt ganz eindeutig die Überraschung«, sagte er und ließ sich lässig auf der hüfthohen Mauer aus Feldsteinen nieder, welche die Häuserreihe von der Straße abtrennte.

Ihre Antwort kam schnell.

»Genau, ich bin überrascht, wie anmaßend die Menschen hier sind.« In dem Moment wurde ihr bewusst, dass der Unbekannte, der ihr seinen Namen noch nicht verraten hatte, tatsächlich der erste Mensch war, dem sie an diesem Ort begegnete. Vorausgesetzt, er war kein Gestaltwandler, der sich gleich in einen fauchenden Drachen verwandeln würde … Dieser Ort beflügelte ihre Fantasie eindeutig zu sehr! Vielleicht sollte sie ein bisschen freundlicher zu ihrem Gegenüber sein. Sie würde in dieser fremden Welt noch Verbündete brauchen.

Erst jetzt musterte Raizel den jungen Mann genauer. Er trug einen dieser Kapuzenumhänge, wie es sie auf Mittelaltermärkten zu kaufen gab, und abgewetzte Lederstiefel. Eine unbändige Strähne hing ihm ins Gesicht und verbarg es so vor allzu neugierigen Blicken. Wäre sie ihm auf einer Party zu Hause begegnet, hätte sie ihn vermutlich gern kennengelernt. Raizel spürte ihm gegenüber eine eigentümliche Vertrautheit. *Schluss damit*, schalt sie sich selbst. Da hatte sie einmal einem Wesen mit spitzen Ohren die Haare gebürstet, und schon fühlte sie sich dem erstbesten Menschen verbunden, der ihr über den Weg lief!

Ihre ruppige Bemerkung schien ihn nicht weiter zu stören, sondern eher zu belustigen. Er musterte sie von Kopf bis Fuß. Ihr gemütlicher türkisfarbener Pullover, der bis zur Hälfte der Oberschenkel reichte und sich gut für lange Bibliotheksnachmittage eignete, war von den Tannennadeln ganz schön malträtiert worden. Ein langer Riss an der

Seite gab den Blick auf ein Stück ihres Bauchs frei, wie Raizel erst in diesem Moment bemerkte. Auch ihre kastanienfarbenen Leggins hatten jetzt ein paar Löcher. Wenigstens ihre heiß geliebten Stiefel in Herbstblattbraun hatten sich als abenteuertauglich erwiesen. Raizel wollte jedoch gegenüber dem Unbekannten keine Schwäche zeigen und entschied sich, ihre Kleidung nicht weiter zu kommentieren. Auch zwang sie sich, nicht wie sonst in ungewöhnlichen Situationen an ihrer Pulloverkordel herumzuspielen. Stattdessen funkelte sie ihn ungehalten an. Ihre markanten Augenbrauen, die von Natur aus wie mit einem breiten Pinsel gezeichnet wirkten, verliehen ihrer Mimik Nachdruck. Ihr Blick schien zu sagen: »Ist was?«

Auch er ging nicht auf ihr derangiertes Erscheinungsbild ein. Stattdessen fragte er: »Ich habe dich hier noch nicht gesehen, und deine feuerroten Locken wären mir bestimmt aufgefallen. Bist du neu in der Gegend?« Überall sonst hätte das wie eine sehr billige Flirtfloskel geklungen.

»Kann man so sagen«, antwortete Raizel wahrheitsgemäß. Damit er nicht nachfragen konnte, setzte sie hastig hinterher: »Da, wo ich herkomme, stellt man sich übrigens mit Namen vor. Also, ich bin Raizel.« Eine Erwiderung blieb aus. Stattdessen passierten zwei Dinge gleichzeitig: Raizel registrierte im Augenwinkel eine Bewegung, und der Blick ihres Gegenübers wechselte von neugierig zu alarmiert.

»Polpo, warte auf mich!« Ein Junge im Teenageralter lief plötzlich durch die Gasse, warf Raizel einen schnellen Blick zu und stieß einen glucksenden Freudenschrei aus, als er sein Haustier endlich einfangen konnte. Der Unbekannte, mit dem Raizel sich gerade noch unterhalten hatte, erhob sich von der Mauer, blickte den Jungen an und grinste. Dann wandte er sich wieder ihr zu. Ihre Blicke fingen sich, das helle Blau ihrer Augen mischte sich mit seinem dunklen Grün.

So intensiv war dieser Blickkontakt, dass es einige Momente dauerte, bis die Information Raizels Bewusstsein erreichte, dass der Junge rote Koboldohren gehabt hatte und das Haustier auf zwei Beinen gelaufen war. Sie drehte sich nach dem ungewöhnlichen Duo um, aber es war schon in einer der abzweigenden Gassen verschwunden.

»Wer war das?«, wollte Raizel den Unbekannten fragen, doch die Antwort blieb aus. Sie war allein in der Gasse.

»Ich hab sie gesehen, ich hab sie echt gesehen!« Frips schlug die Tür des schmalen grünen Eckhäuschens zu, in dem die Koboldfamilie Brantock schon seit Generationen lebte. Die Behausung sah so aus, als hätte ein Riese sie rechts und links ein bisschen zusammengedrückt, wobei das Dach auf der einen Seite in eine Schieflage geraten war. Diese ungewöhnliche Konstruktion ermöglichte Frips ein Spiel, bei dem er über die Dachziegel in einen Heuhaufen oder Schneeberg rutschte. In diesem Moment jedoch hastete er durch den Flur, stolperte über den Teppich und ins Wohnzimmer, wo seine Mutter Lille Brantock Patiencen legte. Sie hatte sich selbst bei diesem Kartenspiel für eine Person gerade beinahe besiegt, und dennoch blickte sie sofort auf, als sie Frips nach Hause kommen hörte. Ihre mit Lachfältchen gerahmten Augen leuchteten voll gespannter Erwartung.

»Ich bin direkt an ihr vorbeigelaufen! Sie sieht genauso aus wie in meinem Buch! Die roten Haare! Das ist so cool, ich werde verrückt! Polpo, sag doch auch mal was!«

Polpo war ein Tulfo, hatte vier Pfoten, von denen er zwei zur Vorwärtsbewegung und zwei zum Futterstibitzen nutzte. Frips zuliebe hatte er so getan, als laufe er vor ihm weg, damit der junge Kobold diese Raizel unbemerkt ausspionieren konnte. Der schnelle Lauf hatte den Tulfo ermüdet, denn er war schon so an das Haustierdasein gewöhnt, dass ihm Jagen altmodisch und unbequem vorkam. Deshalb brummte Polpo nur mürrisch:

»Ihr Konterfei lässt keinen Zweifel ob ihrer Identität – obschon Mitglieder dieser Speiseeis sich ja gewöhnlich sehr ähnlich sehen.«

»Du meinst Spezies, Polpo, nicht Speiseeis. Du denkst wirklich immer nur ans Essen«, seufzte Frips. Normalerweise korrigierte er die ständigen Ausdrucksfehler seines Tulfos nicht, denn darauf reagierte dieser stets sehr beleidigt. Aber er war in diesem Moment viel zu aufgeregt, um auf die Befindlichkeiten seines behaarten Freundes Rücksicht nehmen zu können. Stattdessen beugte er sich zu ihm hinunter und klaubte ihm ein Blatt aus dem struppigen Haar. Polpo legte zwar Wert auf eine äußerst distinguierte Sprache, lehnte Kämmen jedoch ab. Das war nur etwas für Spießer, fand er. Und körperliche Arbeit – viel zu konventionell! Deshalb wohnte er auch bei der Familie Brantock und übte sich lieber in geistreicher Konversation und Rekorden im Puddingverzehr, statt Hühnern hinterherzujagen, wie dies Gerüchten zufolge Vorfahren der Tulfos einmal getan haben sollten.

Seine Lebenseinstellung teilte er mit vielen seiner Artgenossen, und meist entwickelte sich ein sehr inniges Verhältnis zwischen ihnen und den Kobolden. Jetzt aber wandte sich der Tulfo gekränkt ab, seine Sprachkenntnisse waren ihm nun mal heilig. Während er sich in seine Kammer unter dem Dachboden zurückzog, grummelte er vor sich hin.

»Ignotanten.«

Frips wollte ihm hinterherlaufen, doch Lille beruhigte ihn. »Durch deine Korrektur verhilfst du ihm zu einer besseren Sprache, und das ist schließlich genau das, was er will. Er wird sich wieder beruhigen. Aber ich platze vor Neugier. Erzähl mir von ihr!«

»Warum ist die holde Tussi abgehauen? Obgleich wir ihr so einen derbe abgefahrenen Empfang bereitet haben!«, wunderte sich Selp lautstark. Selp war ein Balde. Und Balden waren Wesen, die in vielerlei Weise den Vorstellungen entsprachen, die sich Nichtmagische von Elfen machten: spitze Ohren, Zauberkraft, ein unbeschreibliches Charisma. Weil es sich bei den Balden aber nicht um Fantasiegestalten, sondern um reale Geschöpfe handelte, waren sie weit weniger klischeehaft. Sie litten nicht wie der Durchschnittself an Magersucht und hatten außerdem nichts gegen Zwerge. Sie hatten eigentlich gegen niemanden etwas, denn es handelte sich trotz ihrer Neigung zu Schalk und Schabernack um Harmoniewesen. Das war vielleicht ihr einziger Charakterzug, der so extrem ausgeprägt war, dass er als Stereotyp gelten könnte. So erklärte sich auch die Sprechweise der Balden: Niemand sollte durch Sprache ausgegrenzt werden, deshalb wurden vorsorglich Ausdrucksweisen verschiedener sozialer Schichten vermischt.

Selp schlug vor Aufregung versehentlich mit seinen Flügeln, sodass er für einen Moment über den Köpfen seiner Gefährten schwebte. Er war es gewesen, der Raizel ein Exemplar des Romans *Imaginate* in die Hand gedrückt hatte, worauf sie so merkwürdig reagiert hatte.

Sein bester Freund Wribo, mit dem er den Lehrern in der Balden-Elementarschule so manchen Streich zu spielen pflegte, sprang für ihn ein: »Ja, echt, Alter. Sie wurde sogar dazu auserkoren, das Haar unserer Königin zu bürsten!« Bei den Balden galt dieses Ritual als besondere Ehrenbekundung gegenüber Gästen.

Kalfa war eine erfahrene Baldin, die mit ihrer Vernunft den Übermut ihrer jungen Gefährten oft ausgleichen musste. Im Gegensatz zu den Jüngeren hatte sie das Buch bereits unzählige Male gelesen. »Sie wird Muffensausen bekommen haben, weil alles fürwahr befremdlich für sie ist. Doch dass sie sich jetzt einfach verdünnisiert hat, enerviert mich. Wer kann schon erahnen, was sie dort draußen ereilen wird?«

Die anderen Balden verstummten, was bei Selp und Wribo nicht so oft vorkam.

»Deshalb ist es an uns, ihre Sicherheit abzuchecken«, rief Kalfa, und ein buntes Feuerwerk aus Flügeln breitete sich über den Himmel aus.

2. Kapitel

In Vermicellis Buchhandlung waren die Partyvorbereitungen in vollem Gange. Handgefertigte Nougatpralinen mit Lavendelnote wurden adrett platziert, denn sie sollten laut eines Artikels im Bücherwurmfachmagazin *Romane – Wie man sie verkauft, ehe man sie verputzt* eine konsumanregende Wirkung auf die Kundschaft haben. Daneben stapelten sich Fanartikel: Aufkleber mit dem Slogan *Stell dir vor*, Imitate von Raizels Tagebuch mit weinrotem Ledereinband sowie T-Shirts in allen Größen mit dem Aufdruck *Glückspilz*. Im Roman wurde wiederholt beschrieben, wie sich Raizel nach einem anstrengenden Tag in der Bibliothek in dieses alte Schlabberhemd kuschelte und es sich auf dem Sofa gemütlich machte. So entspannten sich Geist und Körper nach Stunden der Vertiefung in die Welt der Wörter. Die abgewetzten Stellen des T-Shirts waren in Vermicellis Variante mit einem komplizierten Verfahren künstlich nachgeahmt worden.

Vermicelli war ein alter Bücherwurm, deshalb konnte es vorkommen, dass Seiten eines bei ihm gekauften Buches angeknabbert waren. Das sah man ihm nach, weil es weit und breit keinen größeren Literaturexperten gab. Gemütlich in den Lehnstuhl gelümmelt und mit intellektuellem Habitus pflegte Vermicelli seine Empfehlungen weiterzugeben. Vor drei Sommern hatte er ein handgeschriebenes Manuskript vor seinem Laden gefunden. *Wieder so ein bemitleidenswerter Nachwuchsautor in dem Irrglauben, seine pathetischen Ergüsse würden jemals von irgendwem freiwillig gelesen werden*, hatte er gedacht und seine Rillen gerunzelt. Als er sich die erste Seite gerade als zweites Frühstück einverleiben wollte, strich sein Blick zufällig über einige Wörter. Wie im Rausch verschlang er danach den ganzen Roman in wenigen Stunden – und zwar ausnahmsweise nur im metaphorischen Sinne. Sein Bücherwurm-Gespür sagte ihm: Das würde ein Bestseller werden. Dennoch hätte er nicht geahnt, dass dieses Werk gleich eine neue Fanbewegung hervorbringen würde. Deren Vertreter wurden *Belieber* genannt, weil ihre Verehrung sowohl von Glauben als auch von Liebe zeugte. Hinter seinem Laden hatte Vermicelli einen Produktionspark für Fanartikel aufgebaut, die ihm mittlerweile mehr Geld einbrachten als der Verkauf der Bücher selbst.

Die Anhänger von *Imaginate* brauchten wie papyrussüchtige Bücherwürmer regelmäßig neuen Stoff. Und so war Vermicelli erleichtert gewesen, als in der vergangenen Woche im Morgengrauen endlich ein handgeschriebenes Manuskript der sechsundsechzigsten Fortsetzung vor dem Eingang seines Ladens aufgetaucht war. Glücklicherweise hatte der Bücherwurm es selbst gefunden, ehe irgendein hysterischer Belieber es in die Finger bekommen konnte. Der Bücherwurm hatte nur die ersten Zeilen überflogen, gegrinst und das Manuskript in den Druck geben lassen. Heute war Releaseparty und Vermicelli sich eines vollen Hauses sicher. Einige Fans hatten sogar vor dem Geschäft kampiert, um sich auch ja ein Exemplar der ersten Auflage zu sichern. Vermicelli sollte es recht sein, solange sie Geld in seine Kasse spülten. Für die zehn Liegeplätze unmittelbar vor dem Eingang hatte er eine VIP-Gebühr kassiert.

Während er nun gemütlich an seiner Pfeife zog – er wollte sich das Bücherknabbern abgewöhnen und brauchte eine Ersatzdroge –, dachte er, wie bedauerlich es war, dass der Autor des Romans nicht aufzufinden war. Natürlich hätte Vermicelli ihn am Gewinn beteiligen müssen, aber der geheimnisumwitterte Autor in seinem Laden, das gäbe einen Ansturm … Er seufzte vor Entzückung, wurde jedoch von einem Angestellten aus den Gedanken gerissen, der fragte, wo die Musikcombo sich ausbreiten solle. Er wies den fünf Fröschen ihren Platz neben dem Büchertisch *Imaginate – Profil eines mysteriösen Meisterautors* zu.

Ein heftiger Wind war aufgekommen. Raizel fröstelte es, als sie ziellos durch die Gassen streunte. Trotzig kickte sie hin und wieder mit ihren Stiefeln halbherzig gegen die Mauer aus Feldsteinen, die das kleine Städtchen ringsum zu umgeben schien – als könnte die etwas für ihre Misere. Zu allem Überfluss meldete sich auch noch ihr Hunger überdeutlich, sie hatte seit einem schnellen Toast mit Orangenkonfitüre vor dem Bibliotheksbesuch nichts mehr gegessen. Was würde sie jetzt dafür geben, sich bei ihrem Lieblingsimbiss Fish and Chips mit viel Essig und Erbsenmus zu holen und sich im Schlabberlook eine Serie anzuschauen! Raizel packte eine Sehnsucht nach Normalität, die sich für eine Abenteuerheldin nicht gehörte. Allerdings war ihr auch klar, dass sie womöglich größere Probleme hatte als die Abwesenheit von Fritten. Sie liebte es zwar, in Geschichten von Feen, Zwergen und sonstigen Fabelwesen zu schmökern, doch es war etwas ganz anderes, ihnen leibhaftig zu begegnen. Und dann auch noch in einer ihr fremden Umgebung, von der sie nicht viel mehr wusste, als dass es hier einen Platz mit einem Turm gab, der aus Tannen bestand. Aus Tannen! Wenn das ihr jüngeres Ich geahnt hätte, das mit ihren Freunden Höhlen aus Ästen zu bauen pflegte! Ihre Füße schmerzten, sie musste schon eine ganze Strecke zurückgelegt haben. Das Gefühl für Zeit hatte sie indes ebenso verloren wie alle Gewissheiten.

Um Raizel herum wurde Laub durch die Luft gepustet. Unter dem blauen Himmel wehten Wirbel aus Gelb, Grün und Orange. Die Blätter tanzten und flogen mit dem Wind – und dann war sie eins von ihnen und spürte keinen Boden mehr unter den Füßen. Für einen Moment trugen die Blätter sie in die Höhe, bis Raizel unter sich das Hausdach sehen konnte. Dann zerstreuten sich die Blätter auch schon wieder und sie landete unsanft auf den roten Ziegeln. Hin und wieder fehlte einer von ihnen. Neben ihr rauchte ein Schornstein, der Ruß legte sich auf Raizels Lunge, sodass sie husten musste. Da löste sich aus den dunklen Schwaden plötzlich ein dreckiger Arm, der ihr eine noch rußige Hand zum Schütteln entgegenstreckte.

»Willkommen, Mademoiselle«, zischte eine Stimme. Sie klang wie Asche, die sich aus dem Feuermeer befreit und brodelnd auf den Boden fällt. Vor Schreck trat Raizel einen Schritt zurück – und ins Leere …

»Hoppla, nicht so stürmisch.« Eine Hand fasste Raizel an den Haaren und zog sie wieder zurück aufs Dach.

»So, nun lass dich mal ansehen.« Eine sehr rußige Gestalt zupfte an Raizel herum und begutachtete sie von allen Seiten. Eine rote Nase blinkte aus der Schwärze hervor.

»W-wer bist du?«, stotterte Raizel. Das Wesen vor ihr sah eigentlich wie ein menschlicher Mann aus, der sich lange nicht rasiert hatte. Wenn man einmal von all dem Ruß absah. Und dem Umstand, dass der Mann vier Arme hatte. Zwei davon stützte er jetzt wie ein Mannequin in die Seiten.

»Gestatten, Cendro, Schornsteinreiter, zu deinen Diensten. Du hast nicht zufällig einen Kamin, der gereinigt werden muss? Aber was rede ich, jetzt bist du ja erst mal hier bei mir. Du hast wirklich wunderschön feurige Haare!« Raizel fuhr sich unwillkürlich mit der Hand durch die rote Mähne. Cendro zeigte auf den Schornstein und bedeutete ihr, ihm zu folgen. Raizel zögerte. Der Typ hatte schließlich vier Arme, verdammt noch mal!

»Ich kenn dich gar nicht, weshalb sollte ich mit dir in einen engen Schornstein klettern?«, fragte sie misstrauisch.

Cendro stützte drei Arme in die Seite, in die vierte Hand legte er sinnierend den Kopf. Dann kam ihm eine Idee.

»Du möchtest doch wissen, wo du hier gelandet bist, oder etwa nicht?« Damit hatte er ins Schwarze getroffen, was bei einem Schornsteinreiter wahrscheinlich öfter vorkam. Also folgte ihm Raizel widerwillig eine Metallsprossenleiter hinunter, klopfte sich die Asche von der Kleidung und blieb unschlüssig stehen. Die Dachgeschosswohnung war spärlich möbliert, abgesehen von einem verkohlten Holzscheit, das wohl als Sitzgelegenheit dienen sollte. An Haken und auf dem Boden verstreut registrierte Raizel ein Sammelsurium an Bürsten. Cendro erzählte seinem Gast stolz, wie er damit die Schornsteine seiner Nachbarn auszukratzen pflegte, um den Ruß für seine eigene Körperhygiene zu sammeln. Raizel konnte schon nach den ersten Sätzen nicht mehr an sich halten und bestürmte ihren Gastgeber mit Fragen.

»Du wolltest mir erzählen, wo ich hier bin. Also los!«

»Du bist in der Wohnung des Schornsteinreiters von Baldorg«, sagte Cendro.

»Jetzt lass dir nicht alles aus der rußigen Nase ziehen. Was ist Baldorg?«

»So heißt diese Stadt nach den ersten Siedlern hier, den Balden.«

Raizels Ungeduld wuchs. »Und was bitte sind Balden?«

»Du bist ihnen heute doch schon begegnet. Aber stimmt, ihr Menschen von drüben nennt sie ja Elfen. Merkwürdiger Name, warum nicht Fünfen oder Sechshundertsechsundsechzigen? Hier heißen sie jedenfalls Balden. Und da müssen wir jetzt *bald* hin.«

»Wie, wo müssen wir hin?«

»Na, zu den Balden. Ich würde dir ja gern ein Stück Rußkuchen anbieten, aber dafür bleibt keine Zeit. Manjfee möchte mit dir sprechen.«

»Manjfee?«

»Du hast schon eine ganz schön lange Leiter, oder?«

»Heißt das nicht Leitung?«

»In deiner Welt vielleicht. Wir Schornsteinreiter sprechen naturgemäß eher von Leitern, weil die uns auf die Dächer hinaufführen. Aber um deine Frage zu beantworten: Du hattest heute schon die Ehre, Manjfee die Haare zu bürsten.«

Plötzlich verstand Raizel. Es musste sich um die seltsamen Geschöpfe aus dem Tannenturm handeln. Bei dem Gedanken, ihnen erneut zu begegnen, bekam sie eine Gänsehaut. Wieder stieg Panik in ihr hoch. Um sich abzulenken, stellte sie schnell eine Frage.

»Und warum sind wir dann erst diesen Schornstein hinuntergestiegen, wenn du so schnell zu dieser Manjfee willst?«

Cendro präsentierte die Antwort in Form einer roten Kiste mit verrostetem – und natürlich ebenso verrußtem – Schloss. »Die müssen wir mitnehmen.«

Als Raizel den Mund aufmachte, um nach dem Inhalt der Kiste zu fragen, war ihr Gastgeber schon wieder den Kamin hinaufgeklettert. Sie folgte ihm. »Warte mal kurz, muss noch was holen«, sagte Cendro mit einem Grinsen. Raizel atmete tief durch. Hier auf dem Dach gab es wenigstens wieder frische Luft. Schon bald war die Ruhepause vorbei, als der Schornsteinreiter in einem Gefährt neben ihr landete, das ein Geräusch wie von einem platzenden Kanonenrohr von sich gab. »Das ist mein Phönix. Ich habe ihn so genannt, weil es nichts Gemütlicheres gibt, als sich aus der Asche zu erheben. Nicht wahr?« Wie zur Bekräftigung seiner Worte deutete der Schornsteinreiter mit einem seiner schwarz besudelten Arme auf den Rücksitz. Der Flieger war feuerrot, mit Schmutz verziert und so schmal, dass er bequem in jeden Schornstein passte. Was ihm an Dicke fehlte, glich der Phönix durch Länge aus. Das ließ ihn mit seinem qualmenden Ende aussehen wie ein Räucherstäbchen. Außen war er mit Borsten, Pinseln und Bürsten behängt. Raizel deutete darauf und fragte: »Bist du so eine Art Schornsteinfeger?«

»Wenn du damit meinst, dass ich den Ruß aus Schornsteinen kratze, um damit mein eigenes Zuhause wohnlicher zu gestalten und meiner Haut regelmäßige Aschemasken zu gönnen, dann ja«, antwortete Cendro. »Mir die Hand zu geben, bringt übrigens Glück«, sagte er, und bevor Raizel ihre Hand zurückziehen konnte, hatte sich Cendro schon mit einem schwarzen Abdruck darauf verewigt. Dann zeigte er auf sein merkwürdiges Fluggefährt und rief in stolzem Tonfall: »Schwing dich rauf, Mädel!«

Und die Reise mit dem Phönix konnte beginnen.

Sie waren noch nicht weit geflogen, da hielt Cendro bereits auf ein Dach zu. *Aluminiumstaub – anziehender Antrieb*, prangte dort in großen Lettern auf einem Werbebanner. Cendros Phönix flog vor Begeisterung ein paar Loopings, um nach einem rasanten Bogen direkt vor dem Schild in der Luft zu parken. Cendro stellte sich auf seinen Sitz und streckte sich atemberaubend weit vor, um auf einen Knopf mit der Aufschrift *Einmal Spezial bitte* zu drücken. Dabei kamen ihm seine vier Arme zugute, da er sich mit den zwei linken am Lenkrad festhalten konnte.

Sogleich erschien zwischen den Schindeln eine behaarte Hand mit sechs Fingern und legte ein kleines Päckchen in eine Rille, die nach mehreren Windungen in einem Beutel mündete, der links am Wagen befestigt war. So sahen also hier die Tankstellen aus, dachte Raizel. Cendro startete schon wieder den Motor, da erschienen die sechs Finger erneut, wobei der dritte von links mahnend erhoben war.

»Ach ja, wärst du so nett und drückst mal auf den Knopf da?«, forderte Cendro Raizel auf. Sie hielt sich mit der linken Hand an der Lehne fest und erreichte mit der rechten Zeigefingerspitze gerade noch den zugewiesenen Knopf. Darauf war mit apfelroter Farbe geschrieben: *Bitte anschreiben.* Und so flogen sie wieder los und überließen sich dem Phönix und dem Wind. Weder Mensch noch Schornsteinreiter hatten den Zwerg mit entrücktem Blick bemerkt, der sich mit einem Schraubenschlüssel am Phönix zu schaffen gemacht hatte.

Noch immer schmollend schaute Polpo aus dem Dachfenster. »Diese Achtmalklugen, diese Dreikrähnehochs. Mir zu überstellen, ich verfüge nicht über einen ausgemalten Sprachstiel!«, murmelte er vor sich. Die Sonne färbte sich langsam blutrot und neigte sich dem glitzernden See in der Ferne zu, der vom brantockschen Haus aus gerade noch so zu erahnen war. Der Tulfo hörte, wie unten das Abendessen zubereitet wurde. Bald würden sie ihn rufen. Auch wenn er das niemals zugäbe, würde er nach den ersten unter Brummen verzehrten Happen wieder besänftigt sein. Das Wasser lief ihm bei der Vorstellung von Leberwurstknäckebrot mit Gurkenscheibchen im Mund zusammen. Er überlegte, ob er einen Blick über die Treppenbrüstung riskieren könnte, um festzustellen, ob das Abendessen bald fertig war. Da sah er, wie sich ein Schatten vor die Sonne schob und als Scherenschnitt vor ihr weiterflog. Er hinterließ dabei schwarze Schwaden, die sich mit dem Rot der untergehenden Lichtspenderin zu Feuer und Rauch verbanden. Eine schwarze Gestalt hob im Vorbeifliegen die Hand zum Gruß, dann war das Gerät schon gen Norden verschwunden. »Ah, sie fliegen zum Nachttannenturm«, dachte er.

»Polpo, Abendessen!«, schallte es zu ihm herauf. Der Tulfo ließ sich gnädig bitten, nahm sich jedoch vor, das Tischgespräch erst dann mit seinen gewitzten Kommentaren zu bereichern, wenn er ausreichend für seine »Bepeinigungen« entschädigt worden wäre. Dafür müsste er mindestens fünf Leberwurstbrote vertilgt haben.

»Erblicket nur die krass bunten Farbkristalle!«, seufzte Wribo hingebungsvoll und deutete zum Horizont. Ohne auf eine Erwiderung seiner Gefährten zu warten, flog er los. Alle Balden, die bereits den ganzen Tag die Lüfte durchkämmt hatten, beschleunigten ihr Tempo, um der magischen Erscheinung näher zu kommen. Selbst Kalfa unterdrückte für den Moment ihr Pflichtbewusstsein und gab sich dem Sog hin.

»Hey, Mädel, dreh dich mal um!«

Als Raizel Cendros Aufforderung nachkam, verschlug es ihr den Atem. Blaue, rote, lila, türkisfarbene, grüne und gelbe Kristalle ergossen sich aus dem Hinterteil von Cendros Flieger in den dunkel werdenden Himmel. Sie wanden sich umeinander in ihrem fröhlichen Tanz und zeichneten hinter dem Phönix eine bunte Spur. Eine Weile betrachtete Raizel schweigend das Farbspiel, dann fiel ihr plötzlich etwas ein.

»Kennst du einen Menschen von hier, ungefähr so alt wie ich, dunkelbraunes Haar bis zur Schulter …«

»Männlich oder weiblich, anziehend oder abstoßend?«, unterbrach Cendro sie.

»Männlich.« Den zweiten Teil der Frage wollte sie so direkt nicht beantworten. »Eher nicht abstoßend …«, sagte sie nach einer kurzen Pause. Aber der Schornsteinreiter konnte ihr ohnehin nicht weiterhelfen.

»Tut mir leid, ihr Menschen seht für mich alle ziemlich gleich aus. Auf jeden Fall könntet ihr alle mal eine Kur mit Asche vertragen.« Um seine Passagierin aufzumuntern, setzte er nach: »Ich zeig dir mal was.« Dann ließ er sein Gefährt in Schlingen fahren und machte einen Looping, wobei die bunten Kristalle seiner Bahn stets folgten und so zu neuen Kombinationen zusammenfanden.

»Nicht schlecht, was?«, fragte Cendro stolz.

»Ziemlich cool«, antwortete Raizel, und der Schornsteinreiter grinste zufrieden.

Ein Rascheln lag in der Luft, das schnell lauter wurde, ohne dabei aufdringlich zu sein. Eher angenehm einlullend. Bald konnte Raizel die Quelle des Geräusches ausmachen: Viele kleine Flügel bewegten sich auf und nieder und dabei auf ihr Gefährt zu. Die Elfen! Ach nein, die hießen hier ja Balden, wie Cendro ihr erzählt hatte. Dieser murmelte mit einem verschmitzten Lächeln in den rußgeschwärzten Runzeln um seine Augen: »Ah, da sind sie ja.«

Einige der geflügelten Wesen spielten übermütig mit den bunten Kristallen, warfen sie sich gegenseitig zu oder schlugen um sie gewickelt Purzelbäume in der Luft. Das also war mit dem Werbeslogan *Aluminiumstaub – anziehender Antrieb* gemeint gewesen. Verblüfft bemerkte Raizel, dass sie keine Angst mehr empfand, eher so etwas wie Ehrfurcht und Verzückung. Eine der Balden löste sich aus der Gruppe und setzte sich neben Cendro auf den Phönix. Schwarze Haare umspielten ihre spitzen Ohren und die Augen leuchteten im Dunkeln lila auf wie Katzenaugen. Sie streiften Raizel nur kurz und wandten sich dann dem Fahrer zu.

»Du hast sie also gefunden, wie Manjfee dich gebeten hat. Hätte ich dir nicht zugetraut.« Dabei streckte sie ihre Nase gen Himmel, was ein bisschen arrogant wirkte – aber das kannte man ja von Elfen. Balden.

Cendro schien zunächst beleidigt zu sein, dann siegte der Stolz über seine geglückte Mission und er kicherte: »Nicht wahr, Kalfa? Man könnte meinen, ich hätte eure Intuition.«

Da streckte die Angesprochene blitzschnell einen Arm mit gespreizten Fingern aus und bewegte ihn ruckartig nach rechts – obwohl selbst das Ruckartige bei ihr irgendwie geschwungen und anmutig wirkte. Der Phönix folgte ihrer Bewegung. Raizel stellte fest, dass sie um Haaresbreite an einem aus dem Nichts aufragenden Haus vorbeigeflogen waren, das etwas höher gebaut war und dessen oberstes Stockwerk somit in ihre Flugbahn ragte.

»Fürwahr erstaunlich, deine Intuition, voll fett«, säuselte Kalfa leicht hämisch in Richtung des geknickten Schornsteinreiters.

»Wer ist eigentlich diese Manjfee?« fragte Raizel.

Kalfa drehte sich zu ihr um. »Schnalle, sie ist, was ihr Menschen Königin zu nennen pfleget. Den Rest wirst du heuer selbst checken, wenn wir angekommen sind.«

Schon wieder dieser merkwürdige Sprachmix. Raizel spürte einen Windhauch an ihrer Wange und drehte den Kopf. Da sie dort allerdings nichts als den Abendhimmel sehen konnte, bewegte sie ihn wieder zurück – und blickte in ein jungenhaftes Gesicht mit langen Ohren und grünen Augen, die sie aufmerksam musterten. Als das Wesen ihre Überraschung bemerkte, verzog sich der schön geschwungene Mund zu einem Grinsen.

»Selp, du versetzt sie in derbe Pein!«, rief Kalfa, allerdings mehr belustigt als tadelnd. Der Balde verdrehte die Augen und fuhr mit seiner Untersuchung fort. Als Cendro haarscharf um eine Baumspitze herumflog, wäre der Balde beinahe in Raizels Gesicht gelandet. Das Geschöpf rappelte sich auf und flog zu seinen Gefährten und den Kristallen zurück.

»So viele Farbdinger hat mein Auge noch nie auf einmal erspäht, Alter«, sagte Kalfa zu Cendro. »Hattest du die erquickliche Eingebung, deinen Wagen hochzutunen?«

»Nei…« Das »n« sprach der Schornsteinreiter nicht mehr aus, denn in diesem Moment knallte es laut und der Strom der Farbkristalle verdichtete sich. Was schön ausgesehen hatte, wirkte jetzt bedrohlich, und ein paar Balden wurden von dem unerwarteten Druck nach hinten geschleudert.

»Der Tank hat ein Leck!«, rief Cendro. Wie zur Antwort sackte sein Gefährt ein Stück tiefer und der Motor begann besorgniserregend zu stottern. »Wir stürzen ab! Mein armer Phönix!«

»Dein armer Phönix?! Und was ist mit uns?«, entrüstete sich Raizel. Zum zweiten Mal an diesem Tag drohte sie in den Tod zu stürzen. Sollte ihr Abenteuer in dieser fremden Welt schon so bald zu Ende sein? Ihr wurde übel.

Nur die Baldin bewahrte die Ruhe. »Contenance, ganz cool«, sagte Kalfa. »Das Loch bedarf gestopft zu werden.« In diesem Moment kippte der Wagen mit seinem Vorderteil nach unten und stand senkrecht in der Luft.

»Das ist die falsche Richtung!«, bemerkte Cendro.

»Welch weiser Checker, fürwahr«, murmelte Kalfa. »Los, macht hinne!«, rief sie ihren Gefährten zu. »Sammelt die Kristalle ein.« Mit drei Flügelschlägen war sie selbst am Auspuff angelangt – und binnen eines Augenaufschlags darin verschwunden.

»Wie hat sie das gemacht?«, fragte Raizel. Balden waren zwar kleiner als ausgewachsene Menschen, aber nicht so winzig, dass sie in ein Auspuffrohr passten.

»Sie können ihr Körpervolumen minimieren, indem sie sich ganz auf ihren Geist konzentrieren. Mehr Kopf, weniger Fleisch, du weißt schon.« Cendro wurde aus seinem Vortrag gerissen, als etwas seine Hand kitzelte.

»Oh, entrußter Schornstein noch mal, das war eine Nadel. Wir fallen gleich auf den Nachttannenturm!« Der Phönix trudelte tatsächlich über dem Platz, den Raizel schon einmal von oben gesehen hatte. Und wieder befand sie sich in einer brenzligen Situation. Der Phönix berührte gerade eben die Spitze des Turmes, in dem sie der Baldenkönigin die Haare gekämmt hatte.

»Mach dich mal locker, verehrter Kumpel. Schon reüissiert«, sagte Kalfa, die in diesem Moment aus dem Auspuff schnellte und dabei sofort wieder ihre normale Größe annahm. Und wirklich, Cendros Gefährt verlor nicht mehr an Höhe und stand wieder gerade in der Luft. Doch dann fing der Motor an zu stottern.

Kalfa machte ein Zeichen mit der Hand. Die Balden begannen daraufhin, die Kristalle, die sie auf ihren Armen angehäuft hatten, zurück in den Auspuff zu stopfen. Das Stottergeräusch verstummte.

»Oh krass, danke euch«, stammelte Cendro. Während sich der Phönix langsam gen Boden senkte, blitzte der Turm aus Tannen im Licht der Abendsonne auf.

»Das ist der Nachttannenturm, unser Zuhause«, sagte Kalfa.

3. Kapitel

Der Zwerg Gilbo war sich bewusst, dass irgendjemand oder irgendetwas bisweilen seinen Geist okkupierte. Die kalte Schwärze breitete sich dann wie ein Taifunwirbel in ihm aus, begleitet merkwürdigerweise von einem leichten Duft nach Pfefferminz. Seine Knochen wurden leicht und er ließ den eigenen Verstand hinter den mächtigen Eindringling in seinem Kopf zurücktreten. Es war so bequem, einfach mal nicht selbst denken zu müssen und die Kontrolle abzugeben. Eine süße Versuchung, der Gilbo nicht widerstehen konnte.

In den Momenten, wenn sich die unbekannte Gegenwart wieder zurückzog und sein eigener Geist Oberhand gewann, überkamen ihn Skrupel. Das war typisch für seine Artgenossen. Ihr Verständnis von Zwergenehre hatte sich von Handwerkergeneration zu Handwerkergeneration weiter ausgeprägt. Gilbo war zum Leidwesen seiner Eltern zwar eher so etwas wie ein Geisteswissenschaftler – allein dieses Wort löste bei seinen Verwandten Kopfschmerzen aus. Dennoch verspürte er den geerbten Stolz seiner Vorfahren, die unter ihren Händen etwas entstehen sahen und darauf ihr Selbstvertrauen gründeten. Und so widersprach es seiner Zwergenehre, seinen Geist dem Willen eines anderen zu fügen.

Gilbo ahnte instinktiv, dass es irgendetwas mit dieser jungen Frau zu tun hatte, die vor Kurzem in Baldorg aufgetaucht war. Weshalb sonst hatte er sich durch die schwarze Kälte in seinem Innern genötigt gefühlt, sich ihr an die Fersen zu heften und jeden ihrer Schritte zu verfolgen? Und jetzt wäre er beinahe für den Tod dieser Raizel verantwortlich gewesen. Die dunkle Macht hatte ihn dazu gezwungen, den Phönix zu beschädigen. Das war bislang der Höhepunkt in diesem demütigenden Kapitel seines Lebens. Und es war nur eine Frage der Zeit, bis ein neuer finsterer Auftrag auf ihn wartete.

Seine Aussetzer hatten angefangen, als überall in der Gegend die Plakate auftauchten, die auf den neuen Band von *Imaginate* hinwiesen. Deshalb sah er im Moment nur eine Chance, möglicherweise an Informationen zu gelangen: Er musste endlich diese Romanreihe lesen, was er im Gegensatz zu vermutlich fast allen sonstigen Bewohnern von Baldorg noch nicht getan hatte. Allein schon, dass es sich um einen Bestseller handelte, hatte ihn bislang von der Lektüre abgehalten. Er verweigerte sich der Massenkultur aus Prinzip – und aus der heimlichen Befürchtung, von ihr begeistert zu sein.

Das war nicht der einzige Haken: Gilbo kannte sich mit der menschlichen Schrift nicht sonderlich gut aus. Da er viel im Wald unterwegs war, hatte er sich selbst einige Tiersprachen angeeignet und auf Zwergisch Abhandlungen über die Dialekte von Fuchs und Dachs sowie die Bedeutung der Melodie bei Singvögeln geschrieben. Die Menschen hingegen hatten ihn nie sonderlich interessiert. Sie taten ihm lediglich leid, weil sie so unvorteilhaft groß waren, dass sie ständig mit dem Kopf gegen Äste oder Türrahmen stießen. Aber jetzt war keine Zeit für Überheblichkeit. Er hatte sich bereits ein Exemplar von *Imaginate* gekauft und konnte nur hoffen, dass der Eindringling in seinem Geist das nicht bemerkt hatte.

Zum zweiten Mal an diesem Tag schritt Raizel die Treppe zum Palast der Balden hinauf. Erlebte, wie das Nachtgrün der Tannen beim Näherkommen immer undurchdringlicher wurde. Bestaunte ihre unwirkliche Schönheit, die im Mondschein noch stärker ausgeprägt war. Wände aus lebendigem Grün, die sich leise raschelnd im Wind wiegten. Bildete sie es sich nur ein oder strömten diese imposanten Bewacher des Baldenhortes eine größere Gelassenheit als bei ihrem ersten Besuch aus? Von ihr selbst konnte man das nicht gerade behaupten. Nervös nestelte Raizel an den Kordeln ihres Kapuzenpullis herum. Aus dem Inneren des Turmes drang ein Summen wie aus einem Bienenstock.

»Na, worauf wartest du denn, Mädel? Mach die Pforte auf«, forderte Cendro. Langsam näherte sich ihre Hand dem Tor aus ineinander verwobenen Ästen. Wieder öffneten sie sich raschelnd bei ihrer Berührung und ließen die Besucher eintreten. Vor ihnen erstreckte sich derselbe Saal wie am Morgen, aber er wirkte doch irgendwie verändert. Statt warmer Farben dominierten türkisblaue Schattierungen den Raum, der wie im Mondschein phosphoreszierte. Das Summen rührte vom Gesang unzähliger Balden her, die auf beiden Seiten des Saales saßen. Zum größten Teil hatten sie es sich im Schneidersitz in der Luft bequem gemacht. In ihrer Mitte ließen sie einen Pfad frei, der auf eine Erhöhung am gegenüberliegenden Ende des Raumes zulief. Raizel dachte an *Raum* aus Mangel an passenderen Ausdrücken, auch wenn die aus ihrer Welt vertrauten Gesetze von Raum hier ausgehebelt schienen. Was von außen wie eine Ansammlung von Bäumen wirkte, entpuppte sich im Innern als geräumiger Saal, gleich einer Wundertasche mit fantastischem Füllvermögen.

Nach wenigen Schritten blieb sie stehen. Doch alle schienen darauf zu warten, dass sie irgendetwas tat. Auch der Gesang war mittlerweile verstummt. Also schritt sie – denn einfach zu gehen war in dieser Umgebung unmöglich – zwischen den Baldenreihen hindurch auf die Erhebung zu, die sich als Thron entpuppte. Darauf saß die Kurzhaarige, die sie früher am Tag gebürstet hatte. Die Königin der Balden. Ihre Haare schimmerten diesmal in standesgemäßem Gold.

Ihr zur Seite standen zwei gut gebaute männliche Balden mit grimmigen Gesichtsausdrücken, die wohl die königlichen Wächter waren. Doch auf einmal verzog der eine das Gesicht und fing erst leise an zu glucksen, um dann in ein glockenhelles Gelächter auszubrechen.

»Verzeih, Manjfee, mir kommt das alles so albern vor, diese Thronmasche, wie lächerlich!« Um die Mundwinkel der Angesprochenen zuckte es, und auch im Saal kicherten mehrere Balden.

»Du hast wahrlich recht, Fangon«, sagte die Königin. Sie wandte sich an Raizel und bemühte sich offenbar, ihren Dialekt zu unterdrücken. »Willkommen im Nachttannenturm. Entschuldige, wenn wir dich nun noch mehr verwirrt haben. Nachdem wir dich heute Morgen so erschreckten, wollten wir es wiedergutmachen und dir einen Empfang bereiten, wie ihn Menschen aus deiner Welt erwarten würden.«

Aus deiner Welt – Die Baldenkönigin hatte nur das ausgesprochen, was Raizel längst wusste, denn es musste es sich hier um eine fremde Welt handeln. Bei sich zu Hause hatte sie jedenfalls noch nie eine lebensechte Elfe gesehen, geschweige denn eine Baldin. Und dennoch schockierten Manjfees Worte sie empfindlich. Jetzt erschienen sie plötzlich so real zu sein, all diese verrückten Wundersamkeiten. Raizel wollte etwas fragen, aber Manjfee kam ihr zuvor, indem sie sich an Cendro wandte.

»Vielen Dank, dass du sie gefunden – und dabei auch gleich meine Balden zurückgebracht hast.«

Die Bewohner des Turmes hatten einen Halbkreis um Manjfee und Raizel gebildet, in den sich auch Kalfa, Selp und Wribo eingereiht hatten. Kalfa lächelte ein wenig ertappt, während Cendros Kinn voller Stolz mit den Nachttannen um die Wette in die Höhe stieg.

»Lass dich nieder«, sagte Manjfee und schwebte von ihrem Pseudothron herunter. Raizel sank in einen Berg weinroter Kissen ein, während die Baldin ihr gegenüber kurz über dem Boden in der Luft Platz nahm. Raizels Herz begann schneller zu schlagen.

»Du wirst ja sicher schon bemerkt haben, dass hier nicht alles so ist, wie du es aus deiner Welt gewohnt bist«, sagte Manjfee mit ruhiger, einschmeichelnder Stimme und spitzte ihre ohnehin langen Ohren. Dabei wirkte sie zugleich kindlich und majestätisch.

»Du kannst dir sicher sein, nicht zu träumen, dies hier ist die Realität. Sogar auf einer höheren Ebene als der, die du bisher kanntest. Spitz deine Ohren, Werteste. Die menschlichen Nerven sind zwar nicht sehr belastungsfähig, aber wir halten dich für tough genug, um das Folgende zu vernehmen, ohne gleich den Abgang zu machen.« Da war sie wieder, diese merkwürdige Mischung aus Ghettosprache und altertümlichen Wendungen, die Raizel schon bei Kalfa aufgefallen war. Manjfee schien die charakteristische Sprache der Balden jedoch für diesen Anlass nicht als geeignet zu erachten, denn sie runzelte die Stirn, als sie sich selbst sprechen hörte. Danach fuhr sie mit normalen Worten fort, die nur bisweilen vom Baldenjargon unterwandert wurden.

»Dein gesamtes Weltbild wird auf den Kopf gestellt. Denn höre: Alles, was du bisher als Realität erachtet hast, wurde in dieser Welt erschaffen.«

»Wie denn das?«, entfuhr es Raizel.

»Präge dir jedes einzelne Detail genau ein. Also, das Wichtigste zuerst: Ein unbekannter Autor hat hier im Reich der Balden einen Roman namens *Imaginate* geschrieben und darin eine Erde entworfen, in der Magie kaum eine Rolle spielt. Das ist für uns hier so fürwahr unglaublich und krass fantastisch, dass das Buch zum Bestseller geworden ist. Diese Vorstellung, den ganzen Tag ohne einen einzigen Zauber durchstehen zu müssen …« Manjfee schüttelte sich, was bei ihr irgendwie anmutig aussah. Ihre Haare wurden für einen Moment giftgrün, wie um die Gefühlsregung der Baldenkönigin sichtbar zu machen. Sie fuhr fort:

»Ihr magielosen Wesen müsst wirklich über außerordentlich starke Nerven verfügen. Auch in unserer Welt ist nicht jeder mit Zauberkraft gesegnet, aber man kann im Notfall stets zum nächsten Gute-Fee-Laden laufen und sich drei freie Wünsche kaufen. Du, Raizel, bist als literarische Figur besonders interessant, weil du nach dem strebst, was dir verwehrt ist. Ein epischer Grundkonflikt. Du träumst davon, …«

Als literarische Figur?, dachte Raizel. Wovon sprach die Baldenkönigin da bloß? Sie konnte ihren Worten nur mühsam folgen.

»Du träumst davon, die Grenzen zwischen Realität und Fantasie neu auszuloten, mit einem Blick die Welt zu verändern. Kurz: Von der Grundeinstellung her passt du eigentlich ganz gut in die Baldenwelt, deshalb können sich die Leser mit dir identifizieren. Dein Alltag wiederum unterscheidet sich so erfrischend von dem unsrigen, dass die Lektüre stets spannend bleibt. Wir waren zum Beispiel alle völlig fassungslos, wie eine zivilisierte Gesellschaft auf die Idee kommen kann, ein Studio voller fürchterlicher Maschinen zu erfinden, um den Körper zu formen. Und dafür auch noch Geld zu verlangen, indem man einen Kult daraus macht. Fitness, dieses Wort gibt es bei uns nicht einmal. Geradezu putzig!«

Raizel musste sich plötzlich Cendro auf dem Laufband vorstellen und schmunzelte. Dann begann sie langsam zu realisieren, dass die Königin der Balden über sie wie über eine Fiktion sprach. Das war doch völlig surreal!

»Wollen Sie mir damit sagen, dass ich eine Romanfigur bin? Das Gleiche könnte ich von Ihnen behaupten!« Und Raizel dachte im Stillen weiter: *Das ist wieder mal nur ein sehr lebhafter Traum, jetzt wird es wirklich langsam Zeit, um aufzuwachen.*

Doch Manjfee verflüchtigte sich nicht wie eine anständige Vision.

»Keine unnötigen Höflichkeitsformen bitte. Die Sie-Form wurde hierzulande schon lange abgeschafft. Diese Initiative ging übrigens auf ein Inselvolk aus Rumpelwichten zurück, das jedem Fremden gleich das Du anbot …«

Raizel unterbrach sie mit einem Wortausbruch.

»Ich will jetzt nicht über irgendwelche Wichte reden!«

Manjfee musterte sie mit mitleidigem Blick. »Das muss ein ganz schöner Schock für dich sein. Willst du lieber drüber schlafen und wir fahren später fort?«

»Wie sollte ich jetzt schlafen? Also bitte quält mich nicht länger. Was wollt ihr mir über meine Welt erzählen? Was hat dieses Buch mit mir zu tun? Weshalb bin ich hier?«

Manjfee holte tief Luft. Raizel konnte es nicht erwarten, endlich alle Details dieses Geheimnisses zu durchdringen, aber jeder Satz enthüllte quälend langsam nur ein winziges Puzzleteil. Und warf unzählige neue Fragen auf.

»Wie deine Welt durch dieses Buch geschaffen wurde, weiß niemand so genau. Nicht einmal wir allwissenden Balden, denen sonst nichts verborgen bleibt.« Manjfee runzelte für einen Moment die Stirn, als würde sie sich selbst darüber wundern, nicht auf jede Frage des Universums eine Antwort parat zu haben.

»Tatsache ist, dass mit jedem Wort, mit jedem Satz von *Imaginate* ein Teil deiner Welt geschaffen wurde.«

Manjfee gab Raizel einige Momente, um das Gehörte zu verdauen. Aber so schnell ging das nicht. Plötzlich kam ihr ein Verdacht: Hatte sie sich etwa beim Sturz von der Leiter das Genick gebrochen, lag jetzt auf dem Boden der Bibliothek und hauchte ihr Leben aus? War all dies nur ein Streich, den der Geist ihr spielte, um den Übergang zu erleichtern? Den Übergang in den Tod?

»Bin ich …«, setzte sie an.

»Nein, Lütte, du weilst noch unter den Lebenden«, sagte Manjfee, die offenbar ihre Gedanken erraten hatte und für einen Moment in den Baldenslang verfiel.

Raizel knetete unwillkürlich eins der weinroten Kissen, auf denen sie saß. Sie weigerte sich einfach, das zu glauben. Ihre Familie, ihre Freunde, ihr Brötchenverkäufer und der süße Typ, der gerade in die Wohnung neben ihrer Wohngemeinschaft eingezogen war – die sollten alle eine Art Scheinexistenz wie in dem Film *Matrix* führen? Zur Erbauung von Lesern, die sich danach drei Wünsche bei der Fee um die Ecke holten und sich freuten, dass sie im Gegensatz zu den bemitleidenswerten Romanfiguren in einer magischen Welt lebten? Das klang wie ein schlechter Scherz. Was vielleicht erklärte, weshalb sie in hysterisches Gelächter ausbrach.

»Ihr habt alle zu viele Tannennadeln geraucht! Weshalb lasst ihr mich nicht einfach in Ruhe?!«

Manjfee antwortete nicht, sondern betrachtete sie bloß mit ruhigem Blick. Das machte Raizel erst recht rasend.

»Na klar, und ich bin die Romanheldin und soll jetzt hier mit meinen Fans auf Tuchfühlung gehen. Oder was?« Raizel befand sich noch in der Leugnungsphase.

Diesmal kam die Antwort sofort. »Ja, genau. Du bist die Hauptfigur von *Imaginate*. Das ganze Universum kreist um dich.«

»Was?« Dieses einzelne Wort stieß Raizel noch blitzschnell hervor, dann schwieg sie erst einmal eine ganze Weile lang. Dafür brodelte es in ihrem Innern umso lauter, sie fühlte sich zugleich überhitzt und ausgekühlt, todmüde und hellwach. Ihr Leben sollte also im wahrsten Sinne des Wortes vorgeschrieben sein. Aber ihre Gefühle in diesem Moment konnten doch nicht von jemand anderem erdacht sein? Ihre Gedanken bloße Schriftzeichen? *Je pense, donc je suis. Cogito ergo sum,* wie hatte diese Schlussfolgerung des französischen Philosophen Descartes sie stets begeistert.

Natürlich dachte sie nichts dergleichen in diesem Augenblick. Wenn einem jemand erzählt, die Welt, die man von Geburt an kennt, sei eine Fiktion aus einer Märchenwelt – dann bleiben die Philosophen zu Hause und man fragt sich, ob man verrückt ist, träumt oder zu viele Drogen konsumiert hat. Oder alles auf einmal.

Manjfee bedeutete einem der Balden, näher zu kommen. Er balancierte ein Tablett mit einer Art Pastete.

»Hier, stärke dich erst mal und nimm ein Stück Mameling.«

Beim Anblick der Speise lief Raizel das Wasser im Mund zusammen. Immerhin wusste sie jetzt, dass sie noch am Leben war. Nur einen winzigen Moment zögerte sie – aber wenn die Balden ihr an den Kragen wollten, hätte es einfachere Wege gegeben, als sie zu vergiften. So biss sie heißhungrig in die warme Teigmasse. Der Geschmack meldete sich in drei Stufen: Es begann mit einem Zitrusaroma, gefolgt von einem ihr unbekannten Kraut und mündete in einem herrlichen Gemüseeintopffinale. Etwas derart Köstliches hatte Raizel noch nicht gegessen. Wer etwas so Wunderbares buk, konnte kein ganz schlechter Mensch sein. Oder Balde. Ohne zu fragen, nahm sich Raizel noch ein großes Stück. Manjfee fuhr derweil fort.

»Freut mich, dass es dir schmeckt! Also zurück zum Thema: Der Weltentwurf ist nur ganz grob in diesem Buch vorgezeichnet. Ihr Menschen habt euer Schicksal selbst fortentwickelt. Nicht jedes Ereignis ist festgeschrieben, nicht einmal zu einem Bruchteil. Dann müsste das Buch schließlich unendliche Dimensionen umfassen. Es ähnelt ein bisschen der Theorie, die einige der Theologen aus deiner Welt über deren Erschaffung haben: Nach dem einmaligen Schöpfungsakt konnten die Menschen den Fortgang der Geschichte selbst bestimmen.«

Raizel kämpfte mit all den Informationen.

»Aber wenn ich die Hauptfigur bin und der Roman erst dann einsetzt, was ist mit der Vergangenheit? Hat die gesamte Erdgeschichte nie wirklich stattgefunden?«. Raizel war aus der Leugnungs- in die Fragephase gewechselt.

»Doch«, antwortete Manjfee. »Das ist ein bisschen kompliziert. Die Vergangenheit hat sich vom Zeitpunkt der Schöpfung aus rückwärts entwickelt. So hat es genau die richtigen Entwicklungen gegeben, die zu deiner Gegenwart passen. Damit die Menschen nicht so verwirrt sind und sich allzu wurzellos fühlen.«

Die Baldenkönigin registrierte Raizels ratlosen Blick.

»Kein Wunder, dass du das nicht verstehst. Es widerspricht ja auch allen rationalen Gesetzen deiner Welt. Wichtiger als die Vergangenheit ist ohnehin die Zukunft. Die hängt allein von den Menschen selbst ab – es sei denn, es wird wieder eingegriffen.«

Es dauerte einen Moment, bevor Raizel zu einer Erwiderung fähig war. Danach keuchte sie: »Eingegriffen?«

»Ja, in Form von Fortsetzungsromanen. Diese erscheinen unregelmäßig und geben dem Verlauf der Dinge wieder eine neue Wendung.«

Eine Frage brannte Raizel schon lange auf der Zunge. Nun bot sich vielleicht endlich die Möglichkeit, eine Antwort zu bekommen.

»Wie bin ich denn in diese Welt gekommen? Steht das auch im Buch?«

Über Manjfees Gesicht huschte für einen kurzen Moment ein Schatten der Enttäuschung, und die versammelten Balden murmelten etwas Unverständliches.

»Nein, das ist es ja gerade. Wir hatten ehrlich gesagt gehofft, du könntest uns das sagen.« Manjfee hob Raizels Kinn mit ihrer Hand an und lächelte. »Hey, mach dir keine Sorgen. Wir werden es schon ergründen. Und du kannst uns bestimmt dabei helfen. Aber jetzt solltest du dich zunächst ausruhen und all die Informationen verarbeiten. Cendro, du kümmerst dich um sie?«

»Aber selbstverständlich«, säuselte der Schornsteinreiter einschmeichelnd. »Ich hätte da nur noch eine kleine Bitte …« Dabei zog er die Kiste hervor, die sie aus seiner Wohnung mitgenommen hatten. Als er sie auf den Boden stellte, erhob sich eine Rußwolke. Cendro lüftete den roten Deckel und brachte eine silberne Maschine zum Vorschein. »Dieses Gerät macht den besten Korfu, den ihr euch vorstellen könnt. Raizel, der ist noch besser als euer feinster Bohnenkaffee. Ohne Korfu würde ich morgens niemals aus dem Bett kommen. Nur, als ich neulich übermütig den Schornstein hinunterrutschte, bin ich leider genau auf der Maschine gelandet. Und nun funktioniert sie nicht mehr. Könntet ihr vielleicht …«

»Mein teuerster Bro, unsere Power ist für solch eine periphere Profanität eigentlich voll zu schade, ey«, sagte Manjfee, in den Baldenjargon zurückfallend. Der Schornsteinreiter grinste verlegen und nickte.

»Aber du hast fürwahr Glück, Alter«, fing die Baldenkönigin an. Sie hielt inne, schien sich die Worte zurechtzulegen und fuhr dann in normaler Sprechweise fort: »Selp und Wribo sind gerade in der Ausbildung, und es wird nicht zu ihrem Schaden sein, wenn sie sich mal an deiner Maschine versuchen.« Während sie gesprochen hatte, waren die Jungbalden bereits nach vorne gekommen und flogen aufgeregt um die Kiste herum.

»Cool, famos«, riefen sie gleichzeitig, froh, endlich mal außerhalb der Balden-Elementarschule ihr Wissen anwenden zu können. Sie schauten zu Manjfee hin. Als diese nickte, stellten sie sich je auf eine Seite des Geräts und pusteten im selben Augenblick in die Mitte. Raizel war ein bisschen enttäuscht. Kein Feuerwerk kündete von der neu erlangten Wirkkraft, keine Fanfaren ertönten. Es sah alles aus wie vorher. Dennoch zweifelte sie keinen Augenblick daran, dass der Wiederbelebungsversuch gelungen war. Cendro nahm seinen Apparat beinahe ehrfürchtig und mit tausend Dankesworten entgegen. Dann wandte er sich zum Gehen. Jetzt war die Audienz bei der Baldenkönigin also schon vorbei.

Am Ausgang drehte Raizel sich noch einmal um. Kalfa war zu Manjfee geflogen und flüsterte: »Als wir unterwegs waren, um Raizel zu suchen, haben wir sie zwar erst spät gefunden, dafür haben wir etwas von gewisslich derber Importanz erspäht …« Da schubste Cendro Raizel nach draußen und sie konnte nicht mehr hören, wie das Gespräch weiterging.

In der Zwischenzeit war es draußen dunkler geworden und ein früher Mond hüllte den Nachttannenturm in sein unwirkliches Licht. Diesmal waren sie nicht allein auf dem Platz mit den Pflastersteinen, es tummelten sich dort die unterschiedlichsten Kreaturen: Hexen mit Körben voller roter Äpfel, Zentauren mit freiem Oberkörper und aufgespießten Brezeln auf ihren Hörnern, Riesen mit winzigen Schokoladentörtchen.

»Wo wollen sie alle hin?«, fragte Raizel.

»Ach ja, heute Abend ist Nachttannentanz. Ein Volksfest mit Naschmarkt. Du solltest eins dieser Schokotörtchen probieren … Oder besser nicht, wir sollten nicht zu lange bleiben. Es darf ja keiner merken, dass du die Raizel aus dem Roman bist. Das würde zu einer Massenhysterie führen. Das wäre so, als ob Frodo aus *Herr der Ringe* plötzlich wahrhaftig vor dir stehen würde, der Held deines Lieblingsbuches.«

»Du kennst *Herr der Ringe*?«, fragte Raizel ungläubig.

»Klar, kommt im Roman vor. Der Autor hat es sich sehr einfach gemacht und bloß eine alte Sage aus unserer Welt ein wenig umgeschrieben. Die Tollkühn-Legende wird hier jedem Kind erzählt, noch ehe es den ersten Zahn bekommt.«

Raizel drängte sich eine Frage auf. »Gibt es hier etwa auch Hobbits?«

»Tssss, als wenn alle Fantasiewelten gleich wären«, antwortete Cendro. »Außerdem ist es ja genau andersrum, *du* kommst aus dem Reich der Fantasie und das hier ist die Wirklichkeit.« Er schmiss den Phönix an. Raizel hatte weiterhin Schwierigkeiten, sich ihre Welt als eine Fiktion vorzustellen. Müsste es dann nicht wie in einem Roman ein Sinngefüge geben, in das sich all die Geschehnisse auf Erden fügten? Hatte etwa auch ihr eigenes Leben eine höhere Bedeutung? Das musste sie unbedingt herausfinden. Der Schornsteinreiter plapperte unterdessen munter weiter.

»Da ich befürchte, dass du die rußige Gemütlichkeit in meiner Wohnung nicht zu würdigen weißt, fliegen wir jetzt zu deiner Unterkunft. Aber du bist ja ganz blass.« Cendro strich ihr mit einem Finger über das Gesicht und hinterließ dabei einen fetten schwarzen Strich auf der Wange.

Vermicelli lehnte sich zufrieden in seinen Lehnstuhl zurück und atmete entspannt aus. Die Musikcombo hatte sich bis zum nächsten Tag verabschiedet, alles war hergerichtet und eben hatte im letzten Augenblick der Ehrengast zugesagt. Angeblich ein Freund des anonymen Autors. Vermicelli hielt ihn insgeheim für einen Hochstapler, doch solange die Fans an die Geschichte glaubten, sollte es ihm recht sein. In Gedanken an die bevorstehende Party verloren, knabberte der Bücherwurm an dem philosophischen Standardwerk *Die Unendlichkeit des Nichts*, was ihm erst auffiel, als er sich schon bis zu Seite vierunddreißig durchgearbeitet hatte. »Na ja, passt ja zum Titel. Und zur Feier des Tages kann ich mir mal was gönnen«, beschloss der Bücherwurm und nahm beherzt die Seite fünfunddreißig in Angriff.

Die Balden waren von Raizels Erscheinen in ihrer Welt überrascht worden. Sie hätten vielleicht nicht einmal davon erfahren, wäre da nicht ein uraltes Begrüßungssystem im Keller des Nachttannenturms. Es erzeugte ein durchdringendes Klingeln, sobald ein Wesen aus einer fremden Dimension sich dem Platz vor dem Baldenhort näherte, damit die fremden Gäste angemessen empfangen werden konnten. Solche Besuche waren früher an der Tagesordnung gewesen, aber aus unerfindlichen Gründen hatten die Reisen zwischen den Welten schon vor einigen Balden-Generationen aufgehört.

So lange war die Begrüßungsanlage ungenutzt geblieben, dass sie in Vergessenheit geraten war. Selbst Manjfee wusste nichts davon. Bis es eines Tages im tiefsten Keller des Nachttannenturms zu klingeln begann. Der Klang schallte durch den ganzen Baldenhort. Und als Kalfa dem störenden Geräusch auf den Grund gegangen war, war sie auf die Begrüßungsanlage gestoßen. Sie hatte eine Zeichnung von Raizel ausgespuckt.

Die Balden standen vor einem Rätsel, ehe sich eine junge Baldin als *Imaginate*-Fan outete und schüchtern anmerkte, das Bild gleiche ihrer Lieblingsprotagonistin: ein weiblicher Mensch von Mitte zwanzig, rote Lockenmähne, mittlere Größe und Statur, schlichter goldener Ring mit grünem Stein an der linken Hand, meerfarbene Muschelohrringe, rot lackierte Fußnägel. Letzteres konnte man auf der Zeichnung natürlich nicht erkennen, aber die junge Baldin wollte mit ihrem umfassenden Wissen glänzen. Zur gleichen Zeit meldeten Sibo und Wrelp, die von einem Ausflug zurückkamen, dass eine junge Frau auf dem Platz vor dem Nachttannenturm aufgetaucht war.

Die meisten Leser hielten *Imaginate* für eine Fiktion. Eine Welt ohne Magie war auch einfach zu fantastisch, um real zu sein. Aber die Balden wussten ziemlich viel, schließlich waren sie Balden. Dazu gehörte auch der Umstand, dass ein Buch aus ihrer Welt eine andere erschaffen hatte. Wenngleich selbst sie nicht wussten, wer der Autor oder die Autorin war. Manjfee hatte in Windeseile die betreffenden Absätze im Roman nachgelesen und war zu dem Schluss gekommen, dass es sich bei der Besucherin in der Baldenwelt tatsächlich um Raizel handelte. Kurz nach dieser Erkenntnis hatten sie und der Gast aus der Menschenwelt sich bereits im Nachttannenturm gegenübergestanden.

»Ist das wahr?!« Frips verschluckte sich beinahe an dem feurigen Kartoffelauflauf mit viel Chili und Knoblauch, den es zum Abendessen gab. Neben den obligatorischen Leberwurstknäckebroten für den Tulfo. Der Koboldjunge setzte nach: »Sie wird *hier* übernachten?« Lille Brantock steckte sich gelassen den nächsten Bissen in den Mund, zog wegen der Schärfe kurz die Luft durch die Nase und nickte.

»Irgendwo muss selbst sie schlafen, nicht wahr? Und hier wird sie wohl niemand vermuten. Und das soll auch so bleiben!« Ihr Gesicht wurde plötzlich ganz ernst, sodass Frips ein bisschen erschrak. »Ihr müsst es also für euch behalten, in Ordnung?«

»Pfft, die Balden werden sie schon ausarmend beschützen«, versuchte Polpo aufzutrumpfen.

»Aus*reich*end, heißt das. Und woher weißt du, dass sie bei ihnen war?«, fragte Lille.

»Ein Tulfo gibt seinen Geheimnissen niemals einen Preis«, entgegnete Polpo mürrisch. Mit jeder Gabel Auflauf und jedem Bissen Leberwurstknäckebrot mit Gurke verflog die schlechte Laune. Frips war kaum den Nachtisch holen gegangen, da stürmte er schon wieder zurück ins Wohnzimmer. »Sie kommen, ich habe sie durchs Fenster gesehen!«

Gilbo zwirbelte seinen Bart. Die meisten Zwergenklischees sind nichts als Vorurteile. Zum Beispiel, dass sie rote Mützen tragen, zu siebt in Wohngemeinschaften leben und den Sinn ihres Daseins darin sehen, in Bergwerken zu ackern. Einige treffen hingegen zu. Zum Beispiel ihr Faible für lange Bärte oder auch, dass Zwerge im Allgemeinen nicht besonders groß werden. Gilbo zwirbelte also seinen Bart, während er angestrengt auf die Buchstaben vor ihm starrte. *Imaginate* – die Überschrift konnte er bereits lesen. Quälend langsam schleppte er sich zu jedem neuen Schriftzeichen und verfluchte dabei seine fehlende Übung im Lesen der menschlichen Schrift. Man hätte das Buch aber auch wirklich auf Zwergisch übersetzen können, schließlich war es in mindestens fünfundfünfzig Sprachen übertragen worden. Wenn das hier alles einmal vorbei sein sollte – er seufzte bei diesem wundervollen Gedanken –, dann könnte er sich vielleicht als Übersetzer eine goldene Nase verdienen.

Gilbo genehmigte sich eine kurze Pause, einen Zug aus seiner Krötenpilzpfeife und eins seiner Lieblingsplätzchen mit Pfefferminzgeschmack. Müdigkeit überfiel ihn, und er schloss die Augen. Da war er wieder, der Schatten in seinem Geist. Es fing an, in seinem Ohr zu tuckern. Gilbo konzentrierte sich darauf, an das letzte Zwergenfestival auf der Mondscheinwiese und an durchtanzte Nächte zu denken. Das Buch und alles, was dazugehörte, verbannte er vorerst aus seinen Gedanken.

Raizel saß auf dem Fenstersims des brantockschen Hauses und betrachtete die in dunkle Tinte getunkte Umgebung. Wie Cendro ihr vorhin in einem Geografie-Crashkurs erklärt hatte, bestand das Zentrum von Baldorg aus neun Straßen, die alle sternförmig auf den Platz mit dem Nachttannenturm zuliefen. Der Baldenhort bildete somit das Herz des Städtchens, das von einer uralten Schutzmauer umgeben war, die heutzutage nur noch als Leinwand für kunstbegeisterte Jungbalden diente. Der Waldpfad führte zu einem verwitterten Tor, jenseits dessen sich das weite Umland erstreckte. Raizel stellte sich dabei eine Art Märchenwald vor. Dort warteten bestimmt noch weitere Abenteuer, aber vorerst reichte ihr diese kleine Stadt vollkommen aus. Cendro wohnte in der Schnipselgasse, ein paar Häuser neben dem Bücherladen von Vermicelli. Der Bücherwurm sammelte anscheinend seit Langem Unterschriften für eine Umbenennung in *Erfolgsautoren-Allee*. Cendro dagegen fand *Rußweg* viel attraktiver. Es gab außerdem noch ein Zuckerguss-Gässchen, einen Utopieweg und eine Magie-Allee.

Die Koboldfamilie wohnte standesgemäß in der Schabernackgasse. Lille und Frips Brantock waren Raizel eben beim Abendessen allerdings so gastfreundlich erschienen, dass Raizel nicht das Gefühl hatte, auf der Hut sein zu müssen – wie es bei Kobolden traditionell angebracht gewesen wäre. So wurde es in den Geschichten erzählt, die Raizel während ihres Literaturstudiums gelesen hatte. Da musste sich der Autor oder die Autorin von *Imaginate* bei der Beschreibung von Kobolden einige Freiheiten erlaubt haben.

Frips hatte den Gast angestarrt, wenn er sich unbeobachtet fühlte, und das bizarre Haustier namens Polpo hatte jedes Mal beleidigt gegrunzt, wenn Raizel sich noch eine große Portion auf den Teller geladen hatte. Die Reise ins Baldenland hatte sie hungrig gemacht.

Nun war Raizel das erste Mal allein, seit diese Geschichte begonnen hatte, und ihre Gedanken spielten verrückt. Sie wunderte sich, warum die Bewohner dieser Welt so versessen waren nach einem Buch mit ihr als Hauptperson. Sie haderte mit dieser ihr zugewiesenen Rolle, denn als Protagonistin hatte man schließlich eine gehörige Verantwortung. Normalerweise stach der Held einer Geschichte aus der Menge heraus, hatte irgendwelche besonderen Fähigkeiten oder war wenigstens ganz ohne Eigenschaften. Ihr Leben war hingegen schändlich normal gewesen, ehe sie auf dem Platz vor dem Nachttannenturm gelandet war. Schule, Studium, ein paar Schwärmereien. Nicht gerade der Stoff, aus dem Bestseller sind, würde man denken. Doch vielleicht galt gerade das hier als exotisch. Merkwürdig, dass in der Baldenwelt Magie an der Tagesordnung war, ein stinknormaler Einkauf im Supermarkt hingegen ein spannendes Unterfangen.

Auch nach dem Gespräch mit Manjfee blieben noch so viele Fragen offen. Würde sie jemals wieder in ihre Welt zurückkehren? Sie dachte an ihre jüngeren Geschwister und ihre Eltern und fühlte ein Stechen in der Herzgegend. Sie konnte sich nicht vorstellen, sie niemals wiederzusehen. Das wäre einfach zu schrecklich, undenkbar. Also konzentrierte sie sich eher auf eine Frage, die eine seltsam angenehme Unruhe in ihr hervorrief: Welche Rolle spielte dieser Typ aus der Gasse? Denn eine Rolle schien hier wie im Roman jedem zugeteilt zu sein, nichts war zufällig. Vermutlich nicht einmal dieser Moderduft des Hauses, der seltsam anheimelnd bis in den fünften Stock hinaufwehte und sich mit dem Flieder vermischte, der vor Raizels Fenster hinaufwuchs. Daraus braute die Brantockfamilie ihren Fliederwein, der laut Lille bis über die Stadtgrenzen bekannt war.

Der Strauch kitzelte den Dachfirst, der sich direkt über ihr erstreckte. Direkt über ihr. Einer plötzlichen Eingebung folgend streckte sie ein Bein nach dem anderen durch das Fenster und krabbelte das Dach hinauf bis zum Giebel. Drüben ging es steiler bergab, Frips hatte ihr erzählt, dass er dort manchmal in einen Heuhaufen hinunterrutschte. Mit ihren bloßen Füßen ertastete Raizel die Kante und richtete sich Gleichgewicht suchend auf. Sie war die Königin der Nacht! Behutsam balancierte sie über das Dach, wurde wagemutiger, drehte sich im Kreis, setzte zu einem Sprung an …

»Nicht schlecht, was meinst du?«, flüsterte eine Stimme.

Raizel erschrak so sehr, dass sie beinahe vom Dach gefallen wäre. Aber sie war in letzter Zeit schon eindeutig zu oft gefallen, und so fing sie sich wieder, setzte sich zur Vorsicht breitbeinig auf den Dachgiebel. Wer hatte da gesprochen? Sie sah nur kleine Lichter, die vor ihrer Nase in der Nachtluft tanzten.

»Warum hört sie auf?«, erklang es enttäuscht und die Lichter wogten.

»Seid ihr das, die sprecht?« fragte Raizel. Jetzt redete sie schon mit dem Licht.

»Uuu, sie hat eine schööne Stimme, so tief«, wisperte es. Die Lichter stoben auseinander, als die Nachtruhe von einem Quietschen gestört wurde. Lille Brantock streckte ihren Kopf durch ein weiteres Dachfenster, das zum Schlafzimmer der Koboldeltern gehören musste.

»Lass dich bloß nicht von den Neonmücken bezirzen«, sagte sie. »Die umgarnen dich mit ihrem Geplapper und ihrem Licht, und dann stechen sie zu.« Neonmücken also waren das gewesen, die ihre nächtliche Akrobatik kommentiert hatten. Raizel hatte noch viel über diese Welt zu lernen. Die Koboldmutter setzte hinterher: »Du solltest ins Bett gehen. Morgen müssen wir früh aufstehen.«

Flups, ein dicker Klumpen Brei löste sich von Frips Löffel, der diesen falsch herum gehalten hatte. Sein Mund stand zwar offen, aber er war nicht wirklich zur Nahrungsaufnahme bereit. Das lag daran, dass er den Gast, der eben gähnend und noch im Nachthemd die eng gewundene Treppe heruntergekommen war, ohne Unterlass anstarrte. Nun wurde seine Aufmerksamkeit von dem orangefarbenen Breifleck auf seiner braunen Hose in Anspruch genommen. Die roten Ohren des Kobolds bogen sich missmutig nach vorne. Sein Vater, Grindu Brantock, war am Tag zuvor noch bei der Arbeit gewesen, als Raizel eingezogen war. Jetzt sagte er zum neuen Gast:

»Willkommen im Eckhaus, Mädchen. Fühl dich ganz wie daheim.«

Das fiel Raizel nicht weiter schwer. Nachdem sie drei Teller des Schokobreis gelöffelt hatte, der von einer unbekannten Frucht mit herber Note aromatisiert wurde, fühlte sich ihr Bauch wohlig warm gefüllt an. Dann blätterte sie neugierig in der Zeitung *Nachrichten aus Nirgendwo*, die bislang vom Koboldvater in Beschlag genommen worden war. Ob Zeitungen hier ähnlich funktionierten wie in ihrer Welt? Der Aufmacher lautete: *Neues Handelsabkommen zwischen Bergriesen und Talzwergen lässt den Goldwert in die Höhe schnellen.* In der Rubrik Vermischtes wurde von einem Mädchen berichtet, das sich auf dem Weg zu seiner Großmutter im Wald verirrt hatte. Erkennungszeichen: rote Mütze. In der Kolumne *Hexes Haushaltstipps* wurde vor übermäßigem Lebkuchenverzehr gewarnt und in den Kleinanzeigen suchten sieben Zwerge an einem entlegenen Ort eine Haushälterin bei freier Kost und Logis. *Voraussetzung: Haare aus Ebenholz und Haut wie Schnee.* Raizel hätte gern noch weitergelesen, aber Frips tippte aufgeregt auf eine Annonce, die beinahe die gesamte Seite einnahm: *Releaseparty! Langersehnt und druckfrisch: Imaginate – Band 66*, stand dort. Und in roten Lettern war schräg über das Blatt geschrieben: *Überraschungsgast!!!*

»Das ist heute!«, rief Frips aufgeregt. »Wer ist bloß dieser Überraschungsgast?« Der Kobold stoppte seinen Satz abrupt. »Oh Mann, vielleicht der Autor selbst. Das wäre ja total cool!« Grindu lächelte über den Enthusiasmus seines Sohnes, ehe er sich wieder in den Sportteil der Zeitung vertiefte. Die Klabautermänner hatten die Heinzelmännchen im Rudern besiegt. Heimvorteil.

Frips fuhr an Raizel gewandt fort.

»Gehst du mit mir hin?«

»Würde ich ja gern, aber mein einziger Pullover ist zerrissen.« Raizel trug noch das lindgrüne Nachthemd, das Lille Brantock ihr vorerst geliehen hatte. Es war ihr viel zu klein, weil Menschen nun einmal größer als Kobolde waren.

Als Lille Brantock das enttäuschte Gesicht ihres Sohnes sah, sprang sie ein. »Komm, wir schauen mal in meinem Schrank nach.«

Die Kleidung der Koboldmutter war komplett grün: Ihre Röcke, Pullover, Kleider und Hosen hatten die Farben von Avocado, Moos, Spinat, oder Smaragden – für festliche Anlässe. Die Kleidung harmonierte mit der von Natur aus leicht grünlichen Haut der Kobolde und diente draußen in der Natur zur Tarnung, auf die Kobolde aus Tradition viel Wert legten. Selbst wenn sie wie die Brantocks längst nicht mehr in einer Höhle im Wald lebten.

Kurze Zeit später betrachtete sich Raizel in einem mit goldenen Rosen umkränzten Spiegel. Sie trug ein pistazienfarbenes Kleid mit Trompetenärmeln, am Busen gerafft und mit einem braunen Gürtel um die Hüften zusammengehalten. Das Kleid, eigentlich bodenlang, reichte bei der neuen Trägerin nur bis knapp unter den Po. Lille lieh ihr für den Weg noch ein tiefgrünes Cape mit Kapuze, wie sie auf Mittelaltermärkten getragen wurden. Komisch, dass die Bewohner magischer Welten sich stets im selben Stil kleideten.

Als sie mit dem Kobold gerade das Haus verlassen wollte, wurde sie von dem Tulfo aufgehalten. »Bringst du mir ein Buch von Shakespeare mit?«, bat er. »Ich will meine dichterische Destruktivität tranchieren!«

Raizel starrte das merkwürdige Haustier verwirrt an.

»Er meint: dichterische Kreativität trainieren. Er verwechselt manchmal ein paar Wörter«, flüsterte ihr Frips zu.

»Und Shakespeare gibt es hier auch?«, fragte Raizel neugierig.

»Ja«, antwortete Frips. »Er ist Multimillionär, hat sich aufs Land zurückgezogen und lässt sich von mehreren Psychologen wegen seiner multiplen Persönlichkeit beraten.«

4. Kapitel

Erst bei dem Spaziergang zu Vermicellis Buchhandlung konnte Raizel das kleine Städtchen, in das es sie so unversehens verschlagen hatte, in Ruhe betrachten. Zusammen mit Frips kam sie vorbei an efeubewachsenen Steinhäuschen mit schmückenden Kreuzgittern vor den Fenstern und gemütlichen Holzbänken vor den Türen. In jeder der neun Straßen, die sich vom Platz des Nachttannenturms erstreckten, gab es eine Kneipe oder ein Café. In der Marktstraße hieß dieses *Grüne Tomaten*, in der Magie-Allee *Zaubar*. Neben dem grünen Eckhaus der Koboldfamilie Brantock in der Schabernackgasse befand sich das *Trixter*. Wer hier einkehrte, musste damit rechnen, mit einer neuen Haarfarbe oder überhaupt nur noch mit Mühe und Not nach Hause zu kommen. Im Zuckerguss-Gässchen gab es das Hotel *Bakebeggars*, das für seine exquisiten Torten und Kekse berüchtigt war und Aufzüge aus Zuckerwatte hatte. Es lieferte Gebäck und Kuchen an das benachbarte Teehaus *Glückskeks*. Die meisten Gebäude waren von einem anheimelnden Honigton.

Im Utopieweg blieb Raizel an dem Aushang der Zeitung *Nachrichten aus Nirgendwo* stehen. Dort hieß es: *Morgen wird es schneien oder die Sonne scheinen. Sind Sie auf alles vorbereitet und mit Schlitten und Sonnenschirm gleichzeitig ausgestattet? Oder suchen Sie lieber Rat bei der Wahrsager-Eule? Eine exklusive Leserumfrage*. Die Lokalzeitungen waren hier anscheinend auch nicht besser als zu Hause, dachte Raizel. Eine Annonce für Sportangebote (*Wassergymnastik im*

Morgengrauen mit Nixe, Heuballenweitwurf mit Esel Kleff, Wildpferdreiten mit Sorraia) weckte einen Gedanken. So sagte Raizel zu ihrem jungen Begleiter: »Frips, meinst du, ich sollte mit dem Kampftraining beginnen? Ich meine, so als Heldin. Das wird doch irgendwie von mir erwartet, oder?«

Frips grinste schelmisch.

»Ach Quatsch, so etwas wird hier schon seit Ewigkeiten nicht mehr praktiziert. Ist einfach nicht nötig, seit die Balden mit ihrem Nachttannenturm für gute Stimmung sorgen. Sag so was Komisches bloß nicht vor Fremden, sonst weiß jeder gleich, dass du nicht von hier bist!«

Raizel war ein bisschen erleichtert. Frips drängelte, und so konnte sie nur noch einen kurzen Blick auf eine Anzeige für das *Café am Ende der Welt* werfen, das sich ganz in der Nähe befinden sollte. Das Ende der Welt und das Nirgendwo aus dem Zeitungsnamen – die zwei Unorte passten irgendwie zusammen.

Die Schnipselgasse, die Vermicellis Bücherladen beherbergte, entpuppte sich als Künstlertreffpunkt. Hier gab es mit dem *Geistesblitz* und dem *Tropfenden Tintenfass* gleich zwei Kneipen. Die Bewohner dieser Straße mussten einen besonders hohen Bedarf an jener Inspiration haben, die nur auf dem Grund eines Weinglases zu finden war. Die Buchhandlung konnten sie schon aus weiter Entfernung ausmachen. Das lag an einer langen Schlange, die sich bis zum *Geistesblitz* zog. Einem solchen folgend, hatten einige Wartende sich Erfrischungen aus der Kneipe besorgt und verkauften sie zu Wucherpreisen an ihre anstehenden Schicksalsgenossen. Raizel stellte sich mit Frips ganz ans Ende der Reihe. Ein Zentaur trippelte auf sie zu. Er balancierte ein Tablett auf seinem Pferderücken. »Pflaumensekt für nur sechs Taler, versetzt garantiert in die passende Feierstimmung für *Imaginate*. Na, wie wär's?« Raizel seufzte. Wenn sie sich eine fantastische Welt ausdenken würde, dann eine ohne Warteschlangen.

Sie zupfte an ihrer ungewohnten Kleidung herum. Lille Brantocks pistazienfarbenes Kleid erinnerte aufgrund des Größenunterschieds zwischen den Trägerinnen an ihrem Körper eher an einen Minirock. Ihre einzige Kleidung aus der Menschenwelt lag zerrissen unter Raizels Bett im Haus der Brantocks. Die Koboldmode fand sie noch etwas gewöhnungsbedürftig. Das lag vor allem an den Trompetenärmeln, die ein bisschen nach Karnevalskostüm aussahen. Wenigstens konnte sie ihre gemütlichen Lederstiefel weiterhin tragen.

Einige der Wartenden hielten sich Schilder in Herzform vor die Brust, auf denen stand: *Mr. Anonymous, heirate mich*. Dieses Angebot war an den unbekannten Autor von *Imaginate* gerichtet. Ein Superstar ohne Namen. Oder war das nur ein geschickter Marketinggag und bei der neunhundertneunundneunzigsten Fortsetzung würde Vermicelli stolz das Gesicht von *Imaginate* präsentieren? Noch hatten die Belieber keine Ahnung, wen sie da eigentlich verehrten. Das machte es einfacher, Illusionen aufrechtzuerhalten. Einige Fans schienen sogar vor dem Buchladen kampiert und ihre Schlafsäcke auf dem Rasenstück neben dem Laden zurückgelassen zu haben, sobald die Party anfing. Verrückt, fand Raizel. Als Literaturstudentin konnte sie zwar die Begeisterung für Bücher und Autoren nachvollziehen, Starrummel war ihr indes fremd. Deshalb wurde ihr auch mulmig zumute, als ein kleines Mädchen aus der Reihe vor ihnen sich umdrehte, rot anlief und dann um ein Autogramm bat.

»Du siehst wirklich genauso aus wie Raizel. Woher hast du die Maske?« Die leibhaftige Raizel zuckte peinlich berührt mit den Schultern und schrieb ihren Namen in das dargebotene Buch mit dem Titel *Raizels Look: Ihre Kleidung, ihr Make-up, ihr gewisses Etwas*. Das kleine Mädchen lief freudestrahlend zu seinen Freundinnen zurück.

Frips und Raizel stießen allerdings nicht nur auf Anhänger des Buches. Kurz bevor sie endlich an der Reihe waren, tauchte eine Horde auf, die Plakate mit der Aufschrift *Dieses Buch verführt unsere Jugend* schwenkte. Raizel konnte nicht mehr fragen, was es mit ihnen auf sich hatte, denn in diesem Moment öffnete der Security-Troll die Tür und Frips stürmte sofort in die Buchhandlung. Raizel folgte dem Koboldjungen.

Zunächst musste sie ihre Augen an das Halbdunkel gewöhnen, das im Innern herrschte. Dann blickte sie sich erwartungsvoll im Geschäft um. Pfeile wiesen den Weg zu Abteilungen wie *Romantische Literatur – Die erfolgreichsten Liebestränke und die melancholischsten Gedichte*, *Heilkräuter*, *Schelmenstreiche* und *Abenteuer*. Es gab zudem einen Sonderbereich für Zwerge. Die Regale dort waren niedriger.

Raizels Blick fiel auf einen dicken Wälzer, auf dem *Brüder Grimm* stand. In einem Seminar über internationale Fantastik hatte Raizel auch die tiefere Bedeutung von *Rotkäppchen* und *Aschenbrödel* studiert. »Sind das hier bei euch auch Märchenerzähler?«, fragte sie neugierig. Frips stöhnte und entgegnete in gelangweiltem Tonfall:

»Ne, das sind Volkskundler. Die Brüder Grimm haben das Verhalten aller Bewohner dieser Welt genauestens studiert. Sie haben schrecklich dicke Bücher über die Fragen geschrieben, weshalb Hexen sich gern in Lebkuchenhäusern ansiedeln, Prinzen sich manchmal als Frösche tarnen und Spindelstiche sich als Schlafmittel eignen. In der Schule haben sie uns im Fach Sachunterricht gezwungen, das alles auswendig zu lernen, weil wir angeblich etwas über unsere eigene Natur lernen sollten. So was von dröge!« Raizel konnte sich ein Lachen nicht verkneifen und fuhr fort, die Buchhandlung zu erforschen.

An den Wänden stapelten sich vor allem alte Folianten, es roch gemütlich muffig. Der gesamte Innenraum hingegen war mit neuen Dingen gefüllt – Sachen, die in Raizels normalem Leben eine Bedeutung spielten: täuschend echt wirkende Duplikate ihres Tagebuchs mit weinrotem Ledereinband, ihr geliebtes T-Shirt mit Glückspilzaufdruck und selbst Megapackungen mit Lakritzhütchen, nach denen sie süchtig war.

»Na, was sagst du?« Frips wuselte herum und machte Raizel auf viele verschiedene Fanartikel aufmerksam. Jetzt wusste sie, wie Harry Potter sich fühlen würde, wenn er durch eine Buchhandlung ihrer Welt liefe …

»Es ist wirklich unglaublich! Hast du dir etwa auch schon was von diesem Zeug gekauft? Ich hoffe ja, du gibst nicht dein ganzes Taschengeld dafür aus«, sagte sie neckend.

»Also, na ja, ich will mir ja nicht so einen Mädchenkram kaufen, aber du hast mich echt auf den Lakritzgeschmack gebracht«, antwortete der Kobold peinlich berührt.

»Und weshalb ist ausgerechnet mein altes Schlabber-Shirt zum Fanartikel erklärt worden?«, fragte Raizel verwundert.

»Na, weil es so herrlich ungewöhnlich ist, wie du es dir fast jeden Abend auf dem Sofa bequem machst. Dafür haben wir hier neben all unseren abenteuerlichen Questen überhaupt keine Zeit. Echt fantastisch, dein Leben!«

Raizel schüttelte ungläubig den Kopf.

Da schnarrte plötzlich jemand in barschem Tonfall: »Ausweiskontrolle.«

Für einen Moment überlegte Raizel tatsächlich, ob sie ihren Personalausweis dabeihatte. Obwohl der ihr hier bestimmt nicht viel nutzen würde. Der Kontrolleur hatte allerdings gar nicht sie, sondern ihren jungen Begleiter gemeint. Misstrauisch fragte er nun: »Hast du schon deine magische Reife erlangt?«

»Aber natürlich, Sir«, sagte Frips schnell und hielt ein Pappstück mit einer Tuschezeichnung und einem Abdruck seiner Ohren hoch. »Soll ich es dir beweisen, indem ich dich nach alter Koboldart verhexe?« Als der Kontrolleur hastig den Kopf schüttelte und sich ein neues Opfer suchte, zog Frips Raizel in den Gang zwischen zwei Regalen hinein.

»Ja, okay, der Ausweis ist gefälscht«, gab er wenig später in sicherer Entfernung zu. »Um *Imaginate* lesen zu dürfen, muss man seine magische Reife erreicht haben, weil sonst angeblich akuter Wirklichkeitsverlust droht. Es soll schon vorgekommen sein, dass Kobolde sich nach dem Lesen plötzlich wie die Fabelwesen fühlten, als die sie in euren Märchenbüchern beschrieben werden, und nicht als die durch und durch realen Lebewesen, die sie nun einmal sind. Einige traf es sogar so hart, dass sie am Ende des Regenbogens Gold versteckten. Mir würde das natürlich nie passieren.«

Raizel erinnerte sich plötzlich an etwas.

»Haben diese Leute, die draußen Schilder geschwenkt haben, etwas damit zu tun?«

»Du meinst die Vereinten Realisten, kurz VR? Die wollen nicht einsehen, dass es fremde Welten gibt, in denen keine Magie existiert. Außerdem sagen sie, *Imaginate* verherrliche Gewalt und verderbe die Jugend. In allem wollen sie gleich mehrere Dimensionen sehen. Deshalb bestehen sie auch darauf, dass in *Imaginate* ein ›e‹ eingefügt wird: Damit die ›Magie‹ zurück in ›*Imagienate*‹ gelangt. Ganz schön militant, die VR-Anhänger.«

In diesem Augenblick stürmte eine Horde von Jugendlichen schubsend und drängelnd in den Laden und Raizel zog sich die Kapuze ihres Capes tiefer ins Gesicht. Zwei halbstarke Riesenmädchen waren trotz der Verkleidung auf sie aufmerksam geworden. Sie bauten sich vor ihr auf, zeigten auf ihre Schuhe und rümpften die Nase: »Pff, was für ein billiges Imitat. In Schuhe von so schlechter Qualität würde *sie* nie ihre Füße stecken.« Frips grinste schelmisch.

Raizel wurde durch eine Lautsprecherdurchsage von einer Antwort erlöst: »Meine sehr verehrten Riesen, Kobolde, Gnome, Balden und alle, die ich vergessen habe, ich freue mich außerordentlich, euch heute zur Releaseparty des sechsundsechzigsten Bandes von *Imaginate* zu begrüßen. Stöbert, erfrischt euch am kalten Büfett und vor allem: kauft! Um euch in die richtige Stimmung dafür zu versetzen, verwöhnen wir euch hier und jetzt mit einem Liveauftritt der – Froschcombo! Applaus bitte!« So sprach der Ladeninhaber, der Raizel bereits als waschechter Bücherwurm beschrieben worden war. Und wirklich: Sein faltiger Wurmschwanz erinnerte an einen Ledereinband und die Flecken auf seiner Krawatte sahen verdächtig nach Papierschnipseln aus. Vermutlich hatte Vermicelli noch schnell einen Happen zu sich genommen, um sich nicht vor Heißhunger auf seine eigene Ware zu stürzen.

Nur wenige Augenblicke nach seiner Ansage stürmten fünf überdimensional große Frösche auf die Bühne. Ein Drummer, ein Flötist, ein schneidiger Bassist mit Tuch um die Stirn und ein zartbesaiteter Harfenspieler, der zu seinem Spiel unablässig seufzte. Der Star war jedoch Körmit, der Bandleader und Sänger. In James-Dean-Manier lehnte er sich an seinen Notenständer, zog leicht arrogant eine Augenbraue hoch und begann, lässig ins Mikro zu hauchen.

Während die Band spielte, schlängelte Raizel sich durch die Reihen und suchte *Imaginate*, Band eins. Sie war sozusagen der Erschaffung ihres Universums auf der Spur. Wie lächerlich das klang, hier, in einem vollgestopften Laden, der auch in ihrer Stadt stehen könnte, wenn man mal von der Angewohnheit des Besitzers absah, die Seiten anzuknabbern. Raizel musste einfach mehr über diesen Roman herausfinden. Vielleicht würde sie dann auch erfahren, wie sie wieder in ihre Welt zurückkehren sollte. Sie klammerte sich an diese Aussicht, die ihr bei all den erschütternden Erlebnissen der vergangenen Stunden ein bisschen Halt gab.

Da lag es. Das Buch nahm einen Ehrenplatz ein, am Kopf eines Tisches mit Titeln wie *Alles nur geklaut: Intertextuelle Bezüge in Ima-*

ginate oder *Wie Imaginate die Vorstellungskraft schult.* Hier standen nicht sehr viele Kauflustige herum, vermutlich, weil jeder Partygast den ersten Band schon längst gelesen hatte. In einer Ecke hörte sie zwei gelehrt aussehende Gnome diskutieren.

»Ich würde sagen, Raizel ist eindeutig eine romantische Heldin. Als Literaturliebhaberin träumt sie sich in fremde Welten hinein, sie huldigt dem Irrealen und den Nachtseiten des Lebens. Weshalb findet sie sich bloß nicht mit ihrem eigenen, so herrlich außergewöhnlichen Leben ab? Diese Geschichte muss meiner Ansicht nach zwangsläufig ein tragisches Ende finden.« Sein Gegenüber erwiderte:

»Du musst bedenken, dass Raizels Dasein ja nur aus unserer Sicht außergewöhnlich erscheint, weil hierzulande selbst jeder Baumgeist über Zauberkräfte verfügt. So ist es für uns geradezu fabelhaft, wie sie den Alltag ohne eine Spur von Magie meistert. Der anonyme Autor spielt auf eine ganz exzellente Weise mit den Perspektiven und der Vorstellung davon, was normal ist. Einem Menschen aus ihrer Welt müssten wir Gnome ja wie fantastische Traumwesen erscheinen …«

Die Gelehrten sahen sich an und prusteten angesichts dieser irrwitzigen Vorstellung los. Dann schlug einer der Gnome einen ernsten Ton an. »Was mir Sorge bereitet, ist diese exorbitante Vermarktung des Buches. So wird das Augenmerk fort von der eigentlichen Geschichte gelenkt und zwischen all den Fanartikeln geht der tiefere Sinn verloren. Angeblich soll es sogar bald ein Extrahörspiel nur über eins der Werke geben, das Raizel irgendwann einmal für eine Hausarbeit gelesen hat. Aber das ist bestimmt nur ein Gerücht. Wäre ja auch ein ziemlich offensichtlicher Versuch, den Erfolgsroman bis ins Letzte auszupressen.«

Die Gnome entfernten sich in Richtung des Büfetts. Für einen Moment lauschte Raizel gedankenverloren Körmits rauchiger Stimme. Ihr Körper war angespannt, Wellen der Aufregung durchströmten sie. Zugleich zögerte sie: Nun also sollte sie das Buch sehen, das die Menschenwelt hervorgebracht hatte. Das war wirklich ziemlich verrückt! *Am Anfang war das Wort*, dieser Satz aus der Bibel erschien ihr plötzlich in neuem Licht.

In diesem Moment ging auf Vermicellis Bühne ein gleißender Scheinwerfer an. Raizel war dankbar für die Ablenkung. Sie spielte mit einer ihrer widerspenstigen roten Locken, während ihr Blick übers Publikum schweifte. Beim Anblick all der Fans, ihrer Fans sozusagen, legte sich in ihr ein Schalter um. Bislang hatte Raizel mit ihrer Protagonistenrolle gehadert. Nun aber fühlte sie sich verpflichtet, den Erwartungen der Anhänger an die Figur Raizel gerecht zu werden. Mutig und tapfer also sollte sie sein. Kategorien, die in ihrem behüteten Alltag in der westlichen Zivilisation der Menschenwelt nicht unbedingt eine Rolle spielten. Außer bei der Textinterpretation von Heldenepen vielleicht.

Den jungen Kobold Frips konnte sie im Trubel nicht entdecken. Dafür aber einen anderen ihr wohlbekannten Jemand. Der Typ von der Mauer in der Nähe des Nachttannenturmes. Der erste Mensch, dem sie in diesem Land der Fabelwesen begegnet war und dem sie sich deshalb instinktiv verbunden gefühlt hatte. Ehe er sie einfach hatte stehen lassen. So was von unhöflich!

Sie kannte nicht einmal seinen Namen, fiel ihr auf, als sie den Mann mit den halblangen braunen Haaren betrachtete, der sich hinter einem Regal mit melancholischer Literatur zu verstecken schien. Als er ihren Blick auffing, griff er schnell nach einem Buch aus einem Regal mit regionaler Literatur. Es trug den Titel *Paradise Found – ein episches Gedicht über Baldorg*. Der Mann hatte Nerven. Erst erzählte er ihr, dass sie ihm irgendwie bekannt vorkam, dann verschwand er, ohne auch nur seinen Namen zu nennen. Und jetzt beobachtete er sie und hielt sie davon ab, endlich das Buch ihrer Herkunft zu lesen. Wäre sie jetzt eine echte Hauptfigur, könnte sie seinen Ärmel mit einem Pfeil an eines der Regale tackern wie Katniss Everdeen aus *Die Tribute von Panem*. Oder ihn zum Donnerdrummel wünschen wie Ronja Räubertochter und ihn beim Sprungduell über eine Schlucht besiegen. Die einzigen Abgründe, die sich in Vermicellis Buchhandlung auftaten, waren indes die der Seele in der Abteilung für psychologische Dramen. Um die Erwartungen der Leser nicht zu enttäuschen, gab es dort auch ein Regal für *Tragödien mit garantiertem Happy End*.

Raizel beschloss, den Mann mit dem unbekannten Namen direkt zur Rede zu stellen. Für ihre magielose, geradlinige Art der Problemlösung wurde die Romanfigur Raizel schließlich in dieser Welt verehrt.

Als sie mit Funkeln in den Augen bei dem Unbekannten anlangte, kam ein Angestellter von Vermicelli mit einem Berg von Erstausgaben des neuen *Imaginate*-Bandes vorbei. Er wurde belagert von Fans, die sich eins der ersten Exemplare sichern wollten. Eine Blumenfee, deren zartes Erscheinungsbild täuschte, hielt Raizel für eine Konkurrentin. Die Fee boxte ihr unerwarteterweise so hart in den Bauch, dass Raizel überrascht zur Seite schwankte und ausgerechnet von jenem Mann aufgefangen wurde, dem sie eigentlich die Meinung sagen wollte. Ein leichter Geruch nach schwelender Glut ging von ihm aus. Sie ließ sich nicht den Wind aus den Segeln nehmen, rappelte sich schnell auf und strich sich eine rote Haarsträhne aus dem Gesicht.

»Weshalb beobachtest du mich heimlich?«, herrschte sie ihn an. Er hatte grüne Augen, registrierte sie nebenbei.

»Wie kommst du darauf, dass ich dich beobachte? Hier gibt es genug spannende Unterhaltung.« Er deutete auf ein Bücherregal. Raizel fuhr sich mit den Händen unwillkürlich an ihren Hals, doch an dem von Lille geborgten Oberteil gab es keine Kordel, an der sie nervös hätte nesteln können. Sie kam sich plötzlich ziemlich albern vor und reagierte deshalb heftiger als beabsichtigt.

»Was hast du sonst noch so in deinem Repertoire? Erst fragst du mich aus, dann haust du einfach ab, ohne mir auch nur deinen Namen zu nennen, und jetzt …«

»Tarik«, sagte er. Raizel hielt in ihrem Entrüstungsschwall inne.

»Was?«

»Mein Name ist Tarik. Du kannst also eine Sache von deiner imposanten Liste meiner Verfehlungen streichen«, sagte er spöttisch.

Tarik – welch sonderbarer Name. Er klang nach Jahrmarktgaukler oder orientalischem Krieger. In einer Fabelwelt wie dieser musste man wohl solch einen Namen haben. So leicht würde sie ihn nicht davonkommen lassen.

»Na also, geht doch. Und weshalb versteckst du dich hier wie ein Dieb, der seine Beute inspiziert?« Tarik schaute so, als würde ihn dieser Vergleich erheitern. Das ließ Raizels Blut erst recht hochkochen. In diesem Augenblick lief Frips an ihnen vorbei, blickte sie kurz an, runzelte die Stirn und verschwand wieder im Getümmel. Raizel wandte sich wieder dem Mann von der Mauer zu.

»Super, dass wenigstens einer sich amüsiert. Du bist ja wirklich ein schöner Held.« Und einem plötzlichen Gedanken folgend, setzte sie trotzig hinzu: »In *Imaginate* würde jemand wie du keinerlei Rolle spielen.« Sie war davon ausgegangen, dass diese Aussage für alle Besucher der Buchparty die ultimative Kränkung darstellen würde. Die Reaktion ihres Gegenübers fiel allerdings nicht so aus wie erwartet.

Tarik blickte für einen kurzen Moment überrascht, dann prustete er los, als hätte er gerade etwas sehr Absurdes gehört. Er fing sich wieder.

»Damit hast du zweifelsohne recht.« Er nahm sie in Augenschein. Hatte er gerade dorthin geschaut, wo ihre Beine unter dem allzu kurzen Kleid hervorragten? Dann wechselte er abrupt das Thema. »Amüsierst du dich, Raizel?«

Mehr noch als alle Sticheleien brachte sie diese Frage auf.

»Jetzt willst du plötzlich Small Talk machen? Tut mir leid, dafür ist mir meine Zeit zu schade.«

Sie drehte sich um, ihre langen Locken flogen durch die Luft, als sie den Kopf divenhaft herumriss. Stolz rauschte sie davon. Das war mal ein Abgang, wie er sich für eine Hauptfigur gehörte. Die Hochstimmung dauerte an, bis eine Sackgasse aus Bücherregalen sie stoppte. Raizel schaute sich nach Tarik um, zum Glück war nichts von ihm zu sehen. Er konnte ihr von jetzt an gestohlen bleiben, sie hatte Wichtigeres zu tun. Den Sinn der gesamten menschlichen Existenz zu ergründen zum Beispiel, und andere Nebensächlichkeiten.

So beugte sie sich wenige Augenblicke später über den ersten Band ihrer Geschichte. Endlich war es so weit, und dennoch zögerte sie. Sie spürte diese Mischung aus Neugier und schlechtem Gewissen, vergleichbar mit der Situation, wenn man das Ende eines Buches schon zu Beginn las. Nur dass es diesmal um ihr eigenes Leben ging.

Was, wenn da jetzt stehen würde: *Insgeheim wünschte Raizel sich, XY umzubringen.* Würde es dann stimmen, nur weil es geschrieben stand? Oder würde sie es sich nur einreden, wobei ja das Resultat dasselbe blieb? So, als ob Eva die Bibel lesen und deshalb den Apfel nehmen würde, wissend, dass es so diktiert wurde. Und was, wenn Raizel im Buch etwas erfahren würde, was noch nicht eingetreten war? Wäre ihre Zukunft vorgeschrieben wie die einer Romanfigur?

Zögernd strich sie mit der Hand über den Einband, und da war er wieder: dieser Stromschlag aus dem Nachttannenturm, gepaart mit dem beißenden Geruch, der sie damals vor den Balden hatte fliehen lassen.

Ein Gehilfe des Bücherwurmes blieb neben ihr stehen und musterte sie mit einer Mischung aus Mitleid und Neugier. »Ah, da ist jemand noch nicht an Vermicellis aggressive Marketingstrategie gewöhnt. Ein kleiner Stromschlag, um die Sinne anzuregen, eine Wolke aus Patschuli, die beim Reiben des Einbandes freigesetzt wird. Der Geruch soll den potenziellen Leser in eine andere Welt entführen.«

Raizel widerstand der Versuchung, ihm zu sagen, dass ihr das bereits widerfahren war – ohne dass sie dabei fast erstickt war. Das also war die Erklärung für ihre erste dramatische Begegnung mit dem Buch im Nachttannenturm!

Noch ehe Raizel etwas erwidern konnte, wurde der Gehilfe von Vermicelli herbeizitiert, um die Regale mit Fanartikeln aufzufüllen, und er eilte davon. Raizel wandte sich wieder dem Buch zu, darauf bedacht, den Einband nicht zu berühren. Sie hielt die Luft an und beugte sich über die Seiten. Gierig verschlang sie den ersten Satz: »Alles begann mit einem Blitz …«

In diesem Moment zog sie ein wohlbekannter Koboldjunge am Ärmel ihres pistazienfarbenen Kleides.

»Frips, was willst du?«, fragte sie ungehalten.

»Was hältst du dich da bei den uralten Büchern auf? Den ersten Teil kennt doch schon jeder«, sagte der Koboldjunge.

Das mit dem Blitz kam Raizel bekannt vor, und sie fragte Frips danach. »Der erste Satz ist derselbe in jedem Band«, erklärte er. »So ein Wiedererkennungsding. Und der Blitz – hallo, der ist natürlich total symbolisch, steht für Kraft und Unberechenbarkeit, das verstehe ja sogar ich.« Dann verfiel der Kobold wieder in den Fanmodus und fuhr hastig fort:

»Los, der Ehrengast tritt gleich auf. Komm, wir sichern uns einen guten Platz!«

Raizel folgte ihm seufzend.

Kalfa trieb Wribo und Selp zur Eile an. »Jetzt macht mal hinne, ihr wisst, welche Verhängnisse es abzuwenden gilt!« Das Trio hatte den Nachttannenturm für eine neue Mission verlassen. Und wieder ging es um Raizel, um jenes Mädchen, das dem Begriff *weltfremd* eine ganz neue Bedeutung verlieh.

»Warum müssen wir auch zu Fuß gehen«, beschwerte sich Selp. »Das ist so menschlich hilflos.«

»Um die Vereinten Realisten zu ärgern, weißt du doch. Die VR-ler ticken aus, wenn sie uns magiebegabte Wesen schnöde laufend erblicken, sie sehen die Welt einfach viel zu eindimensional.« Damit hatte Kalfa recht. Als sie sich dem Bücherladen näherten, fauchten die Plakatträger sie an: »Ihr missachtet eure Natur! Ihr seid zum Fliegen bestimmt! Seht, was *Imaginate* mit uns macht!« Einige besonders Eifrige versperrten den Balden sogar den Weg in Vermicellis Laden. Das ging zu weit, fanden die Balden. Also machten sich Selp, Wribo und Kalfa kurzerhand unsichtbar und gelangten so ungehindert ins Innere.

In einem Hinterzimmer von Vermicellis Bücherladen, in dem normalerweise die Lakritzhütchen hergestellt wurden, war es finster. Nur eine tropfende Kerze ließ die Maschinen wie stählerne Drachen erscheinen. Irgendwo war etwas undicht, denn man hörte Öl tropfen. Dieses *man* waren drei Schatten, die unbeschreiblich, da wesenlos waren. Sie schienen gar nicht da zu sein, und lediglich die Kraft des allwissenden Erzählers machte es überhaupt möglich, über sie zu schreiben. Eins war klar: Sie waren nicht gekommen, um ein Buch zu kaufen oder der Froschcombo zu lauschen.

Gilbo kam wieder zu sich, der Einfluss der dunklen Mächte über ihn ebbte ab wie ein Krötenpilzrausch. Er konnte sich nicht daran erinnern, was er in der Zwischenzeit getan hatte, und hoffte nur, dass es nichts Schlimmes war. Der Zwerg horchte in sich hinein, und als er den

Eindringling nicht spürte, schlug er schnell die erste Seite des Romans auf. »Alleeeeees begann … miiit eiiiinem Bbblitzzz.« Er konnte sich nur selbst auf die Schulter klopfen für seine Lesefortschritte. Schon nach wenigen Seiten hatte er begriffen, dass die Romanfigur mit dem Mädchen in dem Phönix identisch war.

Bei der Lektüre erfuhr Gilbo, dass Raizel sich häufig nach Partys mit Freunden ein Beförderungsmittel namens *Cab* teilte. Dort lief dann etwas, was *Radio* genannt wurde. Noch befremdlicher als diese Technik erschienen dem Zwerg die Nachrichten, die darüber verbreitet wurden. Dort war von Flüchtlingen die Rede, von ertrinkenden Kindern und Hassdemos. Was war da bloß los in Raizels Welt? All das kannte er aus Baldorg nicht, das würden die Balden nie zulassen. Ihm wurde übel.

Vielleicht würde er in Zukunft seine Belesenheit demonstrieren, indem er eine gewisse Abneigung gegenüber den Balden zur Schau stellte. Bei dieser flächendeckenden Verbreitung von *Imaginate* würde jeder sein Verhalten sofort als ironische Anspielung auf ein Klischee der Raizel-Welt verstehen, in der ein gewisser Schriftsteller namens J. R. R. Tolkien festgeschrieben hatte, dass sich Zwerge und Elben nicht mochten. In Baldorg kannte er niemanden, der dem harmonischen Baldenvolk, den Brüdern und Schwestern der Elben, tatsächlich mit einer anderen Haltung als Ehrfurcht und Sympathie begegnen könnte. Obwohl allein dieser Umstand schon ein bisschen nervte … Der Zwerg zuckte zusammen. Das war doch nicht sein Gedanke!

Neben Gilbo lag ein Wörterbuch, denn bei der Lektüre stieß er auf viele Begriffe, die ihm selbst in der Zwergensprache nichts sagten. *Klimawandel* zum Beispiel. Das Wörterbuch hatte ihn in seine neueste Auflage aufgenommen mit der Erklärung: Bedrohliche Erwärmung der Erde, die durch Fehlverhalten der Menschen und Ausbeutung der Natur verursacht wird, Wort zum ersten Mal registriert in *Imaginate,* Band 1, S. 48. Oder *Willkür*: Veralteter Begriff für das Ausnutzen einer Machtposition; den eigenen Willen ungeachtet von nachvollziehbaren Regeln durchsetzen; aus der Zeit der Baldenkriege. Und dann der Nachtrag: Wieder in den modernen Sprachschatz übergegangen durch *Imaginate*, Band 1, S. 178. Es waren Wörter, die nicht direkt Raizels Leben, sondern eher ihr Umfeld beschrieben. Und sie bezeichneten allesamt ziemlich schreckliche Dinge.

Gilbo hätte gern noch weitergelesen und mehr über Raizels Geheimnis erfahren, aber das Lesen in fremder Sprache strengte ihn zu sehr an, die Buchstaben verschwammen vor seinen Augen. So machte er es sich mit einer Pfeife gemütlich und ließ sich auf einem der überdimensionalen Fliegenpilze nieder, die ihm als Stühle dienten. Bei dem Stichwort *fliegen* musste Gilbo wieder daran denken, wie er Hand an Cendros Phönix gelegt hatte. Der Körper des Zwergs erschauerte vor Entsetzen über sich selbst.

Raizel kaufte sich ein Fanexemplar ihres Tagebuchs, da ihr eigenes noch in einer anderen Welt auf ihrem Nachttisch auf sie wartete. Wie Frips ihr erzählt hatte, wurde im Roman oft beschrieben, wie Raizel vor dem Einschlafen die wichtigsten Gedanken des Tages in dem weinroten Büchlein festhielt.

Die Stimmung im Buchladen hatte sich gewandelt. Im Publikum breitete sich eine Unruhe aus, die Menge schien auf etwas zu warten. Zwei menschliche Mädchen klammerten sich aneinander, was Raizel entfernt an Konzerte von Boygroups erinnerte. Frips war im Gedränge verschwunden. Dafür hatte sich Cendro zu ihr gesellt. Ganz Baldorg schien verrückt nach diesen Romanen zu sein.

»Na, wie gefällt es dir bei den Brantocks?«, fragte der Schornsteinreiter sie.

»Die Kobolde sind wirklich sehr hilfsbereit«, antwortete Raizel. »Und Frips erinnert mich an meinen kleinen Bruder.« Sie lächelte, denn das hatte sie erst in diesem Moment richtig realisiert.

Nach der zweiten Zugabe der Froschcombo schlängelte sich der Gastgeber Vermicelli auf die Bühne.

»Und nun, meine Damen und Herren, ja gerade euch, verehrte Damen, möchte ich den Ehrengast des heutigen Abends nicht weiter vorenthalten. Begrüßt mit mir: Laurinel – Literaturgott aus dem Nebelreich, denn er spricht nicht über seine Herkunft. Der einzige Vertraute unseres Meisterautors!« Ein Murmeln brodelte in der Masse und rollte in einem Begeisterungssturm über die Köpfe hinweg der Bühne entgegen. Dort strömte dicker Rauch aus einem verborgenen Rohr. Im Qualm zeichnete sich langsam eine Kontur ab, dann war der Rauch verschwunden. Raizel wurde zuerst geblendet von dem furchtbar glitzernden Kostüm, das von dem selbstverliebten Gesichtsausdruck, der sorgsam gerichteten Frisur und dem Siegelring am Finger ablenkte. Neben ihr schnaufte Cendro missbilligend, anscheinend gefiel ihm die überzogene Aufmachung des Überraschungsgastes nicht.

Doch dann … Das konnte nicht möglich sein! Mehr als alle Fabelwesen, die ihr in diesem Abenteuer begegnet waren, schockierte sie dieser Anblick. Der Mann, der sich nun mit einem breiten Grinsen, das gönnerhaft und einstudiert wirkte, dem Publikum zeigte, war – ihr Literaturprofessor Dr. Laurens.

Die Balden suchten mit Augen und Intuition nach dem Mädchen aus der Menschenwelt. »Sie hängt vor der Bühne rum«, gab Kalfa, die erfahrenste von ihnen, per Baldenruf durch, und die Gefährten begaben sich nach vorne. Das war nicht so einfach, denn sie verzichteten auf den Luftweg, um nicht allzu sehr aufzufallen. So wurden sie von all den Fans angerempelt, die ihren Platz nicht aufgeben wollten.

»Hee, Vordrängeln gibtsch nisch«, nuschelte eine Sirene mit Sprachfehler.

»Sorry, edle Dame, bitte untertänigst, ganz cool zu bleiben«, entschuldigte sich Wribo. In diesem Moment waren die Balden trotz aller Harmonie ziemlich aufgeregt.

»Sie will sich zu dem Macker auf der Bühne begeben«, meldete Selp.

»Verhindert es!« rief Kalfa.

Raizel musste herausfinden, was es mit Laurinel auf sich hatte. Vielleicht konnte er ihr sagen, wie die Welten der Balden und der Menschen zusammenhingen. Deshalb wollte Raizel keinen Augenblick verlieren und war bereit, auf die Bühne zu springen, Laurinel zwischen die

Bücherregale zu ziehen und zur Rede zu stellen. Hastig verabschiedete sie sich von Cendro. Die aufgebrachten *Imaginate*-Fans waren ihr in diesem Moment herzlich egal. Es ging hier um eine existenzielle Angelegenheit, und das war in diesem Fall mehr als nur eine Floskel. So schlängelte sich Raizel durch das Publikum, schob Nymphen mit von Herzen übersäten Fanplakaten beiseite und legte sich mit ein paar störrischen Wichteln an. Sie war bereits bis zur zweiten Reihe vorgedrungen, sah die zwei Trolle, die Vermicelli als Ordner engagiert hatte, um die Fans auf Abstand zu halten. Überlegte schon, wie sie zwischen den X-Beinen der massigen Kreaturen durchtauchen könnte. Als sie sich in die erste Reihe zwängte, fand sie sich unversehens neben Tarik wieder. Er sagte nichts, blickte sie nur mit hochgezogenen Brauen an. Plötzlich war sich Raizel sehr bewusst, dass sich ihre Schultern im Gedränge aneinanderpressten. Für einen kurzen Moment war sie aus dem Konzept gebracht. Sie ertappte sich bei dem Gedanken, dass es ihr vielleicht nicht so leichtfallen würde, Abstand zu Tarik zu halten. Dann drängte sich Dr. Laurens wieder an die Oberfläche ihres Bewusstseins. Als Raizel ihren Blick zur Bühne wandte, schaute Laurinel beziehungsweise Dr. Laurens sie direkt an. Dieser durchdringende, inquisitorische Blick, den sie von ihrem Professor so gut kannte, ließ sie erstarren. Dann war die Magie gebrochen. Hatte sie sich nur getäuscht?

Wie ein Rockstar stellte Laurinel einen Fuß auf die Rampe am Bühnenrand und ließ sich von den Zuschauern feiern. *Fehlt nur noch, dass er ein Souvenir ins Publikum wirft*, dachte Raizel.

In dem Moment holte Laurinel etwas aus seiner Jackentasche hervor. »Ich habe hier ein kleines Souvenir für meine treuen Fans«, sagte er und holte zum Wurf aus.

Raizel konnte nicht erkennen, um was es sich handelte. Was auch daran lag, dass die Anhänger sich darauf stürzten, als handelte es sich um den Heiligen Gral. Aber sie hatten nicht mit Raizel gerechnet. Laut rief sie: »Dort, da ist er! Der Autor von *Imaginate!* Er ist es leibhaftig!« Und plötzlich war Laurinel nur mehr ein D-Promi und jedes Interesse richtete sich auf die Eingangstür, auf die Raizel gezeigt hatte. Der dort stehende Ausweiskontrolleur grinste angesichts der plötzlichen Aufmerksamkeit verschämt. Ehe jemand sie als Lügnerin denunzieren konnte, duckte sich Raizel schnell an der Stelle, wo Laurinels Mitbringsel zwischen den Fans verschwunden war. Blind tastete sie auf dem Boden herum. Da, sie hatte es gefunden. Neugierig zog Raizel ihren Arm aus dem Pulk an Beinen hervor und starrte ungläubig auf ihre Trophäe. Es handelte sich um ein simples Streichholzmäppchen. Darauf stand *Café am Ende der Welt – Hier geraten Sie in geselliger Runde an Ihre Grenzen.*

Raizel konnte nicht mehr sehen, wie Laurinel auf ihr Intermezzo reagierte, denn in diesem Moment wurde sie von drei Balden angerempelt, die sich lautlos angepirscht hatten. Kalfas Augen funkelten besorgt. »Was …«, konnte Raizel noch sagen, da legte sich Wribos kleine Hand um ihre und er zog sie mit einer beachtlichen Kraft Richtung Ausgang, vorbei an einem amüsiert blickenden Tarik.

»Ich wollte doch …«, japste Raizel, und bevor sie durch die Tür gezogen wurde, drehte sie sich noch einmal um: Der Mann, der aussah wie ihr Literaturprofessor, hatte gerade seinen Umhang abgelegt und wirkte wie ein Zauberer, kurz bevor er das Kaninchen aus dem Hut holte. Im Hintergrund wartete Vermicelli ebenso gespannt wie seine Besucher, die sich nach Raizels Flunkerei schnell wieder der Bühne zugewandt hatten.

Laurinel hob an zu sprechen. »Meine Fans, ich bin höchst erfreut …« Worüber, das hörte Raizel nicht mehr, denn sie war schon draußen.

Frips hatte in den Bücherstapeln gewühlt, um den Wunsch des Tulfos zu erfüllen und ein Werk von Shakespeare zu suchen. Der junge Kobold hatte indes so viele Bücher gefunden, dass er sich nicht entscheiden konnte: *Viel Lärm um den Wicht* oder *Ein Wintermorgenerwachen* oder *Mac Exzess*, was würde Polpo besonders gut gefallen? Am besten fragte er Raizel, sie wurde in *Imaginate* als Verehrerin des Schriftstellers beschrieben. Eben hatte sie noch vor der Bühne gestanden und der Froschcombo gelauscht. Sein Blick blieb an Laurinel hängen. Und dieser Mann im Glitzerkostüm wollte ein Kenner sein, wie lächerlich! Kein wahrer Freund des Meisterautors würde sich so aufspielen. In der Ferne konnte er eine Rauchwolke erkennen. Das musste Cendro sein! Frips bahnte sich einen Weg durch die Menge.

»Was sollte das denn?«, fragte Raizel ein bisschen wütend. Lediglich ein bisschen, denn den Balden richtig böse zu sein war beinahe unmöglich. Wribo, der noch immer ihre Hand hielt, machte irgendetwas mit ihr. Es fühlte sich ganz weich und sanft an. Raizel fragte sich unvermittelt, weshalb sie eigentlich Kleidung trug …

»Wribo, du genuiner Vollidiot! Unterstehe dich, den Spruch ›Selig sei, mach dich frei‹ an ihr auszutesten! Oh weh mir, vermaleflixst!«, rief Kalfa, und Raizel wachte aus ihrer Trance auf. Alles um sie herum war dunkel. Sie konnte nichts sehen, die Luft war stickig. Das lag daran, dass sie sich ihr Kleid schon halb über den Kopf gezogen hatte. Sie ließ es schnell wieder herunterfallen und schaute in vier grinsende Gesichter und ein ärgerliches: das von Kalfa.

»Ach, welch beknackte Trübsal! Was hast du dir dabei gedacht, Alter?«, herrschte sie den jungen Balden an. »Deinethalben hat sich die Lady mordsmäßig erschrecket!«

Der Angesprochene versuchte einen schuldbewussten Ausdruck aufzusetzen.

»Ihr Gemüt war so uncool drauf und da dachte ich, ein so gearteter Zauber vermöge sie wieder locker zu kriegen. Hat ja auch gewirkt, oder?« Das musste selbst Kalfa zugeben, denn Raizel war zu überrascht, um verärgert zu sein. Die merkwürdige Baldensprechweise trug noch zu ihrer Verwirrung bei.

Kalfa klärte sie schnell auf. Der Spruch *Selig sei, mach dich frei* war ein seit Generationen überlieferter Liebes- und Glückszauber und stand ganz oben auf dem Lehrplan der Balden-Elementarschule. Die Schüler durften ihn bisher eigentlich nur an Tausendfüßlern ausprobieren, die sich daraufhin bereitwillig alle tausend Schuhe auszogen, wenn der Zauber nicht vorher gestoppt wurde. Was die jungen Balden natürlich nicht daran hinderte, ihn auch untereinander auszutesten.

Die Tür von Vermicellis Laden ging auf und herausgestolpert kam Frips unter einem Stapel von Büchern, ganz oben lagen *Viel Lärm um den Wicht* und *King Fear*.

»Nun, ihr Checker, hinfort, wir trödeln hier schon viel zu lange herum!«, mahnte Kalfa.

5. Kapitel

Vermicelli saß über seinen Tageseinnahmen und ringelte sich behaglich. Einen oder zwei Geldscheine hatte er bereits vor Aufregung angeknabbert, auch wenn sie ihm eigentlich nicht besonders schmeckten. Der neue Romanband hatte sich dank seines Geschäftssinns mal wieder in Gold verwandelt. Er sollte versuchen, *Imaginate* als Marke sichern zu lassen.

Wenn er ehrlich war, wirkte dieser Laurinel ja ziemlich aufgeblasen. Wen störte das, solange er die Masse begeisterte? Merkwürdig, dass der angebliche Freund des Bestsellerautors keinerlei Bezahlung für seinen Auftritt verlangt hatte. Nur abfällig gelacht hatte er über Vermicellis halbherziges Angebot über neunzehn Taler neunzig. Aber Vermicelli hatte keine Lust, seine geschmeidige Wurmhaut ohne große Not zu runzeln.

Noch einmal rechnete er die Einnahmen des Nachmittags durch. Was machte er jetzt mit dem Geld? Auf der Zwergenbank anlegen? Er könnte sich natürlich auch einmal etwas gönnen und das exquisite Restaurant *Vier Jahresseiten für Büchergourmets* besuchen. Nein, das war alles viel zu kurzfristig gedacht. Dabei hatte man ihm in dem Abendkurs *BWL für Bücherwürmer* beigebracht, Gewinne gleich wieder in das Unternehmen zu investieren. Ob aus *Imaginate* noch mehr herauszuholen war? Er brauchte einen Plan. Schnell riss er drei Seiten aus dem Lehrbuch *Kreatives Denken für Fortgeschrittene* heraus, vertilgte sie und wartete auf eine Eingebung. Und sie kam.

Ja, das war es! Er würde ein Raizel-Theaterstück inszenieren! Auf solch eine geniale Idee konnte wirklich nur er kommen. Er würde jetzt sofort Werbeflyer kreieren und sie noch am selben Abend aufhängen. Wozu hatte man seine eigene Druckerei.

»Hättet ihr die Grade, mir mitzufeilen, wo ihr euch so lange herumgerieben habt? Ich bin beinahe gestorben vor Kurzweile!«, beschwerte sich der Tulfo, als Raizel und Frips das Haus betraten.

»Polpo, beruhige dich! Schau, was ich dir mitgebracht habe!«, sagte Frips und hielt dabei das Bücherpaket anpreisend in die Höhe wie das Herrchen ein Leckerli für den Hund. Doch ein Tulfo war kein Hund, und Polpo riss nur das Päckchen an sich, grunzte etwas Unverständliches, was sowohl »Danke dir« als auch »Verbeiß dich« heißen konnte, und verschwand die Treppe hinauf.

»Typisch«, sagte Frips.

Raizel pufffte ihm leicht in die Seite. »Ach, mach dir nichts draus.« Dann blickte sie ihn verschwörerisch an. »Woher wusstet ihr eigentlich, dass ich in eure Welt gekommen bin?«

In seinen Augen blitzte es spitzbübisch auf. »Komm mit«, sagte er und lief bereits die enge, steile Holztreppe zu seinem Zimmer hinauf. Vorbei an Kleinkoboldzeichnungen von Frips, Girlanden aus getrockneten Herbstblättern und Hagebutten. Bis sich die Wand kojenartig öffnete und Raizel durch den niedrigen Eingang in Frips Zimmer trat, dessen Decke sich trichterförmig nach außen hin öffnete. Sie schaute sich neugierig um. So sehr unterschied sich das Zimmer gar nicht von dem eines menschlichen Jungen.

Frips ließ schnell etwas unter seiner Bettdecke verschwinden, das verdächtig nach einer Raizel-Fan-Tasse aus Vermicellis Buchhandlung aussah. Wie um abzulenken, präsentierte er ihr ein bogenförmiges Gerät, das er als *Ohrenball* bezeichnete, die koboldsche Art von Fußball, bei der jener Ball mit den Ohren angestupst und ins gegnerische Tor befördert werden musste. Die eine Wand seines Zimmers hatte Frips in der Koboldfarbe Grün gestrichen und mit Postern beklebt. Da gab es mehrere Bilder einer Ohrenballmannschaft, die sich *Dynamo Schmalzius* nannte, eins von einer Baldin mit langen Haaren und einem gitarreähnlichen Instrument und noch diverse, die Raizel sich nicht mehr anschaute, da sie nun endlich erfahren wollte, weshalb sie hierhergekommen war.

»Also, schieß los«, forderte sie Frips auf.

»Du musst aber echt versprechen, es nicht weiterzusagen, okay?« Der Kobold blickte sie fragend an, runzelte angestrengt die Stirn, während er in ihrem Gesicht nach einer Antwort suchte. Raizel fand das ziemlich niedlich. Sie hatte den kleinen Kobold in der kurzen Zeit bereits ins Herz geschlossen.

»Klar, du kannst dich drauf verlassen.«

Seine Miene entspannte sich. Er huschte noch einmal schnell zur Tür, um zu überprüfen, dass auch niemand mithörte, lümmelte sich gemütlich in ein Kissen und begann zu erzählen.

»Also, es begann alles damit, dass Mama auf dem Weg nach Hause zwei junge Balden fand, deren Flügel verletzt waren. Sie hat sie mit nach Hause genommen und gesund gepflegt. Jeden Tag musste ich neue Amerillablüten suchen für die Umschläge und Wildhonig für den Tee. Das war aber okay, denn dafür haben mir Selp und Wribo, die du ja kennst, echt irre Geschichten erzählt. Von ihrer Königin und so. Die muss echt super sein. Na ja, und die waren so dankbar, dass sie sogar Polpos Genöle aushielten.« Frips richtete sich auf und fuhr in gestelztem Tonfall fort: »Und seitdem ist meine Mutter Vertraute für baldische Angelegenheiten in der nicht baldischen Welt. Cool, ne? Deshalb wusste sie auch, dass du kommst.« Die Ohren des jungen Kobolds streckten sich vor Begeisterung Richtung Decke. Raizel hatte schon wieder eine neue Frage.

»Hast du zufällig irgendeine Idee, wie ich in diese Welt geraten bin?«

»Habe ich auch schon überlegt. Weil alle das Buch gelesen haben? Vielleicht haben sie dich durch ihre Gedanken angezogen.«

Raizel dachte darüber nach. Das wäre ein bisschen so wie in Michael Endes Buch *Die unendliche Geschichte*, kam ihr aber unwahrscheinlich vor. Noch eine weitere Frage brannte ihr auf der Zunge.

»Kennst du zufällig diesen Typen aus dem Buchladen, du weißt schon, mit dem ich mich vor dem Auftritt der Froschcombo kurz unterhalten habe?«

»Ach, der.« Frips dachte nach, seine roten Koboldohren legten sich dabei an wie bei einem Hund, der lauscht. »Der kam mir irgendwie bekannt vor. Habe jetzt aber auch nicht weiter drauf geachtet. Ich war viel zu aufgeregt!« Raizel hätte gern noch mehr gehört, aber in diesem Moment leuchtete ein roter Kreis neben dem Schreibtisch des Koboldjungen auf. Frips las etwas ab, die Buchstaben sahen wie kleine tanzende Irrlichter aus. »Es gibt Abendessen. Selbst gemachtes Kartoffelpüree mit Blauem Kohl! Komm schnell!«

Alle metaphysischen Fragen waren vorerst aus Raizels Kopf verbannt, als sie das Knurren ihres Magens bemerkte. Sie stürmte an Frips vorbei durch die Tür und in den Tulfo hinein, der wohl gelauscht hatte und jetzt wie ein Unschuldslamm pfeifend zur Treppe schritt. »Das Mahl wird euch gleich verziert.«

Die Balden befanden sich auf dem Heimflug zum Nachttannenturm, nachdem sie einer Gruppe der Vereinten Realisten und deren Sermon entkommen waren. Diese hatte vor dem Buchladen auf Gäste der Feier gelauert und die Gutmütigkeit der Balden ausgenutzt, nicht ahnend, dass ihre ideologische Predigt hier auf taube, wenn auch ziemlich spitze Ohren stieß.

Jetzt verständigte Kalfa sich über Telepathie mit ihrer Königin Manjfee. »Wir haben sie davon abhalten können, auf die Bühne zu schlurfen. Indes, wenn sie ihn das nächste Mal erspäht, könnte sie krassen Mist verzapfen.« Manjfee antwortete: »Wie ihr mir verkündet habt, erblicktet ihr Raizels ollen Pauker vor ein paar Tagen, als er in einem Romanexemplar von *Imaginate* herumkritzelte.« Das hatten sie bereits im Nachttannenturm besprochen, nachdem Raizel sich verabschiedet hatte. Wie die Balden dank ihrer scharfen Augen erkennen konnten, hatte Laurinel genau die Stellen unterstrichen, an denen sein Pendant aus Raizels Welt erwähnt wurde. Sie handelten von dem großen Respekt, den Dr. Laurens trotz seiner schnöseligen Art bei seinen Studenten genoss. Denn sein beeindruckendes Wissen über die Literatur machte ihn zu einer Autorität des Geistes – auch wenn das bei seiner übertriebenen Aufmachung mit Siegelring und

Seidenschal auf den ersten Blick niemand glauben mochte. Auf diese Weise waren die Balden erst auf die Ähnlichkeit dieser zwei Figuren aufmerksam gemacht worden. Sie wussten noch nicht, was sie davon halten sollten.

Waren Laurinel und Dr. Laurens identisch, war Raizel also nicht die erste Reisende zwischen den Welten? Oder hatte der reale Laurinel aus der Baldenwelt dem anonymen Autor als Vorbild für die Romanfigur Dr. Laurens gedient? Wie auch immer: Es war besorgniserregend, dass Laurinel sich offensichtlich seines Alter Egos in Raizels Welt bewusst war und dieses Doppelleben bei ihm nicht die zu erwartende Verwirrung auslöste. Er schien also seine eigene Agenda zu verfolgen. Solange die Balden nicht wussten, welches Spiel Laurinel spielte, mussten sie verhindern, dass er als respektierter Dozent auch in dieser Welt seinen Einfluss auf Raizel geltend machte.

Das Zwiegespräch zwischen Kalfa und Manjfee wurde jäh unterbrochen, als Selp und Wribo wild flatternd überholten und Kalfa den Weg versperrten. Die jungen Balden waren vor Vermicellis Buchhandlung zurückgeblieben, um Laurinel auszuspionieren. Nun waren sie ihren Gefährten offenbar blitzschnell hinterhergejagt. Selp wedelte mit einem Zettel. »Das haben wir von dem ehrenwerten Baum hernieder abgezockt«, platzte es aus ihm heraus.

»Sie wollen ein Theaterstück kreieren«, unterbrach Selp. »Über das Buch«, schnaufte er, denn selbst ein Balde war nach einem solchen Sprintflug ein bisschen außer Atem. Auf dem Zettel stand:

Imaginate – Die Inszenierung: Es werden Schauspieler, Maskenbildner, Spezialeffektler, Korfukocher und Stuntmen/-women gesucht. Interessenten melden sich übermorgen nach dem Frühstück in Vermicellis Buchladen. Gez. Vermicelli, Bücherwurm mit Diplom im Schnellbuchvertilgen und dreifacher Preisträger im Wettkampf der Bücherwürmer gegen die Leseratten.

»Vermicelli hat den Zettel gerade erst aufgehängt. Und er hatte noch ganz viele bei sich, teils angeknabbert«, sagte Wribo aufgeregt.

Kalfa wusste ausnahmsweise mal nicht, was sie sagen sollte. In ihrem Kopf hörte sie Manjfee: »Typisch Vermicelli, dieser Schlawiner. Aber das können wir für uns nutzen.«

Seit dem Abendessen waren schon einige Stunden vergangen, doch an Schlaf war nicht zu denken. Raizel saß an ihrem Zimmerfenster und schaute gedankenversunken auf die Schabernackgasse, die sich unterhalb des Eckhauses entlangschlängelte. Welch passender Straßenname für eine Koboldbehausung! Am dunklen Himmel flirrten zwei Leuchtpunkte, die sich schnell auf sie zubewegten. Schon wieder Neonmücken? Als die unbekannten Flugobjekte heranschwirrten, bekamen sie starke Ähnlichkeit mit Selp und Wribo. Die jungen Balden landeten auf dem Fensterbrett und streckten gemütlich die Beine aus. »Hi, du Durchlaucht«, sagte Selp, oder war es Wribo?

Raizel war sich nicht sicher, ob das altertümliche Wort *Durchlaucht* Teil der merkwürdigen Baldensprache oder ironisch gemeint war. »Hallo«, sagte sie deshalb neutral.

Selp und Wribo betrachteten sie mit diesem irritierenden Baldenblick, der zugleich frech und weise war. Einer von ihnen streckte Raizel schweigend einen arg zerknitterten Zettel entgegen. Sie faltete das Papier auseinander: *Imaginate – das Theaterstück. Einladung zum Casting an alle Belieber* stand darauf.

»Hey, glotz nicht so konsterniert«, sagte Selp liebenswürdig und knuffte sie in den Arm.

»Soll ich da etwa mitmachen?«

»Na ja, unsere Königin hatte die fürwahr abgefahrene Idee, dass du …« Wie die zwei Jungbalden ihr erzählten, sollte Raizel für das Theaterstück vorsprechen, um sich auf diese Weise besser in ihre Doppelrolle als echte sowie als fiktionale Raizel einfinden zu können. Einige der Balden würden inkognito über sie wachen und eingreifen, falls jemand sie bedrohen sollte. Als Raizel an dieser Stelle nachhaken wollte, wedelten die beiden nur abwehrend mit der Hand, als hätten sie sich dabei ertappt, etwas Geheimes ausgeplappert zu haben. Wer sollte sie bedrohen? Raizel lief es kalt den Rücken hinunter.

Plötzlich flog Wribo zu der Topfpflanze neben der Zimmertür hinüber und sagte zu den Blättern: »Heda, das Grünzeug harmoniert zwar volle Kanne mit deinen Zotteln, aber du brauchst dich nicht vor uns zu maskieren. Zeige dich!«

Der Tulfo kam aus seinem Versteck hervor und blickte kleinlaut drein.

»Hast du etwa gelauscht?«, fragte Raizel.

Entrüstet antwortete das Haustier der Brantocks: »Natürlich nicht, das ist unter meiner Würde!« Dann fügte es hinzu: »Und welche Tolle werde ich in dem Stück mienen?«

Nach der Lektüre von zwei *Imaginate*-Bänden hatte sich in Gilbos Kopf langsam ein Puzzle zusammengesetzt. Da waren die harmlosen Geschichten, in denen Raizel als Kind Nicht-den-Boden-Berühren gespielt und später einem Jungen heimlich Haare abgeschnitten hatte, um sie einer verliebten Freundin zum Geburtstag zu schenken. Vordergründig hätte all dies auch in seiner Welt spielen können – einmal abgesehen davon, dass die Beatles merkwürdigerweise Menschen statt Käfer zu sein schienen, Heino ein beliebter Volkssänger statt eines gealterten Vampirs mit Sonnenallergie war, und vor allem, dass es Zwerge nur in Vorgärten und Märchenwäldern gab.

Daneben schlichen sich Berichte von schrecklichen Dingen in das Buch, wenn Raizel in der Zeitung etwa von Selbstmordattentaten oder Folterungen in Gefangenenlagern eines angeblichen Rechtsstaates las. Diese Themen waren so versteckt am Rande des Romans aufgetaucht, dass es kein Wunder war, dass Gilbo sie erst nach tausendeinhundertneunzehn Seiten richtig wahrgenommen hatte. Irgendwie passten sie nicht in die Geschichte. Sie schienen merkwürdig unverbunden mit der Haupthandlung und dienten keinem ersichtlichen Zweck. Aber wie Gilbo einmal in einem Literaturseminar gelernt hatte, bei dem er einen Vortrag über *Die großen und kleinen Unterschiede zwischen Zwergen- und Riesenliteratur* gehalten hatte, gab es in den schönen Künsten keine Zufälligkeiten.

Jede noch so kleine Winzigkeit, jeder Kiesel und vor allem die Farbe des Kiesels und ob der Abdruck in der Erde als herzförmig (in der Romantik) oder vielmehr als kieselförmig (im Realismus) beschrieben wurde, war höchst bedeutsam.

Also musste es einen Grund für diese fürchterlichen Themen im Buch geben. In seiner eigenen Welt war es so anders: Auch hier gab es das Böse, doch seine Macht wurde irgendwie von den Balden in Schach gehalten. Die genauen Zusammenhänge kannte auch er nicht.

Aber er verwettete seinen Bart darauf, dass dieses Etwas, das zeitweise seinen Geist kontrollierte, sich nur für Raizel interessierte, weil es da dieses Dunkle im Hintergrund ihrer Geschichte gab. Plötzlich war Gilbo klar, was zu tun war: Er musste den anonymen Autor von *Imaginate* finden. Wer sich solche Dinge ausdachte, der führte nichts Gutes im Schilde. Das konnte allerdings bis morgen warten. Jetzt war es erst mal Zeit für eine Fliegenpilzpfeife.

Ungeduldig drehte Raizel das Streichholzbriefchen in ihrer Hand hin und her: *Café am Ende der Welt.* Dieser muffige Hinterhof passte zwar recht gut zu ihrer Vorstellung vom Ende der Welt, aber nach Café sah es hier nicht aus. An diesen Ort passte rein gar nichts mit einem feinen französischen Akzent. Sie rief sich in Erinnerung, weshalb sie hier war. Dieser Laurinel könnte sie vielleicht bei ihrer Mission voranbringen, die geheimnisvolle Verbindung zwischen ihrer und der Baldenwelt zu ergründen.

Raizel ging in Gedanken noch mal die Wegbeschreibung durch: Über den Platz am Nachttannenturm vorbei, dem Wegweiser zur Redaktion von *Nachrichten aus Nirgendwo* folgen, den Utopieweg entlang bis in einen Hinterhof, von dem aus es nicht mehr weiterging. Der Utopieweg endete in einer Sackgasse: Für die Stadtplanung in Baldorg war offenbar ein Pessimist verantwortlich. Hier also sollte sich das *Café am Ende der Welt* befinden, in dem sie von Laurinel beziehungsweise Dr. Laurens ein paar Antworten einfordern würde.

Und nun stand sie hier im Nichts. Wo ihr Blick auch hinfiel, nur leere Pappkartons und Glasscherben. Und so ein hässliches Rohr mitten auf dem Platz. Ein ziemlich dickes Rohr. An einer Seite waren Sprossen angebracht, die allerdings erst über ihrem Kopf begannen.

Sie musste unwillkürlich daran denken, dass es jetzt ganz praktisch wäre, einem Ortskundigen zu begegnen. Zum Beispiel diesem Typen aus dem Buchladen. Wie hieß der noch mal? Derek? Farik? Nein, Tarik!

»Traust dich wohl nicht, Süße?« Raizel fuhr herum. War ihr stummer Wunsch etwa sofort erhört worden? In dieser Märchenwelt hielt sie das nicht für unwahrscheinlich. Doch nicht Tarik stand ihr nun gegenüber, sondern ein ganz in Schwarz gekleideter Mann, der in ihrer Welt in eine verrauchte Rockerkneipe gepasst hätte. Mal davon abgesehen, dass er zwei Köpfe hatte. Der zweite meldete sich nun zu Wort.

»Jetzt lass die Kleine. Schau doch, wie erschrocken sie aussieht.«

Der erste Kopf antwortete: »Ohh, hat sie etwa Angst? Na dann sollte sie lieber nicht ins Café gehen. Ist nichts für Mädchen.«

Raizel schnaufte empört. »Woher willst du wissen, was für Mädchen gut ist? Du scheinst ja im Umgang mit ihnen nicht sehr bewandert.« Ihre Neugier siegte jedoch, und so fragte sie: »Weißt du, wo sich dieses verdammte *Café am Ende der Welt* versteckt?«

Der freundlichere Kopf lachte. »Jetzt hat sie es dir aber gegeben, hihi. Na, wo kann es hier schon sein? In einem der Pappkartons? Ne, wer ins *Café am Ende der Welt* will, muss schwindelfrei sein.«

Raizels Blick folgte dem Rohr in die Höhe. Ganz weit oben konnte sie eine Plattform erahnen.

»Da hoch?«

»Ja«, sagte der eine Kopf. »Der Besitzer Babel ist ein bisschen crazy und hat sich diesen Turm gebaut, um den Wolken näher zu sein. Seine Frau hatte die Idee, ein Café dort einzurichten, und es ist so erfolgreich, dass Babels Turm die meisten Abende von einem unverständlichen Stimmenwirrwarr erfüllt ist.« Raizel schwieg für einen Moment. Wie sollte sie überhaupt mit dem Fuß auf die erste Sprosse gelangen?

»Siehst du, sie hat schon Muffensausen«, meldete sich der freche Kopf. »Hab ich doch gesagt.«

Auf einmal war Raizel fest entschlossen. »Hör auf zu quatschen und mach mir lieber mal eine Räuberleiter.«

»Räuberleiter? Was ist das denn? Und was heißt Räuber?« Raizel blickte ihn verständnislos an. Wusste der etwa nicht, was ein Räuber war? Oder gab es gar hier in Baldorg etwa überhaupt keine? Das wäre allerdings geradezu fantastisch. Sie machte dem Rocker vor, wie er die Hände verschränken sollte, damit sie draufsteigen konnte. Endlich stand sie auf den Sprossen. Mit jedem Schritt hoch zu den Wolken steigerte sich ihr Triumphgefühl – bis sie in etwa zehn Metern Höhe einen Blick in die Tiefe warf und dabei auch noch die wackelnden Köpfe des Typen erblickte, der hinter ihr den Aufstieg angetreten hatte. Raizels Hände verkrampften sich um die nächste Leitersprosse, sie wollte sich am liebsten gar nicht mehr rühren. Jetzt merkte sie auch, wie der ganze Turm im Wind hin und her schwankte. Ihre Hände zitterten mit. Wieso bloß hatte sie sich auf diese Kletteraktion eingelassen?

»Ganz ruhig, du machst das echt gut«, raunte ihr der nette Kopf zu, während der unhöfliche sich schüttelte, aber wenigstens schwieg. »Außerdem kannst du jetzt eh nicht mehr zurück. Dann müsstest du nämlich um mich herumklettern.« Die schmerzliche Logik dieser Worte wirkte Wunder und langsam setzte Raizel erneut einen Fuß über den anderen. Die Zeit verging so langsam, als wären sie schon wieder in ein neues Paralleluniversum eingetaucht. Lediglich die wahlweise bissigen beziehungsweise aufmunternden Kommentare des Rockers unter ihr hielten sie in der Realität. Nach einer Weile, die ihr wie eine Ewigkeit vorkam, zog sie sich mit letzter Kraft auf die Plattform hinauf. Sie hatte es geschafft.

Hier oben war erstaunlich viel Platz, das hatte sie von unten nicht sehen können. Die Stiegen endeten vor einem kleinen Häuschen, und tatsächlich: *Café am Ende der Welt* stand in schiefen Lettern in einem dunklen Lilaton über dem Eingang geschrieben. Die Türklinke war verschnörkelt und ziegelrot.

»Hättest du die Güte, endlich reinzugehen, damit ich Platz habe und von der Leiter runterkomme?«, grummelte der unhöfliche Kopf und setzte nach: »Die sollten hier nur Stammgäste reinlassen.«

»Jetzt hör aber mal auf zu nörgeln …« Raizel hörte noch, wie sich die zwei Köpfe in die Haare bekamen, als sie die Türklinke drückte und eintrat. Schon im Vorraum duftete es angenehm nach geräuchertem Schinken. Das Halbdunkel des Cafés verstärkte noch das Traumgefühl, das sie schon auf den Stiegen überkommen hatte. Der Holzboden unter den Füßen knackte hingegen ganz realistisch, als sie von der Tür wegtrat, um nicht zu viel Aufmerksamkeit auf sich zu ziehen.

Der Raum mit den Ausmaßen eines geräumigen Wohnzimmers war gut gefüllt mit verschiedenen Märchen- und Fantasiegestalten, die jede in der eigenen Zunge für Raizel unverständlich durcheinander sprachen.

»Babylonisches Sprachgewirr«, sagte der Rocker, der nach ihr den Raum betreten hatte. Er wurde von einer Truppe ähnlich Gekleideter euphorisch empfangen. Daraufhin schien er seinen Freunden von ihrer Begegnung zu erzählen, denn sie blickten interessiert in ihre Richtung. Also verzog sie sich schnell auf die andere Seite des verwinkelten Raumes. Vorbei an Kiefernbänken, die im Zirkel um runde Tische angeordnet und von einem Efeuspross aus der Decke überwuchert waren. Wunderbarerweise kamen die Ranken nicht mit den weinroten Kerzen in Berührung, die auf jedem Holztisch einen wachsenden Wachsfleck hinterließen. In der Ecke stand eine Jukebox, die Musikauswahl erinnerte sie entfernt an Titel aus ihrer eigenen Welt. Die Besucher des Cafés konnten sich zwischen *Paint it pink* von den Rollenden Lawinen oder *Du rauchst so gut* von Rammbock entscheiden. Bei dem Titel *Strange Feelings* musste Raizel unwillkürlich und zu ihrem Leidwesen an Tarik denken. Sie verscheuchte den ungehobelten Typen aus ihrem Kopf.

»Und, welches Lied wählen Sie?«, fragte plötzlich jemand über ihre Schulter hinweg. Noch ehe Raizel sich umdrehte, wusste sie schon, wer dieser Jemand war. Sie hatte ihn also gefunden. Bevor sie sich entscheiden konnte, setzte er nach:

»Es muss ein besonderer Song sein, denn ich werde Sie dazu auf einen Fliederwein einladen.«

Die düsteren Schatten hatten Vermicellis Hinterzimmer verlassen und waren auf dem Weg zum *Café am Ende der Welt*. Man konnte sie nicht als Gestalten bezeichnen oder gar als Wesen, denn sie hatten keine Seelen. Sie waren nicht einmal düster an sich, nur wurde das Böse gemeinhin als dunkel beschrieben. Sie waren zwar nicht eigentlich böse, es war nur rein gar nichts Gutes an ihnen. Sie waren wie die Antiteilchen zu allem, was die Baldenwelt verkörperte.

Problemlos schwebten die Schatten zur Hintertür des Cafés hinauf, suchten die Küche auf und träufelten eine merkwürdige Substanz in die Flasche Fliederwein, die zum Servieren bereitstand. Ein kleiner Strudel, als Flüssigkeit und Pulver sich trafen. Das war's, nichts wies mehr auf die Manipulation hin.

Vermicelli schnaufte ungehalten. Dies war ein untypisches Geräusch für Würmer, was bewies, wie aufgebracht er war. Dieser aufgeblasene Laurinel war in seinen Laden spaziert und hatte gefordert, dass er zum künstlerischen Leiter des Theaterstücks ernannt wurde. Sonst würde er seinen Freund, den unbekannten Autor von *Imaginate*, davon überzeugen, dass das Theaterprojekt seinem Buch schaden würde. Das war doch unerhört! Da holte er ihn auf die Bühne seines Bücherladens und ließ ihn von den *Imaginate*-Fans feiern – und was war der Dank? Er mischte sich in seine Belange ein.

Vermicelli vermutete, dass Laurinel sich ohnehin nur aufspielte. Der gierte dermaßen nach Öffentlichkeit, dass er den Namen des anonymen Superstars sofort an die Zeitung *Nachrichten aus Nirgendwo* verkaufen würde – unter der Voraussetzung, dass sie eine Titelstory über ihn brachten.

Dieser Pomadenschwätzer hatte zu allem Überfluss auch noch eine Edelloge für sich gefordert. Edelloge? Wie lange war der schon nicht mehr im Theater gewesen? Das war alles altmodischer Kitsch, damit konnte die moderne Welt nichts anfangen. Aber dieser Schnösel würde schon noch merken, wer hier das Sagen hatte.

Vermicellis Bücher meldeten sich zu Wort: Die Goldfolianten wollten abgestaubt werden. »Hach«, seufzte der Roman *Die beiden aus Werther*, der sich nach einem melancholischen Leser mit gut gefüllten Tränendrüsen sehnte. »Matt«, antwortete eine Anleitung über Schachgrundkenntnisse. Und Vermicelli schwieg und grübelte weiter.

Während die Jukebox *Wir sind die Champignons* spielte, setzten sie sich an einen der Kieferntische. Der Efeu kitzelte Raizel im Nacken, und ihre Locken drohten sich in der Pflanze zu verhaken. Sie schob die Ranke zur Seite und steckte sich eine der Nüsse in den Mund, die in einer blattförmigen Schale auf dem Tisch angeboten wurden. Sie schmeckten angenehm scharf nach einem ihr unbekannten Gewürz. Als Raizel gerade anfangen wollte, Laurinel auszufragen, kamen zwei wie Gothic-Punks aussehende Cafébesucherinnen an ihren Tisch und baten Laurinel um ein Autogramm. Er machte eine große Show daraus, als er seinen mit Herzchen versehenen Namen auf ihre Bierdeckel setzte, die sie ihm in Ermangelung eines Papierstücks reichten. Eine von ihnen fragte schmachtend:

»Dein Freund, der Autor – Ist er Single?« Laurinel schwieg und lächelte geheimnisvoll, was die zwei Fans augenscheinlich ganz verrückt machte.

»Also, falls er eine Muse sucht, dann soll er im *Café am Ende der Welt* nach Manele fragen. Ich warte auf ihn.«

»Woher wollt ihr wissen, dass es sich nicht um eine Frau handelt?«, fragte Raizel. Die zwei Belieber schauten für einen Moment irritiert, dann zuckten sie mit den Achseln.

»Das wäre auch okay.«

Die Autogrammjägerinnen gingen mit ihrer Trophäe beglückt an ihren Tisch zurück, behielten ihr Idol aber im Auge und kicherten.

Raizel fragte Laurinel:

»Und, wie ist es so, im Erfolg eines anderen zu baden?« Laurinel reagierte nicht auf ihre Provokation. Er wirkte vielmehr wie ein Sozialwissenschaftler, der ein Forschungsobjekt studiert.

»Wirklich faszinierend. Die haben keine Ahnung, wer ich bin. Und von einem Tag auf den nächsten bin ich ein Star für sie. Nur weil Vermicelli mich auf der Bühne als Freund des anonymen Autors vorgestellt hat. Das ist doch verrückt! Die Psyche der Belieber, man könnte ein Buch darüber schreiben!«

»Das gibt es schon«, entgegnete Raizel trocken. Sie hatte es in Vermicellis Buchladen auf einem Stapel von Sekundärliteratur liegen sehen.

»Ach«, seufzte Laurinel überrascht und ein wenig enttäuscht. »Wie dem auch sei. Wussten Sie, dass Vermicelli inzwischen mit den Merchandise-Produkten viel mehr verdient als mit den Büchern selbst? Die Fans sind nach jedem noch so kleinen Krümel aus dem Kosmos von *Imaginate* süchtig.« Wie aufs Stichwort knabberte Laurinel gedankenverloren an einem Keks, den er aus einem roten Stoffbeutel fingerte. Ohne Raizel auch einen anzubieten, wie sie bemerkte.

»Dann kennen Sie den Autor gar nicht wirklich?«, fragte Raizel. Erst jetzt fiel ihr auf, dass Laurinel ebenfalls die Sie-Form verwendet hatte, obwohl die doch laut Manjfee in der Baldenwelt schon lange abgeschafft worden war.

Laurinel setzte wie zuvor bei den Autogrammjägerinnen seinen geheimnisvollen Schweigeblick auf. Sie war hin- und hergerissen: Er hatte eine unmissverständliche Ähnlichkeit mit ihrem hochgeschätzten Dr. Laurens. Zugleich wirkte er in etwa so echt wie ein Dialog aus einer Dokusoap. Raizel überkam ein schlechtes Gewissen, als sie an die Balden dachte. Denen würde es gar nicht gefallen, dass sie sich mit Laurinel traf. Aber sie konnte darauf jetzt keine Rücksicht nehmen. Und auf ihre eigene Sicherheit schon gar nicht. Sie musste nun endlich herausfinden, was es mit *Imaginate* auf sich hatte. Schon allein deshalb, um am Ende dieses Abenteuers wieder nach Hause zurückkehren zu können. Ihr Magen verkrampfte sich vor Sehnsucht beim Gedanken an Familie und Freunde.

Laurinel musterte sie aufmerksam.

»Einen Penny für Ihre Gedanken«, sagte er. Raizel entschied sich für einen Frontalangriff.

»Was wollen Sie von mir?«, fragte sie fordernd. Dann kam sie sich umgehend albern vor, schließlich war sie selbst Laurinels Streichholzmäppchen bis an diesen Ort gefolgt. Allerdings war es bestimmt von Bedeutung, dass dieser Mann so große Ähnlichkeit mit ihrem Literaturprofessor hatte. Deshalb konnte ihr Treffen kein Zufall sein. Außerdem wollten anscheinend alle Bewohner von Baldorg irgendetwas von ihr. Und wenn es nur ein Autogramm war.

Laurinel grinste arrogant. »Na, na. Jetzt klingen Sie wie eine Laiendarstellerin in einer Liebesklamotte.« Wie um seine eigenen Worte abzumildern, hob er beschwichtigend die Hand und wurde plötzlich ganz ernst. »Ich werde es Ihnen sagen.« Er machte eine Kunstpause, in der Raizel ihn am liebsten mit einer der scharfen Nüsse attackiert hätte. Er fuhr fort. »Ich möchte Sie warnen. Vor dem Autor. Sie wissen nicht, wer es ist, aber er – oder sie – kennt Sie sehr wohl und ist keinesfalls begeistert davon, dass Sie sich jetzt hier in der Baldenwelt herumtreiben.«

Raizel lief es bei seinen Worten kalt den Rücken hinunter. Ungeduldig wartete sie auf eine Fortsetzung. Unbewusst spielte sie dabei mit den Werbestreichhölzern herum, die sie zum Café geführt hatten.

Ein Lächeln breitete sich über Laurinels Gesicht aus. »Sie haben meinen Hinweis also verstanden. Ich wusste es. Sie sind wirklich eine bemerkenswert aufmerksame …«

Raizel wartete angespannt darauf, dass er den Satz vollendete und ihr damit bestätigte, dass sie sich aus der Menschenwelt kannten. In diesem Moment wurden ihre Getränke an den Tisch gebracht.

»Zwei Fliederwein, bitte sehr«, sagte ein Mann, der mit seinem Vollbart und Bierbauch aussah wie ein alter Seebär. Auf seinem karierten Hemd war in Brusthöhe ein Stoffstreifen mit dem Namen Babel aufgenäht. Dies also war der Mann, der den Wolken nahe sein wollte. Der Fliederwein schimmerte lilafarben und duftete wunderbar nach Spätsommer, der bereits in den Herbst überging. Nicht ablenken lassen, dachte Raizel.

»Chin, chin«, sagte Laurinel und hielt sein Glas in die Höhe. Raizels Glas war bis zum Rand gefüllt, und so behielt sie es im Auge, als sie es vorsichtig zum Anstoßen hob. In dem Moment, als sie es an die Lippen setzen wollte, spürte sie einen Luftzug, etwas zog an ihrer Hand und das Glas lag plötzlich zerbrochen vor ihr auf Tisch und Boden verteilt. Jemand hatte es ihr aus der Hand gestoßen. Dieser Jemand wartete nicht auf ihre Reaktion, sondern lief dem Ausgang entgegen. Es war der Mann von der Mauer, Tarik.

Raizel stand ruckartig auf, denn ihr von Lille Brantock geborgtes waldmeistergrünes T-Shirt war übergossen mit Fliederwein. Sie hörte Laurinel fluchen. Sein Glas war unberührt geblieben, registrierte sie aus den Augenwinkeln. Der Caféinhaber eilte mit einer Serviette herbei, aber Raizel hob abwehrend die Hand. Unentschlossen blickte sie zwischen Laurinel und dem sich entfernenden Tarik hin und her. Beide Männer gaben ihr auf sehr unterschiedliche Weise Rätsel auf und sie konnte sich nicht entscheiden, welches sie als Erstes angehen wollte. Das unangenehm klamme Gefühl, das von ihrer durchnässten Kleidung herrührte, gab den Ausschlag. So lief sie dem Weinverschütter hinterher, um ihn zur Rede zu stellen.

Im Vorraum des Cafés war es dunkel, nur von der Eingangstür drang ein sachter Schimmer hinein. Raizel hielt kurz inne, damit sich ihre Augen an das schummrige Licht gewöhnen konnten. Da wurde ihre Hand plötzlich von jemandem ergriffen, der sich bislang im Schatten verborgen hatte. Ihr stieg ein Geruch von Glut in die Nase. Tarik. Er schien hier auf sie gewartet zu haben. Sanft, aber bestimmt drehte er ihre Hand herum, hielt einen kurzen Moment inne, während er die Innenseite inspizierte. Raizel war zu überrascht, um sich zu wehren. Sachte strich Tarik mit einem Finger über die blasse Narbe, die sie sich als Kind beim Herumtoben zugezogen hatte. Weshalb machte er das, und woher wusste er überhaupt von der Narbe? Dann ließ er ihre Hand abrupt fallen. Sein Verhalten war in etwa so berechenbar wie der Inhalt einer Wundertüte.

»Weshalb hast du mir das Glas aus der Hand geschlagen?«, fragte Raizel fordernd.

Er schien abzuwägen, ob er die Wahrheit sagen sollte. Dann entschied er sich offenbar dagegen und sagte neckend:

»Vielleicht war ich ja eifersüchtig auf dein romantisches Date mit dem Superstar. Freund des anonymen Autors und so weiter.«

»Ja klar. Und dann wirfst du mal eben das Glas um wie ein Kleinkind den Legoturm des Nachbarjungen.«

»Lego? Was ist das?«, fragte Tarik verwirrt.

»Ach, komm schon. Den Vergleich versteht man auch ohne Fachkenntnisse von Spielzeugmarken.«

Lego musste also eins dieser Dinge sein, die sich in der Menschenwelt von allein gebildet hatten und nicht von dem *Imaginate*-Autor beschrieben worden waren. Im Nachttannenturm hatte Raizel ja von den Balden erfahren, dass die Romanbände nur Impulse gaben, sich die Menschenwelt aber ansonsten von allein weiterentwickelte. Ein Legostein müsste man sein.

Ihre Pupillen hatten sich inzwischen an das Halbdunkel gewöhnt. Tarik musterte sie für einen Moment intensiv, das Glitzern in seinen Augen ließ ihre Haut kribbeln. Sie fühlte sich merkwürdig von diesem Mann angezogen. An ihm war etwas Vertrautes, das sie in dieser fremden Welt so schmerzlich vermisste. Gleichzeitig ahnte sie, dass er ihr Leben noch mehr durcheinanderwirbeln würde und zwar nicht nur auf angenehme Weise. Sie scheuchte diese Gedanken beiseite und fuhr ihn an: »Verfolgst du mich etwa?«

»Würde dir das gefallen?«

»Na klar, ich gehöre zu jener Art Frauen, die es total faszinierend findet, wenn Männer sie mit Wein begießen und dann abhauen.«

Tarik lächelte amüsiert, sagte aber nichts weiter. Damit sie nicht aus Versehen zurücklächelte, stöhnte Raizel laut auf.

»Kannst du jetzt bitte mal aufhören, den geheimnisvollen Typ im Schatten zu spielen? Das geht mir allmählich ganz schön auf die Nerven.«

Tariks Grinsen verstärkte sich nur. Sie würde hier nicht weiterkommen, realisierte Raizel, und dachte wieder an Laurinel und die Informationen, die sie sich von ihm erhoffte.

»Das wird mir hier echt zu blöd. Und jetzt entschuldige mich, ich habe eine Verabredung.«

Raizel drehte sich um und ging wieder ins Café. Nach dem Buchladen ließ sie ihn also nun das zweite Mal stehen. *2:1*, dachte sie, und kam sich umgehend albern vor.

Als sie an ihren Platz zurückkehrte, war von Laurinel nichts mehr zu sehen. Es musste im *Café am Ende der Welt* einen Hinterausgang geben.

2. Teil

Von Casting und Keksen

6. Kapitel

Cendro genehmigte sich einen großen Schluck Korfu. Was hatte er für ein Glück, dass er mit Wesen befreundet war, die mit ihrem magischen Hauch so ziemlich alles reparieren konnten. Allerdings verhielten die Balden sich in letzter Zeit merkwürdig. Das musste an diesem Lorial liegen, oder wie auch immer dieser aufgeblasene *Überraschungsgast* aus Vermicellis Buchladen hieß. Was stimmte mit dem bloß nicht, dass die Balden Raizel so eilig von ihm fortbringen wollten? Abgesehen natürlich von der Tatsache, dass er viel zu blass im Gesicht war. Ein bisschen Asche auf den Wangen würde ihm guttun.

Cendro beschloss, auf eigene rußige Faust Erkundungen anzustellen. Er kannte die besten Hotels von Baldorg, und so wie dieser Lausinel aussah, würde er bestimmt nur den edelsten Laken die Ehre geben, in ihnen zu nächtigen. *Hotel Falkon, Schloss Werßaj* und das *Bakebeggars* standen zur Auswahl. Das erste beschäftigte nur Tiere, weshalb das Menü natürlich vegetarisch war, das zweite hatte sich ein esoterisch veranlagter Magier erbauen lassen, der sich selbst für den Sonnenkönig hielt. Und das *Bakebeggars* war berühmt für sein erlesenes Gebäck, weshalb neben Rucksacktouristen stets einige Süßwarenfetischisten um das Hotel herumstanden und um die Rezepte bettelten. *Bakebeggars* eben.

»Und dann möchte ich noch sagen, dass ich ganz ganz wirklich ein wahnsinnig großer Fan von dir bin, Vermicelli. You rock my world.«

Das Mädchen mit der Anstecknummer 157 lächelte kokett, warf die langen Haare leicht arrogant über die Schulter und verließ die provisorische Bretterbühne, die der Bücherwurm auf der Wiese hinter seinem Buchladen errichtet hatte. Das Casting für sein Theaterstück war in vollem Gang.

»Danke, Cindy. Schon ganz nett, aber noch ausbaufähig. Die Nächste!«

Vermicelli beobachte zufrieden, welchen Andrang seine Annonce ausgelöst hatte. Auf der Wiese drängten sich zwischen Bänken mit Erfrischungen Hunderte von jungen Menschen. Zudem kamen zahlreiche besorgte Eltern zu dem Bücherwurm und forderten, dass ihre Sprösslinge nur in möglichst wenigen unmagischen Szenen mitspielten. Diese verfluchten Vereinten Realisten hatten der Presse eingeredet, dass die Lektüre von *Imaginate* zu akutem Wirklichkeitsverlust führte – seitdem galt der Roman in engstirnigen Kreisen als jugendgefährdend.

In der Pause vor dem nächsten Auftritt ließ Vermicelli seinen Blick umherschweifen. Er fiel auf eine von einem Flaschengeist behauste Weinamphore, deren Bewohner unbedingt einen Freund von Raizel spielen wollte. Da gab es nur das winzige Problem, dass in Raizels Welt keine Flaschengeister existierten. Würde Vermicelli seine Rollen allerdings nur mit Menschen besetzen, besuchten vielleicht weniger Zwerge, Dryaden und Einhörner sein Theaterstück. Und das konnte er als guter Geschäftswurm nicht zulassen. Also nahm er sich vor, den Flaschengeist zu engagieren. Obwohl es schwierig sein würde, dessen Stimme durch das Glas zu verstehen. Schon betrat eine neue Castingteilnehmerin die Bühne.

»So, Anne-Marie, dann zeig der Jury mal, welche Szene aus den Romanen dich besonders berührt hat.«

Anne-Marie brach in Tränen aus. »Ich … ich habe das Buch gar nicht gelesen. Aber ich will doch ein Star werden …«

»Danke, Anna-Sophie.«

»Ich heiße Anne-Mar…«

Vermicelli fiel ihr ins Wort: »Das war's erst mal, bleib in der Nähe, bis ich meine Entscheidung gefällt habe.«

Schnell verspeiste der Bücherwurm die Titelseite der heutigen Ausgabe von *Nachrichten aus Nirgendwo*, denn es war ein Stresstag und da konnte er sich nicht mit Nebensächlichkeiten wie dem Kulturteil aufhalten. Zu spät bemerkte er, dass das Aufmacherbild Laurinel bei seinem Auftritt zeigte. Sofort bekam Vermicelli Sodbrennen.

Wen sollte er nur als Raizel besetzen? Er hatte jetzt schon drei Castingrunden für die Hauptrolle hinter sich, und wenn er nicht bis in alle Ewigkeit ein zusätzliches *Re* vor den *Call* setzen wollte, müsste er sich bald für eine der jungen Frauen entscheiden. Er ließ seinen Blick über die Menge gleiten. Da war schon viel Schönes dabei, aber die Kandidatinnen waren trotz allem eher Durchschnitt. Wenn er bloß Bilder von den Teilnehmern hätte, dann könnte er sie jetzt bedeutungsschwanger hin- und herschieben und die Aussortierten stilvoll zerreißen. Das war Theatralik und er ein angehender Meisterregisseur! Er musste sich schnell entscheiden. Sein Magen knurrte, und im Laden wartete ein Snack aus Steinbestimmungsbüchern auf ihn. Die erdeten ihn so schön.

»Nancy, Cloe und Danita, wir sehen uns dann im Rerecall«, sagte Vermicelli und genoss seine Macht ein bisschen, als die drei Auserwählten sich überschwänglich Küsschen gaben und sich gegenseitig versicherten, dass sie es kaum glauben konnten und dass sie von nun an die allerallerbesten Freundinnen sein wollten. Für immer oder zumindest so lange, bis eine von ihnen den anderen die Rolle wegschnappte. Die aussortierten Mädchen brachen in Tränen aus, und schon tat es dem Bücherwurm wieder ein bisschen leid.

Vermicelli beobachtete, wie ein junger Kobold und sein Haustier-Tulfo eine Menschenfrau nach vorne schubsten, während sie sich dagegen wehrte. Tiefe Ringe lagen unter ihren Augen, als hätte sie die ganze Nacht nicht geschlafen. Warum war die noch nicht beim Casting gewesen? Sie hatte so einen schönen morbiden Touch, das war gerade sehr angesagt in der Theaterszene.

Sie war so müde. Die Augen kaum zugemacht, die ganze Nacht gegrübelt. Als es ihr für kurze Zeit gelungen war, in das Reich der Träume überzuwechseln, hatte sie von einer Marionette geträumt, die von einem Puppenspieler ohne Gesicht zu den unmöglichsten Verrenkungen genötigt worden war. Am Ende hatte sie in die vor Panik weit aufgerissenen Augen der Marionette geblickt: Es waren ihre eigenen gewesen. Was wollte ihr Unterbewusstsein ihr damit sagen? Der Traum hatte Raizel den Rest der Nacht nicht schlafen lassen. Frips hatte sie am Morgen gnadenlos aus dem Bett gezerrt und zum Casting geschleppt. Er wollte für die Rolle von Raizels kleinem Bruder vorsprechen.

»Und wen willst du spielen? Nun stell dich mal ein bisschen weiter nach vorne«, forderte Frips und stupste Raizel in die Seite. Auf der Wiese hinter Vermicellis Buchhandlung herrschte reges Treiben, das Casting hatte zahlreiche Fans der Romanreihe angelockt. *Wahnsinn*, dachte Raizel. *Die sind alle da, um mich zu spielen.* Bei dem Gedanken bekam sie eine Gänsehaut. Sie zog sich die Kapuze von Lilles weidengrünem Mantel noch tiefer ins Gesicht.

Dass diese Nobelhotels so sauber sein mussten. Cendro schüttelte sich. Er hatte sich sogar einigen Ruß von Händen und Gesicht gekratzt und einen schwarzen Anzug angezogen, auf dem die Kohlespuren nicht so sehr auffielen. Er war beim *Hotel Falkon* in der Falkenstraße angekommen, nachdem er seinen Phönix um die Ecke geparkt hatte, um keinen Verdacht zu erregen. Also mal sehen, ob dieser Schnösel hier residierte.

Der Bau erinnerte mit seinem Fachwerk und den umliegenden Grünflächen entfernt an einen Bauernhof, was allerdings auch an dem gedämpften Stimmengewirr aus »I ah«, »Grunz«, »Tirili« und »Muh« liegen konnte. Lediglich die goldenen Giebel, der rote Teppich und die Fenster aus Diamanten wiesen darauf hin, dass das *Hotel Falkon* eine Herberge mit Noblesse war. Hier war wahrscheinlich noch der Mist im Stall eine Attrappe aus Kaviar, dachte Cendro schaudernd.

An der Außenwand, neben einem juwelenbesetzten Türklopfer, hing die Menükarte von heute: Feuriger Bulgurburger an Pidersilienblättchen mit Mandelsplittersoufflé; Grivettenpüree an Kirschtomätchen mit Selleriesahnefüllung und Delikatessen-Überraschung nach Art des Hauses. Cendro wollte lieber nicht wissen, was sich dahinter verbarg. Es gab Gerüchte, dass sich hinter *Delikatessen* Menschenfleisch verbarg. Das waren sicher nur böse Unterstellungen von Leuten, die sich nicht vorstellen konnten, dass irgendjemand eine rein vegetarische Lebensweise praktizierte.

Cendro wandte sich dem Türklopfer zu. Noch bevor er ihn betätigen konnte, wurde die Tür auch schon geöffnet. Ein Fasan erschien im Eingang und rümpfte beim Anblick von Cendro die Nase.

»Du wünschst?«, fragte er misstrauisch.

Cendro war nicht wirklich auf diese Frage vorbereitet, setzte aber ein geschäftstüchtiges Lächeln auf und kramte Zeit schindend in seiner Jackentasche.

»Ich bringe eine wichtige Lieferung für Herrn L…«, er holte einen Zettel heraus, auf dem er sich den Namen notiert hatte, »Herrn L-a-u-r-i-n-e-l.«

»Einen Moment, der …« Der Fasan musterte ihn von oben bis unten, zog angewidert die Augenbraue hoch und fuhr fort: »Herr.« Es gelang diesem schnöseligen Federvieh tatsächlich, jegliche Ehrerbietung aus dem Wort zu tilgen.

»Gudrun, kommst du mal«, rief der Fasan über seine Schulter. Kurz darauf kam ein Häschen angehoppelt, das eine Diensthäschenmütze auf dem Kopf und in den Händen das Gästebuch trug. Der Fasan riss es ihm aus den Pfoten und blätterte ungeduldig darin herum.

»Da bist du hier falsch«, sagte das Tier. Es klang erleichtert. »Ein Herr Laurinel hat hier nicht eingecheckt. Und das nächste Mal komm bitte zum Dienstboteneingang.« Buff, damit wurde Cendro die Tür vor der Nase zugestoßen. Diese Viecher hatten einfach keine Manieren!

Ein Lächeln breitete sich auf Vermicellis Gesicht aus, als er die Liste mit verteilten Rollen vor sich betrachtete. Noch mehr als die erfolgreiche Castingarbeit erfreute es ihn, dass der unverschämte Laurinel noch nicht aufgetaucht war. Wahrscheinlich hatte er ihn durch seine umwerfende Autorität in die Schranken verwiesen. Nur für die Hauptrolle hatte er noch immer niemanden gefunden. Er schaute sich noch einmal nach dem Mädchen mit den kolossalen Augenringen um. Doch es schien verschwunden zu sein.

Aber was war das? Um den Busch neben der Wiese herum flirrte es, und die Luft über den Castingteilnehmern glitzerte in allen Farben des Regenbogens. Balden! Ein Bücherwurm, der Hunderte von Wälzern verschlungen hatte, wusste natürlich, wie diese Wesen aussahen, wenn sie sich unsichtbar machten. Was war er bloß für ein Geschäftswurm! Jetzt hatten sich selbst schon die Balden mit dem *Imaginate*-Fieber infiziert.

»Sei gegrüßt, Vermicelli!« Ein junger Mann hatte sich ihm unbemerkt genähert. Als der Bücherwurm ihn erkannte, begrüßte er ihn überschwänglich:

»Ah, Tarik Tintenfeder, mein Lieblingswerbetexter! ›Saitenweise Musikfachliteratur‹ oder die ›Literatour durch Baldorg‹, das waren gewinnbringende Aktionen! Hab dich lang nicht gesehen, warst wohl sehr beschäftigt?«

»Ja, schon irgendwie. Die *Imaginate*-Bände haben sich ja auch ohne meine Mithilfe verkauft. Aber jetzt möchte ich gern beim Theaterstück mitwirken.«

»Ausgezeichnet! Junge, ich biete dir eine einmalige Chance. Du darfst mein Regieassistent sein. Dein Aufgabengebiet: Probenmoral, Gruppendynamik, Korfukochen, Kostüme, alles eben, für das ich keine Lust oder Zeit habe. Was sagst du?«

Tarik fiel Vermicelli nicht gleich – wie es dieser eigentlich erwartet hätte – um den bei ihm als Wurm nicht vorhandenen Hals, dann schien er sich zusammenzureißen.

»Ich nehme an. Vielen Dank.«

»Na also. Du kannst gleich damit beginnen, die Rererecall-Gruppe für die Raizel-Rolle zusammenzutreiben. Und schau dich mal nach diesem Mädchen um, das mit einem Kobold und einem Tulfo rumläuft.«

»Das mit den roten Locken?«, entfuhr es dem Regieassistenten.

»Ja, genau. Kennst du sie etwa?« Vermicelli war neugierig geworden.

»Äh, nein, sie ist mir nur aufgefallen. Ganz süß.«

Vermicelli grinste verständnisvoll, soweit Würmer grinsen konnten. »Na, dann hast du ja selbst auch ein Interesse, dass sie mitmacht bei meinem Theaterprojekt. Sag ihr, es ist ihr Glückstag, sie hat das Zeug zum Star. Das hab ich in den Papierkrümeln.«

Cendro war beeindruckt, zugegebenermaßen. Die Schlossanlagen von *Werßaj* mit kleinen Springbrunnen, geharkten Wegen und nackten Statuen auf verschnörkelten Sockeln zeugten von einem noch schlechteren Geschmack, als er ihn selbst Menschen zugetraut hätte. Am schlimmsten waren die ganzen Blumen. So viele verschiedene Farben überstrapazierten Cendros Sinne, die an die ewige Schwärze des Rußes gewöhnt waren.

Vorsichtig näherte er sich dem Schloss. Einmal verirrte er sich in einer Ansammlung gestutzter Hecken, die ihn in Sackgassen enden ließen. Wer dachte sich dermaßen unpraktische Wege aus?! Einige Uniformierte musterten ihn bereits misstrauisch. Irgendetwas sagte ihm, dass er hier mit der Paketnummer keinen Erfolg haben würde. Wie sollte er dann vorgehen? Eine Bruchlandung mit dem Phönix im Schlossteich als Ablenkungsmanöver? Schlecht, denn er würde niemals einen Fremden sein Gefährt fliegen lassen, und wenn er es selbst tat, würde er die Aufmerksamkeit gerade auf sich lenken. Außerdem bezweifelte er, dass selbst sein Phönix sich nach solch einer Aktion wieder aus der Asche erheben könnte. Er blieb mitten auf dem Hauptweg stehen und dachte nach.

»Kann ich Ihnen helfen?«, sprach ihn ein Mann in kobaltblauer Uniform mit silbernen Knöpfen und Hose in den Stiefeln an, der sich sichtlich über die Abwechslung freute. Sonst hatte er ja nur gestutzte Hecken zur Gesellschaft.

»Ja, das könnte tatsächlich sein«, sagte Cendro und drückte ihm rasch ein mit einem Betäubungsmittel getränktes Tuch vor die Nase, ein rein pflanzliches natürlich. Er verwendete es sonst dafür, angriffslustige Vögel kurzzeitig außer Gefecht zu setzen, die in Schornsteinen brüteten und diese somit verstopften. Cendro hatte vorsichtshalber ein Fläschchen davon eingesteckt, denn als Solo-Meisterdetektiv war er auf Hilfsmittel und Tricks angewiesen. Sein schlechtes Gewissen wuchs, als er das Opfer fesselte und sich dessen Uniform anzog. Dann atmete er tief durch und lief auf das Schloss zu.

Selp und Wribo langweilten sich. Das kam nicht oft vor, denn das Austüfteln von Streichen erforderte viel Kreativität, und so war ihr Geist unaufhörlich in Bewegung. Aber jetzt saßen sie in der Balden-Elementarschule und sollten zum tausendsten Mal üben, sich durch Willenskraft von einem Ort zum anderen zu beamen, was nur in unmittelbarer Nähe des Nachttannenturms funktionierte. Zu Beginn hatte ihnen das großen Spaß bereitet, da sie sich zum Beispiel ins Lehrerzimmer befördert und dort den Rektor beim heimlichen Rauchen von Efeublättern erwischt hatten. Daraufhin wurde ihnen verboten, sich aus dem Klassenzimmer zu bewegen – einem von neun Baumhäuschen, die zusammen die Schule bildeten. Sie hatten den Zauber längst begriffen und mussten warten, bis die langsameren Klassenkameraden nachkamen.

»Ich hab keinen Bock mehr, welch Ennuie!«, flüsterte Selp seinem Kumpel ins Ohr.

»Diese vermaledeite theoretische Übung ohne erkennbares Ziel raubt mir jeden Swag, du Opfer«, flüsterte dieser zurück.

»Unterlasset das derb-dreiste Getuschel«, mahnte der Lehrer. Und die zwei jungen Balden seufzten und wünschten sich, dass sie irgendeinen wichtigen Zauber mal im richtigen Leben ausprobieren konnten. Dieser Wunsch sollte in nicht allzu ferner Zukunft in Erfüllung gehen. Jedoch auf gänzlich unerwartete Weise.

Cendro war beinahe unbehelligt ins Innere des Schlosses gelangt, wenn man mal von einem Wichtigtuer mit gepuderter Perücke absah, der ihm nach einer Inspektion aufgetragen hatte, sich gefälligst auch hinter den Ohren zu waschen und nicht zu viel im Kohlelager zu spielen.

Meine Güte, wie viel Gold konnte man an einen Kronleuchter hängen, bevor er abfiel? Das war Cendros erster Gedanke, nachdem er es an den starren Wachen vorbei geschafft hatte. Die prunkvolle Wendeltreppe, die altehrwürdigen Gemälde und blitzenden Fliesen hätten wohl jedem humanen Wesen Ehrfurcht eingeflößt, nicht aber einem Schornsteinreiter. Ein Mann näherte sich ihm, dessen Abzeichen verrieten, dass er eine höhere Stellung hatte als der arme Tropf, dessen Uniform Cendro jetzt trug.

»Ah, du bringst bestimmt die Froschschenkel für Herrn Galvani. Er wartet schon ungeduldig. Komm schnell, hier entlang.«

Froschschenkel? Als Spion hatte man es wirklich nicht leicht. Wie kam er aus der Nummer jetzt wieder raus?

»Äh, es tut mir leid, es gibt einen Froschschenkelengpass. Die Schlossteiche sind überfischt, äh, überfroscht worden …«

»Oh nein, was soll ich jetzt Herrn Galvani erzählen? Ihm werden die Haare zu Berge stehen …« Der Lakai entfernte sich unter nervösem Gemurmel. Cendro ging in eine Ecke, um unauffällig ein Blumengesteck zu derangieren. Bei einem schnellen Blick auf die Empfangstheke hatte er ein vielversprechendes Gästebuch gesehen, nebst seinem eingebildet erscheinenden Bewacher. Diesen galt es nun fortzulocken.

7. Kapitel

Raizel fand den Castingtrubel grässlich. Das erinnerte sie alles viel zu sehr an die Fernsehshows von zu Hause mit ihren unaufrichtigen Umarmungen und vielen neuen Stars mit einer kurzen Halbwertszeit. Keinesfalls wollte sie sich bei diesem Vermicelli einschleimen müssen für die vage Hoffnung auf eine unbestimmte Karriere. Raizel hielt sich deshalb etwas abseits und beobachtete das Treiben. Die Kapuze von Lilles weidengrünem Mantel hatte sie sich über den Kopf gezogen, als Schutz vor neugierigen Blicken. So bemerkte Raizel nicht, wie sich ihr von der Seite jemand näherte. Als sie den sanften Duft nach Glut vernahm, war es zu spät.

»Madame«, sagte Tarik, und es gelang ihm, in dieses eine Wort so viel Ironie zu legen wie in ein langes Spottgedicht.

»Maestro Vermicelli möchte gern persönlich mit dir sprechen.«

Was bildete der sich ein? Dass sie sich herbeizitieren ließ wie ein eifriges Dienstmädchen?

»Da hat er Pech, denn ich habe leider kein Interesse.«

»Okay, musst du selbst wissen. Ist nur schade, denn der Bücherwurm meinte, du und dieser Koboldjunge würdet ein gutes Gespann abgeben. Aber er will euch nur gemeinsam engagieren. Na ja, dann wird es wohl nichts für Frips.«

Verdammt. Da hatte er genau den richtigen Ton bei ihr angeschlagen. Sie wollte nicht für die Enttäuschung des kleinen Kobolds verantwortlich sein. Raizel folgte Tarik widerwillig und leise fluchend über die Wiese. Der Bücherwurm thronte auf seinem Regiestuhl wie die Pyramiden über der Wüste.

Vermicelli betrachtete sie neugierig. »Du bist spät dran fürs Casting«, sagte er. Ehe sie etwas entgegnen konnte, sagte Tarik:

»Sie hatte so großes Lampenfieber, ich habe ihr Mut gemacht.« Er sah ganz ernst und unschuldig aus, als Raizel ihm einen wütenden Blick zuwarf.

»Na dann, stell dich neben Nancy, Cloe und Danita. Regieassistent! Verteil die Texte.«

Raizel konnte es kaum glauben, als sie im Stillen die Worte las, die sie sprechen sollte. Sie erinnerten entfernt daran, wie sie vor Jahren einem Nachbarsjungen ihre Zuneigung gestanden hatte. Sie war unerwidert geblieben, doch wenn man sich Vermicellis Text durchlas, war das auch kein Wunder. Der Bücherwurm hatte ihre Worte so kitschig überhöht, dass sie selbst für Rosamunde-Pilcher-Filme zu schwülstig gewesen wären.

»Das meint ihr ja wohl nicht ernst, oder? Niemals würde ich so was sagen wie: ›Mit dir fühle ich mich so sicher wie ein von einem Baum bewachter Pilz im Wald, mit dir erst habe ich meine wahre Identität gefunden.‹ So redet doch keiner!«

Tarik schien sich über Raizels Ausbruch köstlich zu amüsieren. Vermicelli hingegen war so perplex, dass er sich an den Castingaufruf-Flyern verschluckte, mit denen er sich für die bevorstehende Entscheidung stärken wollte.

»Tzz, tzz, was für eine Diva. Das kann ja toll werden, wenn die jetzt schon so rumzickt«, sagte Nancy, oder vielleicht war es auch Cloe. Die sahen alle irgendwie gleich aus. Vermicelli hatte seine Sprache wiedergefunden. Er klopfte Raizel auf den Rücken.

»Ja, ja, genau das brauche ich. Das ist Leidenschaft, das ist Feuer. Eine Raizel darf sich von niemandem auf der Nase herumtanzen lassen. Darf ich vorstellen: die Protagonistin meines Theaterstücks. Du hast die Rolle.« Der Bücherwurm sah für einen Moment so aus, als sei er von seinem spontanen Angebot selbst überrascht, während die erfolglosen Rererecaller Raizel mit verlogenen, neidgetränkten Küsschen bedachten.

Frips kam freudestrahlend angelaufen: »Ich hab die Rolle, ist das nicht cool? Ich muss mir nur hautfarbene Hüllen über meine roten

Koboldohren ziehen und schon bin ich dein ... ähm, bin ich Raizels Bruder«, fügte er dann hinzu, als er sich bewusst wurde, dass sie nicht allein waren.

Raizel überkam eine Ahnung. Sie baute sich vor Tarik auf.

»Das mit Frips hast du dir nur ausgedacht, damit ich mit zu Vermicelli komme, oder? Frips hatte die Rolle schon längst, nicht wahr?«

Tariks Grinsen sagte genug.

Raizel verfluchte ihre eigene Leichtgläubigkeit. Allerdings musste sie zugeben, dass das fröhliche Glitzern in Tariks Augen sie etwas für seine kleine Flunkerei entschädigte.

In diesem Moment wandte sich Vermicelli noch einmal an seine neue Hauptdarstellerin.

»Du darfst mich jetzt umarmen und mir eine Seite des Drehbuches als frühen Dinnerdigestiv überreichen. Am besten den Titel, den kennt ja ohnehin jeder.«

Viel zu lange schon hatte Gilbo allein mit seinem Buch und seiner Pfeife in seiner Hütte gegrübelt. Er musste unbedingt mal wieder unter Leute kommen. So beschloss er, bei seinem alten Freund Kneff vorbeizuschauen.

Kneff war ein Esel und neben ihm das einzige Mitglied im Club der lebendigen Philosophen. Vor einigen Sommern hatte Gilbo auch mal einer VTLP (Vereinigung der toten und lebendigen Philosophen) angehört, aber er war letztlich ausgetreten. Es war immer das Gleiche gewesen: Die als Geister beschworenen Toten warfen den Lebenden vor, dass sie es in dieser Zeit so viel einfacher hatten, und dass Philosophen, die nicht litten und ständig in Angst vor dem Schierlingsbecher leben mussten, keine wirklichen Philosophen waren. Das war ihm irgendwann zu viel geworden. So diskutierten Kneff und Gilbo zu zweit über den Sinn des Lebens und erforschten bei so mancher Krötenpilzpfeife den Zusammenhang von Ursache und Wirkung.

Kneff machte den Eindruck, als hätte er ihn sehnsüchtig erwartet. Er bot Gilbo einen Platz am Feuer, ein Glas tiefroten Weines und eine Platte mit würzigen Käsewürfeln, kleinen Gürkchen, gesalzenen

Monschosnüssen und Schokomandeln an. Wer den Geist beflügeln wollte, musste auch dem Körper etwas Gutes tun. Eine Weile redeten die Freunde über unverfängliche Themen: warum die Binunenfrucht krumm war, ob ein von niemandem gehörtes Geräusch tatsächlich existierte, wie das Haar in Kneffs Wein gelangt war.

Dann rückte der Esel mit einer Frage heraus, die ihm schon seit Langem auf der Zunge brannte. »Gilbo, alter Knabe, du musst wissen, ich bin im Geheimen Dichter. Ich habe auch schon ein paar Bücher veröffentlicht, anonym. Ist mir irgendwie peinlich.« Er scharte unruhig mit seinen Hufen, während Gilbo anerkennende Laute von sich gab, wie es sich in Anwesenheit eines befreundeten Künstlers gehörte. »Nun bin ich auf ein eklatantes Problem gestoßen. So bin ich gezwungen, dich ins Vertrauen zu ziehen.« Er holte tief Luft, während Gilbo sich erwartungsvoll in seinem platt gesessenen Sessel vorbeugte.

»Stell dir vor, es gibt eine Welt, deren Bewohner an Gott glauben. Der soll diese Welt geschaffen haben, mit allem Drum und Dran. Meine Geschichte läuft nun mal so, dass tatsächlich nicht Gott hinter dem Schöpfungsakt steckt, sondern jemand anderes aus einer fremden Welt … Aber ich verrate schon zu viel, die Spannung soll ja bestehen bleiben. Wie soll ich das Problem mit Gott lösen, hast du eine Idee?«

Kneff blickte ihn fragend an und kaute nervös mit seinen dicken Eselszähnen auf Luft herum, während er seine Ohren ungeduldig vor- und zurückklappte. Gilbo dachte nach. Nach einigen Zügen an der Krötenpilzpfeife hatte er eine Idee

»Hmmmh, dieser andere, von dem du sprachst, könnte er nicht Gott sein?«

Kneff kratzte sich mit seinem Schwanz grübelnd am Kopf. »Nein, das ist leider ausgeschlossen. Außerdem würde die Weise, wie ich über jenen Weltenschöpfer schreibe, schon an Blasphemie grenzen. Alternativvorschläge?« Gilbo fiel nichts ein. So vergingen einige Stunden, in denen die Käsewürfel in Gilbos Mund und die Gedanken im prasselnden Feuer verschwanden. Bis plötzlich …

»Ich hab's! Es ist ja so einfach! Ich kann nicht glauben, dass ich es nicht die ganze Zeit gesehen habe!« Kneff war aufgesprungen und tanzte auf dem Holzboden herum, dass seine Hufe klapperten.

»Hör zu, Gott hat die Welt geschaffen, aus der jener Weltenschöpfer kommt, und damit indirekt auch jene zweite Welt! So ähnlich wie ein Bauer, der einen Apfelbaum pflanzt, zwar nicht direkt den Apfel hervorbringt, aber wesentlich dazu beiträgt!«

Nur ein Autor, der einmal eine Schreibblockade hatte, konnte nachempfinden, wie sich Kneff freute. Unterdessen saß Gilbo zusammengesunken in seinem Sessel und ärgerte sich ein wenig, dass er nicht selbst auf diese geniale Lösung gekommen war. Als der Esel langsam aus seinem Taumel erwachte, stupste er den Zwerg aufmunternd an. »Hey, danke, Kumpel, ohne deine inspirierende Gesellschaft wäre ich niemals darauf gekommen!«

Gilbo war schnell versöhnt und sie verbrachten den Rest des Tages in herrlich gebildetem Gespräch, unterbrochen nur vom Knacken der Nüsse.

Der Mann am Empfangstresen blickte nicht einmal auf. Wahrscheinlich hatte er aus den Augenwinkeln das Kobaltblau von Cendros Dienstuniform gesehen und hielt es somit für unnötig, seine begrenzte Kapazität an Höflichkeit an ihn zu verschwenden. Cendro räusperte sich, und ein von einem Monokel umrahmtes Auge musterte ihn abschätzig. Hotelangestellte waren anscheinend überall unfreundlich, wenn sie auf Nichtgäste stießen. Wie also sollte er hier vorgehen? Man musste den Menschen bei seiner Eitelkeit packen, hatte Cendro mal irgendwo gehört.

»Monsieur, es ist mir unendlich unangenehm, bei einer so weltumfassenden Aufgabe zu stören. Der werte Herr von Zimmer neununddreißig, der mit den Froschschenkeln, hat ausdrücklich dich damit beauftragt, ihm seine geliebten Forschungsschenkel, äh, -objekte zu beschaffen. Er hörte von deiner alles übertreffenden Verlässlichkeit.«

Cendro hätte nach diesen furchtbar einschmeichelnden Worten am liebsten eine feine Rußdusche genommen. Sein Plan zeigte Wirkung. Der Concierge fühlte sich offensichtlich äußerst geschmeichelt und setzte sich gleich Richtung Hotelteich in Bewegung. Zuvor schärfte er Cendro noch ein, seinen Posten nicht zu verlassen, bis er wiederkäme, und auf keinen Fall irgendwelche wichtigen Entscheidungen zu fällen. Wie zum Beispiel, ob man der Dame von Zimmer sechs ihren Türschlüssel aushändigen könnte.

Kaum war der Schornsteinreiter allein in der Empfangshalle, als er auch schon in das Gästebuch schaute. Und wirklich, dort stand: *Laurinel, eingecheckt vor drei Tagen. Zimmer Nummer sieben.* Cendro nahm sich den Zweitschlüssel für den Zimmerservice vom Brett hinter der Rezeption und machte sich möglichst unauffällig auf den Weg.

Ungehindert gelangte er zu Nummer sieben. Er hielt ein Ohr an die Tür und lauschte. Nichts zu hören. Er setzte sein bestes Dienstbotenlächeln auf und öffnete die Tür. Dahinter verbarg sich ein luxuriöses Zimmer mit Himmelbett, Orchideengestecken und Perserteppichen. Doch irgendetwas stimmte nicht. Richtig, keine langen blonden Haare auf Nachttisch oder Marmorfliesen, kein leerer Platz in der Minibar, wie Cendro professionell feststellte, kein Gepäck im goldumrahmten Kleiderschrank, kein Laurinel. Er war nie hier gewesen. *Soso, du willst mich also veräppeln. Aber nicht mit mir, mit einem Cendro Schornsteinreiter spielt man nicht,* dachte er und wandte sich zum Gehen. Da sprang ein Hotelangestellter auf ihn zu, der sich hinter einer Säule versteckt hatte.

»Nicht mit mir, Bürschchen, ich habe genau gesehen, dass du nicht wirklich sauber gemacht hast, sondern nur die Minibar inspiziert hast. Husch, husch, an die Arbeit, mein Freund. Mit mir spielt man nicht.«

Cendro machte sich fluchend an die Arbeit. Putzen, was für eine entsetzliche Aufgabe für jemanden, der Ruß und Dreck liebte! Sobald er die Schritte des grauenvollen Menschen, der ihn zu dieser Arbeit verdonnert hatte, auf dem Gang verklingen hörte, warf er stöhnend alles nieder und schlich sich aus dem Schloss. Die Uniform ließ er in dem Gartenlabyrinth zurück. Bald würde der Hotelangestellte aus seiner Betäubung erwachen, und dann musste er über alle Berge von Baldorg sein.

Laurinel beherrschte also sein Handwerk und wollte seine Spuren verwischen. Das stachelte Cendro nur noch an. Natürlich war es nicht ganz auszuschließen, dass Laurinel unter falschem Namen im *Hotel Falkon* abgestiegen war, aber beim Gedanken an die dortige Speisekarte lief es Cendro kalt den Rücken hinunter. Da zog er die Alternative vor. Seine nächste Adresse lautete: Hotel *Bakebeggars* im Zuckerguss-Gässchen Nummer eins.

Jetzt sollte sie also sich selbst spielen. Das konnte so schwer ja nicht sein. Jedes menschliche Wesen legte morgens die Ich-Maske an und prüfte im Spiegel, ob sie auch richtig saß. Man puderte sich die Nase und setzte ein höfliches Lächeln auf oder probte einen coolen Ausdruck, wie es gerade dem gewünschten Selbstbild entsprach. Als Raizel an diesem Morgen in den Spiegel geschaut hatte, war da ein kleines triumphierendes Glitzern in ihren Augen gewesen. War sie am Ende doch stolz über ihre Hauptrolle? Raizel hoffte, dass die Teilnahme am Theaterstück sie irgendwie weiterbringen würde bei ihrer Aufgabe, das Geheimnis der Romanreihe zu entschlüsseln und einen Weg nach Hause zu finden.

Der erste Probentag war gekommen und Tarik holte gerade aus dem Buchladen für jeden der zukünftigen Starschauspieler eine Anstecknadel mit der Aufschrift *Teil der Crew*. Vermicelli hatte in einem Buch über Motivationstaktik gelesen, dass solche Aktionen das Gruppengefühl förderten. Als er wiederkam, drängten sich alle um ihn und rissen ihm die Anstecker geradezu aus den Händen. Frips hatte als einer der Ersten einen ergattert und schlenderte damit stolz und betont lässig über die Wiese.

Raizel beobachtete den Kobold schmunzelnd und bemerkte dabei nicht, wie Tarik sich ihr näherte. »Hier, Mademoiselle, dein Anstecker«, sagte er und machte ihn an ihrem efeugrünen Oberteil fest, das sie sich von Lille Brantock geborgt hatte. Während er mit der Nadel herumhantierte, stahl sich seine Zungenspitze zwischen seinen Lippen hindurch, so konzentriert war er bei der Sache. Raizel fand das irgendwie süß. Der Eindruck zerstreute sich gleich wieder, als er ihr nach getaner Arbeit direkt in die Augen blickte und sagte: »Oder sollte ich sagen: Star des Stücks?« Er grinste, Raizel stöhnte auf.

»Ehrlich gesagt ist dieser ganze Starrummel überhaupt nichts für mich. Vermicelli hätte sich lieber eine dieser Frauen vom Casting aussuchen sollen. Die wäre jetzt glücklich. Und ich würde viel lieber gemütlich frühstücken.«

Tarik nickte verständnisvoll.

»Kann ich mir vorstellen. In so eine Hauptrolle muss man auch erst mal reinwachsen.«

»Du bist ja auch nicht ganz unschuldig an meiner Situation! Wenn du mich mit Frips nicht so an der Nase herumgeführt hättest ...«

»Dafür habe ich dir auch einen besonders schönen Anstecker ausgesucht«, sagte Tarik mit treuherzigem Gesichtsausdruck. Eine Gruppe von Fans, die beim Casting leer ausgegangen war, blieb neben den beiden stehen. Sie baten Raizel um ein Autogramm und Tarik um einen Anstecker. Doppelt versorgt zogen sie glücklich von dannen.

»Ich muss dann auch mal weiter, die Pflicht ruft«, sagte Tarik.

Frips gesellte sich zu Raizel, und eine Weile betrachteten sie gedankenverloren das bunte Treiben auf der Wiese.

»Dieser Tarik macht seine Sache echt gut, oder?«, meinte der Kobold. »Bringt Ruhe und Ordnung in die ganze Sache.«

Raizel musste ihm zustimmen.

»Stimmt, ohne ihn würde der ganze Künstlerhaufen wohl vor lauter Kreativität zu gar nichts kommen.«

»Hatte übrigens recht damit, dass ich ihn kenne. Du hast mich doch neulich gefragt: Er ist Cendros Untermieter.«

Gilbo war wieder zu Hause. Er fühlte ein dumpfes Nachklingen vom Weinrausch. In seinem umnebelten Kopf hatte sich indes eine Gedankenkette gebildet, die ihm keine Ruhe ließ.

Sosehr er in der letzten Nacht seinen Freund Kneff auch gedrängt hatte, ihn einen Blick auf sein Manuskript werfen zu lassen – sein Freund wollte das Geheimnis um sein Buch nicht noch weiter lüften. Dabei war Gilbo doch so neugierig! Bei einem Katerfrühstück aus Würstchen und Ei ließ er sich noch mal durch den Kopf gehen, was Kneff ihm über seine Geschichte erzählt hatte. Das kam ihm irgendwie bekannt vor. Ein Gedanke formte sich langsam in seinem Kopf, den er nicht länger beiseiteschieben konnte: Ob Kneff der sagenumwobene Autor von *Imaginate* war? Das würde auch seine Geheimniskrämerei erklären.

Endlich wusste Gilbo, auf welche Weise er die Geschehnisse lenken konnte. Er musste den Autor des Bestsellers ausfindig machen, ob es nun wirklich Kneff war oder nicht. Er musste an die schrecklichen Dinge denken, die im Hintergrund von *Imaginate* lauerten, und an die dunkle Anwesenheit, die zeitweilig seinen eigenen Geist okkupierte. Vielleicht gab es da einen Zusammenhang. Er hoffte inständig, dass sein Verdacht bezüglich seines alten Eselsfreundes sich nicht bestätigen würde.

Er war also Cendros Untermieter. Warum hatte er das nie erwähnt? Es schien gerade so, als wollte er es vor ihr verbergen. Aber das war natürlich nicht der Grund, weshalb ihre Beine Raizel jetzt unweigerlich zu Cendros Schornstein führten. Sie wollte nur ihren rußigen Freund wiedersehen – und ihn bei der Gelegenheit vielleicht ein wenig aushorchen. Cendro und Tarik wohnten in der Schnipselgasse, in der auch die Redaktion der Zeitung *Nachrichten aus Nirgendwo* beheimatet war. Viele Schornsteine reihten sich auf den flachen Dächern aneinander, die ideale Wohngegend für einen Schornsteinreiter.

Als Raizel am Ziel ankam, sah sie gerade noch, wie der Phönix sich knatternd in die Lüfte erhob. Anscheinend hatte Cendro wieder den Spezialantrieb getankt, denn aus dem Auspuff strömten regenbogenfarbene Glitzersterne. Die Balden! Die würden hier nicht fernbleiben, schließlich liebten sie diese besonderen Abgase des Phönix. Und sie sollten Raizel jetzt nicht sehen, denn sie wusste nicht, was Manjfee zu ihrem Vorhaben sagen würde. Von dem sie selbst nicht genau wusste, welcher Art es war. Rasch versteckte Raizel sich hinter einer Hecke und tatsächlich: Da waren sie, mindestens neun tanzende Luftwesen, die sich gegenseitig mit den Farbsternen bewarfen.

Sollte sie wieder zu den Brantocks ins Eckhaus zurückkehren? Cendro würde sie ja offenbar nicht antreffen. Aber jetzt war sie schon einmal hier, also würde sie auch klingeln. Sie versuchte sich einzureden, dass dieser Entschluss rein gar nichts damit zu tun hatte, dass sie gegenüber Tarik dieses seltsame Gefühl der Vertrautheit empfand. Seit der ersten Begegnung in der engen Gasse in der Nähe des Nachttannenturms spürte sie diese Verbindung. Weshalb musste sie sich bloß immer für komplizierte Männer interessieren?

Als sie sich der Tür näherte, ärgerte Raizel sich, dass ihr ein bisschen mulmig zumute war. Erst jetzt fiel ihr auf, dass ein Baumstamm mit der Mauer im Vorgarten des Hauses gleichsam verwachsen war. Das sah verwunschen aus, wie ein Lebewesen, das durch einen Fluch halb versteinert worden war. Ob das ein böses Omen war? Sie fantasierte wirklich zu viel in die Dinge hinein, schalt sie sich selbst.

Den pfennigförmigen Klingelknopf gedrückt, die Luft angehalten. Es dauerte einen Moment, dann näherten sich Schritte hinter der Tür. Raizel atmete tief durch und nahm sich vor, überrascht auszusehen. Und dann war sie es wirklich, denn Tarik öffnete die Tür.

»Hi, Raizel, habe mir schon gedacht, dass du es bist.«

»Echt?« Es dauerte eine Weile, bis ihr ein ganzer Satz einfiel. »Ich wollte eigentlich Cendro besuchen.« Und dann schob sie scheinheilig nach: »Du wohnst also auch hier?«

Sein Grinsen zeugte davon, dass er ihre Flunkerei durchschaute. Doch er tat so, als ließe er sich auf das Spiel ein: »Da muss ich dich enttäuschen, Cendro ist in einer wichtigen Mission unterwegs, wie er sagt. Er ist sehr beschäftigt in letzter Zeit. Aber komm rein, ich hab gerade Korfu gemacht.«

Wie Raizel rasch bemerkte, bedeutete der Umstand, dass Tarik Cendros Untermieter war, dass er ganz normal in dem Haus wohnte, während Cendro den Schornstein und den Dachboden für sich hatte. Mindestens einmal in der Woche trafen sich die ungleichen WG-Bewohner zum Kartenspielen, und am Wochenende frühstückten sie manchmal zusammen, wie Tarik Raizel erzählte. Er führte sie in die Küche und sie ließ sich in einen der Korbstühle fallen. Auf einem rot gestrichenen Regal stapelten sich eine Menge Gewürze und eine Teesammlung. Daneben stand die Korfumaschine, welche die Balden für Cendro repariert hatten. Offenbar profitierte davon auch sein Mitbewohner, denn Tarik entnahm dem Apparat nun eine Kanne, aus der warmer Dampf quoll. Es duftete ein bisschen nach Kaffee, gemischt mit Nougat und Vanille. Eine schwindelerregende Kombination.

»Ein Tässchen Korfu gewünscht, Madame?«, fragte Tarik mit gekünstelter Stimme.

Raizel stieg auf das Spiel ein und antwortete in ebenso affektiertem Duktus: »Sehr gern, werter Herr.«

Tarik warf sich ein Küchentuch über den Arm, das auch schon mal bessere Tage gesehen hatte, und bediente sie in vollendeter Butlermanier. Allerdings ließ er dabei jede Spur von Unterwürfigkeit vermissen.

Ein Tropfen Korfu perlte an der Kanne hinab und landete auf ihrer Hand. Sie wollte ihn schon mit der Zungenspitze ablecken, aber er kam ihr reflexartig zuvor und wischte den braunen Punkt mit einem Finger weg. Dabei beugte er den Oberkörper ein wenig zu ihr nach unten, was Raizels Herz höherschlagen ließ. Da erstarrte Tarik plötzlich.

»Habt ihr das erblickt?! Sie glaubt doch nicht wirklich, sie könnte unseren Glubschern entweichen? Manchmal sind Menschen einfach erfrischend unbedarft.« Selp schlug einen Purzelbaum in der Luft vor Vergnügen. Für Balden, deren Sinne so ausgeprägt waren, dass sie selbst einen Marienkäfer Meter unter sich husten hören konnten, erschien es einfach unfassbar, wie Menschen sich *unsichtbar* wähnten, wenn sie sich hinter einigen lichtdurchlässigen Ästen versteckten. Menschen und Zwerge konnten sie damit vielleicht an der Nase herumführen, Balden nicht.

Einige von ihnen waren den bunten Kristallen und damit dem Phönix hinterhergeflogen, doch Kalfa schickte Cendro nur einen Stoßseufzer hinterher. »Was dieser Knilch wohl wieder für Missetaten ausheckt!« Wribo und Selp hörten mal wieder nicht zu.

»Kalfa«, meldete sich ohne Vorwarnung die markante Stimme von Manjfee in ihrem Kopf. »Begebt euch auf dem blitzschnellsten Pfade zum Nachttannenturm. Macht hinne! Es gibt Dinge von höchster Importanz zu belabern.«

Als sie den Baldenruf vernahm, stand Lille Brantock gerade in ihrem Kräutergarten hinter dem Eckhaus in der Schabernackgasse dreizehn und erntete Brennnesseln für einen Tee. »Baldenfreunde, versammelt euch«, drang es ihr durch Herz und Seele, ohne dass es einen Ton gegeben hätte. Dennoch nahm ihr die Resonanz in ihrem Körper für einen Moment den Atem.

Es musste etwas Dramatisches geschehen sein. Seit sie Selp und Wribo vor drei Sommern gerettet hatte und zur Baldenfreundin geworden war, hatte sie diesen Ruf nur ein einziges Mal vernommen. Das war, als die Balden die Ernte der Kokudelenfrucht feierten, die nur alle dreihundertdreiunddreißig Sommer reifte und zudem lediglich drei Stunden lang, was ein promptes Fest erforderlich machte. Lille war sich allerdings ziemlich sicher, dass es diesmal nicht so einen fröhlichen Anlass gab. Sie klopfte sich die Erde von den Knien, strich sich eine Haarsträhne aus dem Gesicht und verließ den Garten.

Als Tarik ihr den Korfuklecks von der Hand gewischt hatte, vernahm Raizel für einen Moment wieder seinen sanften Duft nach schwelender Glut. Nun wusste sie auch, woher der kam. Kein Wunder, wenn man einen Schornsteinreiter zum WG-Partner hatte! Jetzt war er allerdings erstarrt und betrachtete konzentriert die Narbe in ihrer Handinnenfläche, wie damals im *Café am Ende der Welt*. Was hatte er bloß damit? Nun blickte er auf.

»Raizel, es gibt da etwas …«

In diesem Moment klingelte es an der Tür. Tarik schien darüber erleichtert zu sein.

»Das wird das Boteneichhörnchen sein. Ich geh mal schnell. Nimm dir noch Korfu«, sagte er leichthin über die Schulter. Dann war sie allein in der Küche.

Raizel hörte den Boten sagen: »Und nun musst du mit dem blauen Stift an dieser Stelle unterschreiben …« Bürokratie gab es also auch hier. Sie stand auf und wollte eigentlich in den Flur gehen, um einen Blick auf das Posteichhörnchen zu werfen, als sie durch eine Tür zur Rechten einen Lichtspalt schlüpfen sah. Ob das Tariks Zimmer war? Sie lauschte, er war mit der Briefannahme beschäftigt. Ohne nachzudenken, ging sie zur Tür und öffnete sie ganz.

Ein Chaos aus Zeitschriften, Stiften und Klamotten war über den gesamten Boden verteilt. Heraus ragten teilweise vergilbte Ausgaben von *Nachrichten aus Nirgendwo*, aus denen Tarik Artikel herausgerissen und an eine Pinnwand links neben der Tür gehängt hatte. *Vereinte Realisten rufen zu Protest auf*, *Buchparty bei Vermicelli*, *Mysterium um ein Kultbuch* – so lauteten die Überschriften. Er schien sich also doch für das Phänomen *Imaginate* zu interessieren.

Rechts neben der Tür stand ein Bett mit einem Durcheinander aus Decken und Kissen, davor heruntergebrannte Kerzen. Ein weißes Hemd mit bunten Streifen hing zerknuddelt über der Tür eines hölzernen Kleiderschranks. Durch ein großes Fenster fiel Licht in das Zimmer … und auf den Schreibtisch, der vor dem Fenster stand. Darauf stapelten sich an den Seiten Bücher in allen erdenklichen Farben, in der Mitte lag ein vergleichsweise ordentlicher Papierstapel, daneben ein Federkiel und ein Glas mit roter Tinte, von der einige Spritzer über den Tisch verteilt waren. Eine flaschengrüne altmodische Bibliothekslampe ermöglichte das Schreiben bei Nacht.

Raizel wollte schon einen Blick auf den Stapel werfen, als sie Schritte hinter sich vernahm.

»Oh, hier bist du!«, rief er beim Eintreten. Als Tariks Blicke zwischen ihr und dem Schreibtisch hin- und herwanderten, bildete sich eine wütende Falte auf seiner Stirn. Schroff sagte er: »Hast du also mein Arbeitszimmer gefunden. Hier texte ich Werbesprüche für Einzelhändler aus Baldorg. Meine Kunden legen viel Wert auf Diskretion, deshalb …« Tarik führte den Satz nicht zu Ende, zeigte aber unmissverständlich auf die Tür. Sein Gesicht war plötzlich kalt und verschlossen.

Er war nicht so unhöflich, sie gleich ganz vor die Tür zu setzen. Doch das Gespräch beim erkaltenden Korfu wurde seinerseits zusehens kühler, bis es am Ende ganz erstarb.

»Ich gehe dann mal«, sagte Raizel. Wieder wirkte Tarik erleichtert, und sie ärgerte sich über den kleinen Stich, den ihr das versetzte.

8. Kapitel

Wie himmlisch es hier duftete! Cendro lief das Wasser im Mund zusammen. Mohnplätzchen mit bunten Zuckerperlen. Konfekt mit Rosenwasser. Baldorger Lärchen mit Apfelfüllung. Es war nicht zum Aushalten. Schon eine Meile vor dem Hotel *Bakebeggars* veränderte sich der Gesichtsausdruck der Passanten. Verzückte Entrückung. Das lag an dem teigfarbenen Rohr, das der Gründer des Backparadieses werbetechnisch geschickt so ausgerichtet hatte, dass die verheißungsvollen Düfte hinausströmten.

Am *Bakebeggars* angekommen, zog er so heftig an der Tür, die aus den zwei Hälften eines riesigen Schweinsöhrchens bestand, dass sich der Überzug aus Schokolade an einer Stelle ablöste und blanken Blätterteig entblößte.

Drinnen strahlten Honigkerzen ihr warmes Licht aus, die Wände bestanden aus bunt dekorierten Lebkuchen. Das war ja alles ganz nett, fand Cendro, aber es fehlte eindeutig noch ein bisschen Ruß. Aus den Nischen ragten Zuckerstangen, die von einer eifrigen Katze ständig nachgefüllt wurden. Da, jetzt steckte sie ein Stück in ihr eigenes Mäulchen – es musste sich um das seltene Exemplar einer Naschkatze handeln.

Cendros Geruchssinn nahm wieder überhand und er folgte seiner Nase dem köstlichen Duft nach. Unversehens fand er sich im Herzen des Hotels wieder: der Backstube. Tisch reihte sich an Tisch, und an jedem wurde eine andere Delikatesse zubereitet. Das musste das Paradies sein.

»Hier, probier mal«, sprach ihn ein junger Koch an und hielt ihm einen Keks entgegen.

Cendro biss in das wunderbar knusprige Gebäck, das im letzten Augenblick den Geschmack von Mandeln freisetzte. »Genial«, seufzte er.

»Du musst der neue Hilfsbäcker sein! Komm, hier entlang, ich werde dir mal alles zeigen. Keine falsche Scheu. Super, dass du vier Arme hast. Das ist praktisch beim Teigkneten!« Cendro wollte schon Reißaus nehmen, da wurde ihm bewusst, dass ihm eigentlich nichts Besseres hätte passieren können. Als Angestellter konnte er sich ganz frei im *Bakebeggars* bewegen und Laurinel so unauffällig hinterherschnüffeln. Und nebenbei ein paar Kekse stibitzen.

Vermicellis Schaufenster waren gepflastert mit Plakaten über sein Theaterprojekt. Der Bücherwurm selbst verhielt sich ungewöhnlich ungeschäftstüchtig. Er schaute nicht einmal von seinem dicken Wälzer auf, als Gilbo den Laden betrat. Das war dem Zwerg nur recht, er wollte sich ungestört umsehen.

Er hatte beschlossen, systematisch vorzugehen. Als Wissenschaftler war er das gewohnt. Als Erstes würde er Sekundärliteratur zum Thema *Imaginate* wälzen. Immerhin war er ein Zwerg des Geistes und würde seinen besten Freund nicht wegen haltloser Vermutungen bezichtigen. Da mussten schon Argumente her. Notfalls würde er heimlich in Kneffs Arbeitszimmer einsteigen und ein bisschen herumschnüffeln. Zwerge waren ganz gut darin, unbemerkt zu bleiben.

Gilbo überflog die Buchtitel. Da gab es eine Monografie von Adam und Adam über die Faszination, die *Imaginate* auslöste, ein Werk über Intertextualität und noch so an die fünfzig weitere. Mit dem Material könnte man mehrere Seminare bestreiten. Da hatte Gilbo ganz schön was zu tun. Er entschied sich zunächst für neun der Bücher, die er weniger nach ihrem Inhalt, sondern vielmehr nach ihrem Preisschild aussuchte. Zwerge waren ja bekanntlich geizig – ein Vorurteil, das sich oft bewahrheitete. Nach kurzem Zögern packte er auch noch das Werk von Adam und Adam auf den Stapel, sie waren nun einmal die ersten Männer der Textinterpretation.

Beladen mit dem Bücherhaufen, aus dem nur noch seine rote Zipfelmütze herauslugte, begab sich Gilbo in die Richtung, in der er Vermicellis Ladentisch vermutete. Ein lautes Rums teilte ihm mit, dass er sich nicht geirrt hatte. Bei dem Zusammenstoß waren ihm die Bücher auf den Boden gefallen. Als er sie wieder eingesammelt hatte, stellte er fest, dass der Vorfall unbemerkt am Bücherwurm vorübergegangen war. Höchst sonderbar, sonst regte er sich auf, wenn Bücher hinunterfielen. Mit Essen spielte man nicht. Nun las Vermicelli konzentriert in seinem Buch *Die Kunst der Regie*.

»Ähem«, räusperte sich Gilbo.

»Ja«, grunzte Vermicelli und biss als Lesezeichen eine Ecke von der Seite ab, die er gerade las.

»Man könnte meinen, du freust dich gar nicht, ein paar Silbertaler zu verdienen «, sagte Gilbo und deutete mit dem Zipfel seiner Mütze auf den Bücherhaufen. Vermicellis künstlerischer Ehrgeiz als Regisseur mochte frisch geweckt sein, sein Geschäftssinn war indes noch ausgeprägter.

»Oh, selbstverständlich, entschuldige vielmals, ich war abgelenkt. Du hast doch von meinem Theaterprojekt gehört? Falls du dich dafür interessierst: Die Fanartikel wie Kalender, Spiele, Tassen und Bettwäsche mit Abbildungen der Schauspieler werden in spätestens einem Monat auf den Markt kommen. Selbstverständlich exklusiv bei Vermicelli. Ich meine natürlich Maestro Vermicelli. Wie hört sich das an?« Während der Bücherwurm Gilbos Einkäufe einwickelte, bot er ihm die Rolle des Gartenzwergs an. Was Gilbo ablehnte. Unverständlicherweise.

Nach einer halben Ewigkeit, in der Cendro zwanzig verschiedene Kuchenteige angerührt hatte, ohne jemals die Chance zu bekommen, die Schüssel auszuschlecken, dämmerte ihm langsam, dass Hilfsbäcker im Hotel *Bakebeggars* zu sein nicht viel besser war als Hotelpage im *Werßaj*.

So stahl er sich in der Mittagspause fort, mehlgepudert – was auf seinem rußigen Teint erstaunliche Wirkung erzielte – und mit einem Tablett voll mit Keksen. Schließlich hatte er hart gearbeitet.

Von einem seiner Kollegen hatte er erfahren, dass jeder Bewohner des Hotels bei der Ankunft eine Wunschliste mit Backwaren abgab, die zusammen mit Namen und Zimmernummer in einem Buch am Eingangstresen aufbewahrt wurde. Er plante vorzugeben, ein Bäcker zu sein, der die gewünschte Kekslieferung überbringt. Auf diese Weise wollte er herausfinden, wo Laurinel residierte.

Er näherte sich dem Empfangstresen, denn er musste Laurinels Zimmernummer herausfinden. Der Portier hatte ein durchschnittliches Gesicht, das von einem durchschnittlichen Haarschnitt gerahmt wurde, den eine durchschnittliche Portiersmütze nicht zierte. Diese passte farblich zu der durchschnittlichen Weste. Da waren selbst die Visitenkarten des Hotels auf dem Empfangstresen markanter. Darauf stand: *Bakebeggars – aus Lebkuchen geformte Betten, Nachttisch aus Nüssen und Decken aus Zuckerwatte.* Am unteren Rand war winzig klein in kaum lesbarer Schrift gekritzelt: *Verzehr des Inventars nicht im Preis inbegriffen.*

Auf Cendros Frage nach den Gästen des Hotels hin zuckte der Portier nur nichtssagend mit den Schultern und schob ein Buch über den Tresen, das mit rosafarbenen Zuckerrosen garniert war.

»Du bist wohl neu hier, was?«, fragte er, als er Cendros Gesichtsausdruck sah. Und er leierte die Beschreibung hinunter: »Jaja, das ganze Buch ist essbar. Seiten aus Marzipan, Schrift aus Zuckerfarben, Einband aus Lebkuchen, Korfuflecken aus Kakao. Wirkt authentischer, angeblich.« Sein Tonfall war so ausdruckslos wie ein Schornstein ohne Ruß, fand Cendro.

Er blätterte die Seiten durch. J, K, L! Aber oh nein, es gab keinen Eintrag unter Laurinel. Das durfte doch nicht wahr sein! Ob er sich unter falschem Namen eingeschrieben hatte? Cendros Blick lief die Liste hinab. Da gab es einen Herrn Lorbeer, was für ein putziger Name. Lorbeer? Ja natürlich, *laurus* wie in Laurinel hieß nichts anderes als Lorbeer! Das musste er sein. Zimmernummer fünfundvierzig. Und als Backwunsch die Spezialität des Hauses. Genau die würde er jetzt serviert bekommen.

»Aha, du willst zu Herrn Lorbeer? Zeig einmal her, welche Kekse er bekommt. Ah ja, die Spezialität des Hauses: Zimtplätzchen mit einem Hauch von Jasmin. Die Konditoren haben viele Sommer lang herumexperimentiert, bis sie die richtige Mischung gefunden hatten. Etliche Praktikanten und Hilfsbäcker mussten wegen Verzimtung behandelt werden. Das hält das *Bakebeggars* natürlich streng geheim und die Betroffenen haben eine hohe Abfindung erhalten. Meist in Form von lebenslanger Versorgung mit Zuckerperlen. Ironie des Schicksals.« Cendro hörte ihm gar nicht richtig zu. Er war so auf seine Aufgabe fixiert, dass er nicht merkte, wie ihm der Portier nachblickte. Mit welchen Gefühlen, ließ sich wegen der fehlenden Mimik nicht sagen.

Cendro fuhr mit einem zuckerwattegefütterten Aufzug in den vierten Stock. Es roch fürchterlich süß und Cendro fiel auf, dass durch ein Loch in der wabernden Schicht Licht hineinfiel.

»Eine Schulklasse war heute hier«, sagte der Liftjunge zur Erklärung.

Als die Tür zur vierten Etage sich öffnete, wurde der Blick freigegeben auf ein Schild mit der Aufschrift: *Willkommen im Schlaraffenland.* Vereinzelt flogen Schokoladenvögel herum, die *Iss mich, iss mich, ich bin die zarteste Versuchung, seit es Schokolade gibt* tirilierten. Cendro kam an einem Zimmer vorbei, auf dem in goldenen Lettern *Honigbad: fünf Taler; inklusive Trinken: zehn Taler* geschrieben war. Ein Wegweiser verriet ihm, dass er im Korridor zu den Zimmern vierzig bis fünfzig angekommen war. Cendro blieb stehen und vernahm gedämpfte Stimmen. Sie kamen tatsächlich aus Zimmer fünfundvierzig. Als er vorsichtig näher schlich und sein Ohr an die Tür legte, konnte er verschiedene Stimmen unterscheiden: eine hochfahrende, protzige – das musste Laurinel sein – und einige zischende, die schwer zu verstehen waren.

»Das mit dem Fliederwein hat ja super funktioniert!«, hörte Cendro Herrn *Lorbeer* sprechen. »Kommt dieser Tarik vorbei und stößt das Glas um. Nun müssen wir uns was Neues ausdenken, um Raizel loszuwerden. Was heißt wir? Ich! Ihr seid nur Schatten! Schatten eines Auftrags!« Wieder dieses Gezische, das sich in Cendros Ohren nicht zu einer Aussage zusammenfinden wollte. Raizel loswerden? Cendro war verwirrt. Aber eins war nun klar: Dieser Laurinel stank gewaltig. Und das lag nicht nur an seinem aufdringlichen Rasierwasser.

Vermicelli runzelte die Stirn, was zur Folge hatte, dass sein ganzer Körper sich mitrunzelte, da er ja komplett aus runzelbaren Rillen bestand. Jetzt waren sogar schon Zwerge von der *Imaginate*-Manie erfasst worden. Diese neue Zielgruppe galt es mit speziellen Angeboten zu locken. Er könnte Raizel-Shirts in Miniaturausgabe herstellen lassen und Minitütchen von Lakritzhütchen. Am besten wäre es natürlich, wenn er den Autor von *Imaginate* überreden könnte, einen Zwerg in die Handlung einzuflechten. Das wäre absolut genial! In Vermicellis Vorstellung wanden sich bereits Schlangen von aufgeregten Zwergen vor seiner Buchhandlung … Es gab da nur einen winzigen Haken: Die einzigen Zwerge in Raizels Welt gehörten einer eindeutig unterentwickelten Spezies an, die bei Nacht und Regen im Garten stand und dümmlich grinste.

Cendro presste sein Ohr gegen die Tür und lauschte weiter. Gedämpft hörte er Laurinel sprechen. »Also, hört mir gefälligst zu, ihr nichtsnutzigen Handlanger. Dieses Mädchen ist aus einer fremden Welt, einer Welt, in der es noch viel mehr solche Gestalten wie euch gibt.«

Verhaltenes Gezische.

»Seid still, ich war noch nicht fertig. Das ist die erste Chance, seit die Balden vor unendlichen Zeiten ihre Kampfbücher vergraben haben. Und diese Chance werdet ihr nicht verpatzen, versteht ihr?«

Etwas lauteres Gezische.

»Still. Ich muss euch noch etwas zeigen. Ich weiß, ihr könnt nicht selbst denken. Aber ich bin einfach zu stolz auf mich und brauche ein Publikum. Also, seht her.«

Gedämpftes Rascheln.

»Seht ihr dieses Ding hier? Sieht ein bisschen so aus wie eine Mischung aus Parfümflakon und Birne. Diese Raizel hat es unwissentlich aus ihrer Welt mit hierhergebracht. Wie genau, braucht ihr nicht zu wissen, es hat irgendwas mit der Macht der Sprache zu tun, die geradezu bombastisch ist. Dieses Ding kann den Nachttannenturm mit einem Mal zerstören. Die Kraft der Balden ist dabei wirkungslos, denn das Ding stammt aus einer anderen Dimension. Der Name lautet: Granate. Und ihr werdet sie in den Nachttannenturm bringen.«

Der Nachttannenturm vibrierte vor Geschäftigkeit. Junge Balden flogen mit Erfrischungen herum, es gab Kekse mit herber Monschosnuss, gebratenen Fisch und Himbeerbrause. Einige ließen sich auf wolkenähnlichen Kissen in der Luft nieder. Selbst die Tannen schienen sich in gespannter Erwartung dem Boden zuzuneigen. Ob in der Luft oder auf dem Boden, überall schimmerten transparente Flügel.

Schon auf dem weiten Platz vor dem Baldenhort herrschte ein einziges Gewusel. Anscheinend waren auch Gefährten aus entlegeneren Gebieten angereist. Lille Brantock bemerkte, dass einige Balden ihr Haar länger trugen, als es hier üblich war. Blonde, glatte Haare, blasse Haut, erschreckend dünne Arme – solche merkwürdigen Balden hatte sie noch nie gesehen. Andere schienen aus kalten Regionen zu kommen, sie trugen dick gefütterte Kleidung, derer sie sich größtenteils wegen der hier herrschenden *Hitze* entledigten. Später erfuhr Lille, dass dies die Raureifbalden aus dem Eiszapfenpalast waren.

Neben dem Eingang war ein kleiner Schrein aufgebaut, darin lag ein Buch mit dem Titel *Das Symbol des Drachens*. Weshalb stellten die Balden hier bloß ein Sachbuch aus?

Die Koboldfrau wurde von einer schüchternen Baldin zu ihrem Platz geführt. Sie lächelte kurz und verschwand dann schnell im Getümmel. Lille ließ ihren Blick schweifen. Er blieb an ihren ehemaligen Schützlingen hängen. Selp und Wribo, die Spitzohren. Lille lächelte. Selp stibitzte im bunten Treiben gerade einen Nusskeks und Wribo erprobte augenscheinlich einen Zauberspruch an einer hübschen Baldin. Sein kleiner Fuß, der wiederholt auf den Boden stampfte, verriet hingegen, dass er damit nicht sehr erfolgreich war. Diese Schlawiner. Sie unterschieden sich eigentlich gar nicht so sehr von ihrem Sohn Frips.

Die Koboldmutter fühlte sich jedes Mal geehrt, Gast im Nachttannenturm zu sein. Was man mit ein paar Amerillablüten nicht alles bewirken konnte! Mit deren Kraft hatte Lille die zwei jungen Balden damals geheilt, und deshalb war sie jetzt hier. Ein Baldenfreund unter etwa fünfundzwanzig. Sie schaute sich um und beobachtete ihre Kollegen. Da unterhielten sich Dryaden, die schon seit Urzeiten einige der Nachttannen bewohnten und sie von innen pflegten. Ihre Stimmen hörten sich an, als ob Wind durch Bäume streichelt. Wildschweinähnliche Kreaturen prosteten sich zu, das mussten die legendären Wilden Schweine sein. Sie sollten unglaublich zarte Borsten haben. Einer alten Tradition nach wurden jedem ihrer Babys bei der Geburt drei Borsten ausgerissen, was als Initiation galt. Die Borsten gelangten in den Nachttannenturm und wurden dort zu einer Bürste für die Königin verarbeitet und spielten so also bei dem berühmten Kämmritual für auserwählte Gäste eine besondere Rolle. Auch Lille hatte Manjfees Haare schon einmal bürsten dürfen, damals waren diese efeugrün gewesen, der Koboldin zur Ehre. Kein Wunder, dass die Wilden Schweine ihren Platz bei dieser Zusammenkunft hatten. Beim letzten Treffen mussten sie Lille glatt entgangen sein, aber da hatte man ja auch nicht brav herumgesessen, sondern getanzt und gefeiert.

Was der Koboldin den Atem nahm, waren die zwei Einhörner, die majestätisch knieten und ihre Hörner zärtlich aneinandergeschmiegt hatten. Dass Einhörner nur Jungfrauen liebten, war nämlich ein Gerücht aus Raizels Welt. Für einen kurzen Moment verspürte Lille einen Hauch von Eifersucht. Wie wunderbar musste es sein, von einem solchen Geschöpf geliebt zu werden! Das schneeweiß schimmernde Fell, die so weich aussehende Mähne und die nachtblauen Augen, in denen man bestimmt versank, würde man zu lange in sie schauen. Ein Platz an Lilles Tisch war noch unbesetzt, ein Baldenfreund also fehlte noch.

Die Koboldmutter merkte, wie die allgemeine Aufregung auf sie übersprang. Sie ahnte, was der Grund für diese Versammlung war. Es hatte garantiert etwas mit dem Menschenkind aus der fremden Welt zu tun. Mit Raizel. Selbst in ihren kühnsten Träumen hätte Lille sich nicht ausmalen können, dass so etwas möglich wäre. Dass es eine parallele Welt gab, eine, in der es Kobolde nur in Seemannsgeschichten und in Irland gab. Oder selbst wenn es diese Welt gäbe, dass jemand ihr entfliehen und direkt zu ihr ins Haus spazieren würde.

Kalfa hatte vor zwei Nächten mit dem für sie typischen ernsten Gesichtsausdruck bei ihr vor der Tür gestanden und ihr von der Ankunft einer bedeutenden Person erzählt, die bei den Brantocks unterkommen sollte. Bei einem Wildhonigtee hatte sie ihr unterbreitet, dass diese Person keine andere war als die, die ihr Sohn Frips seit der Erscheinung des ersten *Imaginate*-Bandes vergötterte. Eigentlich sollte Lille das Ganze geheim halten, aber ihre Familie durfte sie einweihen. Schließlich konnte sie Raizel nicht irgendwo auf dem Dachboden einsperren, wo sie keiner zu Gesicht bekam.

Lille wusste nicht, wie Raizel in diese Welt gelangt war oder was sie hier tun sollte und wie die Balden und die Baldenfreunde ihr dabei helfen konnten.

Vielleicht würde ja das heutige Treffen eine Erkenntnis bringen. Als wenn ihre Gedanken erhört worden wären, leuchtete es plötzlich um den Thron herum auf. Manjfee war erschienen. Bei ihrer letzten Begegnung waren ihre Haare violett gewesen, jetzt leuchteten sie bunt wie bei den Punks in Raizels Welt. Angesichts all der Gäste unterdrückte die Baldenkönigin die Baldensprechweise, als sie anhob.

»Meine Freunde, wie sehr freue ich mich, euch alle im Nachttannenturm zu sehen. Nach der Besprechung soll es genug Zeit geben, Erfahrungen und Geschichten auszutauschen. Doch zunächst führt uns eine dringliche Angelegenheit hier zusammen. Also lauscht mit spitzen Ohren, und wenn ihr etwas beizutragen habt, dann scheut euch nicht, dies zu tun. In diesen Zeiten brauchen wir euch alle.«

Lilles Blick wanderte kurz zu Selp und Wribo hinüber. Es musste wirklich wichtig sein. Die sonst so quirligen Balden starrten mit ernsten Gesichtern ihre Königin an. Manjfee berichtete von den Schatten, die immer häufiger in Baldorg gesichtet wurden. Niemand kannte ihren Ursprung oder ihr Ziel. Es stand zu befürchten, dass sie es auf den Nachttannenturm abgesehen hatten. Deshalb mussten sie alle wachsam sein und Vorsichtsmaßnahmen ergreifen.

Granate? So einen merkwürdigen Namen hatte Cendro noch nie gehört. Klang wie eine Frucht. Aber auch irgendwie unheimlich. Er musste unbedingt Manjfee davon erzählen.

Er wollte sich schon umdrehen und zu seinem Phönix zurückeilen – und auf dem Weg nach draußen vielleicht noch ein bisschen

Zuckerwatte aus dem Fahrstuhl und Lebkuchen von der Wand stibitzen –, da wurde die Tür zu Laurinels Zimmer von innen aufgerissen. Er war entdeckt! Vor Schreck wären ihm beinahe die Kekse vom Tablett und die Konditorsmütze vom Kopf gefallen.

Laurinel persönlich funkelte Cendro wütend an. Er hatte seine Tür schwungvoll geöffnet und dann schnell wieder bis auf einen Spalt geschlossen. Dann schleuderte er Cendro die Worte ins Gesicht. »Was stehst du hier rum und lauschst?«

Kaum hatten die frisch duftenden Kekse seinen Geruchssinn gekitzelt, entspannte sich sein Gesichtsausdruck.

»Endlich, wurde ja auch mal Zeit, dass die Lieferung kommt. Aber nächstes Mal klopfst du an.«

Cendro gratulierte sich innerlich für seine Meisterverkleidung.

»Ich war gerade im Begriff, hörte aber ein Stimmengemurmel und wollte nicht stör…«

»Was, hast du etwa doch gelauscht?« Laurinel wirkte plötzlich sehr aufgeregt. »Was hast du gehört?« Der Blick des Hotelgastes war stechend.

»Oh, rein gar nichts. Lauschen ist außerdem im Hotelkodex strengstens verboten. Soll ich Ihnen die Kekse ins Zimmer bringen?«

Und schon machte Cendro die Tür auf, denn die Neugierde hatte ihn übermannt. Er wollte endlich wissen, wie die Gestalten aussahen, die so merkwürdige Zischgeräusche von sich gaben.

»Einen Keks, die Herren?«

Gilbos Augen waren schon ganz klein vor Müdigkeit und sein Kopf ganz schwer. Stundenlang hatte er sich ohne Pause über die schwere wissenschaftliche Kost hergemacht und dabei die essbare vernachlässigt. Einen Wurm aus einem halb vermoderten Apfel hätte er beinahe mit verspeist, wenn dieser ihn nicht entrüstet angefahren hätte. Um sich dann nach einem Blick auf den Bücherstapel nach seinem entfernten Verwandten Vermicelli zu erkundigen. Nun war der Zwerg am Ende der Schreibtischrecherche angelangt, jetzt hieß es handeln.

Gilbo hatte mithilfe der Sekundärliteratur eine Liste mit neun Punkten über die Identität des Autors erstellt. Wenn er ganz ehrlich war, schienen ihm die meisten Annahmen recht spekulativ zu sein. Aber irgendwo musste er nun einmal anfangen. Beinahe alle Punkte passten zu seinem Freund Kneff. Gilbo sah sich die Liste noch einmal genau an, was bei den ganzen Streichungen, Umkreisungen und Pfeilen nicht so einfach war:

1. Adam und Adam hatten mittels einer Synopse festgestellt, dass die Farbe Rot überdurchschnittlich oft in *Imaginate* vorkam und daraus geschlossen, dass es sich um die Lieblingsfarbe des Autors handeln musste. Hatte sich Kneff nicht gerade letzte Woche eine rote Nachtdecke gekauft, weil ihn das Stroh so kratzte?

2. In dem Buch war oft die Rede von Philosophen: Platon, Déscartes, Hegel, Heidegger, Hinz und Co. Nicht zu vergessen die Feuilletonchefs der Zeitungen. Dies war der überzeugendste Beweis für Kneffs Autorschaft. Schließlich gehörte er selbst zum Club der lebendigen Philosophen. Was also lag näher, als seine Fachkenntnisse anzuwenden und seine Welt mit einer Elite aus Philosophen auszustatten?

3. Der Autor schien ein besonderes Leckermaul zu sein: Die Wörter *Zucker* und *süß* häuften sich auf beinahe schon penetrante Weise.

4. Die Lieblingsfarbe des Autors war vermutlich Grün. Adam und Adam zählten fünfzig Beispiele, wozu noch etliche Nennungen kamen, bei dem die Farbe nicht explizit, sondern in Umschreibungen wie *grasfarben* vorkam.

5. Punkt 1 und 4 widersprachen sich.

6. Auch Adam und Adam hatten festgestellt, dass das Buch aus zwei Schichten bestand. Medienbeiträge und Erzählungen aus zweiter Hand berichteten von fürchterlichen Dingen wie Krieg, Mobbing, Mord, Folter, Ausgrenzung, Sklaverei, die es in Gilbos Welt nicht gab. Und dann war da Raizels Leben, so geschickt in den Mittelpunkt gestellt, dass der Hintergrund leicht übersehen werden konnte. Eine Verbindung zwischen den zwei Schichten hatten Adam und Adam gefunden, die Gilbo überlesen hatte: Raizels erste Hausarbeit während ihres Studiums drehte sich um die Darstellung des Bösen in der Literatur.

Alle Balden und Gäste lauschten Manjfee und waren mucksmäuschenstill. Doch dann hörte Lille Brantock ein leises Rascheln. Sie drehte ihren Kopf nach links in die Richtung des Geräusches. Dort pellte sich gerade der Tulfo aus ihrer Tasche. Die Koboldmutter hatte sich schon gewundert, weshalb diese so schwer gewesen war.

»Polpo!«, entfuhr es ihr, und unzählige Baldenköpfe, einige Köpfe von Wilden Schweinen und zwei Einhornköpfe drehten sich zu ihnen hin. Lille merkte, wie ihr Gesicht rot anlief. Der Tulfo hingegen genoss die Aufmerksamkeit sichtlich. Er kroch vollends aus der Tasche heraus und machte vier kleine Verbeugungen in jede Richtung.

»Stellvertretend für die Geleitschaft der Tulfos erweise ich Ihnen meine Ähre.« Dabei holte er aus seiner Tasche eine Getreideähre hervor, die er zu Manjfee nach vorne reichen ließ. Da hatte er mal wieder etwas falsch verstanden. Lille wäre am liebsten im Boden des Nachttannenturms versunken. Und hätte sich dort versteckt, während Polpo zur Begrüßung ein Lied anstimmte: »Er hat ein knallrotes Lutschballon«. Lille grinste in sich hinein. Es gab eine Band aus Tulfos, die Bread Street Boys. Sie coverten schamlos, und weil sie nun einmal heillos verfressen waren, wandelten sie sämtliche Liedtexte so ab, dass Speisen darin vorkamen. Das führte zu Liedzeilen wie *We have the supper at six to nine.* Sehr beliebt waren auch Klassiker wie *Lady Marmelade* oder *Hungry Mouth.*

Die Balden starrten den blinden Passagier entgeistert an. Dann erschallte ein Lachen, das sich aus dieser Vielzahl von Mündern wie ein Dunstgemisch aus Sommerregen, munteren Gebirgsflüssen und kraftvollen Wasserfällen ergoss.

Der Tulfo blickte so drein, als überlegte er, ob er die Reaktion der Balden als Kompliment oder als Verkennung seiner Fähigkeiten zu werten hatte. Er verhielt sich erst einmal neutral und schnappte sich einen Nusskeks. Lille seufzte und dachte sich, dass eine kleine Unterbrechung vielleicht allen guttun würde. Mit ernsten Dingen würden sie sich alle in naher Zukunft noch genug auseinandersetzen müssen.

»Einen Keks, die Herren?« Mit diesem Satz war Cendro an Laurinel vorbei ins Zimmer gestolpert. Er dachte in diesem Moment nicht daran, was mit ihm geschehen würde, wenn seine Keksdiensttarnung aufflog. Seine Neugier drängte ihn dazu, herauszufinden, wen er soeben gehört hatte, wer diese merkwürdigen Zischlaute von sich gegeben hatte.

Er achtete also nicht auf Laurinels entrüsteten Aufschrei, als Cendro auf den Saum seines purpurfarbenen Bademantels trat, sondern blickte sich schnell im Raum um. Neben einem riesigen, mit Maraschinokirschen verzierten Spiegel aus Lebkuchen in der Mitte des Zimmers sah er in Kutten gekleidete Gestalten, deren Gesichter unter den Kapuzen nicht zu erkennen waren. Nur ein paar knorrige Hände mit langen Fingernägeln und Sandalen, aus denen gelbe Fußnägel hervorragten. Wie unappetitlich.

Das war genau, was er sich vorgestellt hatte. Die Kapuzen waren von der Art, unter denen man nicht menschliche Stimmen, sondern jenes Gezische erwartete, das Cendro vor der Tür belauscht hatte. Das war kein Wunder, aber das wusste Cendro nicht. Jene Gestalten – um diesen zutiefst unzutreffenden Begriff aus Mangel an Alternativen zu verwenden – besaßen nämlich keine eigenen Charakteristika, kein Selbst. Deshalb erschienen sie stets so, wie der Betrachter sie sich vorstellte. So waren sie normalerweise unsichtbar, denn niemand kam überhaupt auf die Idee, dass sie existierten und irgendwie aussahen. Es sei denn natürlich, dass jemand an der Tür lauschte und die Zischlaute hörte. Dann erschienen sie wie Wesen, die Zischlaute von sich gaben.

Die Gestalten unter den Kutten interessierten sich nicht für Cendros Kekse, beachteten ihn gar nicht, sondern bewegten sich an ihm vorbei zur Tür hinaus, den Hotelflur hinunter Richtung Zuckerwattenfahrstuhl und aus seinem Blickfeld hinaus.

»Was ist nun, gib die Kekse schon her«, forderte Laurinel und band sich ein Lätzchen um den Hals, um seine elegante Seidenrobe vor Krümeln zu bewahren. Er schien aufgrund seines mörderischen Appetits gar nicht bemerkt zu haben, dass der Kekslieferant seine merkwürdigen Gäste wahrgenommen hatte. Cendro setzte ausnahmsweise sprachlos das Tablett ab und wandte sich zum Gehen. Er musste jetzt schnell zum Nachttannenturm, um Manjfee Bericht zu erstatten. Als er noch einmal zurückblickte, sah er Laurinel, wie er sich selbstgefällig im Spiegel angrinste und herzhaft in einen Keks biss.

In der Empfangshalle hielt ihn der Oberkonditor auf.

»Hier, die Kekse für Herrn Laurinel. Bring sie sofort auf Zimmer fünfundvierzig«, sagte er zu dem Schornsteinreiter. Cendro nickte, dachte jedoch gar nicht daran, dem Befehl Folge zu leisten. Mit dem Tablett in der Hand marschierte er seelenruhig aus dem Hotel. Fast war er ein bisschen enttäuscht, dass er nicht gefesselt und verprügelt oder wenigstens ein bisschen verhört worden war. Das gehörte zu einer richtigen Mission einfach dazu.

Der Tulfo war glücklich. Balden kitzelten ihn, machten ihm Komplimente über seine feine Ausdrucksweise und sorgten für eine lückenlose Versorgung mit Nusskeksen, Pidersiliensalat und rosa schimmernder Himbeerbrause. Die prickelte in seiner Kehle so fröhlich, dass er einen Freudentanz hinlegte. Um ihn herum waren auch die Balden und ihre Freunde zum freudigen Teil des Abends übergegangen. Da waren diese furchtbar käsigen Nordlichter, denen anscheinend ziemlich heiß war, denn sie hatten sich beinahe aller Kleidungsstücke entledigt. Diese zwei unverschämten jungen Balden, die bei seiner Gesangseinlage fortwährend gekichert hatten, klopften sich derweil auf die Schenkel und murmelten unter Gelächter etwas wie »Selig sei, leg ein Ei«.

»Die spinnen, die Balden«, befand Polpo. Kurz zuvor waren Selp und Wribo auf Lille zugestürmt, hatten ihre Arme um sie geworfen, sodass sie die Koboldin beinahe erwürgten und sie ganz rot angelaufen war. Ihn, den Tulfo, hatten sie dabei weitgehend ignoriert, pfft!

Aber da nahmen ihn schon ein paar Balden bei der Hand und zogen ihn auf die Tanzfläche.

Er warf der Königin bewundernde Blicke zu. Sie wusste sich ebenso gewählt auszudrücken wie er selbst und hatte ihm einen *Ährenplatz* zu ihren Füßen angeboten. Ihr kurzes Haar, das in den Farben sämtlicher Süßigkeiten leuchtete, fühlte sich ganz weich und an den Enden spitz an. Er hatte ihr etwas ins Ohr geflüstert und sie hatte sich ihm zugewandt und bezaubernd gelächelt.

Und dann waren da natürlich noch die Nichtbalden, zu denen auch seine Lille zählte. Er hatte die Koboldmutter sehr gern, auch wenn er es nur ungern zugeben würde. Sie war ganz schön gewitzt und machte den besten Kartoffelbrei, den er sich vorstellen konnte. Abgesehen von ihr konnte er sich die Anwesenheit der zusammengewürfelten Gruppe nicht erklären. Vielleicht, so dachte er, waren sie zur Erbauung der Balden eingeladen worden, sodass sie in ihrer *mediokrähen* Art zur Belustigung beitragen konnten. Ja, das musste es sein. In der Beziehung waren sich Balden und Tulfos ziemlich ähnlich. Gerade wollte er sein Glas erneut zum Toast erheben, da hielten plötzlich die Balden in ihren Tänzen inne, die Wilden Schweine hörten auf, im Takt zu grunzen. Alle Blicke wandten sich dem Eingang zu.

Die Taschenlampe in Gilbos Hand zitterte. Die Ausführung des zweiten Teils seines Plans stand unmittelbar bevor. Er hatte bei seinem nachmittäglichen Besuch bei Kneff über die unerträgliche Hitze geklagt, worüber sich sein Freund mit einem Blick in den regenverhangenen Himmel ziemlich gewundert hatte. Gilbo hatte ein Fenster geöffnet, wobei er schnell einen Holzspan in die Lücke gesteckt hatte. Als der Zwerg nun im Schutze der anbrechenden Dunkelheit zurückgekehrt war, fand er das Fenster noch, wie er es verlassen hatte. Vorsichtig drückte er jetzt gegen das Glas. Es schwang nach innen auf und Gilbos Nase nahm den typischen Geruch von Kneffs Wohnung wahr, ein Gemisch aus lange ungeputzten Ecken und ebenso langen Kaminabenden.

Zum Glück wusste Gilbo, wo sich das Arbeitszimmer befand. Durch das mondscheingebadete Wohnzimmer hindurch, aus der vergessenen Schokoladenschale auf dem Tisch genascht, in den langen Flur. Geradeaus, zwei Mal links. Dabei bloß leise an Kneffs Schlafzimmer vorbeigeschlichen, dessen Tür zu allem Überfluss leicht geöffnet war. Gilbo wusste, dass Kneff so einen Weg für die Traumgeister frei halten wollte, auf dem sie kommen und gehen konnten, wann sie wollten. So, glaubten die Esel, würden sie nicht aus Überdruss an der ewig gleichen Umgebung zu einem Alb werden. Träume von einem Leben ohne Dungkekse und mit Modemagazinen, die Grau zur Unfarbe erklärten, wurden auf diese Weise gebannt.

Gilbo hörte seinen Freund rauschgemütlich schnarchen und grinste. Er kannte ihn einfach zu gut! Nach ein paar Gläschen Apfelschnaps am Nachmittag fiel Kneff bereits in einen traumlosen Schlaf, sobald die Sonne die Tannenspitzen küsste. Und heute hatte Gilbo ihm so einige Male zugeprostet und war sich dabei ziemlich hinterhältig vorgekommen. Der Esel würde vermutlich mitten in der Nacht aufwachen und sich wundern, wie er in sein Bett gekommen war. Deshalb hieß es schnell handeln.

Knacks! Furchtbar laut schien das Geräusch zu sein. Gilbo fluchte verhalten. Er blickte auf den Boden und sah den Übeltäter, eine angeknabberte Nuss, die vielleicht noch von ihrem letzten Treffen der lebendigen Philosophen übrig geblieben war. Auch im Wohnzimmer hatten die Weingläser noch auf dem Tisch gestanden, ein letzter Traubentropfen blutrot aufgeleuchtet. Gilbo lauschte und vernahm erleichtert Kneffs gleichmäßiges »Hooooopischschschchchch… Hooooopisch schschchchch… Hooooopi…« Der Zwerg wartete nicht länger, sondern öffnete die Tür zu Kneffs Arbeitszimmer. Das war gar nicht so einfach, denn er spürte einen Widerstand von innen. Sein Herz klopfte laut.

Beinahe hoffte er, er würde hier nichts finden oder zumindest nichts, was darauf schließen ließ, dass sein Freund der Autor von *Imaginate* war. Denn das hieße: Keine gemütlichen Abende mit hitzigen Diskussionen und kühlem Wein vor dem Kamin mehr, keine Männergespräche und niemand, der ihm zum Geburtstag ein unverständliches Ständchen aus I- und A-Lauten sang. Denn eins stand fest: Wer einen Roman geschrieben hatte, in dem unter der Oberfläche allerorts dunkle Gedanken lauerten, der arbeitete mit dem Bösen zusammen, das Gilbo gezwungen hatte, den Phönix zu manipulieren. Er atmete tief durch, stemmte sich mit seinem Zwergengewicht gegen die Tür und betrat den Raum.

Es war plötzlich so merkwürdig still. Gerade noch hatte Lille Selp und Wribo schmunzelnd beim Raureifbalden-Verhexen zugeschaut. Nun blickten die jungen Balden neugierig und überrascht auf den Eindringling, der durch das Tannentor hineingelaufen kam. Das Baldentreffen war bereits fast einen ganzen Tag lang im Gange, wer wollte jetzt noch dazustoßen?

Lille kannte ihn. Es war Cendro, der manchmal mit seinem Phönix durch ihren Kamin fuhr, um ihn zu säubern und sich dabei eine schöne Staubdusche abzuholen. Er schien sich sehr beeilt zu haben. Er rang nach Luft, mit offenem Mund, aus dem offenkundig ganz dringend etwas hinauswollte, doch noch fehlte der Atem.

»Cendro, ich bin entzückt, dass du unsere Party crashst«, begrüßte ihn Manjfee. »Aber weshalb beliebt es dir, erst so late zu uns zu stoßen?« Cendro trank erst einmal einen großen Schluck aus einem Kelch, den ihm eine der Balden aufmerksamerweise gereicht hatte.

»Spät, weshalb?«

»Vernahmst du nicht den Baldenruf, Kumpel?«

»Baldenruf? Nein, in der Tat muss ich den überhört haben. Ich war nämlich in einer wichtigen Sache unterwegs.« Cendro schwieg betreten, aber er musste seine Botschaft einfach loswerden:

»Lau, Laurinel, ich …«, Cendro trank einen großen Schluck Luft, »… ich habe ihn gesehen. Er plant was. Ich habe nicht ganz verstanden, worum es geht, aber es muss schlimm sein. Mit so komischen Typen, die keine Gesichter haben. Echt unheimlich. Um das herauszubekommen, habe ich den ganzen Tag Teig geknetet.« Dabei streckte Cendro stolz seine Brust heraus und drehte sich lobheischend von rechts nach links.

»Häh?!«, fragte Selp neben Lille, womit er genau das aussprach, was auch die Koboldin dachte. Balden wussten also auch nicht alles.

»Der hat wohl zu tief in seine Korfutasse geguckt«. Wribo stupste seinen Kumpel an und die beiden kicherten ihr freches Baldenkichern.

Inzwischen war Kalfa zu Cendro hingeflogen. »Du hast ja schon immer etwas verworren gelabert, aber jetzt hast du es vollbracht, dass keiner mehr was kapiert. Setz dich erst mal und nimm dir einen Nusskeks.«

»Oh nein, nicht *schon* wieder Kekse«, stöhnte Cendro auf. Doch um nicht unhöflich zu sein und weil Baldenkekse einfach besonders gut schmeckten, nahm er sich eine Handvoll und setzte sich auf den einzigen leeren Stuhl. Denn er war der letzte fehlende Baldenfreund.

»Mmmh«, kaute Cendro, »Laurinel – er plant was, führt was im Schilde, heckt was aus …«

»Was denn bloß, um Manjfees willen?!«, unterbrach ihn Kalfa ungeduldig.

9. Kapitel

In der Backstube des *Bakebegars* Hotels herrschte helle Aufregung. Ein Streit war im Gange. Das sah man an dem umgestürzten Plätzchendrehwolf und den verschütteten Rumrosinen. Eine Puderzuckerspur führte zum Ort des Verbrechens. Dort standen sämtliche Hilfs- und Oberhilfsbäcker in einem Kreis zusammen. Selbst wer unauffällig einen Teig rührte, hörte aufmerksam zu.

Der Oberkonditor war zugleich der Wortführer der Vereinten Realisten, die am liebsten sämtliche Bücher von *Imaginate* einstampfen lassen würden. Denn in der Romanreihe wurde die Behauptung, dass es keine Magie gäbe, so penetrant wiederholt, dass die VR-ler um das Seelenheil der Einwohner von Baldorg fürchteten. Der Verein hatte seinen Sitz natürlich programmatisch in der Magie-Allee, beim Stammtisch in der benachbarten *Zaubar* beklagten sie den Lauf der Zeit. Der Oberkonditor hatte nun schon deshalb schlechte Laune, weil gerade wieder ein neuer Band der Romanreihe herausgekommen war. Laut *Nachrichten aus Nirgendwo* war der noch dazu gleich auf Platz eins der Bestsellerliste eingestiegen. Und jetzt hatte auch noch jemand die Kekse für Herrn Laurinel gestohlen. Der Oberkonditor ahnte nicht, dass sich dieser als Freund des anonymen Autors ausgab. Das hätte seine Ehrfurcht vor ihm deutlich gemindert. So aber hielt der Konditor Laurinel mit seinem affektierten Gehabe für wohltuend authentisch im Gegensatz zu der schrecklich unrealistischen

Schilderung von mausgrauen Durchschnittsmenschen in *Imaginate.* Das hatte doch mit Wahrhaftigkeit nichts zu tun, der ersten Aufgabe der Kunst! Wenn die Welt aus den Fugen geriet, dann musste er, der Oberkonditor des Hotel *Bakebeggars,* für Anstand und Ordnung sorgen. Auch wenn diese vorerst darin bestand, verlorengegangene Kekse aufzuspüren.

»Zum tausendsten Mal, was hast du mit den Keksen für Herrn Laurinel gemacht?« Der Oberkonditor beugte sich über einen seiner Lehrlinge.

»Herr Laurinel hat schon damit gedroht, zur Presse zu gehen. Die Schmierfinke von *Nachrichten aus Nirgendwo* würde nur allzu gern unseren guten Ruf in den Dreck ziehen! Laugengebäck und Reispufferplätzchen! Ist Herr Laurinel etwa auf Diät?! Nicht einmal in der Lage, die richtigen Kekse zu liefern! Und mit solchen Leuten soll man arbeiten.«

Der Oberkonditor ließ sich plötzlich auf einen Hocker fallen und barg das Gesicht in den Händen. Der zu Unrecht verdächtigte Hilfsbäcker witterte die Chance, sich zu verteidigen.

»Ich glaube, es war dieser Neue. Erst hat er sich jedes Mal, wenn ihn etwas weißes Mehl getroffen hat, fürchterlich angestellt. Dann ist er plötzlich abgehauen, und ich bin mir ziemlich sicher, dass seine Taschen ungewöhnlich prall gefüllt waren.«

Langsam hob sich der Kopf des Oberkonditors. Er schien zu überlegen, ob er sich bei dem Lehrling entschuldigen sollte, aber dann rief er nur: »Dann findet mir diesen flegelhaften Hilfsbäcker! Sofort!«

Knacks, dröhnte das Anbeißen eines Kekses in dem sonst mucksbaldenstillen Nachttannenturm. Cendro war angesichts der Wirkung seiner Erzählung selbst überrascht. Nach einem oder zwei Schreckmomenten ging die Diskussion los: Die Raureifbalden debattierten untereinander und machten dabei anmutige Bewegungen mit ihren Armen, Selp und Wribo fragten sich, ob die *Granate* etwas mit Granatäpfeln zu tun hatte und somit essbar war, und Kalfa beriet sich sorgenvollen Blickes mit Manjfee.

Lille war sich sicher, dass dieser Laurinel nicht gut für ihre Welt war. Die Dinge hatten sich geändert. Noch bis vor gar nicht allzu langer Zeit hatten sämtliche Wesen in ihrem Umkreis ihr Leben in Ruhe gelebt und kannten dunkle und unheimliche Dinge nur aus den alten Gruselmärchen aus der Zeit, bevor die Balden ihren Nachttannenturm errichteten.

Die Kinder und Jugendlichen mochten düstere Geschichten. Deshalb vielleicht war *Imaginate* so von Erfolg gekrönt. Dort war von Abenteuern die Rede, die in dieser Welt glücklicherweise nicht passieren konnten, da es an den Gegenspielern mangelte. Dieses Buch hatte irgendwie alles ausgelöst. Wenn es bloß niemals geschrieben worden wäre! Jetzt klang sie schon selbst wie eine dieser Vereinten Realisten.

Es war in der Tat merkwürdig, dass sich der Autor eines Bestsellers so gar nicht zeigte. Bisher war Lille davon ausgegangen, dass geschickte Marketingstrategien dahintersteckten, denn ein Geheimnis machte einen Roman noch interessanter. Und dieser Vermicelli hatte das Mysterium ja auch sehr raffiniert für seine Zwecke ausgeschlachtet. Aber jetzt war Lille sich da nicht mehr so sicher. Ob der Autor oder die Autorin mit Laurinel unter einer Decke steckte? Oder ob er es vielleicht selbst war? Schließlich gab er sich als bester Freund des anonymen Bestsellerautors aus. Lille erschrak über sich selbst: Jetzt hatten die Argumente der VR-ler sich auch schon bei ihr verfangen.

Lilles Aufmerksamkeit wurde wieder zu Manjfee gelenkt. Die Baldin hatte einmal laut »Plingggg« gesagt, und alle schauten sie an. In der Erwartung einer Lösung, die sie selbst nicht finden konnten.

»Na endlich, jetzt wird sie hoffentlich übersetzen, was die Balden unter sich schon längst besprochen haben«, hörte Lille ein Wildes Schwein neben sich grunzen.

Die Königin erhob ihre wohlklingende Stimme.

»Auch wenn wir nicht checken, wie die Ausmaße des krassen Unheils sind, das über uns hereinzubrechen scheint, so steht fest, dass wir höchst wachsam sein müssen. Seit Urgedenken hat das Böse sich nicht gemuckst. Wie ihr wisst, sind wir Balden den Schatten so entgegengesetzt, dass sie normalerweise durch unsere bloße Gegenwart an Macht verlieren. Aber jetzt scheinen sie derbe abzufeiern. Mit Raizel ist, ohne dass sie eine Ahnung davon gehabt hätte, etwas aus ihrer

Welt zu uns gelangt. Kräfte, die auch uns gefährlich werden können. Es obliegt uns deshalb nun, einen Schutz für den Nachttannenturm zu ersinnen, der Mitte unseres Wirkens.«

Die Balden nickten zustimmend – bereit zur Tat. Auch die Baldenfreunde wollten ihren Teil beitragen.

»Wir werden die Borsten unserer Ältesten spenden«, sagte das Oberhaupt der Wilden Schweine. »Sie sind hart und widerstandsfähig. Wenn wir aus ihnen ein Netz stricken, so wird es den Nachttannenturm für einige Zeit beschützen können.« Manjfee bedachte die ungewöhnlichen Tiere mit einem dankbaren Lächeln.

Anschließend meldete sich nun eine Dryade zu Wort. Lille Brantock hörte nur ein Piepsen, da die Stimme so leise war. Manjfee blickte zu Selp, der schmollend verschwand und wenig später mit einem muschelförmigen Gerät wiederkam, das er vor der Dryade platzierte. Nun war sie für alle zu verstehen.

»Wir können mit den Bäumen sprechen. Wir machen ihnen Mut und rühren an ihre alte Weisheit. So werden sie sich ein Stück weit selbst verteidigen können.«

»Das ist eine coole Eingebung«, bedankte sich die Baldenkönigin. Lille stockte der Atem, denn nun erhoben sich die beiden Einhörner, schüttelten ihre Mähnen, wieherten einmal und trabten auf Manjfee zu. Dann beugten sie ihre Häupter und jedes berührte mit seinem Horn eine Handfläche der Baldin. Sie brauchten nicht zu sprechen, jeder der Anwesenden wusste, welche Kraft einem Einhornhorn innewohnte. Für einen Augenblick tanzte ein schimmernder Lichtstrahl auf Manjfees Händen und Lille fragte sich, welche mächtigen Zauber wohl darin gebannt waren. Sie fühlte sich dazu verpflichtet, ebenfalls ihre Dienste anzubieten. So überlegte die Koboldin kurz, womit sie den Balden am besten helfen könnte. Dann war sie an der Reihe.

»Ich bin nur eine Einzelne, und meine Kräfte sind begrenzt. Aber was ich vermag, werde ich tun, um meinen Freunden zu helfen. Die Macht von Heilkräutern stelle ich zu eurer Verfügung, obwohl ich hoffe, dass sie nicht zum Einsatz kommen müssen. Und wenn auch die Magie meiner Familie ziemlich unberechenbar ist«, hier lachten einige Balden leise, »so wird sich auch der eine oder andere Koboldzauber finden.«

Lille erntete Beifall. Bevor sie ihn zurückhalten konnte, meldete sich nun auch der Tulfo zu Wort.

»Verehrte Balden, ich erbiete mich, die Siegesreden zu schreiben. Denn ich bin mir sicher, diese Schurken werden nichts gegen euer Ähren ausrichten können. Dieses Ereignis wird in die Kannibalen eingehen.«

Der Tulfo ließ sich majestätisch auf seinem Stuhl nieder, Cendro schlug sich seine vier Hände vors Gesicht, um ein Lachen zu unterdrücken, worauf Polpo ihm einen verächtlichen Blick zuwarf. Manjfee zeigte sich bewegt.

»Hey, krass, Leute, echt. Seid euch meines tiefsten Dankes bewusst. Wir dürfen nicht nur an uns denken. Unser Versprechen, die Schnalle Raizel vor Unbill zu bewahren, darf nicht der Vergessenheit anheimfallen. Kalfa, dich brauche ich hier. Selp und Wribo, ihr seid zwar Halunken, aber ich vertraue euch! Ihr werdet die Kleine beschützen. Vor allem am ersten Probentag könnte Laurinel ihr derbe gefährlich werden. Also, werdet ihr für Raizels Sicherheit Sorge tragen?«

Lille war erleichtert, dass das Menschenkind bei dem Aufruhr nicht ganz vergessen wurde. Selp und Wribo wirkten zunächst überrascht, dass man ausgerechnet ihnen diese wichtige Aufgabe überantwortete, doch dann kosteten sie ihren Heldenstatus voll aus.

Selp meldete sich zu Wort.

»Wir haben als Heroen der Stunde ja voll die krasse Aufgabe. Aber wir dürfen ja nicht außerhalb der Baldenschule zaubern …«

Manjfee machte eine Bewegung, die verdächtig nach Augenrollen aussah. »Wie es euch genehm ist, alles klaro, ich hebe das Verbot für euch auf. Damit ist dieser Abend an seinem Ende angelangt, denn ein jeder hat derbe was zu tun, um die nötigen Vorkehrungen zu treffen, falls der Nachttannenturm angegriffen wird. Gehabt euch wohl, meine Freunde und habt Dank. Tschüssi.«

In Kneffs Arbeitszimmer herrschte ein Chaos, auf das jeder verwirrte Professor neidisch gewesen wäre. Die heruntergelassenen Jalousien verbannten jegliches natürliche Licht. Die abgestandene Luft erweckte den Eindruck, als wenn seit Wochen nicht gelüftet worden war. Wie sollte man hier bloß arbeiten!

Der Boden war übersät mit Zeitungen und Zeitschriften, die der Esel zu kunstvollen Gebilden gestapelt hatte. Bisweilen hatte er einzelne Artikel rot umkringelt: *Zum perfekten Staat in drei Schritten, Über die Peripherie der Nebensächlichkeit, Yeah, sie liebt dich – 100 Anzeichen.* Gilbo hob einige Seiten auf, um zu sehen, wie der Fußboden darunter aussah. Aha, blauer Teppich, der wurde von dem Papiermeer vollständig bedeckt. Auf den Zeitungsbergen, auf dem Schreibtisch, auf dem Fenstersims, auf dem hoffnungslos überfüllten Bücherregal, auf jedem erdenklichen und unerdenklichen Platz standen halb geleerte Korfu- und Kakaotassen. Deren Inhalte waren in unterschiedlichen Verwesungsstadien begriffen, wie Gilbo schaudernd feststellte. Er war ja alles andere als ein Sauberkeitsfetischist, aber das war schon ziemlich ekelig. Und woher nahm Kneff bloß die ganzen Tassen? Ach, da war ja auch seine Geburtstagstasse von vor zwei Sommern. Und er war schon ein bisschen beleidigt gewesen, dass sein Freund sie nie zu benutzen schien. Er blickte hinein. Der Korfurest war noch von schwarzer Farbe. Es konnte demnach noch nicht allzu lange zurückliegen, dass jemand aus der Tasse getrunken hatte. Gilbo war ein bisschen gerührt.

Wo sollte er in diesem Durcheinander mit seiner Suche nach Kneffs Manuskript beginnen? Er betrachtete eine Notizwand mit Zetteln und verbogenen Nadeln. Gilbo las: *Charakterisierung: Er war so stumpf wie ein invalides Gespenst.*; *Personenhintergrund: Protagonist versinkt beinahe in einem Teich und hat seitdem eine Aquaphobie.*; *Plotlinie: Es passiert nichts, deshalb werden alle wahnsinnig. Also passiert doch etwas und sie werden nicht wahnsinnig. Ein unauflösbares Paradoxon.*; *Einkaufszettel: Tabak und neue Korfutassen*; *Mögliches Ende einer Kurzgeschichte: Und wenn sie nicht gestolpert sind, so gehen sie noch immer.* Es handelte sich hier offensichtlich um eine Ideensammlung, die jedoch keinen Hinweis auf Kneffs Romanprojekt lieferte.

Doch hatte Gilbo da nicht gerade seinen Namen gelesen? Sein Blick glitt über das Buchstabenwirrwarr. Ja, dort war es. *Vorsatz: Gilbo nicht mehr so viel erzählen. Wird misstrauisch.* Was sollte das bitte bedeuten?! Alle Sehnen in seinem Körper waren zum Zerreißen gespannt, wie auch seine Nerven. Schließlich brach er nicht jeden Tag bei seinem besten Freund ein. Was sollte er ihm bloß sagen, wenn er ihn erwischte? So weit durfte es gar nicht kommen.

Als Nächstes der Schreibtisch. Kneffs Werkstätte befand sich im gleichen Zustand wie der Rest seines Arbeitszimmers. Undefinierbare Flecken zeichneten sich auf dem ehemals hellbraunen Holz ab. Überall lagen einzelne Papierseiten herum, mit Kneffs so messerscharf gestochener Handschrift übersät, wie man sie vom Hüter dieses Chaos niemals erwartet hätte. Es fand sich allerdings nichts Zusammenhängendes. Der Inhalt der ersten und zweiten Schublade bestand aus einem türkisfarbenen Buntstift, dessen Spitze abgebrochen danebenlag, einer Tafel Erdbeerminzschokolade, deren Verfallsdatum überraschenderweise noch nicht überschritten war, einem Anspitzer mit türkisfarbenen Farbspuren und einer Lakritztüte mit dem Fanartikelaufdruck aus Vermicellis Buchladen. Höchst verdächtig. Dies war ein Beweis dafür, dass sich der Esel für *Imaginate* interessierte. Kein Wunder, wenn er der Autor war. Fieberhaft suchte Gilbo weiter.

Polpo hatte auf dem gesamten Rückweg zu dem Eckhäuschen der Brantocks von Manjfee geschwärmt. Lilles nachdenkliches Schweigen hatte er als *Affenfront* gegen ihn gedeutet und sich deshalb direkt nach der Ankunft zu Hause in seinem Zimmer verschanzt. Sein Körbchen befand sich im Abstellraum des Dachgeschosses. Der Tulfo liebte diesen Raum, denn er war so herrlich vollgestopft, dass er sich Buden bauen konnte. Frips hatte ihn schon einige Male nicht gefunden, so tief hatte der Tulfo sich in einem Berg aus abgetragenen Kleidern, ausgelesenen Büchern und vergessenen Spielgeräten vergraben.

An diesem Abend hatte er zwar versucht, an der Treppe zu lauschen, worüber sich die Koboldfamilie bis tief in die Nacht unterhielt. Doch da man ihn nicht wie gewöhnlich entdeckt und ermahnt hatte, war ihm die Lust vergangen. Da schwelgte er lieber in den Erinnerungen an den formidablen Tag im Nachttannenturm! Noch immer fühlte er die sanften Hände der Balden, wie sie ihn kitzelten und streichelten. Dieser Empfang war eines Tulfos würdig gewesen!

Deshalb hatte er sich auch ein Andenken mitgenommen. In dem Trubel nach dem Auftritt dieses rußbesudelten Cendros, der die *Inkontinenz* besessen hatte, in die Feierlichkeiten hineinzuplatzen, hatte er sich ein verwaistes Tablett mit Keksen geschnappt. Die sahen zwar nicht so aus wie die Monschosnusskekse, mit denen er sich den Abend über den Bauch gefüllt hatte, schmeckten aber sicher ebenso *desaströs*. Schon nahm er einen Keks in die Hand, führte ihn unter seiner Nase hin und her, wobei ihn ein zarter, mit Jasmin vermischter Zimtduft kitzelte. Das Wasser lief ihm im Mund zusammen und er sehnte sich danach, die Krümel in seiner Kehle zergehen zu lassen. Doch der Tulfo musste sparen, er hatte lediglich drei Kekse unbemerkt einstecken können, bis eine Traube von weiblichen Jungbalden sich auf ihn stürzte und in zu liebkosen begann. Beliebtheit erforderte eben Opfer! So würde er sich seine drei Schätze aufheben und sie zu einem ganz besonderen Anlass *guillotinieren.*

Gilbo versuchte angestrengt, sich in Kneffs Kopf hineinzudenken. Wo würde dieser etwas besonders Wertvolles verstecken? Sein Blick glitt ziellos in dem Arbeitszimmer umher. Die Wand, an die Kneff geheimnisvolle Formeln geschrieben hatte, das Plakat mit dem Leitspruch des Demokrix, Korfutassen über Korfutassen. Demokrix? Das war die Lösung, das musste sie sein! Demokrix war Kneffs Lieblingsphilosoph unter den Lebenden. Er war ihm angeblich einmal selbst begegnet. Bei der Gelegenheit hatte Demokrix ihn mit der Aussage verwirrt, dass man nicht zweimal unter die gleiche Dusche steigen konnte. Denn in der Zwischenzeit wären die Fliesen von dem Wasser ein wenig abgeschliffener und der Ausguss ein bisschen verstopfter. Kneff hatte stundenlang über dieser These gegrübelt, bis seine Haut ganz aufgeweicht war, denn er grübelte sinnigerweise unter der Dusche. Er hatte Demokrix einen unterwürfigen Brief geschrieben, in dem er vorschlug, die Theorie auf ein Bad in einem Fluss auszudehnen, und der Philosoph hatte ihm als Dankeschön ein Starposter mit dem Leitsatz *Alles fließt* zugesandt. Dies war seitdem Kneffs Lebensmaxime, die Gilbo bisweilen ziemlich auf die Nerven ging, denn der Esel zitierte sie jedes Mal, wenn er seinem Gast irgendein Getränk eingoss.

Der Zwerg verließ nun das Arbeitszimmer und schlich in das Badezimmer. Zunächst suchte er die Dusche nach losen Kacheln in der Wand ab. Nichts. Lediglich ein Geruch von Vanilleduschlotion. Nun gab es – außer der Toilette – nur mehr einen Ort, wo hier etwas floss: den Wasserhahn. Zielsicher ging Gilbo darauf zu. Hier vielleicht eine lose Kachel? Nein, wieder nichts. Auch an die Unterseite des Waschbeckens war kein Manuskript geklebt. Also gab es nur noch eine Möglichkeit: Gilbo schraubte den Hahn auf, was erstaunlich leicht ging. Er musste auf der richtigen Spur sein! Mit dem Zeigefinger stocherte er in dem überdurchschnittlich weiten Rohr herum und – tatsächlich, er ertastete eine Plastikfolie, die er langsam hervorzog. Der Zwerg hielt einige zusammengerollte Seiten in der Hand!

Gilbos Herz raste. Er ließ sich auf den Boden nieder und begann zu lesen. Überflog den seitenlangen Vorspann, in dem keine Personen auftauchten. Das war typisch für Kneff, er benutzte offensichtlich seinen Roman, um seinen philosophischen Überlegungen eine Ruhestätte zu geben. Da ging es um die Frage, ob zuerst die Bäume oder die Dryaden da waren oder ob Koboldscherze auch existierten, wenn sie niemand hörte. Ein ganzes Kapitel war dem Merksatz des Pütagorax gewidmet, nach dem eine Pampelmuse stets Farbe und Form der benachbarten Früchte annahm. Aber er fand keinen Hinweis darauf, ob Kneff der Autor von *Imaginate* war.

Gilbo wollte gerade die hundertsechsundzwanzigste Seite umblättern, da hörte er es. Oder besser, er hörte es nicht mehr, denn Kneffs Schnarchen hatte aufgehört. Der Zwerg erstarrte. Wenige Augenblicke später vernahm er den unmissverständlichen Klang von Schritten, die sich schlurfend dem Badezimmer näherten. Fieberhaft überlegte er, was er nun tun sollte. Seine Entdeckung schien unvermeidbar. Hastig steckte er das Manuskript zurück in die Plastikhülle und schubste diese in das Wasserrohr. Als Kneff kurz darauf in sein Badezimmer trat, staunte er nicht schlecht, unter seiner Dusche seinen Freund Gilbo zu finden. Dessen Kleidung lag auf dem Boden verstreut, als hätte er es sehr eilig gehabt, sich ihrer zu entledigen.

»Gilbo, ia, was machst du denn hier, ia?« Wenn Kneff aufgeregt war, konnte es vorkommen, dass er in den eselschen Dialekt verfiel, den er sich eigentlich mühsam abgewöhnt hatte.

»Oh, guten Abend, Kneff, ich hoffe, ich habe dich nicht geweckt. Mit meiner Dusche ist etwas nicht in Ordnung. Ich habe mir gedacht, dass du schon schläfst, und bin gleich …«

»… bei mir eingestiegen?«

»Ähm, ja, so könnte man es vermutlich ausdrücken.« Der Esel dachte einen Augenblick nach, dann zuckte er mit den Hufen.

»Na, okay, wie man so schön sagt: Meine Dusche ist deine Dusche.«

Gilbo atmete die angehaltene Luft aus. Das war gerade noch einmal gut gegangen! Während er sich mit Heuduschlotion einseifte, meldete sich sein schlechtes Gewissen, da er seinen alten Freund so schamlos belog. Als er einige Momente später in ein rotes Frottiertuch gewickelt die Duschtüren aufschob, erwartete ihn Kneff mit inzwischen hellwachen Augen und vorwurfsvoller Miene. In seiner Hand hielt er anklagend das Romanmanuskript.

»Es tut mir leid …«, setzte Gilbo kleinlaut an.

»Was? Dass du bei mir eingebrochen bist? Dass du mich belogen hast? Dass du mein Buch stehlen wolltest? Meine Ideen? Dabei bist du mein bester Freund, und ich hab dir im Vertrauen von meinem Projekt erzählt.«

»Was, nein, das hast du ganz falsch verstanden! Ich will deine Ideen nicht stehlen. Glaub mir, ich habe wirklich keinerlei schriftstellerischen Ambitionen!« Gilbo kam sein Verdacht plötzlich recht lächerlich vor, und so erzählte er seinem Freund alles. Dass er herausbekommen wollte, wer der mysteriöse Autor von *Imaginate* war, um Raizel und sich selbst zu helfen, und dass er in seiner Ermittlungswut aus den geheimnisvollen Andeutungen des Esels voreilige Schlüsse gezogen hatte. Als er am Ende angelangt war, blieb es einen Moment still. Dann brüllte Kneff plötzlich los vor Lachen, wobei er in unkontrollierte Ia-Laute ausbrach.

»Du daiachtest, iach hätte Ia-magi-nate geschriaben? Iahaha, Iahaha! Und hätte dir nichts gesagt, weil ich ein ›böiaser Esel‹ bin? Iahaha, Iahaha!« Kneff holte tief Luft und versuchte sich zu beherrschen. »Oh Mann, das iast so gut, wenn du wüsstest, warum ich diar nicht alles zeigen wollte.« Er zögerte noch kurz, dann zog er das bereits ziemlich zerknickte Manuskript aus der Hülle und reichte es Gilbo, der in dem Frottiertuch gehüllt auf dem Duschvorleger saß.

»Du meinst wirklich ...«

»Nun lies schon. Aber wehe, du lachst mich aus!«

Eine Dreiviertelstunde später, die Gilbo mit Blitzlesen verbrachte, während Kneff um ihn herumstrich und seinen Gesichtsausdruck zu deuten versuchte (»Du hast gegrinst – also war der Witz gut.«, »Du runzelst die Stirn – ein interessantes Gedankenspiel, das den Intellekt fordert.«), wusste der Zwerg, warum sein Kumpel ihm das Buch zunächst vorenthalten wollte. Zwischen philosophischen Überlegungen verborgen fand sich hier nämlich die schmalzige Romanze zwischen einer Eselin namens Klumfina und einem Esel, der Kleff hieß – eine Geschichte, die laut Kneffs Beteuerungen rein gar nicht autobiografisch motiviert war. Zwischen zuckersüßen Küssen auf der Koppel waren quasi als Alibi theoretische Abhandlungen eingeschoben, die Themen bearbeiteten wie *Warum Schmetterlinge im Bauch romantischer sind als Flausen im Kopf* oder *Wie sich die Kraft eines Lächelns zum Herstellen von Liesbeskummertee verwenden lässt.*

Gilbo legte das Manuskript aus der Hand und sah zu dem Esel auf, wobei er spöttisch eine Augenbraue hochzog. »Klumfina also?«

»Oh, ich habe genau gewusst, wie du reagieren würdest! Auch Liebesromane können hohe Literatur sein.« Kneff zog seinem ungebetenen Besucher die nun recht mitgenommenen Seiten aus der Hand und presste sie verteidigend an seine Brust.

»Und wieso hast du mich nach dieser ganzen Schöpfungssache gefragt? Die kommt doch gar nicht in deiner Geschichte vor?«

»Na ja, die wollte ich noch einbauen. Um dem Ganzen einen metaphysischen Touch zu geben.« Der Zwerg versicherte dem Esel, dass er ein großer Autor werden würde. Nachdem Gilbo sich wieder angezogen und mit Kneff zusammen noch einen Mitternachtstrunk genehmigt hatte, verabschiedeten sich die Freunde wieder versöhnt. Beide waren müde und wollten nun endlich schlafen. Der Zwerg trat hinaus in die kühle Spätabendluft. Während er durch die Gassen zu seiner gemütlichen Hütte am Rande von Baldorg strich, rekapitulierte er die zurückliegenden Ereignisse. Zwar wusste er noch immer nicht, wer der Autor von *Imaginate* war, aber wenigstens konnte er seinen Freund nun von jedem Verdacht ausnehmen. Er kicherte in sich hinein. Kleff und Klumfina – die Weltliteratur hatte vielleicht bald ein berühmtes Liebespaar mehr.

Während Gilbo noch grübelte, wie er weiter vorgehen sollte und dabei Adam und Adam verfluchte, die ihn mit ihrer wissenschaftlichen Rastermethode auf die falsche Fährte gelockt hatten, kam er an einer Bank vorbei, auf der ein junger Mensch saß und trübselig den Kopf in die Hand gestützt hatte. Gilbos natürliche Neugier bewog ihn dazu, ein paar Meter weiter im Schatten stehen zu bleiben und so zu tun, als binde er sich seinen linken Schuh wieder zu. Schon kurz darauf gesellte sich ein Schwein zu dem Mann.

Der Zwerg dachte zunächst nicht weiter darüber nach, spezienübergreifende Freundschaften waren etwas Alltägliches. Er schwelgte lieber in Mitternachtsmahlfantasien. Pidersilienwurzeln angebraten mit viel würzigem Zoblauch! Und als Nachtisch? Er musste unbedingt mal wieder im Hotel *Bakebeggars* vorbeischauen und sich bei seinem Bekannten, dem Portier, eine neue Ration Pfefferminzplätzchen abholen. Die waren einfach nicht zu überbieten! Jetzt fielen dem Zwerg auch die unbeantworteten Nachrichten ein, die sein Kekslieferant ihm über ein Boteneichhörnchen geschickt hatte. In dem gesamten *Imaginate*-Chaos hatte er einfach keine Zeit mehr gehabt, seiner süßen Ader zu frönen.

Gilbo runzelte die Stirn, als ihn das Grunzen aus seinen träumerischen Gedanken riss. Plötzlich vernahm der Zwerg in dem Wortwirrwarr den Satz »Stell dir vor« und wurde schlagartig hellhörig. Er drückte sich eng an eine Hauswand und verharrte lautlos, während er genau hinhörte. Niemand beachtete ihn.

Das Schwein grunzte laut auf und redete auf den jungen Mann ein. »Ich war bei der Baldenversammlung und habe meine rosa Ohren gespitzt, wie du gesagt hast. Wenn die Dryaden, diese Koboldfrau und die Einhörner gewusst hätten, dass ein Spion unter ihnen weilte! Ein Wildes Schwein lässt sich nun einmal nicht von süßen Worten und dem nichtsnutzigen Titel Baldenfreund einlullen. Ich bin nur dem treu, der dafür bezahlen kann. Apropos …«

Gilbo konnte nicht sehen, was geschah. Er nahm an, dass der junge Mensch seinen Informanten entlohnte. Dann hörte er ihn ungeduldig sagen: »Ja und, was ist nun passiert?«

»Dann kam Cendro, der anscheinend rumgeschnüffelt hat. Der hat von Laurinel gesprochen, der irgendetwas plant. Was das ist, habe ich nicht ganz verstanden, aber es hat einen unglaublichen Aufruhr gegeben. Der Nachttannenturm scheint nicht mehr sicher zu sein. Das ist mal was Neues! Und dieser Bestsellerroman hat wahrscheinlich irgendetwas damit zu tun.«

Der Mann rutschte unruhig auf der Bank herum.

»Oh Mann, es weitet sich immer mehr aus«, flüsterte er.

3. Teil

Angriff auf den Nachttannenturm

10. Kapitel

An den kommenden Tagen herrschte um den Nachttannenturm reger Betrieb. Unter Kalfas Anleitung belegten Hunderte von Balden den Platz um ihr Heim mit Schutzzaubern. »Kommt, Freunde, gern, Übel, bleib fern« und »Weiche, Wurm, vor diesem Turm« schallte es durch die Lüfte.

Dazu kam die Magie der Gäste aus dem Eiszapfenpalast, die sich in geheimnisvollen Bewegungen ausdrückten. Eine Raureifbaldin mit neuschneeweißem Haar legte sich in der Luft quer, streckte ein Bein nach oben, winkelte den Fuß an, spreizte die Zehen und murmelte: »Holder Macker, schlag dich wacker«. Ein zartrotes Glühen schien von ihrem Fuß auszugehen, das sich in der Luft verteilte. Ein Marienkäfer, der mitten in den Farbball geriet, seufzte kaum hörbar und begleitete die Baldin einige Stunden lang unablässig wie ein treuer Gefährte, bis die Wirkung des Zaubers nachließ und er seiner Wege flog.

Auf dem Boden ging es nicht minder geschäftig zu. Die Wilden Schweine hatten ihr Versprechen gehalten und ein riesiges Netz aus den stärksten Borsten gefertigt, das sie auf ihre Hauer gespannt transportierten. Mithilfe einiger Balden, welche die Enden des Netzes über die Wipfel der Nachttannen warfen, hüllten sie den Turm ein, bis er einem mit Algen gefüllten Fischernetz glich. Die Dryaden mussten ihre gesamte Überzeugungskraft darauf verwenden, die Bäume zu überzeugen, dass sie nicht gefangen wurden, sondern nur zu ihrem Schutz und bloß vorübergehend dieses ungewohnte Kleid tragen mussten.

Währenddessen erlebten Selp und Wribo einige der aufregensten Stunden ihres jungen Baldenlebens. Es war für sie berauschend, von Manjfee persönlich unterrichtet zu werden und neue Zaubersprüche zu lernen. Insgeheim überlegten sie bereits, wie sich die neuen Kräfte für Unfug jeglicher Art verwenden ließen. Doch auch die zwei Jungbalden waren sich bewusst, dass ihnen eine wichtige Aufgabe übertragen worden war. Sie sollten sich um Raizel kümmern. Das Beste war: Sie waren von der Baldenschule befreit. Manjfee brachte dem Duo etwa den Spruch *Gardanium, Schutz um dich rum!* bei. Dieser Zauber ermöglichte es für eine kurze Zeit, kleine Übel wie etwa Hagelschauer, bösartige Schimpfwörter und fliegende Steine von dem Schützling fernzuhalten. Und die Königin unterwies das Nachwuchsduo in der Baldenmusik. Sie vermochte es, selbst in dem härtesten Herzen eine Spur von Hoffnung und Leichtigkeit zu wecken. Einer uralten Tradition nach wählten Balden nach Abschluss ihrer schulischen Grundausbildung ein Instrument und wurden so in die Gemeinschaft der Erwachsenen eingeführt. Manjfee erklärte den Jungbalden, dass sie wegen ihrer besonderen Aufgabe bereits jetzt eine Wahl treffen durften. Selp entschied sich für das kraftvolle Saiteninstrument Kidarre, Wribo für ein kunstvolles Arrangement aus Töpfen samt Schlaglöffel – zwei für Balden eher ungewöhnliche Instrumente. Zunächst brachten sie nur recht klägliche schiefe Töne und unrhythmische Folgen hervor. Sie probten eifrig, sodass sie bereits nach wenigen Tagen ein kurzes Trio mit Kalfa auf dem Blasinstrument Clusinette spielen konnten.

Das grüne Eckhaus der Brantocks hatte sich in eine Hexenküche verwandelt, in der an jedem erdenklichen Ort Schüsseln dampften. Bunte Schwaden stiegen daraus auf, die entweder himmlisch dufteten oder teuflisch stanken. In Kübeln rührte Lille unablässig Salben gegen kleinere Blessuren und große Wunden, Tinkturen zur Anwendung bei Kälteschocks, bei Vergiftung und Schmerzen an. Die unterschiedlichsten Kräuter warteten in Mörsern darauf, zerstampft zu werden.

Raizel, die sich mit der Koboldfrau zusammen in die Arbeit gestürzt hatte, kannte nur einen Bruchteil der Gewächse. Die heilenden Kräfte von Arnika, Brennnessel, Kamille und Schafsgarbe waren auch ihr bekannt, aber hatte sie in ihrer Welt noch niemals von dem schmerzlindernden Geflecht auf im Mondlicht gebadeten Steinen, Wärme spendenden Feueralgen oder dem entzündungshemmenden Wirschelkraut gehört. Letzteres wuchs vornehmlich in den Ritzen von alten Häusern, die eine ganze Weile sich selbst überlassen worden waren. Und so hatte der Modergeruch, den Raizel ganz am Anfang ihres Besuches in dieser Welt an ihrem Fenster im Brantockschen Eckhaus sitzend wahrgenommen hatte, tatsächlich wie damals gedacht eine tiefere Bedeutung.

Am dritten Tag der Vorbereitungen schien die Sonne so strahlend, dass es unglaublich erschien, dass irgendwelche Mächte dort draußen eine Aktion planten, die all diese Heiltränke nötig machen würde. Frips saß an seinem Lieblingsplatz in der Küche. Der hölzerne, mit flauschigen Kissen gepolsterte Fenstersims in einer Nische lud zum Faulenzen ein. Zudem eröffnete der Platz den Blick auf die Apfelbäume hinter dem Haus und die Möglichkeit, sich taktisch geschickt zu den in der Küche zubereiteten Köstlichkeiten zu positionieren. Der junge Kobold faulenzte diesmal nicht, sondern lernte konzentriert seinen Text für das Theaterstück.

Seine Stirn runzelte sich ein wenig und sein starrer Blick schien geradewegs auf den in seinem Geist gespeicherten Text gerichtet, während er die Worte vor sich hin murmelte. Bisweilen stockte der junge Kobold, dann war ein lautes Fluchen zu vernehmen und er schaute in dem Manuskript nach, auf das er sich wohlweislich gesetzt hatte – um der Versuchung zu widerstehen, fortwährend hineinzuschauen, anstatt auswendig zu sprechen.

Die häusliche Betriebsamkeit hatte etwas so Vertrautes, dass Raizel sich zunehmend leichtfüßig in dieser fremden Welt bewegte. Doch die Bedrohung durch die Schatten dämpfte ihre Stimmung regelmäßig. Wenn sie nachts im Bett lag und darüber nachdachte, was all das Erlebte für ihr altes Leben bedeutete, drehte sie sich schlaflos von einer Seite auf die andere. Ihr Weltbild war erschüttert worden und hatte sich noch nicht wieder neu zusammengesetzt, wie ein Puzzle, bei dem man die einzelnen Teile ausgetauscht und weitflächig verstreut hatte. Bei ihrer Mission, den Zusammenhang zwischen Balden- und

Menschenwelt zu ergründen, war sie auch noch nicht wirklich vorangekommen. Das war frustrierend und ließ sie daran zweifeln, ob sie jemals die heiß ersehnten Antworten auf all ihre existenziellen Fragen finden würde. Die harte Arbeit, zu der auch das nächtliche Ausgraben bestimmter Wurzeln, das stundenlange Verquirlen gewisser Substanzen und die Suche nach leeren Marmeladengläsern als Behälter für die Tränke zählte, war eine gute Ablenkung. Jeder fertige Trank ließ ihr die eigene Existenz wieder etwas sinnvoller erscheinen.

Am neunten Tag war die Kräuterkammer geplündert. Der Tulfo strich bereits seit einiger Zeit mürrisch um die Küche herum, da er es nicht gerade für eine *kullinärrische Köstlichkeit* hielt, den siebten Tag in Folge Nudeln mit Tomatensauce zu essen. Ohne Kräuter, denn die wurden für die Arzneien gebraucht, dafür mit viel Chili. Frips konnte seinen Text nun beinahe auswendig und verwirrte alle um sich herum, indem er ständig in seine Rolle hinein- und wieder hinausfiel.

Raizel hatte sich erschöpft Schlafen gelegt, nachdem sie die Nacht mit dem Etikettieren von mehr als hundertelf Tränken und Salben verbracht hatte. Dies musste im Dunkeln geschehen, da die brodelnden Substanzen es nur dann zuließen, dass ihren Behältern Schilder aufgedrückt wurden, ohne sich in faulige Pampe ohne heilende Wirkung zu verwandeln. Lille Brantock war also allein in der Kräuterküche, nachdem sie Polpo mit einem eilig geschmierten Leberwurstbrot abgespeist hatte, um ihn von Ratschlägen abzubringen wie: »Ich würde etwas mehr Zitronengras dazugeben, dann schmeckt der Saft besser« oder »Kann man Salbe auch in einer anderen Farbe als in diesem melalkoholischen Braun herstellen?«

Die Koboldin atmete tief durch und begann die letzte Salbe zu brauen, die – so hoffte sie inständig – nicht gebraucht werden würde. Sämtliche Reste der verschiedensten Kräutersorten mischte sie mit einer Unze Baldrian, einer Portion Hopfen und einem Gemisch aus Johanniskraut und Melisse. Alles gab sie in eine Grundtinktur aus zerlassenem Bienenwachs.

Zuletzt holte sie eine silbrig schimmernde Pflanze aus ihrer Tasche, auf der kleine violette Knoten wucherten. Die Farben bildeten einen schönen Kontrast zu ihrer leicht grünlichen Hand. Die Koboldheilerin hatte das ungewöhnliche Gewächs vor einigen Wintern von einem fahrenden Händler erstanden, der ihr die abenteuerlichsten Geschichten über ihre wunderbare Wirkungsmacht erzählt hatte. Tatsächlich war sich Lille nicht ganz sicher, welche heilenden Kräfte in dieser wunderschönen Pflanze schlummerten. Es war nicht nachgewiesen, dass es überhaupt welche gab. Um ehrlich zu sein, hatte sie sich damals von den schillernden Farben und einem unbestimmten Gefühl zum Kauf überreden lassen. Normalerweise verließ Lille sich nicht gern auf Arzneien, deren Wirkung sie nicht genau einschätzen konnte, doch ungewöhnliche Situationen erforderten ungewöhnliche Mittel.

Sie konnte lediglich mit Gewissheit sagen, dass diese Salbe nichts gegen körperliche Wunden ausrichten konnte. Nach einem genauen Schema in die Stirn, die Brust, die Handgelenke und die Fußsohlen einmassiert, konnte indes vielleicht die Psyche des Patienten erreicht werden. Die Koboldin betrachtete die Silberpflanze eine Weile, dann gab sie sie zu dem Mix aus Substanzen. Es zischte. Lille wartete einige Momente, bis sich das Gebräu anthrazit gefärbt und eine dickflüssige, salbenartige Konsistenz angenommen hatte. Zuletzt füllte sie das Gemisch in eine Dose, die sie sorgfältig verschloss. Alles war nun bereit, der Kampf um den Nachttannenturm konnte beginnen.

»Raizel, bitte in die Regielaube, Raizel, Raizel«, grölte Vermicelli in sein Megafon. Nun war er also gekommen, der erste Probentag in der Schnipselgasse. Raizel hatte ihn mit einem mulmigen Gefühl, aber auch mit einer unbestimmten Erregung erwartet. Vielleicht würde heute ein Tag der Erkenntnis werden. Theater strahlte häufig wieder auf die Realität zurück, deshalb hatte Hamlet in Shakespeares Theaterstück ja auch seine Freunde den Verrat an seinem Vater nachspielen lassen; um zu sehen, was das Spiel auf den Gesichtern der Schuldigen auslöste.

Vermicelli schien seine neue Aufgabe als Regisseur etwas zu ernst zu nehmen, denn er lief unablässig umher und versuchte dabei intellektuell zu wirken. Als er eine Statistin dabei erwischte, sich Rouge auf die Wangen malen zu wollen, hielt er sie davon ab. »Ohne ist es viel authentischer. Der neue Realismus, ihr wisst schon.«

Nun folgte Raizel seinem Ruf in der Erwartung einer neuen Lektion. Am Rand der Wiese war eine Laube aus Rosenstauden aufgebaut worden, die Sichtschutz bot. Im Inneren war es etwas dunkler als draußen im Freien. Auf einem Hocker saß dort allerdings nicht der Regisseur Vermicelli, sondern Tarik. Er las in einer Ausgabe von *Nachrichten aus Nirgendwo*. Der Aufmacher verkündete in großen Lettern: *Wie ich beinahe zu Raizel geworden wäre. Nancy packt aus. Vor dem ersten Probentag zum Theaterstück* Imaginate *erzählt uns die glücklose Castingteilnehmerin exklusiv, wie Jurychef Vermicelli sie fallen ließ. Kurz nach dem Interview erlitt Nancy einen Nervenzusammenbruch.* Daneben wurde eine Single von Nancy angepriesen, der Titel: *Nur die zweite Wahl.*

Ihre letzte Begegnung lag nun bereits einige Tage zurück, und Raizels Verdrängungstaktik aus Textlernerei hatte ganz gut funktioniert. Nun hingegen erwartete Tarik sie mit diesem verschlossenen Gesichtsausdruck, der nicht durchblicken ließ, dass sie sich schon einmal begegnet waren. Raizel überlegte, ob sie ihn ansprechen sollte, aber ihr fielen nicht die richtigen Worte ein.

Draußen auf der Wiese wuselten zwar Statisten, Requisiteure und Korfuträger herum, doch hier waren sie allein. Sie beschloss, die Enge der Laube zu verlassen und nach Vermicelli zu suchen. Als sie sich umdrehte, kam ihr der Bücherwurm bereits entgegengerobbt.

»Na endlich, da bist du ja. Wo wolltest du hin? Tztz. Zeit ist Geld, meine Liebe. In Kürze ist deine erste Szene dran. Bis dahin wird mein Assistent hier eine Skizze von dir anfertigen. Für das Werbeplakat.« Vermicelli zögerte kurz und betrachtete seine Hauptdarstellerin skeptisch.

»Hast du etwa gut geschlafen? Beim letzten Mal zierten solch exquisite Augenringe dein Gesicht! Die müssen wir jetzt künstlich nachmalen, was höhere Materialkosten verursacht. Ganz schön verantwortungslos, einfach auszuschlafen vor einem so wichtigen Tag.«

Dann kam ein Reporter in die Laube und säuselte: »Maestro Vermicelli, es ist Zeit für das Exklusivinterview.« Und schon war der Bücherwurm verschwunden und ließ die beiden wieder allein.

Raizel setzte sich auf den zweiten Hocker und blickte Tarik erwartungsvoll an. Er legte die Zeitung beiseite, griff nach einem Bleistift und verharrte mit der Hand in der Luft.

»Mit diesem Gesichtsausdruck wirst du kaum Zuschauer anlocken.«

»Du hast meine Erlaubnis, die Mimik kreativ zu verfremden«, konterte Raizel.

Die folgenden Augenblicke verliefen schweigsam. Während Tarik zeichnete, musterte sie ihn verstohlen. Der Bleistift wirkte klein in seiner Hand, eine Haarsträhne fiel ihm ins Gesicht. Was wohl in seinem Kopf vorging? Raizel war erleichtert, als Frips in die Laube stürmte, um sie für die erste Szene abzuholen. Der Koboldjunge schaute auf Tariks Zeichnung.

»Viel hübscher als das Original«, sagte er feixend.

»Na warte«, rief Raizel und lief dem Kobold hinterher – froh, die beklemmende Atmosphäre der Laube hinter sich lassen zu können.

Vermicelli wartete bereits ungeduldig auf seine Hauptdarstellerin. In der Zwischenzeit versuchte er sich darin, eine hölzerne Klappe möglichst effektvoll zusammenzuklatschen. Er wusste zwar nicht genau, was er damit anfangen sollte, aber in *Imaginate* stand irgendwo, dass ein Regisseur nur mit einer Klappe etwas taugte. Auf seiner war mit roten Buchstaben geschrieben: *Imakkinate.*

»Guck mal, Frips, die haben sich verschrieben. Ganz schön peinlich. Passt eigentlich gar nicht zu Vermicelli«, sagte Raizel.

Der Kobold klärte sie auf: »Das ist doch kein Rechtschreibfehler! Vermicelli lässt sich das Stück von der Firma Makki sponsern, deshalb steht dieser Spruch jetzt auch überall. Schau mal.« Und wirklich: *Imakkinate* prangte auf der Absperrung für die Zaungäste, auf Vermicellis Teetasse und auf einer Stoffbahn, die ein Vogel gerade über den Himmel zog.

»Die reinste Schleichwerbung.«

»Ja stimmt«, sagte Frips und deutete auf eine Schnecke, deren Haus ebenfalls der Makki-Schriftzug zierte.

Raizel fragte: »Und was ist dieses Makki, das hier beworben wird?«

»Ein Gefühlsverstärker. Hebt einen Glücklichen durch die Wolken und lässt einen Traurigen sein Leid zwar intensiver, aber schneller durchstehen. Ziemlich unberechenbar. Es kann passieren, dass man danach von Gefühlen überwältigt ist, sich allerdings nicht sicher ist, welcher Natur sie sind. Das macht einen wahnsinnig, weil man die Emotionen nicht ausleben kann. Diesen Zustand bezeichnen wir als makkitalisiert. Heutzutage findet man kaum noch Essen ohne Zusatz von Gefühlsverstärkern, sagt meine Mutter immer.«

»Klingt gruselig«, sagte Raizel.

Vermicelli hatte mit der Klappe ein Klatschgeräusch erzeugt, das ihn zufriedenstellte. Er ließ den Blick über die rund zwanzig Darsteller schweifen, die im Kreis auf überdimensionalen Fliegenpilzen saßen, die der Bücherwurm eigens zu diesem Anlass hatte pflanzen lassen.

»Willkommen, meine Spieler. Wir werden zusammen Geschichte schreiben. Wir bringen Raizels Welt als Erste auf die Bühne. Das wird ganz groß.« Er machte eine bedeutungsvolle Pause und fuhr dann fort: »Wir werden mit ein paar Lockerungsübungen beginnen. Zuvor rufen wir zur Motivation alle zusammen: Wir sind hier, wir sind da, autonomes The-ata.«

Raizel hörte, wie neben ihr eine männliche Stimme in den Sprechchor einstimmte, die irgendwie vibrierte und sich deutlich abhob. Sie musste sich nicht umdrehen, um zu wissen, wem sie gehörte.

Der Notruf aus dem Nachttannenturm kam zur Mittagsstunde. Die Koboldmutter Lille Brantock hatte den ganzen Vormittag im Garten verbracht, um Süßholzwurzeln und Weidenrinde für ihren berühmten Erkältungstee zu sammeln, der in ganz Baldorg geschätzt wurde. Danach hatte sie sich zu einem kleinen Nickerchen hingelegt und war gerade erst von den köstlichen Düften geweckt worden, die sie zu ihrem Mann Grindu und seinem Fischtopf führten. Frips und Raizel waren bereits früh am Morgen zu Vermicellis Probe gegangen – mit unterschiedlich großem Enthusiasmus. Polpo war zu Hause geblieben. Der Tulfo fand nämlich, dass es unter seiner Würde war, im Theaterstück einen Hund zu spielen. »Ihre Sprache ist äußerst ruddimenthol. Wedeln zu allem nur mit dem Schwanz.« Lille hatte darauf verzichtet, ihn darüber aufzuklären, dass er mal wieder ein Fremdwort falsch verwendete. *Rudimentär* war eben nicht nur die Sprache der Hunde, sondern auch die Frustrationstoleranz des Tulfos.

So kamen die Koboldeltern in den Genuss seiner erfrischenden Tischkommentare. »Nach Tagen der Malähs endlich mal wieder ein richtiges Essen«, sagte Polpo.

Grindu seufzte und flüsterte seiner Frau zu: »Diese Malaise ist wirklich nur schwer zu ertragen.« Der Tulfo merkte, dass über ihn gelästert wurde und konnte nur mit einem großen Nachschlag besänftigt werden.

Lille kaute gerade genüsslich einen Bissen Fisch in Weinsoße, als sie den bekannten Ruf in ihrem Kopf vernahm. »Baldenfreunde, versammelt euch«, drang es ihr durch Herz und Seele. Der Ruf, auf den sie die ganze Zeit unterbewusst gewartet und den sie gefürchtet hatte. Die Heilerin legte die Gabel wortlos aus der Hand und erhob sich. Herr Brantock hatte das Signal zwar nicht hören können, aber er wusste sofort, was los war.

»Es ist also so weit, ja?« Die Koboldin nickte bloß. Grindu Brantock holte den bereits fertig gepackten Beutel mit Tränken und Salben.

»Soll ich nicht doch mitkommen?«

»Nein, darüber haben wir schon gesprochen. Jemand muss für Frips da sein, wenn …«

»Sei vorsichtig, bitte. Greif nur ein, wenn jemand deine Hilfe braucht, versprichst du mir das?«

»Jetzt mach dir keine Sorgen«, sagte sie hastig. Das Paar umarmte sich schnell, als hätte es Angst, ein langer Abschied würde den Entschluss zum Aufbruch gefährden. Als Lille das Haus verlassen wollte, stand dort der Tulfo mit einer schief sitzenden Kappe auf dem Kopf und einer gespitzten grellgrünen Feder in der Hand und wartete auf sie. »Ein Dichter muss stets auf seine Erscheinung achten. Und nun los, die Heldentaten, die von mir besungen werden wollen, warten nicht.«

»Polpo, dafür haben wir jetzt wirklich keine Zeit.« Lille warf ihrem Mann einen auffordernden Blick zu. »Kannst du …?« Worauf sich der Kobold den lautstark protestierenden Tulfo schnappte und die Holztür mit der Hacke zustieß. Die Koboldin hörte ihr eigensinniges Haustier noch lamentieren, während sie die schmale Schabernackgasse in Richtung des Nachttannenturmes entlangeilte.

11. Kapitel

Kalfa vernahm den Baldenruf, als gerade eine Massenszene aus einem der ersten Teile von *Imaginate* geprobt wurde. Die fiktive Raizel besuchte die Einführungsveranstaltung im Literaturstudium, der Platz reichte nicht für all die hoffnungsfrohen Erstsemester aus.

»Bis zum Ende dieses Semesters wird ein Drittel von euch aufgegeben haben. Und ein weiteres Drittel wird durch die Zwischenprüfung fallen«, sagte der Schauspieler, der Raizels Professor Dr. Laurens mimte. Vermicelli fand, dass sich für diese Rolle eigentlich ganz gut dieser Laurinel geeignet hätte. Andererseits wollte er den nach seiner Einmischung in künstlerische Angelegenheiten lieber so wenig wie möglich um sich haben.

Kalfa überlegte blitzschnell. Der Ruf hatte sehr dringlich geklungen. Sie musste einfach sofort zum Nachttannenturm, das fühlte sie ganz deutlich! Aber ihr war zusammen mit Wribo und Selp die Aufgabe übertragen worden, über Raizel zu wachen, und sie konnte das Duo nicht einfach im Stich lassen. Andererseits verlief hier anscheinend alles nach Plan. Die größte Gefahr für Raizel schien im Moment darin zu bestehen, von den giftigen Blicken einiger beleidigter *Imaginate*-Fans getroffen zu werden. Die wären selbst gern Hauptdarsteller gewesen und hatten sich am Rande der Wiese versammelt, um auch als Ausgeschlossene Teil einer Gemeinschaft zu sein.

Kalfa musste einen Entschluss fassen. Die beiden jungen Balden, die den Ruf auch gehört hatten, kamen zu ihr herübergeflogen.

»Habt Acht und spitzt eure Lauscher. Ich muss abhauen, um Manjfee zur Seite zu stehen. Ihr pflanzt euch hierhin und gebt acht auf Raizel. Und dass ihr keinen Mist baut! Ihr kriegt das hin, dessen bin ich mir sicher. Gehabt euch wohl, ich muss mich hinfort verpieseln.« Bevor die Nachwuchsbalden das volle Ausmaß dieser Worte begriffen hatten, war Kalfa davongeflogen. Selp und Wribo sahen sich erstaunt an. Es war nur selten vorgekommen, dass Kalfa sie aus den Augen gelassen hatte, seit sie sich damals verletzt hatten und von Lille gepflegt worden waren.

»Eh Mann, das ist ja phänomenal krass!«

»Ja, fürwahr abgefahren!«

»Wir sind die Coolsten, wenn wir düsen, wenn wir übers Felde cruisen … «

»… und dabei Unheil von Raizel abwenden!«

»Yeah, Wahrheit spricht aus deinen Worten!«

Nachdem sie ihre neue Freiheit mit einigen Luftpurzelbäumen gefeiert hatten, wandten sich die zwei Jungbalden wieder der Wiese zu. Vermicelli tobte, weil viele Statisten eingeschlafen waren, statt in ihrer Rolle als Studenten brav der Vorlesung zu lauschen. Selbst die »Klappe!«-Rufe des Bücherwurms konnten sie nicht aufwecken. Und dort schräg hinter dem Regisseur, ganz am Rand und von einem Baum halb verdeckt, stand Laurinel und beobachtete das Geschehen mit arrogant amüsierter Miene.

»Ich möchte mich dafür entschuldigen, dass ich nicht ganz textsicher bin«, flüsterte ein alter Drache Raizel zu.

»Ähm, schon gut, das macht doch nichts«, antwortete sie und fragte sich, wen er bloß spielen sollte. Ihren Chef vom Aushilfsjob im Pub um die Ecke? Der war nämlich Kettenraucher.

»Ich glaube, wir brauchen noch ein paar Übungen, um das Gruppenfeeling zu verbessern«, sagte Vermicelli. »Jeder sucht sich bitte einen Partner.« Frips wollte auf Raizel zulaufen, aber eine junge Koboldin stellte sich ihm in den Weg und sah ihn fragend lächelnd an. Und so kam es, dass sich alle zu zweit aufstellten, sich aber niemand traute, die Hauptdarstellerin anzusprechen. Raizel blieb als Einzige übrig.

»Regieassistent!«, rief Vermicelli.

»Hier, melde mich gehorsamst zur Stelle«, sagte Tarik ironisch.

»Du wirst mit Raizel üben«, sagte der Bücherwurm.

Tarik sah nicht sonderlich begeistert aus und Raizel fragte sich, was ihn wohl so bedrückte.

»Dies ist eine Vertrauensübung. Einer von euch macht die Augen zu und der andere führt ihn am kleinen Finger herum.«

Tarik sah Raizel an. »Willst du …?«

»Nein, du zuerst. Los, Augen zu.« Sie berührte mit dem kleinen Finger ihrer rechten Hand seinen und begann, ihn mit leichter Druckausübung über die Wiese zu geleiten.

»Ich könnte mich fast dran gewöhnen, meinen persönlichen Blindenhund dabeizuhaben«, sagte Tarik.

»Aber pass auf, der beißt auch«, antwortete sie. Und lief mit ihm am Finger in ein weiteres Paar hinein, weil sie nicht rechtzeitig das Zeichen zum Abbiegen gegeben hatte.

»Scheint so, als müsse der Hund noch trainiert werden«, murmelte Tarik.

Als Lille sich dem Nachttannenturm näherte, schien alles ruhig zu sein. Gefährlich ruhig. Lille musste an den Roman *Herr der Ringe* denken, der in *Imaginate* ständig erwähnt wurde, weil es Raizels Lieblingsbuch war. Da gab es auch einen Moment des Innehaltens, ehe die große Entscheidungsschlacht losbrach. Was die anging, hatte der Roman eine Ästhetik entwickelt, der selbst Lille sich nicht gänzlich entziehen konnte. Die Koboldheilerin zwang sich in die reale Welt zurück: Der Platz vor dem Nachttannenturm war wie leer gefegt. Wo sonst Baldenkinder Luftball spielten oder Familien mit ihren Tulfos spazieren gingen, schienen sich lediglich einzelne Schatten in den Ritzen der Pflastersteine zu verstecken. Eine Blase aus Stille hatte sich um den Turm der Balden gelegt, aus der kein Laut nach außen drang. Ob Lille zu spät gekommen war? Vielleicht war der Angriff bereits vorüber und drinnen brauchte man dringend ihre Hilfe. Sie schluckte den Kloß hinunter, der sich in ihrem Hals gebildet hatte, schulterte den Beutel mit den Heiltränken und Salben und stieg – so schnell es ihr mit der schweren Last möglich war – die Stufen zum Eingangstor aus Tannen hinauf. Sie war beinahe angekommen, als sie merkte, wie etwas an ihr zerrte. Entsetzt drehte sie sich um und blickte … in das Gesicht von Gollum.

»Das ist mein Schatzzzzzz …«, zischte er und drückte den eroberten Trank an seinen schmächtigen Körper wie ein Baby. Die Koboldfrau presste geistesgegenwärtig die Tasche mit den Tränken an sich, riss die Tür auf, stürzte ins Innere und schmiss die Tür wieder zu. Als sie sich schwer atmend dagegenlehnte, hörte sie es von außen: »Mein Schatzzzzz …«

»Lille, ich bin happy, dass du es vollbracht hast, sicher zu uns zu finden.« Manjfee stand vor ihr, ihre ständig die Farbe wechselnden Haare schimmerten diesmal in einem satten Korallenton.

»Da, da draußen, da ist, dort steht … Er hat meinen Trank …«

»Sch, komm erst mal runter und lasse Ruhe in deine Seele einkehren. Wir wissen, dass sie da draußen sind.« Während die Königin der Balden Lille zu einer Chaiselongue aus Tannenzapfen geleitete, erklärte sie ihr, dass die Balden aufgrund ihrer erhöhten Sensibilität bereits seit einigen Stunden bemerkten, wie sich vor dem Turm etwas ansammelte. Deshalb hatten sie auch den Baldenruf erschallen lassen. Niemand konnte genau sagen, was sich dort zusammenbraute. Lilles Erfahrung bestätigte die Vermutung, dass das Etwas dort draußen keine eigene Wesenheit besaß und sich deshalb wie ein Chamäleon den Erwartungen und Ängsten des Betrachters anpasste. Und hatte Lille nicht an den Herrn der Ringe gedacht, während sie über den Platz ging? Da war es nicht verwunderlich, dass ihr Gollum erschienen war.

»Sie haben begonnen, die Tannen zu attackieren!« Zwei Balden in rot schimmernden Rüstungen kamen aufgeregt zu Manjfee gelaufen. Lille hatte noch niemals Balden in Kriegsbekleidung gesehen, allerdings war diese auch seit vielen Generationen nicht benötigt worden. Auch machte die Rüstung den Eindruck, als käme sie aus einer alten, vergessenen Zeit. Dafür sprach zumindest das laute Knirschen bei jedem Schritt. Die Haare der Baldenkönigin wechselten abrupt ihre Farbe, erstrahlten nun im strahlenden Rot der Blutorange.

»Es hat begonnen – wappnet euch gegen die uncoolen Loser, die Einlass in den Turm der Balden begehren!«, rief sie in gebieterischem Tonfall, der augenblicklich Wirkung erzielte.

Die gesamte Innenfläche des Nachttannenturms war in wenigen Augenblicken von Balden bevölkert, die mit voller Konzentration ihre Hände erhoben und leise zu murmeln begannen. Welch mächtige Zauber dort fließen mussten! Lille fühlte sich plötzlich sehr sicher. So wagte sie es, an eine Stelle des Raumes zu treten, an der die Äste seidig und transparent erschienen, sodass sie sehen konnte, was sich auf dem Platz vor dem Turm abspielte. Sie prallte entsetzt zurück. Draußen war es trotz der Mittagszeit dunkel. Hinter den pflanzlichen Lebenslinien sah sie Schwärme von Schatten, die um den Turm waberten wie ein Heer aus Ratten. Wo waren die so plötzlich hergekommen?

Als hätte sie die unausgesprochene Frage gehört, sagte Manjfee neben ihr: »Sie waren die ganze Zeit allhier, doch du konntest sie nicht erspähen, da du nicht gecheckt hast, dass sie da sind. Nun, da sie angegriffen haben, erwartet dein Hirn dort etwas zu erspähen. Dein krassester Albtraum ist dort vor dich projiziert.«

»Aber woher wissen sie, dass ich Angst vor Ratten habe? Das ist für Kobolde nämlich sehr untypisch, es ist mir ziemlich peinlich.«

Die Baldenkönigin lächelte nur müde und starrte weiter nach draußen.

»Beunruhigt dich etwas?« Kaum hatten ihre Lippen diesen Satz geformt, realisierte Lille, wie lächerlich er klang. Natürlich bedrückte Manjfee etwas, schließlich stand augenscheinlich die Existenz der Balden auf dem Spiel. Zu ihrer Überraschung bekam sie eine Antwort.

»Es ist nur: Alle, die den Baldenruf vernommen haben, sind schleunigst herbeigeeilt und befinden sich mehr oder weniger safe hier im Turm. Bis auf Kalfa. Ich kann sie nicht wie sonst über Telepathie erreichen, die Schatten müssen die Verbindung stören. Und wenn sie jetzt noch kommt, dann ist sie ganz allein da draußen.«

So also mussten sich Stars fühlen. Ständig verfolgt von einer Horde aus sensationsgierigen Paparazzi, denen jeder Schritt und jedes Wort, jede Hautrötung und jeder Fleck auf der Kleidung Anlass zu endlosen Mutmaßungen gab. Dieser Reporter von *Nachrichten aus Nirgendwo* scharwenzelte nun bereits seit Ewigkeiten um sie herum. In diesem Moment hatte Raizel es gründlich satt, Protagonistin zu sein. Sie wollte endlich mit ihrer Mission weiterkommen und die rätselhafte Beziehung zwischen ihrer und dieser Welt ergründen. An Pflichttermine wie diesen hatte sie nicht gedacht, als sie ihre Rolle als Heldin angenommen hatte.

Anfangs schmeichelten ihr die Fragen noch: »Wie fühlt man sich als frischgebackene Schauspielerin?«, »Setzt du auf Korfu oder Bachwasser als Erfrischung?«, »Und wie hat sich dieses Verhalten geändert, seit du Hauptdarstellerin bist?«. Spätestens nachdem sie der Journalist nach dem Schema *Raizel, wie sie an einem Gänseblümchen riecht* oder *Raizel im Zwiegespräch mit einem Maikäfer* zu merkwürdigen Verrenkungen für das Foto genötigt hatte, war ihr allerdings die Lust am Starrummel gründlich vergangen. Kein Wunder, dass der Autor von *Imaginate* anonym bleiben wollte. Vermutlich handelte es sich um eine bescheidene Person, die ihre Ideen lediglich mit der Gesellschaft teilen wollte, ohne dabei zu viel Aufmerksamkeit auf sich selbst zu lenken. Obwohl dieser Jemand dabei anscheinend nebenbei eine ganze Welt erschaffen hatte …

Vermicelli rang sich endlich zu einer fünfzehnminütigen Pause durch. Einige Statisten hatten damit gedroht, dass sie bald in Ohnmacht fallen würden, sollten sie kein Mittagessen bekommen. Der Bücherwurm konnte dies natürlich nicht zulassen – das hätte schlechte Publicity gegeben. Dieser Zeitungstyp wartete doch nur auf einen Skandal. Die Auflage der Zeitung würde steigen und das Theaterprojekt wäre gestorben. Vermicelli lief hektisch über seine Wiese und krümelte mit den Resten einiger Groschenromane. Für anspruchsvolle Literatur hatte er jetzt nicht die Muße. Intrigen, heimliche Liebe und unzählige Happy Ends verschwanden in seinem Mund. Die Duellszenen hatte er wohlweislich herausgerissen – zu viel Aufregung würde sein Magen an diesem nervenaufreibenden Probentag nicht verkraften.

Für Tarik gab es keine Pause, er bereitete die Requisiten für die nächste Szene vor. Als er an Raizel vorbeilief, streifte er wie zufällig ihren kleinen Finger und sagte beiläufig: »Hallo, mein Blindenhund.« Frips sah Raizel neugierig an. Der Kobold erinnerte sie an die Mitschülerinnen aus ihrer Schulzeit, die jedes Mal ganz aufgeregt gewesen waren, wenn ein süßer Typ eine von ihnen ansprach. Teenager waren offenbar überall gleich.

Raizel packte mit knurrendem Magen ihre Butterbrote aus, die sie aus dem grünen Eckhaus der Koboldfamilie Brantock mitgenommen hatte: eins mit einer Konfitüre aus der ihr bislang unbekannten Zitrusfrucht Talamotte, eins mit Brennnesselkäse, den Lille Brantock mit Pflanzen aus ihrem Garten selbst hergestellt hatte. Während Raizel noch genüsslich den ersten Bissen zerkaute, tippte ihr jemand auf die Schulter. Nicht schon wieder dieser Reporter! Entnervt fuhr sie auf. »Kannst du mich nicht einmal beim Essen in Ruhe lassen?! Und, was willst du diesmal wissen? Ob ich die Brotrinde übrig lasse? Oh, ich muss eine zarte Seele haben!« Raizel hatte sich schon so an das ewige *Du* von Baldorg gewöhnt, dass sie es intuitiv anwendete.

Wütend drehte sie sich um.

»Oh Gott, ich esse ein Käsebrot, das heißt …« Ihr blieb das Wort im Hals stecken, wo es sich mit Brotkrumen verkeilte. Denn vor ihr stand keineswegs der nervige Journalist, sondern Laurinel, der ihren Wutausbruch mit spöttisch hochgezogenen Augenbrauen verfolgte. Raizel versuchte verzweifelt, Brotkrumen hinunterzuschlucken. Tränen stiegen ihr in die Augen.

»Jaja, diese Journalisten. Daran werden Sie sich wohl gewöhnen müssen. Meinen Glückwunsch zu der Hauptrolle. Mein werter Freund, der *Imaginate* geschrieben hat, würde sich sicher freuen, dass eine so bezaubernde Darstellerin seine Protagonistin spielt.« Dabei grinste Laurinel ölig und deutete eine Verbeugung an, ohne dabei im Mindesten seine arrogante Körperhaltung aufzugeben.

»Weshalb sind Sie hier?« Raizel wechselte ihrem Professorendouble gegenüber wie selbstverständlich wieder zum *Sie*.

»Sie haben neulich ja leider meinen Fliederwein verschmäht. Als ich von dem famosen Theaterprojekt hörte, wollte ich einmal schauen, wie sich meine Lieblingsschauspielerin so schlägt.«

Laurinel musterte Raizel sehr eingehend, nichts wies darauf hin, dass sie sich schon lange kannten. Dafür gab es nur zwei Erklärungen: Entweder er konnte sich sehr gut verstellen oder es handelte sich lediglich um eine frappierende Ähnlichkeit zwischen einer Person aus der Menschen- und einer aus der Baldenwelt. Das würde dann allerdings bedeuten, dass der Autor von *Imaginate* Laurinel kannte und ihren Professor Dr. Laurens nach seinem Vorbild beschrieben und somit erst erschaffen hatte. Vielleicht steckte mehr hinter der von Laurinel beteuerten Freundschaft als bloße Angabe. Raizels Mund fühlte sich plötzlich trocken an. Die Neugier löste ihre Zunge.

»Sehen Sie den Autor oder die Autorin oft, ich meine, wohnt er oder sie hier irgendwo in der Nähe?«

»Na, da ist aber jemand neugierig. Ach ja, also wenn *ich* erst einmal einen Bestseller geschrieben habe, dann werde ich mich nicht so verstecken. Meinem herausragenden Geiste nach hätte es längst so weit sein müssen, ich war nur leider sehr beschäftigt. Da habe ich nun, ach, Philosophie, Jura, Tiermedizin, Sorabistik, Kristallografie und Orchideenwissenschaften durchaus in der Regelstudienzeit und mit Eins-Komma-null-Abschluss studiert. Und was hat es mir gebracht? Da steh ich nun, ich armer Tor und bin so extrem klug und kann es einfach nicht ausdrücken. Ach ja, Schreibblockaden sind die Fallsteine des Genies.«

Laurinel verharrte in theatralischer Pose, die Arme pathetisch zum Himmel gestreckt, den Kopf dabei gramvoll gen Boden geneigt. Ob er sie testen wollte? Mit dem Original dieses leicht entstellten Anfangsmonologs aus Goethes *Faust* hatte der Doc einmal eine seiner Vorlesungen eingeleitet, in der es um den Faustsstoff von Christopher Marlowe bis zu Queens Song *Bohemian Rhapsody* ging. Also keine zufällige Ähnlichkeit. Auch Raizels Intuition sagte ihr, dass mit dem Mann etwas nicht stimmte. Da war etwas Falsches an ihm, das sie nicht genau benennen konnte. Ihr fiel wieder ein, wie Kalfa sie bei der Releaseparty von Laurinel hatte fernhalten wollen.

Wo war die Baldin überhaupt? Zu Beginn des Drehtages hatte sie sich stets wie ein Bodyguard hinter Raizel gehalten, während Selp und Wribo die Schauspieler ärgerten, indem sie die Skripte austauschten oder Rote-Beete-Saft auf die Kostüme kleckerten. Doch seit Beginn der Pause hatte sie ihre *Baldengarde*, wie Raizel sie insgeheim nannte, nicht mehr gesehen. Raizel blickte sich nach ihr um und … wurde durch einen stechend hellen Blitz geblendet.

So schnell sie konnte, war Kalfa von Vermicellis Wiese zum Nachttannenturm geflogen. Dabei quälte sie die Vorstellung, dass sie Selp und Wribo ganz allein auf sich gestellt zurückgelassen hatte. Allerdings waren die zwei nun auch bald erwachsen, das musste sie wohl langsam akzeptieren. Als Kalfa auf dem Platz vor dem Nachttannenturm ankam, ärgerte sie sich. Alles schien normal zu sein, nichts zeugte von einem Angriff. Überall tummelten sich Balden. Noch waren sie zu weit entfernt, sodass Kalfa ihre Gesichter nicht erkennen konnte. Sie hatte schon beinahe erwartet, dass der Baldenruf nur der Vorsorge gegolten hatte. Die Balden von nah und fern hatten sich also wohl nur vor dem Nachttannenturm versammelt, um eine dieser langen Ansprachen von Manjfee zu hören, die selbst die pflichtbewusste Kalfa recht ermüdend fand. Nun sah es wirklich so aus, als bestünde keinerlei Gefahr. Also würde sie nur kurz mit Manjfee sprechen und dann auf ihren Wachtposten bei Vermicelli zurückkehren.

Sie war jetzt bis auf wenige Flügelschläge an den Turm herangekommen und befand sich mitten unter den Balden. Da erzitterte plötzlich eine der Nachttannen, die den Turm bildeten. Ein mächtiger Ast brach vom Stamm ab, als sei er von einem Geschoss getroffen worden, und prallte mit einem dumpfen Klang im Inneren auf den Boden. Nun vernahm Kalfa auch das lang gezogene Ächzen der gemarterten Bäume. Es bestand kein Zweifel: Sie wurden angegriffen.

»Macht hinne, hinfort in den Turm«, wollte sie den Balden um sich herum zurufen, doch als diese sich ihr zuwandten, sah Kalfa, dass ihre Vorstellungskraft ihr einen Streich gespielt hatte. Sie befand sich mitten in einem Meer aus Schatten, das sich langsam um sie schloss. Verzweifelt versuchte sie auszubrechen, vergebens. Als die Schatten sie erreicht hatten, spürte sie keine körperliche Berührung, es war eher so wie die völlige Abwesenheit von Empfindung. Kalfa hörte noch ein zischendes Lachen, dann verlor sie das Bewusstsein.

Vor ihren Augen tanzten rote und gelbe Sterne um die Wette, die aus ihrem Angreifer einen verschwommenen Schemen machten. Ihr Gehörsinn funktionierte hingegen. Leider.

»Aha, die Hauptdarstellerin unterhält sich mit dem großen Herrn Laurinel. Was sind die Themen? Wie ist das Wetter und welche Farbe haben deine Strümpfe heute?« Da war er wieder, der rasende Reporter. »Für das nächste Foto könntest du, Herr Laurinel, vielleicht die Denkerpose einnehmen. Ja, so ist es sehr schön. Und du, Raizel, bitte nicht so intelligent schauen, unsere Leser sollen in ihren Vorurteilen gegenüber Schauspielern bestätigt werden. Nein, da hast du etwas falsch verstanden, nicht wütend, sondern ... Lass meine Kamera los, Hilfe! Ich verlange Genugtuung, Gegendarstellung, Gehaltserhöhung!«

Raizel hatte ihre aufgestaute Wut an dem Reporter ausgelassen. Beziehungsweise an seiner Kamera, die wirkte wie ein altmodischer Apparat aus dem 19. Jahrhundert. Der rasende Reporter ließ sie zurück, als er davonraste. Dabei rief er unentwegt aus: »Rettet das freie Wort!«

Laurinel wirkte für einen kurzen Moment verdutzt, dann verzog sich sein Gesicht zu einem hämischen Grinsen, das Raizel schaudern ließ. Offensichtlich freute er sich über ihren Ausbruch.

Jemand zupfte an Raizels Haaren. Selp hatte sich auf ihre Schulter gesetzt, was sie wegen seines geringen Gewichts zunächst nicht bemerkt hatte. Er sprach nicht, sondern kippte nur den Kopf leicht in die von Laurinel abgewandte Richtung. Dabei machte er ein angestrengt ernstes Gesicht. Kalfas ständige Ermahnungen waren also nicht fruchtlos geblieben: Der Balde machte ihr unmissverständlich klar, dass es Zeit war zu gehen. Laurinel war wahrscheinlich ohnehin nur ein Aufschneider, der sich im Fahrwasser des *Imaginate*-Autors zu bereichern versuchte. Raizel hatte sich bereits einige Schritte entfernt, da drehte sie sich noch einmal um.

»Und grüßen Sie Ihren Freund, den Autor, von mir«, sagte sie mit ironischem Unterton und wartete gespannt auf Laurinels Reaktion. Die kam sofort, wenn auch in gänzlich unerwarteter Form.

Laurinels Ton klang plötzlich vertraulich.

»Der arme Vermicelli. Er hat sich anscheinend eine selten untalentierte Schauspielerin ausgesucht. Rührend, wie Sie versuchen so zu tun, als würden Sie mich nicht kennen. Dabei wissen wir es besser, nicht wahr? Ich bin für Sie doch nicht …« Laurinel machte eine Kunstpause, dann erst vervollständigte er den Satz. »Der Fremde …« Raizel stockte der Atem. Jetzt hatte er es also ausgesprochen! »Der Fremde« – das war eine Anspielung auf den Roman von Albert Camus, den sie in einem ihrer ersten Seminare in Internationaler Literaturwissenschaft behandelt hatten. Der Doc pflegte mit literarischen Bezügen zu kommunizieren. Auf diese Weise zog er seine Studenten – sie eingeschlossen – in seinen Bann. Aus jeder neuen Aussage von ihm versuchten sie, die Verbindung zu einem Werk der Weltliteratur herauszufiltern.

Laurinel führte also irgendeine Art von Doppelleben. Hörte Raizel auf die Balden, würde sie spätestens jetzt das Weite suchen; wenn sie blieb, beantwortete er ihr vielleicht ein paar Fragen. Warum sie an diesem Ort war, zum Beispiel. Und das zu ergründen, hatte sie sich fest vorgenommen. So fragte sie aus sicherem Abstand: »Was wollen Sie von mir?«

»Tz, tz, eigentlich sollten Sie fragen, was Ich für *Sie* tun kann. Sie möchten doch wieder zurück nach Hause, nicht wahr?« Er näherte sich Raizel wie eine Schlange, die ihr Opfer umkreist. »Was ich für meine überbordende Hilfsbereitschaft verlange, sind lediglich ein paar Informationen, nichts weiter.« Er schaute sie forschend an.

»Was für Inf…«

»Ah, ich sehe, Sie sind interessiert. Ich hätte es auch nicht anders erwartet.« Laurinel drückte ihr etwas in die Hand, was wie eins dieser Nähsets aus Hotels aussah, indes mit Zuckerfäden und Nadeln aus Mandelsplittern gefüllt war. »Kommen Sie übermorgen Abend ins Hotel *Bakebeggars* – und keine Balden.« Erst das *Café am Ende der Welt*, jetzt das *Bakebeggars*, durch diesen Mann lernte sie noch alle Treffpunkte von Baldorg kennen. Was für ein sonderbarer Hotelname. Er klang nach diesen Backpacker-Herbergen, die Raizel wie viele ihrer jungen Freunde aufgrund des niedrigen Preises schätzte, nur eben mit Backen.

In diesem Moment kam ein vor Wut tobender Vermicelli auf sie zugelaufen. Aus jeder Rille seines runzeligen Körpers quollen kleine

Dampfwolken hervor, die jedem Jungdrachen zur Ehre gereicht hätten. Ihm folgte eine Schar von Nachwuchsschauspielern, die entgeistert beobachteten, wie ihre Textbücher von ihrem Regisseur vertilgt wurden. Dabei bildeten sich überall kleine Papierhäufchen. Bei Laurinel und Raizel angelangt, begann der Bücherwurm mit seiner Tirade.

»Aha, Herr Laurinel! Auf frischer Tat ertappt, wie du meiner Hauptdarstellerin geheime Regieanweisungen gibst! Ich dachte, ich hätte mich klar ausgedrückt. Ich, Vermicelli, bin der künstlerische Leiter dieses Stücks. Ich habe mich sehr gefreut, dich bei der Releaseparty als Ehrengast empfangen zu dürfen, aber ich kann unter keinen Umständen dulden, dass ein Laie unsere Arbeit hier durcheinanderbringt! Also bitte, schau gern zu, nur misch dich nicht ein!« Dann wandte sich Vermicelli Raizel zu. »Und du vergisst jetzt bitte auf der Stelle alles, was er dir eingeflüstert hat, und konzentrierst dich wieder ganz darauf, Raizel zu sein.«

Laurinel winkte überheblich ab, vollführte eine ironische Verbeugung und verabschiedete sich mit den Worten: »Das alles tangiert mich rein peripher.« Raizel hielt die Luft an. Diese Provokation konnte Vermicelli nicht ungestraft lassen, wenn er seine Position als Maestro aufrechterhalten wollte. Sämtliche Theatermitarbeiter waren mittlerweile herangekommen, um den Showdown zwischen den ungleichen Gegnern zu verfolgen. Tarik wirkte so, als wenn er sich köstlich amüsieren würde. Als er Raizels Blick bemerkte, zog er eine Augenbraue hoch, wie um zu fragen: »Was hast du jetzt wieder angestellt?« Frips warf Raizel vom anderen Ende der Wiese aus fragende Blicke zu. Sie zuckte mit den Schultern. Vermicellis glitschiger Körper schwoll an, sodass sich die Rillen glätteten und er einem wurstförmigen Luftballon glich, der kurz vor dem Zerplatzen war. Laurinel war von der Zuschaueransammlung am Gehen gehindert worden und wartete nun hochmütig auf Vermicellis Reaktion.

Dabei bemerkte er nicht, wie sich ihm von hinten zwei Balden näherten. Selp hatte sich von Raizels Schulter gelöst und flog nun mit seinem Freund Wribo auf Laurinel zu. Irgendetwas stimmte nicht. Raizel hatte die Jungbalden noch niemals ohne Kalfa gesehen. Wo mochte diese bloß stecken? Wribo holte ein kleines Trommelset aus Töpfen, Selp eine Art Gitarre hervor. Raizel hätte bei Elfenmusik sanfte Klänge erwartet, die tief ins Unterbewusstsein strömten und dort Blumenfelder von Emotionen zum Blühen brachten. Aber es handelte sich schließlich nicht um Elfen, sondern um Balden, da waren derlei kitschige Vorstellungen fehl am Platze. Wribo zählte den Takt an und die zwei legten mit einer Rocknummer los. Sie schmissen ihre Haare im Takt, spielten ein Riff nach dem anderen und schlugen Purzelbäume in der Luft, ohne die Musik abreißen zu lassen.

Die Wirkung entsprach dagegen ganz dem Klischee aus Raizels Kopf: Als sie anfingen zu spielen, unterbrach Vermicelli sein Kauen, ein kleines Mädchen hörte auf, sich in der Nase zu bohren, und selbst Laurinel vergaß, ein allzu arrogantes Gesicht zu machen. Während die Baldenmusik weiter über die Wiese wehte, schrumpfte der Bücherwurm, bis er wieder die normalen Proportionen aufwies. Fassungslos starrte er auf die Papierfetzen, die er großflächig verteilt hatte, und begann sich bei den Schauspielern zu entschuldigen, denen er die Texte geraubt hatte. Zuletzt, als die überirdischen Töne langsam verklangen, wandte er sich Laurinel zu.

»Entschuldige, dass ich so ausfallend wurde. Ich weiß gar nicht, was in mich gefahren ist. Das ist sonst gar nicht meine Art.«

Der Angesprochene schien sich kurz über den Sinneswandel zu wundern, dann verzog er den Mund zu einem höhnischen Grinsen. »Schon vergessen. Wenn Sie mich nun entschuldigen, ich habe noch einige wichtige Termine. Auf ein baldiges Wiedersehen.« Dabei warf er Raizel einen durchdringenden Blick zu. Er wandte sich zum Gehen. Plötzlich blieb er stehen. Sein Gesicht nahm einen verträumten Ausdruck an. Seine Hände bewegten sich zu seinen Hüften und öffneten seinen Gürtel. Und zack, fiel die Hose auf den Boden und entblößte zwei käsige Beine. Die Menge fing an zu lachen. Raizels und Tariks Blicke trafen sich, für einen Moment unbeschwert und übermütig. Wribo und Selp schüttelten sich die Hände wie zwei Geschäftsmänner nach einem geglückten Coup. Da hatte nach all der Baldenmusikharmonie der *Selig sei, mach dich frei* sein Opfer gefunden.

12. Kapitel

Verdammi, zu hülf!« schallte es durch den Nachttannenturm. Ein riesiger Ast hatte sich vom Gipfel eines Baumes gelöst und fiel nach unten. Dabei gewann er stetig an Schnelligkeit. Eine Baldin konnte nicht rechtzeitig ausweichen und wurde am linken Flügel getroffen. Sie versuchte ihn auszubreiten und verzog schmerzhaft das Gesicht. Lille lief zu ihr und begann, den Flügel mit Salbe zu bestreichen und mit einem Tuch zu bandagieren. Außerdem gab sie der Patientin ein paar Tropfen vom schmerzlindernden Mondscheingeflecht.

»Den allerherzlichsten Dank, Alte«, bedankte diese sich auf gut Baldisch. Nachdem Lille ihre Arbeit verrichtet hatte, blickte sie sich gehetzt um, ob noch jemand ihre Hilfe benötigte. Es schien niemand sonst verletzt zu sein. Noch nicht. Doch der Nachttannenturm, den sie für uneinnehmbar gehalten hatte, war verwundet. Die Dryaden sangen lauter, um den Bäumen Mut zu machen, auch in ihre Stimmchen hatte sich eine Spur von Angst geschlichen. Lille trat wieder an das Fenster. Das unheimliche dunkle Meer war noch immer da.

Es schien plötzlich, als konzentrierten sich die Schatten auf einen Punkt. Lille strengte ihre Augen an und erhaschte für einen kurzen Moment einen Blick auf eine junge Baldin, die zu Boden fiel. Kalfa. Neben Lille zog Manjfee scharf die Luft ein. Sie hatte es auch gesehen. Die Koboldin überlegte keinen Augenblick.

»Ich gehe raus und hole sie.«

»Nein, halte ein – sie werden auch dich schnappen«, gab die Königin der Balden zu bedenken.

Lille lächelte beklommen. »Nein, das denke ich nicht. Wir Kobolde sind ganz gut darin, unbemerkt zu bleiben. Ihr müsst sie nur ablenken, wenn ich die Tür aufmache.« Es galt, keine Zeit zu verlieren. Die Frauen schritten hocherhobenen Hauptes auf die Tür zu.

»Das Glück sei dir hold«, sagte Manjfee nur.

»Viel Glück auch dir«, war die knappe Antwort.

Manjfee riss die Tür auf. »Wer wagt es, unseren Platz zu besudeln und uns herauszufordern? Checkt ihr denn nicht, dass wir die Kraft des Friedens und der Harmonie haben, wogegen eure mickrigen Kriegsgeräte nichts weiter als leere Sardinenbüchsen sind?«

Während Manjfee mit ihrer Rede fortfuhr, schlüpfte Lille hinter ihr aus dem Turm und flüsterte dabei: »Klamm, Schattengang!« Verfolgt von Tausenden Baldenaugen, auf die der Spruch nicht wirkte, ansonsten eins mit den natürlichen Schatten des anbrechenden Nachmittags, bewegte sich Lille mit klopfendem Herzen auf das schwarze, vibrierende Bündel zu. Schon konnte sie die bewusstlose Kalfa auf dem Boden liegen sehen. Und was nun?

In diesem Moment hörte sie Manjfee etwas murmeln und die Zeit schien plötzlich stillzustehen. Lille hob Kalfa mühsam hoch und schleppte sie langsam, entsetzlich langsam auf den Nachttannenturm zu. Jeder Schritt schien länger zu dauern als der vorherige. Die erste Stufe, die zweite. Sie war bereits auf der vorletzten Stufe angekommen, die Balden hatten schon die Tür geöffnet, um ihnen den Eintritt zu erleichtern, da verstummte Manjfee und hielt sich erschöpft an der Eingangstür fest. Nur für einen winzigen Moment, doch der genügte, dass mit ihnen eine Schar von Schatten in den Nachttannenturm eindrang.

Vermicelli hatte sich nach seinem Wutanfall wieder gefangen. Ein paar Seiten wertvollen Pergaments, das er für Notfälle aufbewahrte, hatten ihm seine Haltung zurückgegeben. Jetzt setzte der Bücherwurm alles daran, die vergeudete Zeit nachzuholen.

»Ehe wir uns wieder auf die Szenenarbeit konzentrieren, möchte ich gern noch ein paar Vorgänge proben. Um unseren Geist neu anzukurbeln, damit wir ein ästhetisches Meisterwerk vollbringen, von dem die Leute noch lange reden werden, werden wir die nächste Probeneinheit mit einer Improvisation beginnen – bleibt dabei bitte in eurer Rolle. Auf diese Weise werdet ihr eine viel intensivere Verbindung zu eurer Figur aufbauen.« *Großartig*, dachte Raizel, jetzt sollte sie auch noch improvisieren, sie selbst zu sein. Als wenn sie das nicht ohnehin jeden Tag täte.

Vermicelli, nichts von den Gedanken seiner Hauptdarstellerin ahnend, fuhr fort. »Die imaginäre Situation sieht wie folgt aus: Ihr habt einen Geistesblitz, der die Welt verändert. Wie würde eure Figur reagieren? Für einige wird so etwas vielleicht höchst selten vorkommen, ein erstaunter Gesichtsausdruck wäre da angemessen. Für die etwas gewitzteren Charaktere eignet sich als Ausgangspunkt vielleicht die Denkerpose, aus der ihr dann etwas entwickelt. Steht bitte nicht nur auf der Bühne herum, sondern bietet mir Vorgänge an, ihr könnt auch gern interagieren. Und dabei immer schön auf den gemeinsamen Impuls achten. Alles klar? Dann also los!« Vermicelli ließ seine Regieklappe klappern.

Während einige Spieler bereits eifrig ihren Zeigefinger in die Höhe streckten und dabei die Augen weit aufrissen, blieb Raizel zunächst unschlüssig stehen. Dann sagte der Bücherwurm noch einen Satz, der etwas in ihr auslöste.

»Ja, da ist schon viel Schönes dabei. Na los, Raizel, verliere auch du dich im Reich deiner Fantasie!« Sie sah sich für einen winzigen Moment selbst, wie sie auf der Leiter in der Bibliothek stand und sich eine Geschichte zu der Blitzzeichnung ausdachte. Für einen Augenblick ahnte sie, wie sie ins Baldenreich gelangt war. Und genau in diesem Moment sah sie Tarik direkt in die Augen, hatte wohl unwillkürlich nach ihm Ausschau gehalten, und erblickte dort etwas. *Er weiß es*, dachte sie. *Er weiß alles über mich.*

»Ja, Raizel, dieser Gesichtsausdruck, das ist es, was ich suche! Der Geistesblitz in Reinform!«, rief Vermicelli begeistert.

Die nächsten Stunden verbrachten die Darsteller mit weiteren Improvisationen und noch mehr Diskussionen darüber. Raizel fühlte sich ziemlich ausgelaugt. Sie wollten noch ein letztes Mal eine besonders knifflige Szene durchgehen, davor gestattete der Regisseur ihnen großzügig eine Pause für die Dauer, die er zum Verputzen eines

Taschenbuches brauchen würde. Raizel wollte sich eigentlich nur auf einen der Fliegenpilze sinken lassen. Als sie sich gerade entspannen wollte, stand plötzlich Tarik neben ihr.

»Kommst du noch mal mit in die Regielaube?«

Sie folgte ihm, von einer unbestimmten Aufregung erfüllt. Sobald sie inmitten der Rosenranken vor den Augen und Ohren der Theatercrew verborgen waren, drehte sich Tarik zu ihr um und sagte mit einem Glitzern in den Augen:

»Ich muss noch mal an der Zeichnung arbeiten. Vorhin sahst du die ganze Zeit so griesgrämig aus.«

Raizel wollte etwas Empörtes entgegnen, aber er kam ihr zuvor.

»Ja, genau diesen Gesichtsausdruck meine ich. So kann ich nicht arbeiten! Raizel, du bist echt wunderschön, aber ohne ein Lächeln von dir wirkt die Zeichnung trotzdem völlig trostlos.« Er fand sie wunderschön? Das unerwartete Kompliment brachte Raizels ohnehin aufgewühlte Gefühle noch mehr durcheinander. Verräterisch fing ihr Herz an zu klopfen, als Tarik sich mit seiner Staffelei direkt vor ihr aufbaute. Ihr Porträtist hingegen hatte sich wieder gefangen und war nun voll konzentriert auf seine Zeichnung.

»Ich glaube, ich habe vorhin deine Augenform noch nicht so gut getroffen.« Tarik blickte Raizel mit zusammengekniffenen Augen an, bewegte dann den Bleistift übers Papier. Immer kürzer verweilte sein Blick auf der Zeichnung, immer länger auf ihrem Gesicht.

»Deine Stupsnase, die muss ich auch noch mal genau studieren«, sagte er. Das tat er, wandte sich allerdings nicht wieder seinem Bild zu, sondern fuhr fort: »Und den Schwung deiner Lippen muss ich auch noch einmal genau erfassen.« Mit diesen Worten stand er auf und bewegte sich auf sie zu. Raizel musste wieder an die Eingebung eben auf der Wiese denken: *Er wusste es.* Doch in diesem Moment war ihr das nicht so wichtig.

Unschlüssig blieb Tarik vor ihr stehen, hob dann zaghaft seinen Finger und strich damit über Raizels Lippen. Ein Schaudern durchfuhr sie, unwillkürlich schloss sie die Augen und hielt den Atem an. Als sein Finger am Ende auf ihrer Wange verweilte, führte Raizel ihre eigene Hand zu seiner und genoss das Gefühl seiner Haut auf ihrer. Nun war es an ihr, die Initiative zu ergreifen. Sanft zog sie Tarik mit der anderen Hand noch näher zu sich heran. Dabei blieb ihre Hand an einer kleinen Stelle von Tariks Rücken liegen, die nicht von seinem legeren dunkelblauen T-Shirt bedeckt war. So konnte sie spüren, dass ihn eine leichte Gänsehaut erfasst hatte. Raizel schien es fast so, als wenn er etwas zu ihr sagen wollte. Aber dann fokussierten sich seine Augen auf ihren Mund und er küsste sie ungestüm.

»Raizel, wieder auf die Wiese, auf die Wiese bitte, Raizel«, schallte es in diesem Moment aus dem Lautsprecher bis in die Laube.

Sie ließen sich nicht stören. Raizel spürte, wie seine Arme sich hinter ihrem Rücken trafen. Sie schaute in seine Augen, die sie erwartungsvoll anblickten, und kostete den Geschmack seiner Lippen noch ein wenig länger aus. Dann, als hätten sie sich abgesprochen, schmiegten sie sich gleichzeitig noch enger aneinander. Raizel sog seinen Duft nach schwelendem Feuer ein und spürte in einer kurzen Kusspause seinen warmen Atem, der ihren Nacken streifte. Sie hörte auf zu denken. Gerade als Tariks Hände den Weg unter ihre apfelgrüne Bluse suchen wollten, wurden sie abrupt unterbrochen.

»Stopp, Raizel, pass auf!«

Ein Zwerg war in der Laube aufgetaucht. Er wirkte sehr aufgeregt. Raizel starrte ihn verwundert an.

»Was ist denn los?«, fragte sie, wobei sich ihre und Tariks Hand ineinander verwoben.

»Er ist es, er hat es geschrieben.« Ein knorpeliger Zwergenfinger zeigte anklagend auf Tarik.

»Was geschrieben? Was redest du da? Kannst du deinen Text nicht draußen lernen?«, fuhr Tarik den Zwerg barsch an.

Dieser holte Luft und legte nach: »Er ist es, er ist der Autor von *Imaginate*.«

Raizels Hand löste sich aus Tariks.

Der Nachttannenturm ächzte, als fühlte er körperlich, wie Schatten über Schatten in ihn eindrang. Die Dryaden hatten einen Chor angestimmt, der von dem Schmerz ihrer Bäume zeugte. Die Vielzahl der Stimmchen potenzierte sich zu einem gerade noch vernehmbaren

Requiem, das Lille erschaudern ließ. Wessen Tod wurde hier betrauert? Kalfa lag vor ihr auf dem Boden und gab kein Lebenszeichen von sich. Auch die übrigen Balden regten sich nicht – gelähmt von der Unmöglichkeit dieses Angriffs. Seit der Nachttannenturm existierte, hatte ihn noch niemals jemand ungebeten betreten.

»Wir werden affrontiert, uncoole Schatten allenthalben, Alter!«, klang es aus unzähligen Baldenmündern. Manjfee lehnte erschöpft an der Tür, ihre sonst so strubbelig abstehenden Haare hatten sich ermattet gelegt und ihre Augen starrten entsetzt auf das Schauspiel, das sich ihr bot. Der kleine Schrein mit dem Drachenbuch aus Raizels Welt lag auf dem Boden. An den Wänden der Baldenbehausung tobten furchterregende Lichtspiele, Bilder von Kriegen und Gestalten, die sich krümmten. Sie wurden von Explosionen fortgefegt, die Platz für neue Schreckensbilder machten. In Raizels Welt hätte man gedacht, die Apokalypse sei eingeläutet oder eine Deathmetalband drehe ein Video – in der Baldenwelt kannte man keinen Vergleich für das, was hier geschah.

Die dunklen Schwaden formierten sich rasend schnell, stoben auseinander und … vergingen. Sobald sie zu weit ins Innere des Turmes vordrangen, wurden sie zu dem Nichts, das sie immer gewesen waren. Sie hinterließen ein Stück Leere, das vorher nicht da gewesen war. Und es schienen stets neue Schatten zu entstehen. Der Gesang der Dryaden steigerte sich, bis die schwermütigen Klänge jeden Ast und jede Ader durchdrangen.

Lille riss sich los. Sie war schließlich eine Koboldin! Sie würde ihre Aufgabe erfüllen. Wieder nahm sie Kalfa auf den Arm. Die Baldin war so leicht, dass es Lille keine Anstrengung kostete. Sie drehte den Schatten den Rücken zu und trug die Bewusstlose in einen Seitenflügel des Turmes, der ringsherum mit roten Samtkissen gepolstert war. Dort ließ sie Kalfa nieder. Sanft drückte die Koboldin einen ihrer hellgrünen Finger auf den zarten Hals der Baldin. Lille spürte nichts. Ihr Herz fing an, vor Verzweiflung schneller zu klopfen, dann schloss sie die Augen und konzentrierte sich ganz auf ihren Tastsinn. Da, ganz schwach und kaum wahrnehmbar fühlte sie einen Puls – Kalfa lebte noch!

Als Lille Brantock die Augen wieder öffnete, sah sie, wie sich Kalfas Augäpfel unter den geschlossenen Augen gehetzt hin- und herbewegten. Beinahe so wie bei Polpo, wenn er schlief und von der Jagd träumte – allerdings wohl eher von der Jagd auf frisch gebackenen Kuchen, denn die auf lebendige Nahrung hätte ja ein Aufstehen erfordert. Nur war diesmal Kalfa die Gejagte.

Die Baldin selbst rührte sich nicht, ihr kleines Gesicht war aschfahl. Lille legte erneut eine Hand auf das verletzte Geschöpf, diesmal auf die Herzgegend. Es war Zeit für den ersten Koboldzauber. Die Heilerin konzentrierte sich und versuchte sich in die Baldenseele hineinzudenken. Ein Strom von Gedankenbildern umfing sie. Der Nachttannenturm, Selp und Wribo, auf die sie aufpassen musste, Cendro, der Blödsinn machte, Manjfee … Zunächst spürte Lille nur ein unbestimmtes Gefühl der Bedrohung. Doch plötzlich waren da überall Schatten, die langsam näher kamen, um sie herumwaberten und sie mit ihrem kalten Griff umhüllten. Die Heilerin spürte Kalfas Entsetzen und zuckte zusammen, als das Weltbild der jungen Baldin tief erschüttert wurde. Dann wurde die Koboldin ohnmächtig.

Die Hilfsbäcker aus dem Hotel *Bakebeggars* waren vollkommen außer Atem. Diesmal nicht vom Teigkneten oder Zuckerperlendosenschütteln, sondern vom Laufen. Sie hatten in den vergangenen Tagen bereits unzählige Male die gesamte Umgebung nach ihrem merkwürdigen Ex-Kollegen abgesucht, der den Frevel begangen hatte, Kekse zu stehlen. Und Kekse sollten das Hotel *Bakebeggars* nun einmal nur in den Bäuchen der glücklichen Gäste verlassen.

»Dort drüben, da habe ich eine Rauchfahne gesehen!«, rief einer, und schon war die kleine Verschnaufpause vorbei. Vermutlich würde es ohnehin nur wieder ein altes Heinzelmännchenpaar sein, das seinen Kamin zu lange nicht gesäubert hatte. Im Laufe der Suche, die nun schon lange andauerte, war die Truppe schon in einige Haushalte eingebrochen, da sie dachten, dort ihren rußigen Ex-Kollegen anzutreffen. Gestern waren sie sogar in das Haus einer Drachenfamilie geplatzt, deren einjähriger Sohn gerade übte Feuer zu speien. Bisher hatte er anscheinend nur Rauchwolken zustande gebracht. Doch als er die vielen Menschen sah, hatte er sich dermaßen erschreckt, dass ihm eine kleine Feuerfontäne entfuhr, die die Schuhe des zweiten Oberlehrlings angesengt hatte. Die Dracheneltern hatten ihrem Sprössling euphorisch applaudiert.

Diesmal war es kein falscher Alarm. Da stolzierte der Keksdieb tatsächlich schwarze Fußstapfen hinterlassend die Straße entlang. Anscheinend hatte er gerade frisch in Asche gebadet. Sein beschwingter Gang deutete darauf hin, dass er nicht das geringste schlechte Gewissen hatte. Die Bäckermeute folgte ihm unauffällig. Vielleicht hatten sie Glück und er würde sie zu seinem Keksversteck führen.

Tarik hatte sich schon Geschichten ausgedacht, als er noch ein Kind war. Da war er um seine Eltern herumgehüpft und hatte gerufen: »Drei Wörter, sagt mir drei Wörter.« Wenn sie dann zum Beispiel antworteten: »Löwenzahn, Zauberspiegel und Narzisse«, so erfand er aus dem Stegreif eine Handlung, in der ein Löwe mit einem Zahn einen Zauberspiegel zerbiss und sich augenblicklich in sich selbst verliebte. Als Erwachsener verdiente Tarik seinen Lebensunterhalt als Werbetexter. In seiner Freizeit erschuf er auf dem Papier fantastische Szenarien. Manchmal wünschte er sich, er könnte in einer der Welten leben, die er sich soeben erdacht hatte, oder wenigstens eine kleine Reise dorthin unternehmen.

Manchmal, wenn ihm eine halb fertige Geschichte nach Monaten der Vernachlässigung wieder einmal in die Hände fiel, so schien es Tarik, als lese er Zeilen aus der Feder eines fremden Autors. Das war ein seltsames, beinahe unheimliches Gefühl: Obwohl er wusste, dass diese Ideen seiner eigenen Fantasie entsprungen sein mussten, fieberte er mit den Figuren mit und war enttäuscht, wenn die Handlung endete. War es eine gute Geschichte, so fragte er sich, wie jemand so etwas Brillantes hatte schreiben können. Stieß er hingegen auf schwache Handlungslinien oder sprachliche Schwächen, so wunderte er sich, wie er jemals so etwas zu Papier hatte bringen können. Dieses Gefühl der Befremdung angesichts seines eigenen Werkes hatte sich in letzter Zeit wiederholt eingestellt.

Ärgerlich war, dass er seine eigene Schrift oft nicht lesen konnte, wenn er sich nicht erinnerte, was dort stehen müsste. Das war wohl das Schicksal großer Meister, denn wahres Genie hielt sich nicht mit solchen Kleinigkeiten wie der akkuraten Setzung des Buchstaben A unter Abwägung eines harmonischen Ausgleichs zwischen Quer- und Schrägstrichen auf. Würde er diese Gedanken in sein Notizbuch kritzeln, könnte er sie vermutlich einige Zeit später nicht mehr entziffern.

Manchmal, wenn es gut lief, sah er Ideen wie eine Aufreihung von bewegten Bildern vor seinem geistigen Auge, und dann musste er sie nur noch aufschreiben. Dann wieder quälte er sich endlos mit einem einzigen Gedanken, der sich einfach nicht in Worte fassen lassen wollte.

Gilbo war stolz auf sich. Er hatte ganz allein herausgefunden, wer der Autor von *Imaginate* war, und das Mädchen vor ihm gewarnt. Anscheinend gerade noch rechtzeitig, denn wenn der Zwerg richtig gesehen hatte, hielten die beiden Händchen. Während er sich seine Pfeife anzündete, rekapitulierte er noch einmal die zurückliegenden Ereignisse. Sein Einstieg bei Kneff und die Entdeckung des Manuskriptes, das sich nicht als *Imaginate*-Fortsetzung, sondern als Kitschroman entpuppt hatte. Nachdem er auf dem Weg nach Hause Fetzen der Unterhaltung zwischen diesem Jungen und dem Wilden Schwein aufgeschnappt hatte, folgte er dem Menschen nach Hause. Als sich die Tür hinter dem jungen Mann schloss, blieb Gilbo zunächst unschlüssig stehen. Dann schlich er um das Haus herum. In einem Zimmer brannte Licht, doch die Fenster waren zu hoch gelegen, als dass er von der Straße aus hätte hineinsehen können.

Gilbo fluchte – er war kein guter Kletterer. Doch nun war er bereits so weit gekommen, jetzt durfte er nicht aufgeben. So schwang er seine kurzen Beine um die Regenrinne, die an der Hauswand verlief, und zog sich mühsam mit den Armen nach oben. Ein Stück höher und noch ein Stück. Als der Zwerg neben dem erleuchteten Fenster angekommen war, keuchte er vor Anstrengung. Das war umso schwieriger, da er dabei keinen Laut von sich geben durfte. Er hatte Glück: Das Fenster war angekippt, sodass er mit seinen scharfen Ohren verfolgen konnte, was drinnen vor sich ging. Gilbo verkeilte seine Füße in den

Fugen zwischen den Backsteinen und konzentrierte sich auf seinen Hörsinn. Er vernahm Geräusche, die vermuten ließen, dass jemand ungeduldig auf und ab ging und zwischendurch schwer seufzte.

Ein Nachtschmetterling setzte sich auf Gilbos Nase. Als er ihn verscheuchen wollte, verlor der Zwerg beinahe das Gleichgewicht. Gerade noch rechtzeitig konnte er sich mit einem Bein auf das Fenstersims retten, während das zweite frei in der Luft schwebte. Schweißtropfen bildeten sich auf seiner Stirn, als er versuchte, die Balance wiederzufinden. Wenigstens das Fensterbrett hielt.

Doch anscheinend hatte er ein verdächtiges Geräusch gemacht, denn nach einer kurzen Pause hörte er den jungen Mann fragen: »Ist da jemand?« Schritte näherten sich.

Gilbo wagte nicht, sich zu bewegen. Da erklang ein Knattern und Knarzen in der Luft, das die Nachtruhe empfindlich störte. Oder eher komplett zerstörte. Dann ein Geräusch, als wenn jemand durch den Schornstein kroch. Rußstückchen rieselten vom Dach in Gilbos Nase. Er musste ein Niesen unterdrücken und hoffte krampfhaft, dass der Ankömmling den jungen Mann ablenken würde.

Vorsichtig, ganz vorsichtig lugte der Zwerg durch einen Spalt in der Gardine. Das Zimmer war leer, aber es brannte eine Kerze, die in einem bronzenen Halter an der Wand steckte. Gilbos Entschluss stand fest. Die männliche Stimme hatte von Manuskripten gesprochen. Und auf einen Einbruch mehr oder weniger kam es auch nicht mehr an. Er griff durch den Fensterspalt und betätigte den Riegel. Dieser gab anstandslos nach und Gilbo schlüpfte ins Zimmer. Direkt vor ihm stand ein Schreibtisch, auf dem einzelne Zettel verstreut lagen. Volltreffer. Einen kurzen Moment zögerte er und horchte. Er hörte einen Plumps von unten. Wahrscheinlich war dieser Cendro durch den Schornstein gefallen. Darauf folgten gedämpfte Stimmen, die sich näherten. Gilbo war dem Geheimnis um *Imaginate* noch nie so nah gewesen – aber jetzt waren ihm hier zu viele potenzielle Kontrahenten. Eilends kletterte der Zwerg zurück aus dem Fenster.

Nun musste er warten, bis er das Haus einmal verlassen vorfand. Erst nach einiger Zeit bot sich ihm die Gelegenheit. Tarik war zur Theaterprobe gegangen und auch dessen Mitbewohner war in seinem rußigen Gefährt davongeflogen. So stieg Gilbo in das Haus ein, langsam bekam er Übung im Spionieren. Dort war wieder der Schreibtisch mit den Zetteln. Diesmal zögerte Gilbo nicht.

Er griff nach der erstbesten Seite. Eine stark geschnörkelte Schrift füllte sie bis in die kleinste Ecke hinein. Gilbo konnte sie nicht entziffern, nicht ein einziges Wort. Der Zwerg fluchte und begann, wahllos in den Papierbergen zu kramen.

Dieser Schreiber war wirklich ein notorischer Krakler. Dabei sah das Schriftbild eigentlich schön aus. Aber das nützte Gilbo nun auch nichts. Der Zwerg riss eine Schublade auf. Und dort lagen sie: Seiten mit feinsten Druckbuchstaben und dem Label *Reinschrift* oben links in der Ecke. Und am Anfang stand ein Titel. *Imaginate, Band 66.* Gilbo hatte den Autor gefunden.

Tarik lief ziellos durch Baldorg, ohne auf seine Umgebung zu achten. Er war gefangen in seinen Gedanken, die heute besonders finster waren. Es war doch zu dumm, dass er nicht auf dem Kopf gehen konnte. Wie gern würde er sich für einen Moment aus dieser Welt verabschieden, niemanden mehr sehen müssen, für keinen sichtbar sein. Seine wirren Gedanken bildeten eine neblige Mauer in seinem Geist. Seine Füße auf dem Boden schienen ihm merkwürdig unbekannt. Als gehörten sie nicht zu ihm, gäbe es ohnehin keine materielle Entsprechung für das Chaos, das sich dort in den Tiefen seines Halbbewusstseins abspielte.

Als zwei Zyklopenkinder neben ihm in Gelächter ausbrachen, schockte ihn kurzzeitig die Vermutung, dass man auf ihn reagiert haben könnte. So lief er fort, bis er in seiner Schreibhöhle außerhalb der Stadtmauer angekommen war. Sie schottete ihn von der Außenwelt ab und beschützte ihn.

In Momenten wie diesen fühlte er sich, als wäre er anders als alle. Merkte denn niemand sonst, wie nichtig und unbedeutend all diese kleinen Geplänkel waren, mit denen sie sich ihre Zeit vertrieben, wie hohl ihre Phrasen und oberflächlich ihre Beziehungen?

Raizel hingegen erschien ihm wie ein Spiegelbild seiner eigenen Gedanken, das sich verselbstständigt hatte, überraschende Varianten seiner eigenen Vorstellung hervorbrachte und oft ein merkwürdig vertrautes Gefühl des Déjà-vu auslöste. Jetzt allerdings hatte er sie wahrscheinlich verloren. Warum musste dieser Zwerg auch sein Geheimnis verraten? Wie fassungslos sie ihn angeblickt hatte, mit blankem Entsetzen, zu dem sich langsam ein unausgesprochener Vorwurf gesellte. Dann war sie einfach gegangen, ohne ein Wort zu sagen.

Das Schlimmste war, dass er sie natürlich gut verstehen konnte. Er hatte ja selbst mit seinen aufkeimenden Gefühlen gerungen. Denn woher sollte er wissen, was davon echt war und was nur eine Spiegelung seiner Fiktion? Was war real, was nur geschrieben, zumal von ihm selbst?

Am liebsten würde Tarik seinen Geist entleeren, bis all diese düsteren Gedanken an der frischen Luft erstickten. Er entfachte ein kleines Feuer und kochte sich einen Tee, in den er Zitrone und braunen Zucker gab. Als er ein wenig abgekühlt war, nahm Tarik einen großen Schluck. Mit der Zungenspitze versuchte er die süße und die saure Komponente herauszuschmecken. Langsam benetzte die Flüssigkeit seinen Gaumen und ließ eine wohlig warme Spur zurück. Seine Niedergeschlagenheit ließ sich indes nicht so einfach vertreiben. Viel zu tief saß dieses Gefühl allumfassender Hilflosigkeit, die sich angesichts des Lebens an sich so lächerlich klein ausnahm, dass selbst in dieser Hinsicht nichts zu gewinnen war. Jeder einzelne Moment, den er mit derartigen Grübeleien verbrachte, wurde von seinem potenziellen Glückskapital abgezogen und war unwiederbringlich verloren. Vermutlich war es besser, diese unproduktiven Gedanken abzustellen und stattdessen gar nicht zu denken. Den Punkt null wiederherzustellen, an dem Bewusstsein nicht war oder nur irgendwo am Rande.

Doch es gab etwas, was Tarik über alle Bewohner von Baldorg herausragen ließ. Ein dämonisches Glitzern trat in seine Augen, seine Mundwinkel verzogen sich zu einem überheblichen Grinsen. In seinem Kopf formte sich ein reißender Buchstabenfluss, dessen Energie durch seine Adern bis in seine Hände floss und nach draußen drängte. Worte, Sätze, Gedankenwelten wollten zu Papier und zum Leben gebracht werden. Er holte ein Notizbuch aus seiner Tasche und begann mit ruckartigen Bewegungen zu schreiben.

Als der Zwerg seine ungeheuerlichen Worte verkündet hatte, legte sich in Raizel ein Schalter um. All die Merkwürdigkeiten und Heimlichkeiten um Tarik ergaben plötzlich einen Sinn. Deshalb also hatte er sie bei ihrem Besuch so unwirsch aus seinem Zimmer hinauskomplimentiert: Weil sie kurz davor gewesen war, hinter sein Geheimnis zu kommen. Ein Blick in sein Gesicht bestätigte den furchtbaren Verdacht. Wie in Trance war Raizel aus der Laube gestolpert, hatte nicht auf den verdutzten Vermicelli geachtet, der sie am Gehen hindern wollte und ihr hinterherrief: »Das ist das Ende deiner Bühnenkarriere!«. Es folgte ein Geräusch, das sich verdächtig danach anhörte, dass der aufgebrachte Bücherwurm seine Wut am Stücktext ausließ.

Raizel wollte für einen Moment den Fragen von Frips und Lille entgehen, suchte die Einsamkeit des Waldpfades. Mit jedem Schritt ließ sie Baldorg hinter sich, die Umgebung wurde rasch ländlicher. Plötzlich bemerkte sie ihren Hunger. Während der Probe war keine Zeit für eine Pause gewesen. Dabei fiel ihr das Nähset ein, das Laurinel ihr gegeben hatte. Raizel fingerte in ihrer Tasche herum und holte es hervor. Darauf stand: *Bakebeggars – Betten aus Lebkuchen, Nachttische aus Nüssen und Decken aus Zuckerwatte*, und unten war winzig klein in kaum lesbarer Schrift gekritzelt: *Verzehr des Inventars nicht im Preis inbegriffen.* Raizel knabberte an den Nadeln aus Mandelsplittern. Dabei dachte sie angestrengt nach. Die Entscheidung war längst gefallen. Sie würde zu dem Treffen mit Laurinel gehen. Bei all den Lügen kam es auf eine mehr auch nicht mehr an.

Raizel machte sich auf den Rückweg in die Schabernackgasse. Dabei kam sie an einem Zeitungsjungen vorbei, der mit einer offenkundig gerade erst gedruckten Ausgabe in der Luft herumfuchtelte und die inzwischen überholte Sensation des Tages herausposaunte. Auf dem Titel prangte ein riesiges Foto von Raizel und Laurinel, darunter die Schlagzeile: *Geheime Botschaften vom Imaginate-Autor?*

Es war zwar schon einige Zeit vergangen, seit er so erfolgreich im Hotel *Bakebeggars* spioniert hatte, aber Cendro war noch immer in Hochstimmung. Manjfee hatte sich sehr für seine Rechercheergebnisse interessiert. Wenn ihn jetzt der eingebildete Typ aus dem Hotel *Falkon* sehen könnte! Als er an diesem Morgen erwacht war, hatte er sich nach einer wunderbar erfrischenden Rußdusche gesehnt. Überall an seinem Körper fühlte er die kleinen, herrlich kitzelnden Partikelchen. Das war besser als jede Massage!

Urplötzlich überkam ihn das Gefühl, verfolgt zu werden. Ein Spion merkte so etwas intuitiv. Als erfahrener Meisterdetektiv wusste er auch, wie er sich verhalten musste. Er schlenderte betont lässig um die nächste Straßenecke, versteckte sich in einem Hauseingang und harrte aus. Wie sich herausstellte, hatte er sich ausgerechnet ein Seifengeschäft ausgesucht. Gerüche von Talamotte, Vanille und Seebrise stiegen Cendro in die Nase. Er schüttelte sich, urggrh, wie grässlich, das stank ja fürchterlich! Aber er musste sich zusammenreißen. Auch wenn es ihn viel Kraft kostete, da gerade eine Kundin das Geschäft verließ, in eine vernichtende Duftwolke aus Rosenblüten gehüllt.

Und wirklich, da schlichen etwa zehn Männer um die Ecke, die ihm entfernt bekannt vorkamen. Wo hatte er sie nur schon einmal gesehen?

»Wo ist er?«, rief einer von ihnen aufgeregt.

»Er kann nicht weit weg sein, wir waren so nah dran!«

»Vielleicht ist er in einen der Läden gegangen.«

»Wir müssen uns aufteilen, je zwei gehen in die Bäckerei dort, zwei halten Wache und zwei …«

»Dort vorne, vor dem Seifenladen, das ist er. Auf ihn!«

Cendro wurde kreideweiß im Gesicht – soweit das unter der schwarzen Rußschicht möglich war – und setzte sich in Trab.

»Ich habe den Ofen nicht angelassen!«, rief er versuchsweise. Als ein Schulterblick ihm bestätigte, dass er weiterhin verfolgt wurde, setzte er nach: »Und auch nicht Zucker und Salz verwechselt!«

»Du hast Laurinels Kekse gestohlen!«, rief einer von seinen Verfolgern. »Wie kann man nur so undankbar sein? Den besten Arbeitsplatz von ganz Baldorg, und dann das!«

»Aber ich habe sie gar nicht mehr«, keuchte Cendro.

»Und das sollen wir dir glauben?«

Diese sturen Bäcker. Zum Glück hatte er seinen Phönix direkt um die Ecke geparkt. Cendro schwang ein Bein in sein Gefährt und startete mit einer seiner vier Hände den Motor. Während sein Gefährt sich bereits in die Luft erhob, zog er das zweite Bein und die anderen drei Arme ins Innere.

»Geht zurück ins *Bakebeggars* und rollt Teig aus!«, rief Cendro den Hilfsbäckern zu, die bedröppelt am Boden standen. Schon wieder war der Keksdieb ihnen entwischt. Aber so leicht würden sie nicht aufgeben.

Vor Polpos Augen schwebten gebratene Hähnchenkeulen in der Luft, fette Käsestücke und Kuchen, deren Schokoglasur ihm in den offenen Mund tropfte. Die kleine Stimme, die versuchte seinem Bewusstsein zuzuflüstern, dass dies nur ein Traum und das alles nicht real war, erstarb langsam. So herrlich hatte er sich noch nie gefühlt. Er befand sich in einer Welt, in der Leberwurstknäckebrote die Wege pflasterten und allerorten Betten aus Binunenbrot standen, in denen er dösen und verdauen konnte. Wie er hier hingekommen war, wusste er nicht mehr genau. Das Letzte, an das er sich erinnern konnte, waren die Kekse, die er aus dem Nachttannenturm stibitzt hatte. So wütend war er gewesen, dass Lille Brantock ihn schnöde im Eckhaus zurückgelassen hatte, dass er sich zwei der drei Schätze einverleibt hatte.

»Die besten Happen gibt es in Raizels Zimmer«, flüsterte ihm eine der Hähnchenkeulen ins Ohr. Er wunderte sich nicht einmal, dass das Essen mit ihm sprach, sondern folgte dem Ruf des Schenkels entlang an Spaghettiwürmern zu einem Tümpel aus Tomatensoße. Er war umsäumt von Marzipanbäumen, an denen kandierte Äpfel hingen. Mitten im Schlaraffenland tauchte plötzlich eine Holztür auf. »Du musst sie öffnen«, säuselte die Hähnchenkeule. Polpo tat, wie ihm geheißen.

Eine Gruppe weiblicher Tulfos wartete dort. Sie wedelten ihm mit einem Fächer Luft zu und schmierten ihm mit einem Pinsel Zimtsahne ums Maul. »Such, such«, sang die Keule, klopfte ihm dabei mantraartig auf den Allerwertesten und scheuchte ihn so weiter.

Tief in seinem Innern gab es eine Kettenreaktion, längst vergessene Triebe brachen sich mit aller Macht Bahn. Die Nackenhaare des Tulfos stellten sich auf, seine Pfoten scharrten und seine Nase nahm die Witterung auf. Seit Generationen hatte sein Jagdinstinkt selig unter dem Habitus haustierhafter Gemütlichkeit geschlummert – jetzt war er wiedererweckt. Polpo schnüffelte unter dem Bett und fand einen alten Socken, den er der Hähnchenkeule triumphierend entgegenhielt. »Aus!«, zischte dieser und: »Such weiter!« Enttäuscht ließ Polpo den Strumpf fallen. Sofort stürmten Tausende von überwältigenden Gerüchen auf ihn ein: Brotkrümel, Holzpoliermittel, und erst diese Keule dort vor seiner Schnauze …

»Aus!«, befahl diese erneut und lenkte seine Nase in eine bestimmte Richtung: »Such nach ihr und nach Papier.«

Polpo machte sich an die Arbeit. Fand Fetzen von *Nachrichten aus Nirgendwo*, Einkaufszettel mit Lilles Handschrift und alte Schulhefte von Frips, die mit ungelenken Schnörkelbuchstaben gefüllt waren. Er las: »Ein Kobold rennt im Walde, ganz frech und laut, er hat vor lauter Hunger des Nachbarn Beet zerkaut.« Jedes Fundstück legte Polpo pflichtbewusst der Keule vor. Keines konnte sie zufriedenstellen.

Nach drei Stunden im Papierrausch mit frischer Druckerfarbe und altem Staub wurde der Tulfo endlich fündig. Als er das weinrote Lederbüchlein zwischen Matratze und Bett hervorzog, begann die Keule sofort aufgeregt in der Luft auf und ab zu hüpfen, was wie ein einbeiniger Cancan aussah. Der Tulfo wollte sich eigentlich weiter seinen Jagdgelüsten hingeben, aber der Schenkel hielt ihn davon ab.

»Schlag es auf«, raunte er ihm zu. Polpo folgte dem Ruf der Keule und las: »Was geschah, seit ich ins Baldenreich kam. Raizels Tagebuch«.

»Sehr gut, sehr gut. Und nun bring es zum Hotel *Bakebeggars*«, befahl ihm der Schenkel. »Dann bekommst du vielleicht auch einen neuen Keks zur Belohnung.«

Tarik fühlte sich wie leer gepumpt. So ging es ihm stets, wenn ihn ein poetischer Anfall überkommen hatte. Als wäre er ein Medium, dessen sich die Kunst für einen Moment bemächtigte. Tarik starrte auf das Gekrakel, das er in der letzten halben Stunde fabriziert hatte. Vieles konnte er nicht einmal lesen, stellenweise hatte er Passagen so heftig durchgestrichen, dass das Papier gerissen war. Lediglich einzelne Satzfetzen stachen klar heraus: *In den Nachrichten berichteten sie rund um die Uhr von dem Terroranschlag, bei dem fünf Menschen …, Die CO2-Belastung britischer Großstädte erreicht einen neuen Rekordstand., … flüchtete vor den Spottversen der Mitschüler auf die Toilette und verharrte dort bis …*

Tarik verbarg die Seiten unter einem Stein in seiner Schreibhöhle. Das Versteck hatte er sich direkt nach seiner Enttarnung zugelegt. Wenn diese Sätze jemand zu Gesicht bekommen würde, wäre sein Ruf dahin. Dabei musste er unbedingt Raizels Vertrauen zurückgewinnen. Das dürfte nicht allzu schwer werden, denn er wusste mehr über ihre Psyche als sie selbst. Schließlich war sie seiner Fantasie entsprungen.

Raizel öffnete die Tür zum Hause Brantock und wurde beinahe von Grindu und Frips erdrückt, die sich sofort auf sie stürzten und mit Fragen bestürmten.

»Wo warst du denn bloß? Wir haben uns schon Sorgen gemacht!«, sagte Grindu.

Und Frips ergänzte: »Ja, und du hast mich einfach so mit dem keifenden Vermicelli allein gelassen, der war vielleicht nervig! Ach ja, das soll ich dir von ihm geben.« Der junge Kobold kramte in seiner Hosentasche herum und holte einen stark zerknitterten Zettel hervor – oder eher einen Schnipsel, denn an allen Ecken waren Stückchen herausgebissen. Der Bücherwurm musste sehr aufgebracht gewesen sein, als er die Nachricht verfasste. Eigentlich hatte Raizel keine sonderliche Lust, den sicher nicht gerade herzlichen Brief zu lesen, aber der Überbringer sah sie so stolz und gespannt an, dass sie »Danke, Kleiner« sagte und den Zettel zu entziffern versuchte. Mehrere Wörter fehlten.

Dein Verhalten hat mir keine Wahl g… Du bist gefeuert. Ein solches Maß an Unprofessionalität kann ich nicht … Außerdem warst du nicht sonderlich authentisch. … Theaterprojekt deshalb scheitern … ich dich … verantwortlich … Unterzeichnet V…

Für einen kurzen Moment tat ihr Vermicelli leid. Er war so begeistert von dem Theaterstück gewesen, hatte sein ganzes Herzblut in das

Projekt gesteckt. Hatten Bücherwürmer überhaupt Herzblut? Oder eher Herztinte?

»Weißt du, wo der Tulfo ist?«, fragte der Koboldvater.

»Nein, keine Ahnung. War er nicht die ganze Zeit zu Hause?« Plötzlich fiel ihr auf, dass noch jemand in dem Begrüßungskomitee fehlte. »Und wo ist eigentlich Lille?«, setzte sie nach.

Betretene Stille war die Antwort. Frips und sein Vater blickten sich schweigend an und der große Kobold biss sich auf die Lippe.

»Du musst es ja sowieso erfahren. Die Balden haben das Signal zum Angriff auf den Nachttannenturm gegeben. Lille hat sich mit ihren Heilkräutern auf den Weg gemacht. Seitdem haben wir nichts mehr von ihr gehört.«

»Und Polpo wollte unbedingt mit, durfte aber nicht, und jetzt ist er vielleicht ausgebüxt!«, ergänze Frips. Die Sorge um sein unorthodoxes Haustier war ihm ins Gesicht geschrieben.

Grindu fuhr fort. »Es ist meine Schuld, ich hätte auf ihn aufpassen müssen. Ich dachte, er säße wie sonst schmollend in seinem Zimmer, aber als ich vor etwa drei Stunden nachgucken ging, war er nicht da. Erst nahm ich an, er hätte es sich anders überlegt und wäre doch noch zur Theaterprobe gegangen. Da kam Frips auch schon zurück und erzählte, dass alles abgeblasen ist.«

Raizel verstand nicht ganz, warum sie sich so viele Gedanken machten, nur weil Polpo einmal ein bisschen herumstromerte. Viel tiefer traf sie der erste Teil der Nachricht.

»Der Nachttannenturm wurde angegriffen? Und was ist mit Manjfee und … ist Kalfa deshalb von der Probe verschwunden? Ist jemand verletzt?«

Ein Blick in die sorgenvoll zusammengekniffenen Koboldaugen sprach Bände.

»Wir wissen es auch nicht«, sagte Herr Brantock und dann, mit einem Blick auf seinen Sohn: »Aber Manjfee wird das schon meistern. Schließlich hat sie Lille mit all ihren Zaubersäften, nicht wahr?« Zu mehr Worten der Aufmunterung schien er im Moment nicht in der Lage zu sein. »Frips, kannst du noch mal nachsehen, ob der Tulfo sich nicht wieder in sein Zimmer geschlichen hat, bitte?« Frips, froh etwas tun zu können, fegte sofort los. Als er außer Hörweite war, fuhr der Koboldvater fort.

»Da ist noch etwas, was du wissen solltest. Lille und ich haben so eine Art mentale Verbindung. Das ist bei Kobolden so, wenn sie ein Kind zusammen haben.« Er lächelte für einen Moment. »Bis vor Kurzem spürte ich große Angst, in Verbindung mit Entschlossenheit und Tatendrang. Aber seit etwa einer halben Stunde spüre ich nichts mehr.«

»Oh nein.« Raizel wusste nicht, was sie sagen sollte. Sämtliche aufmunternden Worte blieben ihr im Hals stecken, als sie sah, wie die leicht grünliche Haut des Koboldvaters sich vor Sorge entfärbte. Sie legte ihm unbeholfen einen Arm um die Schulter. Frips kam aus dem Dachgeschoss zurück.

»Polpo ist noch nicht da. Aber ich weiß gar nicht, warum Mama immer sagt, bei mir wäre es unordentlich. Sie sollte mal sein Zimmer sehen: überall Kekskrümel.«

Raizel ging in ihr Zimmer und klappte die Matratze hoch, um ihr Tagebuch hervorzuholen. Es war nicht da. Ob sie es irgendwo liegengelassen hatte? Sie besorgte sich einen der Papierfetzen, die sie im Flur hatte liegen sehen, und begann ihre Gedanken zu sortieren. Einige Sätze später wurde ihr klar, was sie tun musste. Es würde nichts bringen, blind zum Nachttannenturm zu laufen und den unbekannten Gefahren ganz allein den Kampf anzusagen. Stattdessen musste sie zu Laurinel gehen und konnte damit nicht bis morgen warten. Noch heute Abend galt es herausfinden, wie sie in diese Welt gekommen war und wie sie wieder zurückkehren konnte. Denn offensichtlich war sie es, die diesem friedlichen Ort das Verderben gebracht hatte. Ein Angriff auf den Nachttannenturm – nach allem, was ihr erzählt worden war, wäre so etwas vor ihrer Ankunft nicht möglich gewesen. Sie dachte an die Kobolde, die sie ins Herz geschlossen hatte. An Lille, die in unbekannter Gefahr schwebte. *Alles nur wegen dir*, raunte ihr eine innere Stimme zu. Und Raizel fasste einen Entschluss: Sie musste wieder aus dieser Welt verschwinden.

13. Kapitel

Manjfee wusste, dass ihr nur noch eine einzige Möglichkeit blieb, den Nachttannenturm zu retten. Der Einhornzauber. Unschlüssig betrachtete sie ihre Hände. Konnte wirklich so viel Macht auf sie übergegangen sein, als das anmutige Paar ihre Hände während der Zusammenkunft mit den Baldenfreunden mit seinen Hörnern berührt hatten? Jetzt zweifelte sie bereits an der Kraft der Einhörner! Zu dem Zauber gab es keine Anleitung, Manjfee wusste nicht genau, wie sie ihn freisetzen sollte. Sie musste es drauf ankommen lassen. Intuitiv hob sie ihre Arme und schritt mitten in den Schattenschwarm hinein. Die Balden riefen:

»Oh nein, das ist voll uncool, schreite von dannen!«

»Zu hülf, unsere Mackerin ist in Gefahr!«

»Sie ist umhüllet von fiesen Schatten!«

Manjfee lächelte ihnen aufmunternd zu, holte tief Luft und sprach in das Schattenknäuel hinein.

»Macht hinne, ihr niederträchtigen Assis und weichet von diesem Ort!«

Nichts geschah. Die Schatten legten sich auf ihre Haare und ihre Brust. Die körperlose Umarmung schien ihre Seele zu umklammern und den Lebenswillen aufzuzehren. Sie hatte inmitten der Schatten einen Blick auf einen Gegenstand erhascht, den sie noch nie gesehen hatte. Er sah ein bisschen aus wie eine Birne mit einem Stängel, nur nicht so natürlich und unschuldig. Konnte es möglich sein, dass die

Schatten ihn aus der Menschenwelt mitgebracht hatten? Und plötzlich wusste Manjfee es: Das war die Granate, von der Laurinel im *Bakebeggars* gesprochen hatte, während Cendro ihn belauschte. Es gab sie also wirklich, diese Ausgeburt düsterer Zerstörungsfantasie. Und sie befand sich mitten im Nachttannenturm.

Beinahe verließ Manjfee der Mut. Doch sie konnte die Balden und alle, die sich so für ihr Zuhause eingesetzt hatten, nicht im Stich lassen. In der Dunkelheit, die sie umgab, manifestierte sich jetzt ein schemenhaftes Bild des Einhornpaars. Die Tiere neigten ihren Kopf und zwinkerten mit dem rechten Auge, als wollten sie sagen: »Du weißt schon, was zu tun ist.« Und plötzlich wusste Manjfee es.

Noch einmal erhob sie ihre Arme und drückte die Handballen aneinander. Von ihren Fingerspitzen löste sich eine Kugel, die sich schneller und schneller um sich selbst zu drehen begann. Die Schatten wurden wie von einem gigantischen Magneten angezogen und verschwanden im Inneren des Balls.

»Heh, glubsch mal, welch erquickliches Schauspiel!«, sagte ein Balde irgendwo hinter Manjfee.

»Nun haben sie sich fürwahr verdünnisiert.«

Das war nicht ganz richtig. In der Kugel erschien eine fremde Welt, in der die Schatten sich zu Scheiterhaufen und Stacheldraht formierten. Zwar konnten die Balden diese Bilder nicht benennen, doch sie wussten intuitiv, dass es sich um Manifestationen des Bösen handelte. Manjfee hörte die Balden hinter sich vor Entsetzen stöhnen. Sie konnte nicht sagen, wie lange das fürchterliche Schauspiel andauerte. Irgendwann sah sie auch das merkwürdige birnenförmige Etwas in die Kugel hineinfliegen. Und mit einem Mal zerbarst diese in Myriaden von Kleinstpartikeln, die im nächsten Moment zu Flecken von Antimaterie wurden. So grässlich die Bilder in der Kugel zuvor gewesen waren – was nach ihnen kam, war noch schlimmer. Der Eindringling war zwar verschwunden, doch mit ihm ein Teil der Aura des Nachttannenturms. Wo einst die Weisheit unzähliger Sommer und Winter gespeichert war, fühlte Manjfee jetzt eine Wunde, die sich nicht so einfach würde heilen lassen. Die Schatten waren fürs Erste besiegt. Niemand hätte geahnt, dass sie innerhalb so kurzer Zeit die Grundfesten des Baldenstaates so tief erschüttern könnten. Schon glaubte Manjfee raunende Stimmen zu vernehmen.

»Beim nächsten Mal bedarf es fürwahr einer cooleren Abwehr, Mann!«

»Wir müssen fighten, das gebührt unserer Ehre als Balden!« Irgendwoher kamen ihr diese Reaktionen bekannt vor. Plötzlich erinnerte sie sich: Etwas in dieser Art würden die Menschen aus Raizels Welt sagen – nur ohne die baldische Sprechweise natürlich. Manjfees Baldenherz zog sich schmerzlich zusammen.

Tarik hatte eine Liste vor sich liegen, auf die er Eigenschaften von Raizel geschrieben hatte. Schließlich kannte die niemand so gut wie er selbst. Ihnen ordnete er in einem zweiten Schritt Verhaltensmuster zu, die dazu führen würden, dass sie sich ihm wieder öffnete:

- Sie mochte es, von jemandem, der gemeinhin verschlossen war, ins Vertrauen gezogen zu werden. Also sollte er erstens nicht alles verraten, um geheimnisvoll zu bleiben, und zweitens beiläufig etwas einflechten wie: »Das erzähl ich nur dir.«
- Sie mochte es nicht, wenn man ihr nach dem Mund redete. Also sollte er kein demutsvolles Geständnis ablegen, sondern sein Verhalten rational erklären.
- Sie mochte den Wechsel zwischen Ernstem und Spielerischen. Er sollte also nicht die gesamte Zeit todernst sein.
- Ihr gefiel es nicht, wenn man ihr über Komplimente unter die Nase rieb, dass man sie mochte. Also musste er es irgendwie sonst zeigen.

Als er sich alles noch einmal durchlas, entwickelte er im Kopf eine Eroberungsstrategie. Er musste Raizels Vertrauen zurückgewinnen. Um jeden Preis.

Der Phönix begann zu stottern und bedenklich zu hüpfen, als hätte er Schluckauf. Der Aluminiumstaub war aufgebraucht und weit und breit keine Tankstation in Sicht. Dabei war es noch keine fünf Häuser her, dass Cendro diese durchgeknallten Hilfsbäcker in einem Triumphflug hinter sich gelassen hatte. Bei den Geräuschen, die sein Gefährt jetzt von sich gab, würden sie ihn bald wieder aufgespürt haben. Der Phönix senkte sich mit der Spitze nach unten und Cendro schaltete vorsichtshalber auf Gleitflug. So schaffte er es sicher zum Boden. Nur der Phönix schrammte mit der Spitze an einem Haus entlang. Das kratzende Geräusch tat Cendro selbst körperlich weh. Er war noch damit beschäftigt, seinem metallischen Freund gut zuzureden, als er sie hörte.

»Wie süß. Der Fahrer und sein Gefährt.« Die Hilfsbäcker hatten sich unbemerkt angeschlichen. Panisch drehte sich Cendro im Kreis; wo er auch hinsah, blickte er in ein neues mehlbeflecktes Gesicht. Eine Armee aus Teigknetern, ein Heer aus Marzipanrosen-auf-Hochzeitstorten-Aufklebern.

»Der Oberkonditor wird sich freuen. Heute ist ein großer Tag für die Vereinten Realisten!«, drang es aus den Mündern seiner Verfolger.

»Ich hab euch doch gesagt, ich hab die Kekse nicht mehr!«, rief Cendro.

»Ach wirklich?«, fragte einer der Hilfsbäcker und versetzte dem Phönix einen Tritt in die Seite, sodass es schepperte und eine Beule zurückblieb.

»Hört auf, ihr gemeinen Schufte!«, stieß Cendro hervor und streichelte seinen Schützling an der Stelle, die Bekanntschaft mit dem Stiefel des Hilfsbäckers gemacht hatte.

»Noch nicht genug? Männer, holt den Bottich!« Drei von Cendros Peinigern schleppten ein riesiges Fass an und blieben damit keuchend vor ihrem Anführer stehen. »Nun, einmal hast du noch die Chance, es dir zu überlegen!«, rief dieser.

»Ihr seid ja vollkommen übergeschnappt. Ich habe keine Kekse, die habe ich bei den Balden gelassen!«

»Und ausschütten!« Ein Wasserstrahl ergoss sich auf Cendro, unter dem sich der Schornsteinreiter wie unter der grausigsten Folter wand.

»Hey, lasset gefälligst ab von unserem Kumpel!«, rief plötzlich jemand. Selp und Wribo landeten vor Cendro und funkelten die Hilfsbäckermeute wütend an. Die flüchtete Hals über Kopf.

»Du wahrhaft armes Würstchen«, sagte Selp und strich Cendro über einen seiner vier Arme. Wribo flog schnell zu einem Schornstein hinauf und holte ein wenig Asche, die er großzügig auf Cendro verteilte.

»Danke, Jungs, das ist echt prima von euch«, sagte der Schornsteinreiter, der sich bei so viel plötzlicher Hilfsbereitschaft die Tränen verkneifen musste.

»Woher wusstet ihr, dass ich in Gefahr bin?«

»Wir waren im Glückstaumel ob unseres echt krass-genialen Auftritts bei Vermicelli!« Die zwei jungen Balden kicherten und klatschten ihre Hände in einer choreografierten Bewegungsabfolge aneinander, wie es in Raizels Welt wohl zwei Rapper tun würden, die sich auf der Straße begegneten.

»Jo, dann war es uns eigentlich genehm, nach Haus zu düsen …«

Wribo fuhr Selp ins Wort:

»… als wir die fetten Kristalle erspähten, die dein Gefährt in göttlicher Manier aussspuckte…«

»… und da wollten wir dir einen Besuch abstatten …«

»… und dich nebenbei natürlich vor diesen uncoolen Prolls erretten!«

»D-danke«, stotterte Cendro, der immer noch ein bisschen zitterte und den übermütigen Balden nicht ganz folgen konnte. Dann fiel ihm ein, dass er in seinem Kofferraum noch einen Reservekanister Aluminiumstaub haben müsste und wirklich: Unter uralten Ausgaben von *Nachrichten aus Nirgendwo* und einer Asche-Notfallration für starke Regenfälle wurde er fündig. Er ließ sich von Selp und Wribo nicht mehr überreden, ein paar Loopings zu fliegen, sondern steuerte direkt auf seinen Schornstein zu. Die Balden begleiteten ihn noch bis nach Hause und machten sich dann auf den Weg zum Nachttannenturm.

Cendro nahm erst mal eine ausgiebige Aschedusche und dachte nach. Er hatte noch nie erlebt, dass sich jemand so feindselig verhielt wie die Hilfsbäcker heute. Das musste irgendetwas mit diesen Keksen zu tun haben.

Die Nacht hatte ihre Flügel über die Straßen der Stadt ausgebreitet. Niemand wusste, was sie da ausbrütete. Die Bewohner hatten sich in ihre pittoresken Steinhäuschen zurückgezogen und dösten nichts ahnend. Die Öfen des Hotel *Bakebeggars* ruhten, sodass die Abwesenheit der himmlischen Düfte, die den Gästen tagsüber den Weg ins lukullische Paradies wiesen, die Luft merkwürdig leer und stumpf erschienen ließ. Raizel gönnte sich keinen Augenblick des Zweifelns, sondern öffnete die Tür, die aus den zwei Hälften eines riesigen Schweinsöhrchens bestand. Der teils abgeblätterte Beschlag aus Schokolade sah so aus, als hätten einige Gäste es zu eilig gehabt, ins Innere zu gelangen.

Der Mann hinter dem Tresen trug zu seiner durchschnittlichen Frisur eine durchschnittliche Uniform und einen Gesichtsausdruck, der vermutlich den Querschnitt aller Gesichtsausdrücke der Bewohner von Baldorg bildete und so ungeheuer neutral war

»Da sind Sie gerade noch vor Ladenschluss gekommen, um sich hier mal so richtig verwöhnen zu lassen«, sagte der Portier. Raizel wunderte sich für einen Moment, weil der eigentlich zu dem Satz passende Sarkasmus in dem nichtssagenden Tonfall fehlte. Der Portier schien mit seiner beigen Uniform geradezu mit der Wand hinter ihm zu verschmelzen, die aus Zimtplätzchen bestand. Als er sich bewegte und hinter ihm ein Balken aus Schokoladenkeksen zu sehen war, wurde seine Uniform plötzlich dunkelbraun. *Ein Chamäleonmensch*, schoss es Raizel durch den Kopf. In Skandinavien hätte er wahrscheinlich blonde Haare, in China schwarze, sodass er niemals aus der Masse hervorstach. Was für eine traurige Existenz. Sie verlor auch schon wieder das Interesse an dem Portier, weil er ihr das Gästebuch zuschob. Es war mit Zuckerrosen verziert, der Einband sah verdächtig nach Lebkuchen aus und duftete verhalten nach Ingwer.

»Ähm, eigentlich wollte ich nur jemanden besuchen, Herrn Laurinel. Können Sie mir sagen, wo ich ihn finde?«

Nicht der Portier antwortete ihr, sondern eine wohlbekannte Stimme hinter ihr

»Oh ja, das kann ich. Sie müssen sich nur umdrehen.«

Und wirklich, dort stand das Double ihres Literaturprofessors, mit einem noch selbstgefälligeren Gesichtsausdruck als gewöhnlich.

»Sie sind also gekommen, wie weise. Also los, auf meinem Zimmer warten schon zwei heiße Schokoladen mit Sahnehäubchen und einem winzigen Spritzer Rum. Zur Feier des Tages.« Raizel wurde es mulmig, als sie hinter Laurinel Richtung Fahrstuhl ging, während der Portier etwas vor sich hin murmelte. Jetzt würde sie also vielleicht endlich ein paar Antworten bekommen. So, wie sie es sich seit dem ersten Tag ihres Besuches in dieser fremden Welt vorgenommen hatte. Diese Aussicht bereitete ihr zugleich Angst. Was, wenn ihr nicht gefallen würde, was sie gleich hören würde?

In dem Aufzug roch es fürchterlich süß nach Zuckerwatte. Raizel fiel auf, dass durch ein Loch in der wabernden Schicht Licht hineinfiel.

»Eine hungrige Schulklasse war neulich hier«, sagte Laurinel erklärend. Im dritten Stock stiegen sie endlich aus, denn Raizel hätte es nicht länger ertragen können, so eng neben Laurinel zu stehen. Sie gingen über einen Flur, auf dem zwei Schokoladenvögel zusammengekuschelt auf Kirschwassersträuchern schliefen. Vor der Tür Nummer fünfundvierzig machte Laurinel halt und holte einen aus Riesenwalnüssen geschnitzten Schlüssel hervor.

»Entrez, Mademoiselle«, sagte er.

Raizel betrat den Raum und blickte sich schnell um. Keine persönlichen Dinge außer einem seidenen Morgenmantel, der über einer Stuhllehne hing. Vor dem riesigen Spiegel, der von Lebkuchen mit Maraschino-Kirschen umrahmt wurde, stand ein Sessel. Dort also kontrollierte Laurinel jeden Tag sein Aussehen. Auf dem Nachttisch lag ein Buch – *Imaginate*. Laurinel nahm es in die Hand, blätterte darin und tat so, als wenn er den Titel das erste Mal lesen würde.

»Tarik Tintenfeder, ziemlich begabt dieser Autor, finden Sie nicht auch?« Als Raizel schwieg, fügte er hinzu: »Ach, stimmt. Er hat es ja verschwiegen. Ein Autor, der nicht zu seinem Werk steht – da muss ja etwas faul sein, nicht wahr? Vermutlich hat er den Roman ohnehin nur geschrieben, um seine eigenen Unzulänglichkeiten zu kompensieren. So ein Mann ohne Eigenschaften ist recht gewöhnlich.« Laurinel lächelte blasiert.

»Tarik ist kein Mann ohne Eigenschaften«, entfuhr es Raizel. Der Ausbruch vertiefte nur Laurinels Grinsen.

»Sieh einer an, ist da etwa jemand verknallt? Romeo und Julia auf dem Dorfe, wie entzückend. Aber dass sich eine Frau in den Falschen verliebt, ist als Motiv auch schon recht abgegriffen, Raizel. Oder soll ich Sie Anna Karenina nennen?«

»Hören Sie auf, von mir als Romanfigur zu sprechen, und kommen Sie zum Punkt«, forderte Raizel.

»Natürlich, wie unhöflich von mir. Setzen Sie sich doch.« Laurinel rückte den Sessel vom Spiegel weg – wobei er noch einen Blick hineinwarf und sich eine Strähne aus dem Gesicht pustete – und stellte ihn neben ein kleines rundes Tischchen aus Nussschokolade. »Etwas unpraktisch, zu viele Huckel«, meinte er. Zwei dampfende Tassen mit heißer Schokolade standen auf dem Tisch. Sie schienen extra für das *Bakebeggars* kreiert worden zu sein, denn die kleinen runden Einbuchtungen im Boden der Untertassen ließen sich perfekt mit den Nüssen im Tisch verkeilen.

»Interessante Konstruktion, nicht wahr? Darf ich Ihnen dazu ein paar Kekse anbieten? Jaja, das Hotel *Bakebeggars* hat für seine Ehrengäste schon so einige Delikatessen zu bieten.« Laurinel reichte ihr einen Teller, auf dem mindestens fünfzehn verschiedene Kekssorten zusammentrafen, von denen eine köstlicher als die andere aussah. Aber so leicht würde sie sich nicht einlullen lassen.

»Nein danke«, sagte sie. »Kommen Sie zur Sache.« Laurinel zuckte mit den Schultern und biss selbst ein winziges Stückchen von einem Keks ab, den er jedoch nicht von dem Teller nahm, sondern aus seinem Nachttisch hervorzauberte. Dann dippte er ihn in die Sahne auf seinem Kakao und nahm einen zweiten Minibissen. Erst dann fuhr er fort zu sprechen.

»Warum also sind Sie hergekommen? Ist es, weil Tarik Sie belogen hat? Armes Mädchen.« Sein Tonfall verwandelte sich augenblicklich von aufgesetzt mitleidig in verschlagen. »Kein Wunder, dass er Sie bezirzt hat. Als Autor kennt er Sie bis ins winzigste Detail.« Laurinel zog eine Augenbraue nach oben und grinste anzüglich. Raizel lief ein Schauder über den Rücken.

»Ich hätte es wissen müssen, ich verschwende hier nur meine Zeit«, sagte sie, stand auf und drehte sich um. Sie hatte die Hand schon auf dem Türgriff, da legte Laurinel seine Hand auf ihren Arm und hielt sie zurück.

»Na, na, wer wird denn gleich beleidigt sein? Ich dachte, Sie suchen ein paar Antworten. Ich kann sie Ihnen geben und werde es im Gegensatz zu dem kleinen Romanschreiber auch tun, wenn Sie mich ganz lieb darum bitten.«

Die Fragen stürzten nur so aus Raizel hervor: »Sind Sie wirklich Dr. Laurens? Welche Rolle haben Sie in diesem Spiel? Was wollen Sie von mir?«

»So viele Fragen auf einmal! Aber ich werde mein Versprechen halten.« Laurinel begann, im Zimmer auf und ab zu gehen. Dabei fiel Raizel auf, dass er wiederholt mit seinen Händen Richtung Hosenbund wanderte und sie dann energisch zurückzog, als wenn er gegen sich selbst ankämpfen würde. Laurinel hatte ihren Blick bemerkt.

»Diese verflixten Balden, ich weiß gar nicht, warum alle sie so niedlich finden. Sie sind einfach nur lästig und zaubern unnütze Dinge!« Schon wieder näherten sich seine Finger dem Gürtel.

»Verdammt!«, rief er.

Zu sehen, wie Laurinel seine Selbstbeherrschung verlor, besserte Raizels Laune erheblich. Von wegen unnütz! Da hatte Selps und Wribos Zauberspruch anscheinend stärkere Nachwirkungen als geahnt. Kein Wunder, Laurinel war in kurzer Zeit der Baldenmusik und dann noch dem *Selig sei, mach dich frei* ausgesetzt gewesen. Laurinel klemmte sich die Hände in die Achselhöhlen.

»Wie Sie schon ganz richtig bemerkt haben, gibt es mich in Ihrer Menschenwelt quasi auch.«

Laurinel machte eine Kunstpause. Raizel schwieg und wartete ungeduldig darauf, dass er fortfuhr.

»Im Gegensatz zu Ihnen bin ich nicht aus jener anderen Welt ins Reich der Balden gekommen, sondern mehr oder weniger umgekehrt. Ein gewisser Tarik Tintenfeder hat mich in das Buch hineingeschrieben, oder eher eine Figur erschaffen, die meiner Person sehr ähnelt. Allerdings nicht bis ins letzte Detail, sonst hätte womöglich die Gefahr bestanden, dass ich aus der Baldenwelt verschwände und vollends zu meiner eigenen Kopie würde. Unter uns, ich verfüge über viel weicheres Haar als Dr. Laurens, das nur am Rande. Also hat Tarik Dr. Laurens nach meinem Vorbild gestaltet. So wie Georg Büchner sich bei der französischen Geschichte bedient hat, als er seine Theaterfigur Danton erschuf.«

Raizel ignorierte diesen selbstverliebten Vergleich mit der Weltgeschichte. »Und warum hätte Tarik das tun sollen?«

»Aah, eine sehr gute Frage. Jetzt kommen wir der Sache näher. Ich nehme einmal an, dass er Sie und die Balden glauben machen wollte, dass *ich* der Bösewicht bin. Und dabei hat Tarik die ganze Zeit nur ein Ziel verfolgt: von seinen eigenen üblen Machenschaften abzulenken.«

Raizel wusste nicht, was sie glauben sollte. Laurinel wollte sich offenbar eine weiße Weste verschaffen, indem er Tarik schlechtmachte. Sie hatte zwar keine Ahnung, was er damit bezwecken wollte, doch sie würde es herausfinden.

»Üble Machenschaften, ja? Und die wären?«

»Noch eine gute Frage. Aber sagen Sie bloß, Ihnen ist noch nicht aufgefallen, dass es für die Baldenwelt nicht gerade ein Gewinn ist, dass *Imaginate* geschrieben wurde? Dass es hier seit vielen Wintern keinen Krieg gegeben hat, nicht einen einzigen Mord, wie er in Ihrer Welt jeden Augenblick in irgendeinem Hinterhof oder auch ganz offiziell im Namen des Staates geschieht?« Laurinel holte theatralisch Luft, um seiner Rede mehr Spannung zu verleihen. »Ich sag es Ihnen nicht gern, aber die Romane wurden geschrieben, um die Welt der Balden zu vernichten.« Laurinel stoppte seinen Redefluss für einen Moment, als wollte er Raizel nicht zu viel auf einmal zumuten. Als er fortfuhr, zeigte sich, dass er nur innegehalten hatte, um zum finalen Stoß auszuholen. »Sie sind der Kern des Ganzen. Erinnern Sie sich an Ihre erste Hausarbeit? Sie haben damals über das Motiv des Bösen in der Weltliteratur geschrieben und dafür von Dr. Laurens die beste Note der gesamten Seminargruppe erhalten. Nebenbei ist damit das Böse überhaupt erst geschaffen worden. Was Sie so theoretisch und gebrochen durch den Spiegel der Fiktion behandelt haben, ist ganz real freigesetzt worden.«

Raizel keuchte. Sie war zu schockiert, um etwas zu sagen. Das durfte einfach nicht wahr sein!

»Jaja. Hätten Sie mal über das Motiv des Schoßhündchens in der Literatur geschrieben, dann wäre Ihre Welt eine andere.«

»Aber ich …« Raizel stockte. *Nein, nein und nochmals nein*! Da hatte sie gedacht, es sei schon schlimm genug, dass ihre Welt durch einen Roman geschaffen worden war, aber das soeben Gehörte barg noch weit größere Grauen. Sie sollte indirekt für all die schrecklichen Dinge auf der Welt verantwortlich sein? Ihr wurde übel, als hätte sie sämtliche süßen Einrichtungsgegenstände des Hotel *Bakebeggars* auf einmal verputzt.

Laurinel hatte anscheinend ihre Gedanken erraten. »Machen Sie sich keine Vorwürfe. Schließlich ist Ihnen das Thema der Hausarbeit diktiert worden. Von meinem Alter Ego, Ihrem Professor, und von dem Autor Ihrer Geschichte. Von Tarik Tintenfeder.« Raizel brauchte einen Moment, um die verschiedenen Realitäts- und Fiktionsebenen zu durchdringen. *Was wohl die Vereinten Realisten zu all diesen Dimensionen sagen würden?*, schoss es ihr absurderweise durch den Kopf. Dann spürte sie für einen Moment Erleichterung, weil die Verantwortung anscheinend nicht allein bei ihr lag, als Romanfigur hatte sie nur einen begrenzten autonomen Handlungsspielraum. Sie schämte sich umgehend für diesen Gedanken. In ihr wuchs die Wut auf den Mann, der sie in diese Lage gebracht hatte. Tarik. Sie traute Laurinel nicht. Was er sagte, passte allerdings so gut zu dem, was sie sich selbst schon zusammengereimt hatte, dass sich alles in einen fürchterlichen Sinnzusammenhang fügte. Der Typ zu Füßen des *Cafés am Ende der Welt* – der hatte keine Räuber gekannt, weil es die hier einfach nicht gab. Anders als in Raizels Welt.

Ihr fiel wieder ein, dass Herr Brantock gesagt hatte, er würde keine Verbindung mehr zu Lille spüren. Und wohin war Kalfa bloß verschwunden? Plötzlich verstand Raizel, und es war eine fürchterliche Gewissheit, die sich ihrer ermächtigte. Seitdem sie hier aufgekreuzt war, hatte sich die Welt der Balden verändert, und nicht unbedingt zum Positiven. Also schien auch jenes Weitere nicht mehr ausgeschlossen, das Raizel nicht einmal im Geist bis ins Detail durchdenken wollte: dass ihre Welt erschaffen worden war, um dem Bösen einen Raum zu geben. Und sie mittendrin.

»Ach, jetzt fangen Sie doch an zu zweifeln, nicht wahr? Das muss hart sein.« Raizels verzweifelte Wut richtete sich für den Moment gegen den Mann, der ihr gegenübersaß. Sie fauchte ihn an:

»Weshalb erzählen Sie mir das alles? Was wollen Sie von mir?«

»Aber, aber, nicht jeder ist so eigennützig wie Ihr Autorenfreund.« Laurinel kam auf sie zu und blieb stehen, als Raizel vor ihm zurückwich. »Also wirklich, Sie brauchen keine Angst vor mir zu haben.« Er umkreiste sie und säuselte schmeichelnd in ihr Ohr. »Ich will Ihnen doch nur helfen. Ich weiß nämlich, wo das Tor zwischen den Welten ist.« Laurinel zögerte, wie um abzuwägen, ob er nicht zu viel verraten würde. Doch dann fuhr er fort.

»Sie sind der Schlüssel. Nur wenn Sie das Tor aufschließen, kann das Reich der Balden gerettet werden. Nur so können Sie wieder zurückkehren und sich Ihrem Schicksal, das Baldenreich zu zerstören, widersetzen.«

»Meinem Schicksal? Wie kommen Sie denn nun darauf?« Laurinel lächelte nur diabolisch und schwieg. »Und was haben Sie davon?«

»Tztz, man braucht doch keinen Grund, um seine Welt vor der Zerstörung zu retten.«

Plötzlich hatte Raizel es sehr eilig zu gehen. Sie musste erst mal in Ruhe über das soeben Gehörte nachdenken. »Ich werde es mir überlegen«, sagte sie gedankenverloren.

»Natürlich«, sagte Laurinel spöttisch und hielt ihr die Tür auf. »Sie wissen, wo Sie mich finden. Aber überlegen Sie nicht zu lange, sonst ist es vielleicht zu spät für die Baldenwelt.«

Wie betäubt fuhr Raizel im Zuckerwattenfahrstuhl nach unten. Der Portier warf ihr einen unergründlichen Blick zu, als sie durch die Empfangshalle ging. Sie nahm keine Notiz von ihm. Schweigend verließ sie das *Bakebeggars*.

Während sie durch die nächtlichen Straßen lief – durch das Zuckerguss-Gässchen und dann in die Schabernackgasse –, grübelte Raizel. Sie wusste einfach nicht, was sie glauben sollte. Laurinel hatte in manchen Dingen so überzeugend geklungen. Raizel empfand ihm gegenüber die gleiche ambivalente Mischung aus Bewunderung und Abwehr, die sie auch mit Dr. Laurens verband. Plötzlich kam ihr ein fürchterlicher Gedanke: Ob Tarik ihr diese Skepsis eingeschrieben hatte, damit sie Laurinel nicht glaubte, der ihr tatsächlich nur helfen wollte? War das alles Teil des großen Zerstörungsplans? Warum war sie dann in der Lage, diese Zweifel an ihren eigenen Gedanken zu hegen? Wie aus weiter Ferne hörte sie Manjfee sagen: »Nur ganz grob ist der Weltentwurf in dem Buch gezeichnet. Nicht jeder Gedankenschritt ist festgeschrieben, nicht einmal zu einem Bruchteil. Dann müsste das Buch schließlich unendliche Dimensionen umfassen.«

Raizel wehrte sich auch zu glauben, dass ihre gesamte Welt nur zu dem Zweck erschaffen worden war, eine andere zu zerstören. Dazu gab es einfach viel zu viele gute Sachen dort, Sonnenuntergänge, Babylachen, Schokokuchen mit flüssigem Kern. Das klang ziemlich naiv, aber man konnte nicht unentwegt in philosophischen Kategorien denken.

Ihre Gedanken wurden auf etwas ziemlich Konkretes gelenkt, als sie vor dem Brantockschen Haus ankam. Dort saß Tarik auf der weintraubengrünen Gartenpforte und hatte augenscheinlich auf sie gewartet. Mitten in der Nacht. Als er sie sah, sprang er auf und wollte auf sie zugehen, blieb dann aber nach wenigen Schritten stehen.

»Du warst nicht da. Das habe ich gesehen, als ich an dem Fliederstrauch hochgeklettert bin und in dein Zimmer geschaut habe.« Dabei zeigte er gespielt vorwurfsvoll auf seine Hose, die am Oberschenkel zerrissen war.

»Dann kannst du dir ja eine neue Hose zaubern. Ich hab da eine super Idee: Schreib einfach ein Buch darüber.« Doch etwas in ihr wollte ihn konfrontieren, ihm die Chance geben, sich zu erklären. Sie musste einfach eine eindeutige Antwort auf die Frage bekommen, ob sie Tarik fälschlicherweise ihr Vertrauen geschenkt hatte, ob wirklich er es war, dem in dieser Geschichte die Rolle des Bösen zukam. Natürlich wusste Raizel, dass es eine Grauzone zwischen Schwarz und Weiß gab und es nicht immer so einfach wie in Fantasyromanen war, wo sich Magier der einen oder anderen Seite der Macht verschrieben. Allerdings befand sie sich in einem Fantasiereich – zumindest von ihrer Perspektive aus betrachtet. Und manchmal brauchte man einfach elementare Versicherungen.

»Also, fang schon an. Versuch es mir zu erklären. Warum hast du das Buch geschrieben? Wie zum Teufel hast du dabei meine Welt geschaffen?«

»Das weiß ich selbst nicht.«

»Ehrlich«, setzte er nach, als Raizel den Mund aufmachte, um etwas zu erwidern. »Ich wusste nicht, dass du *wirklich* existierst, bevor ich dich zum ersten Mal gesehen habe. Da habe ich dich gleich erkannt. Schließlich hatte ich geschrieben: ›Leidet unter O-Beinen, Verfolgungsangst vor Balden und vor allem fürchterlichem Mundgeruch.‹« Tariks angespannter Gesichtsausdruck passte nicht zu seinen flapsigen Worten.

Fast hätte sich ein Grinsen auf Raizels Gesicht gestohlen, doch sie merkte es gerade noch rechtzeitig und blickte schnell wieder abweisend. Sie schwieg und zwang ihn so zum Weiterreden.

»Als du neulich in meiner Küche saßt und wir Korfu tranken, hätte ich dir beinahe alles erzählt. Aber dann kam das Boteneinhörnchen, und danach gab es irgendwie keine Gelegenheit mehr.«

Raizel erinnerte sich an den Moment in der Küche und die Nähe, die sie gespürt hatte.

Tarik fuhr fort. »Es gibt da noch etwas, was ich dir sagen muss. Es ist so, ich glaube, ich habe das Buch nicht allein geschrieben. Also nicht, dass jemand neben mir saß und wir es zusammen geschrieben hätten. Eher so, als wenn mir jemand die Idee in den Kopf gesetzt hätte. Hört sich ziemlich verrückt an, oder? Aber anders kann ich es mir nicht erklären.« Als Raizel nicht reagierte, fügte er hinzu: »Das habe ich noch nie jemandem erzählt.«

Sie wollte ihm so gern glauben! Wie er so dastand, mitten in der Nacht vor ihrer Haustür und trotz der bittenden Worte seine stolze Haltung bewahrend.

»Wer sollte das sein, der da in deinem Kopf?«, fragte sie.

»Wenn ich das nur wüsste«, antwortete er.

»Und wie kommst du auf die Idee?«

»Ich kann mich einfach an diesen Grundgedanken zu dem Buch partout nicht erinnern, das ist merkwürdig, oder? Es ist so, als wenn *Imaginate* immer da gewesen wäre und ich die Geschichte nur noch zu Papier gebracht hätte.« Tarik machte eine kleine Pause. »Außerdem, wenn ich mir dich ausgedacht hätte, würdest du definitiv viel besser aussehen.«

»Idiot«, sagt sie und fühlte sich besser als nach einem zuckersüßen Kompliment. Aber sie konnte jetzt nicht einfach weitermachen, wo sie in der Laube aufgehört hatten. Zu viele widerstreitende Gefühle versuchten in ihr die Vorherrschaft zu erlangen.

»Und weshalb hast du ausgerechnet über mich geschrieben?«, fragte Raizel.

»Was soll ich sagen, du bist eben so was wie meine Traumfrau«, sagte Tarik. Als er merkte, wie schmalzig das klang, biss er sich schnell auf die Lippe.

Raizel hatte so viele Fragen. »Wieso hast du im *Café am Ende der Welt* mein Glas umgeworfen?«

»Ich wollte einfach nicht, dass dieser Laurinel dir Flausen in den Kopf setzt. Die Aktion war ein bisschen kindisch, gebe ich zu.«

Das Stichwort Laurinel brachte Raizel auf einen Gedanken. »Überhaupt Laurinel. Wie ist der zu meinem Dr. Laurens geworden? Kennst du das Original aus der Baldenwelt gut?«

»Was heißt kennen. Der ist mir ein paarmal begegnet, Baldorg ist klein. Ich glaube aber …« Tarik sah betreten zur Seite.

»Ja?«, hakte Raizel nach.

»Das ist auch wieder eine dieser Sachen im Roman, die irgendwie nicht von mir selbst zu kommen scheinen. Wie auch all diese schrecklichen Dinge, Kriege und dergleichen.« Die letzte Bemerkung ließ Raizels Blut in den Adern kochen.

»Kriege und dergleichen: So kann man es natürlich auch sagen. Da sterben Menschen. Jeden Tag.«

Tarik sah plötzlich tieftraurig aus.

»Ich gehe jetzt besser«, presste er hervor. Wie er da so vor ihr stand, schuldbewusst und kleinlaut, brachte er ihre Schutzmauer ins Wanken.

»Ich bin auch müde«, sagte sie, um überhaupt etwas zu sagen.

Tarik schien sich zusammenzureißen. Er bot ihr seinen Arm an und fragte: »Darf ich dich zur Tür geleiten?« Raizel fand das zwar ziemlich albern, weil sie ja direkt vor der Tür standen, hakte sich aber trotzdem bei ihm ein. Während der wenigen Schritte spürte sie deutlich seine körperliche Nähe. Plötzlich fuhr der Gedanke durch ihren Kopf, dass er ja wissen musste, wie sie nackt aussah. Falls er sie im Roman irgendwann mal beim Duschen beschrieben hatte. Oder bei anderen Dingen … Der Gedanke war unheimlich und aufregend zugleich.

Sie blieben stehen, lösten sich voneinander und blickten sich an. Tariks Augen studierten Raizels Gesicht erwartungsvoll und schienen nach einem Zeichen zu suchen. Er legte seine Arme um sie herum und zog sie zu sich heran. Sie fühlte jeden Zentimeter ihrer Haut, die unter seiner Berührung zu vibrieren schien. Dann war die Umarmung auch schon vorbei, sie war im Haus und die Tür hinter ihr geschlossen.

Raizel schlich die Treppe zu ihrem Zimmer hinauf und suchte noch einmal nach ihrem Tagebuch. Alles niederzuschreiben würde ihr helfen, ihre Gedanken zu ordnen. Die Papierfetzen aus dem Flur waren aufgebraucht. Und das Tagebuch musste irgendwo sein. Doch sie konnte es nirgendwo finden. Während sie weitersuchte, beschleunigte sich ihr Puls. Ein Verdacht wuchs in ihr: Jemand musste ihr Tagebuch gestohlen haben. Und sie wusste auch schon, wer. Warum hatte Tarik so genau gewusst, wie er sie überzeugen konnte? Weil er ihre Aufzeichnungen kannte. Laurinel hatte die Wahrheit gesagt: Alles, was Tarik tat und sagte, galt allein dem Ziel, sie zu manipulieren. Und sie war drauf reingefallen wie ein naives Püppchen. Raizel war so wütend auf sich selbst, dass sie mit dem Fuß gegen die Wand trat.

14. Kapitel

Ein neuer Tag war angebrochen. Als wenn das nach den Ereignissen der letzten vierundzwanzig Stunden nicht schon genug wäre, tauchte auch der Tulfo wieder auf. Mit winzigen Äuglein tapste er benommen über die Schwelle des Brantockschen Hauses. Frips begrüßte ihn stürmisch.

»Mensch, Polpo, wo bist du bloß gewesen?«

»Ich fühle mich nicht in der Verfaselung, auf diese Frage abgemessen zu antworten«, sagte der Tulfo, der sich große Mühe gab, seinen gehobenen Sprachstil selbst jetzt noch aufrechtzuerhalten. Er brabbelte etwas von einer Hühnerkeule und zog sich auf sein Zimmer zurück. Im Koboldhaus stellte sich eine beklemmende Stille ein, bis die Haustür sich zur Mittagszeit abermals bewegte. Lille Brantock war zurück. Tiefe Schatten lagen unter ihren Augen. Sie wechselte einen Blick mit ihrem Mann, ließ sich ermattet auf einen Stuhl niedersinken und berichtete in knappen Sätzen von den Vorkommnissen im Nachttannenturm. Frips' rote Koboldohren standen dabei aufmerksam in die Höhe. »Du bist ja eine richtige Heldin«, hauchte er, als Lille erzählte, wie sie die bewusstlose Kalfa in Sicherheit gebracht hatte. Als die Geschichte weiter voranschritt, wurden die Zuhörer angespannter und besorgter.

»Du warst also ohnmächtig, deshalb habe ich die Verbindung nicht mehr gespürt«, sagte Grindu Brantock, der die Heilerin nötigte, einen Teller heiße Hühnersuppe nach dem anderen zur Stärkung zu essen.

»Wie geht es der kleinen Baldin jetzt?«, fragte er. Lille senkte den Kopf und wiegte ihn langsam hin und her, als wollte sie sagen, sie hätte alles getan und es sei umsonst gewesen.

»Sie hat das Bewusstsein nicht wiedererlangt. Ich weiß also nicht, ob meine Arznei gewirkt hat. Die Balden kümmern sich jetzt um sie. Ich werde morgen wieder nach ihr sehen. Aber ich weiß nicht, ob ich noch etwas für sie tun kann«, sagte Lille. Und nach einer Pause fügte sie hinzu: »Ich fürchte, da muss sie jetzt selbst durch. Es wird sich zeigen, ob ihre Psyche stark genug ist, den Angriff auf ihre Seele zu überleben.« Frips schauderte. Er hatte seine Mutter noch niemals so ratlos gesehen. Für jedes Wehwehchen, jeden blauen Fleck und jede kleine Entzündung hatte sie stets das passende Kraut parat gehabt. Plötzlich realisierte der junge Kobold, dass das alles kein Spiel mehr war. Der Angriff auf den Nachttannenturm war wirklich geschehen, nicht nur ein Kapitel in einem spannenden Buch, das er vor dem Einschlafen zur Seite legen konnte.

Vermicelli wäre kein echter Geschäftswurm, wenn ein ins Stocken geratenes Theaterprojekt ihm den Boden unter den Rillen wegziehen würde. Bei einem Frühstück aus der ersten und der fünften Szene legte er sich seine zukünftige Marketingstrategie zurecht. Als Erstes würde er seinen Laden von sämtlichen Titeln wie: *Rätsel um den Imaginate-Autor* oder *Imaginate – Profil eines ominösen Meisterautors* befreien. Diese Bände würde er selbst verschlingen müssen, wenn sie bestimmt auch furchtbar altbacken schmeckten. Schließlich war das Geheimnis endlich gelüftet worden – und das auch noch exklusiv auf seiner Theaterbühne! Die Zeitung *Nachrichten aus Nirgendwo* hatte sogar eine Sonderausgabe zum Thema herausgebracht. Es wäre doch gelacht, wenn er, Vermicelli, daraus keinen Profit schlagen könnte. Er kramte in einigen alten Bücherresttonnen, deren Inhalt seine Heißhungerphasen nur deshalb überstanden hatte, da er für seinen Geschmack zu vergilbt und eselsohrig war.

»Ho, ho«, freute er sich, als er fand, wonach er suchte. Einige Heftchen mit handgeschriebenen Kurzgeschichten, auf deren Rückseite der Name Tarik Tintenfeder stand. Die hatte der junge Mann ihm mal irgendwann zum Lesen gegeben und Vermicelli hatte sie für zu dünn befunden. Zehn Seitchen konnten ja keinen Lesehunger stillen! Aber ihn wecken vielleicht. Und jetzt, wo Tarik sich als Autor von einem Bestseller wie *Imaginate* entpuppt hatte, würde jedes von ihm verfasste Wort Gold wert sein. Vermicelli ringelte sich zufrieden und machte sich daran, mit quietschpinken Buchstaben ein neues Schaufensterplakat zu gestalten. Der Bücherwurm hatte einmal in einer Fachzeitschrift gelesen, dass diese Farbe bei Passanten die größte Aufmerksamkeit erzielte. Auf dem Plakat stand: *Das Frühwerk des Tarik Tintenfeder. Lesen Sie nach, wie sich die Motive aus Imaginate entwickelten.* Und dann mit drei Ausrufezeichen: *Exklusiv in Vermicellis Buchhandlung!!!*

Daneben klebte der Bücherwurm ein Foto von Tarik, einen Schnappschuss von der ersten *Imaginate*-Feier, als der verkappte Autor Wein ausgeschenkt hatte. Eigentlich hätte Vermicelli damals schon klar sein müssen, dass jemand wie Tarik nicht ohne Grund irgendwo als Bedienung anheuern würde. Der Autor hatte sich offenbar zumindest am Rande im Glanz seines Werkes sonnen wollen. Tariks Kellnerschürze auf dem Foto von damals trug passenderweise den Schriftzug *Imaginate – Nahrung für Bücherwürmer.* Vermicelli lächelte zufrieden.

Er dachte kurz darüber nach, ob er die Heftchen auch ohne Tariks Zustimmung veröffentlichen durfte. Doch dann erschien vor seinem inneren Wurmauge das Bild von Tausenden von Fans, die bis ans Ende der Straße Schlange standen, um bei ihm einkaufen zu dürfen. Der Bücherwurm geriet darüber so ins Träumen, dass er unwillkürlich die oberste Seite des Manuskripts in seinen Mund steckte. Urgx, sie schmeckte wirklich arg vergilbt. Schnell brachte er seine zukünftigen Bestseller vor sich selbst in Schutz und in das Hinterzimmer, in dem eine überdimensionale Druckmaschine darauf wartete, gefüttert zu werden. Vermicelli gab dazu gleich noch eine Fuhre von T-Shirts mit Glückspilzaufdruck in Auftrag. Die würde er als Special Gift für seine nächsten hundert Kunden anbieten. Er wollte es gebührend feiern, dass die Identität des Meisterautors nun endlich enthüllt war.

Im Nachttannenturm fehlte die freudige Geschäftigkeit der letzten Zusammenkunft. Auch die Baldenfreunde waren diesmal nicht gerufen worden. Für zu gefährlich erachtete man die Angelegenheit, als dass man zu viele Personen darin verwickeln wollte. Die Dryaden trauerten noch immer um die verlorenen Äste ihrer Tannen und der Anblick der leblosen Kalfa, die aufgebahrt neben Manjfee lag, erstickte selbst Selps und Wribos Scherze.

»Es ist geschehen, was niemand für möglich gehalten hätte«, begann die Königin der Balden. »Die Grundfesten unserer Welt sind derbe erschüttert worden, und unsere liebreizende Braut«, dabei zeigte sie auf Kalfa, »cruist auf der Schwelle zwischen Leben und Tod.«

Im Nachttannenturm war es ungewöhnlich still, jeder Balde lauschte den Worten Manjfees. Bis auf einen, der plötzlich rief: »Sie ist eine Märtyrerin, eine Märtyrerin der Balden!«

Einen Moment schwieg Manjfee, und auf ihr zartes, jugendliches Gesicht legte sich ein Schleier des Entsetzens: »Märtyrerin? Woher nahmst du Knilch diesen Ausdruck?«

»Aus den alten Büchern. Mit Verlaub, Schnecke, wir können nicht mehr so tun, als ob wir keine Ahnung von diesen Dingen hätten. Sie sind mitten unter uns. Wir müssen uns wappnen.« Der Sprecher hielt inne, als müsste er all seinen Mut zusammennehmen, um weiterzusprechen. Die übrigen Balden starrten ihn überrascht an und warteten auf Manjfees Reaktion. Der Balde, dessen trübe Augen und leuchtend weiße Haare verrieten, dass er sehr alt sein musste, fuhr fort: »Lasset uns die alten Kampfbücher unserer Ahnen ausgraben und uns voll cool dem Feind stellen, ey!«

Unter den Balden brach ein Tumult aus, alle redeten durcheinander und holten die Meinung ihrer Nachbarn ein.

»Welch Unverfrorenheit, solchen Unsinn zu faseln!«

»Über welche Schmöker hat er doziert, Digga?«

»Was bedeutet Märtüra?«

Manjfee schnitt den Wortstrom ab, indem sie – ganz im Gegensatz zu ihrem sonstigen Auftreten – gebieterisch die Arme in die Höhe streckte und rief: »Haltet ein Leute!« Ihre Haare leuchteten unerbittlich in königsblau. »Spitzt eure Lauscher, ihr Balden, und vernehmt meine Worte. Seit Tausenden von Wintern und Sommern haben wir keine Waffe angerührt, und wo wir lebten, herrschte Frieden. Wenn wir uns nun zum Kampf rüsten, haben die Schatten schon gewonnen.«

»Das haben sie auch so schon, wenn wir nichts tun.« Der Balde mit den müden Augen blickte der jungen Königin direkt ins Gesicht. Keine Spur von Unsicherheit mehr in seiner Stimme.

»Wir werden darüber abstimmen«, sagte Manjfee. Im nächsten Moment flogen winzige Schiefertafeln herbei. Vor jedem Balden blieb eine in der Luft schweben. Als die Königin mit den Augen zwinkerte, erschienen auf den Tafeln die Wörter: *Kampf* und *Frieden* und dahinter zwei Kästchen, die blinkten, als wollten sie sagen: »Kreuz mich an, wähle mich!« In den folgenden Augenblicken hörte man nur das Kratzen von Kreide und einige unentschlossene Seufzer.

Als alle Balden ihr Kreuz gemacht hatten, schnipste Manjfee mit den Fingern und die Abstimmtafeln flogen zu ihr hin. Die Königin der Balden las jede einzelne von ihnen und ließ sie in eine von zwei riesigen Waagschalen fallen, die wie aus dem Nichts aufgetaucht waren.

Es war ein Kopf-an-Kopf-Rennen – die Waage neigte sich mal zur einen, mal zur anderen Seite. Als nur noch etwa zehn Tafeln vor Manjfee in der Luft schwebten, zeigte die Schale für den Frieden ein winziges Übergewicht. Dann geschah das Unfassbare: Jede weitere Tafel, die die Königin inspizierte, wanderte in den Topf, der den Balden den Krieg bringen würde. Der Alte mit den weißen Haaren, der die Debatte angestoßen hatte, nickte zufrieden. Die Königin betrachtete ihre Schützlinge wie eine Mutter, deren Kinder einen Fehler begingen, vor dem sie sie nicht bewahren konnte. Traurig und gefasst verkündete sie das Ergebnis.

»So sei es, ihr habt gevotet, lasset uns die alten Bücher hervorkramen und uns gegen den nächsten Angriff der Schatten wappnen!«

Tarik hatte sich seinen Schreibtisch aus gemütlichem Kiefernholz so vor das Fenster gestellt, dass bei Tag stets einige Strahlen Sonnenlicht auf seine schreibenden Hände fielen. Für die Abendstunden hatte er von Vermicelli eine alte Bibliothekslampe bekommen – als Dankeschön für einen besonders erfolgreichen Werbespruch, den Tarik sich für die Frühlingsliteratur vor zwei Sommern ausgedacht hatte: *Liebesromane so zart wie Schmetterlingsflügel im Abendrot.* Als Werbetexter, so bildete er es sich ein, konnte er den Menschen das Glücksgefühl verschaffen, das sich nach einem befriedigten Bedürfnis einstellte. Insgeheim hatte er nach mehr gestrebt, wollte statt Kaufwünschen lieber Romanwelten erschaffen. Das war ihm mit *Imaginate* dann allerdings auf extremere Weise gelungen als gedacht.

Bevor Tarik sich offiziell an den Schreibtisch setzte, schrieb er Ideen und Beobachtungen meist zunächst in ein kleines Notizheft, das er bei sich zu tragen pflegte. Es bestand aus einzelnen Seiten, die von einem schwarzen Lederetui zusammengehalten wurden. Das Papier war von unzähligen Knicken, Rissen und Eselsohren gezeichnet.

Imaginate war auf spezielle Weise erstanden. Es schien Tarik im Rückblick, als wenn ein berauschender Traum sich selbstständig gemacht hätte. Nach dem Erwachen war die Erinnerung an den Traum selbst verschwunden und nur den geschriebenen Worten konnte er als Zeugnis dessen vertrauen, was irgendwo in dem Labyrinth aus verschlungenen Hirnwindungen verloren gegangen war.

Raizel hingegen erschien ihm nicht so fremd wie so vieles in seinem eigenen Roman, sondern eher so vertraut wie das eigene Spiegelbild. Ihm gefielen sowohl ihre roten Locken als auch ihre widerspenstige Art, sie schien geradewegs seiner Fantasie entsprungen zu sein. Das fand er selbst ziemlich unheimlich. Er konnte sich doch nicht in seine eigene Schöpfung verlieben! Und gerade hatte er Raizel auf ziemlich schäbige Weise dazu gebracht, dass sie ihm wieder zuhörte. Fein säuberlich hatte er seine Liste mit den Punkten abgearbeitet, auf welche Dinge sie anspringen würde. Und mit jedem Haken hatte er ihr Vertrauen ein Stück weit zurückgewonnen. Er wischte sein schlechtes Gewissen beiseite.

Tarik saß nicht an seinem Schreibtisch, sondern wieder in seiner Schreibhöhle, seinem Lieblingsplatz für Momente, in denen er allein sein wollte. Hinter ihm eine dunkle, beschützende Höhle, zu seinen Füßen ein weites Feld. Hier wurde Zeis angebaut, eine Pflanze mit süß-klebriger Frucht, die in Baldorg vor allem bei Kindern sehr beliebt war. Er hatte sich einen Kolben mit auf sein erhöhtes Plateau genommen und grillte ihn über einem kleinen Lagerfeuer. In der Ferne hinter den Feldern sah Tarik die Stadtmauer von Baldorg. Ein Vogel mit nachtblauer Musterung flog dicht über ihn hinweg und kreischte gespenstisch.

Plötzlich klopfte eine Erinnerung ganz leise an die Tür seines Bewusstseins. War es nicht in der Nacht nach seinem vorletzten Besuch hier gewesen, dass er wie in Ekstase die ersten Kapitel des aktuellsten Bandes von *Imaginate* niedergeschrieben hatte? Ohne auch nur einmal innezuhalten. Tarik strengte sein Gedächtnis an. Wie war das in der Höhle gewesen? Er war aus unbestimmten Gründen ärgerlich und wütend auf die Welt gewesen. Und als er an seinem angestammten Platz sinnierend über die Felder gestarrt hatte, hatte sich seine Wahrnehmung plötzlich verändert. Er konnte nicht beschreiben wie, er wusste es einfach.

Tarik blickte sich um. Zu den alten Felsquadern, die einen Halbkreis über und um ihn bildeten. Dadurch zogen sich Rostadern, die sich mit Kalk zu bizarren Wandmalereien fügten. Neben ihm blitzte ein Auge auf: die Pupille aus schwarz-gräulichem Mangan, der Augapfel aus Kalk, die Iris aus orangefarbenem Eisenoxyd. Es musste dieser Ort gewesen sein, der ihn zu der Geschichte inspiriert hatte, sagte er sich nachdenklich. Doch da irrte er.

Um Kalfa war es so dunkel wie noch nie zuvor. Eigentlich war es auch nicht nur um sie finster, das hätte sie verkraften können. Es war vielmehr das Schwarze in ihr, das sie sorgte. Dabei wurde ihre Angst nicht größer, sondern kleiner. Denn die Schatten schienen den Rest ihres Geistes immer weiter zurückzudrängen. Sie lullten sie mit stummen Versprechen ein: »Hör auf zu kämpfen. Es hat doch keinen Sinn. Du wirst erlöst sein, wenn du dich auflöst.« Wie der Erlkönig, der sie lockte, ihm in sein Reich zu folgen. Dieser Goethe aus Raizels Welt musste einmal von der Welt der Balden geträumt haben, denn dort hatte es einst einen berüchtigten Erlkönig gegeben, der sich allerdings längst zur Ruhe gesetzt hatte.

Kalfa wusste nicht, wie lange dieser stille Kampf schon andauerte. Sie konnte sich schon gar nicht mehr vorstellen, dass es einmal eine Zeit gegeben hatte, in der die Schatten nur um sie herum und nicht in ihr gewesen waren. Der einzige Grund dafür, dass sie sich ihnen nicht schon längst ergeben hatte, waren winzig kurze Momente, in denen sie einen anderen Geist spürte. Einen weiblichen Geist, der sich von all dem neutralen Nichts absetzte. Aber er drang niemals ganz zu ihr durch, lange würde sie das nicht mehr aushalten. Das Geflüster der Schatten wurde intensiver:

»Ja, so ist es gut. Vermeide das Sein, werde zu einem von uns. Halte dich nicht an deiner sinnlosen Existenz auf, denn sie bringt nur Schmerzen. Löse dich von deinen Emotionen. Keine Sorge mehr, nie wieder!«

Selp und Wribo. Bei dem Wort Sorge durchbrach das Bild der zwei Jungbalden für einen Moment die Schwärze. Kalfa hatte sie im Stich gelassen. Wenn sie jetzt auch … Oh nein, das durfte nicht …!

Als wenn es nur dieses letzte Aufbegehren, diesen Schimmer an Lebensgeist gebraucht hätte, formierte sich vor Kalfas innerem Auge plötzlich eine silberne Pflanze. Sie bildete sich aus der Dunkelheit und verdrängte sie. Violette Knospen öffneten sich nacheinander. Und mit jeder neuen Knospe verging ein Schatten. Es war ein Wunder.

Kalfa war erfüllt von Traurigkeit. Das also würde ihr letztes Gefühl sein. Denn sie wusste, dass selbst ein Wunder sie nicht retten konnte. Zu weit hatte sich die Dunkelheit in ihre Seele hineingefressen. Und jetzt hatte sich diese Blume für sie geopfert, nur um ihr noch ein paar Stunden zu erkaufen.

Während es vor Urzeiten einmal Zwergenvölker gegeben haben soll, die ausgiebig in Bergwerken arbeiteten und sich nebenbei noch um schwarzhaarige Prinzessinnen kümmerten, pflegten die meisten heutzutage einen eher gemütlichen Lebensstil. So hatte sich Gilbo, nachdem er das Geheimnis des Autors enthüllt hatte, erst einmal in seine behagliche Höhle zurückgezogen und sich ausgeruht. Als er erwachte, überkam ihn plötzlich ein Heißhunger auf seine geliebten Pfefferminzplätzchen. Bei all dem Stress war er überhaupt nicht mehr dazu gekommen, sich bei einem entfernten Bekannten Nachschub zu besorgen. Der arbeitete im Hotel *Bakebeggars* und konnte oft ein paar Mängelexemplare nach draußen schleusen. Zum Beispiel Dominosteine, deren Ecken keine rechten Winkel ergaben. Oder Liebesplätzchen, bei denen die Farbdruckpistole für die Zuckergussrosen verunreinigt gewesen war – aus eigener Erfahrung wusste Gilbo, dass gräuliche Rosen ebenso gut schmeckten wie rote.

Er seufzte. Seit mehreren Wochen war er jetzt nicht mehr in den Genuss dieser Leckereien gekommen. Er hatte den Entschluss, zum Hotel *Bakebeggars* zu gehen, schon fast gefasst, da fiel ihm etwas Schreckliches ein: Dafür müsste er ja aufstehen. Sorgsam wägte er ab. Nach einer halben Stunde, in der er sich mit quälend süßen Fantasien aus Nougatherzen mit Trüffelkrokant folterte, siegte sein Appetit über seine Trägheit.

Im Nachttannenturm wurde die Abreise der auserwählten Balden vorbereitet. Sie sollten angeführt von dem Weißhaarigen zu dem Ort reisen, an dem ihre Vorfahren vergraben hatten, was eigentlich kein Balde jemals mehr brauchen sollte – die Kampfbücher. Manjfee selbst nahm ebenfalls an der Mission teil. Insgeheim hoffte sie, so vielleicht das Schlimmste verhindern zu können. Wie sich die Dinge auch entwickeln würden: Es war ihre Aufgabe, an der Seite ihres Volkes zu stehen. Jetzt hörte sie sich bereits an wie eine dieser Kriegerköniginnen aus den Fantasyromanen, die Raizel in *Imaginate* so gern las. Sie hatte sich darüber gewundert, wie die Elfen dort beschrieben wurden: Äußerlich bis auf diese merkwürdig langen Haare zwar ähnlich der Balden, im Geiste oft genauso kriegerisch wie die Menschen. Manjfee hatte dieses Missverständnis darauf zurückgeführt, dass es in Raizels Welt keine wirklichen Elfen oder Balden gab. Wenn sie die vor Spannung funkelnden Augen der Balden vor sich sah, war sie sich nicht mehr so sicher, ob der Unterschied wirklich so groß war. Ihre Haare färbten sich karmesinrot, als beredtes Zeugnis ihres inneren Aufruhrs.

Schon von Weitem stiegen Gilbo die köstlichen Keksdüfte in die Nase. Mit jedem Barthaar konnte er eine bestimmte Nuance herausriechen: zitronig, nussig, bitterschokoladig, vanillig, zimtig. Er war schon so lange nicht mehr hier gewesen, dass er das neue Werbeschild noch nicht kannte: *Hotel Bakebeggars: Wie im Knusperhäuschen aus Imaginate – nur ohne Hexe.* Das Schild interessierte Gilbo im Moment herzlich wenig, er hatte nur seine Kekse im Sinn. Endlich war der Zwerg an seinem Ziel angekommen und trat durch die Schweinsöhrchentür. Statt der gewohnten entspannten Hotellobby-Atmosphäre erwartete ihn lautstarkes Geschrei. Oder eher Tirili. In der Luft schwirrte es – und noch ehe er wusste, was los war, traf ihn ein Geschoss am Kopf. Eine Amarenakirsche. Sein Bekannter, der Portier, reckte seinen Kopf unter dem Tisch hervor, unter dem er sich in Sicherheit gebracht hatte. Als dieser ihn ansprach, erschreckte sich Gilbo, weil er seinen Bekannten innerhalb des Trubels erst gar nicht wahrgenommen hatte.

»Die Schokovögel revoltieren! Bring dich in Sicherheit«, rief der Portier. Sofort richtete sich der Kirschhagel auf ihn. Gilbos Bekannter duckte sich schnell wieder und schien dabei mit der Einrichtung zu verschmelzen, welche dieselbe Farbe hatte wie seine Uniform. Das Empfangsportal war binnen kurzer Zeit mit Kirschsaft besudelt. Wenige Momente reichten aus, um die Situation zu erfassen: Eine Horde wild gewordener Schokovögel, die sonst ruhig darauf wartete, von den Hotelgästen verspeist zu werden, hatte sich in der Empfangshalle formiert. Als Barrikade dienten ihnen unbehauene Blöcke aus Kandiszucker, die normalerweise in der Vorratskammer lagerten, bis sie für den Verzehr in kleine Würfel geteilt wurden. An einem Block hing ein Schild, auf dem stand: *Nieder mit der Unterdrückung! Wir wollen kein fliegendes Essen sein!!*

Zwei Amseln aus weißer Schokolade trauten sich aus der Deckung heraus. Ihnen folgte ein Meer aus Vollmilch-Spatzen. Wenn sie mit den

Flügeln schlugen – und das taten sie gerade besonders schnell –, lösten sich Schokoladenstreusel, die den Boden bereits weitflächig bedeckten. Der Aufstand musste also schon eine Weile andauern. Von hinten wurden Amarenakirschen nachgereicht. Die mussten aus dem Wellnessraum stammen. Gilbo hatte da mal so einen Gutschein bekommen, *Schlagsahnemaske und Massage mit Amarenakirschen gratis – wenn Sie Gast in unserer Königskandis-Suite sind.* Der Spatz aus Kakao, der jetzt auf ihn zugeflogen kam, wollte ihn aber wohl eher nicht massieren.

»Na, Zwerg, Lust auf ein bisschen Schokolade?«

»Ähem …« Fieberhaft überlegte Gilbo, welche Antwort jetzt von ihm erwartet wurde. Die Hotelangestellten, die sich ihrerseits hinter einer Wand aus Lebkuchen verbarrikadiert hatten, schauten ihn gespannt an. Wie würde er diese brenzlige Situation meistern?

»Nun sei doch nicht so schüchtern. Für Stammkunden opfern wir gern einen der unsrigen«, tschilpte ihm der Spatz ins Ohr.

»Äh, nein danke … ich bin Vegetarier. Ich, ich esse nur Kekse«, stotterte Gilbo. Erleichtert stellte er fest, dass sich die gesamte Vogelmeute nicht sofort auf ihn stürzte und an die Stelle seiner Augen zwei Amarenakirschen einsetzte.

Stattdessen meldete sich der Spatz erneut zu Wort.

»Zwerg, du hast den Test bestanden. Für jemanden, der nicht aus Schokolade besteht, bist du recht süß.« Gilbo fasste das als Kompliment auf, auch wenn Zwerge dieses Attribut wegen ihrer geringen Körpergröße eigentlich nicht schätzten.

»Ähem, danke.«

»Keine Ursache.« Der Spatz blickte kurz in die Runde, und als seine Gefährten mehrheitlich zustimmend den Kopf neigten, sagte er:

»Du wurdest auserwählt, unsere Forderungen zu überbringen.«

»Welche Forderungen?«

»Also, zuallererst die Wahrung unserer Würde, die verletzt wird, wenn jeder Hotelgast sich einfach einen der unsrigen aus der Luft greifen und verspeisen darf. Als wären wir vogelfrei! Außerdem wollen wir mehr Gehalt und vor allem einen gesonderten Tarifvertrag. Immerhin leisten wir ein bisschen mehr als eine gewöhnliche Naschkatze. Das wird sich ändern, wenn wir nicht bekommen, was wir wollen. Dann streiken wir nämlich.«

»Streiken?«, konnte Gilbo nur stottern. Wenn seine Eltern geahnt hätten, dass er seine mühsam antrainierten Kenntnisse in der Vogelsprache einmal zur Vermittlung in einem Arbeitskampf zwischen Schokovögeln und Menschen verwenden würde! »Diese übergroßen Nicht-Mützenträger«, hätten sie in ihren ausgeprägten Bart gemurmelt, »verdienen es gar nicht anders, als bestreikt zu werden.«

Der Anführer des Vogelaufstands antwortete: »Jawohl. Wir legen so lange keine Schokoeier mehr, bis sie nachgeben. Haben wir alles aus *Imaginate* gelernt. Da wird ohne Unterlass gestreikt.«

Gilbo schluckte. Ohne frische Eier würde der Schokoladenvorrat des Hotels früher oder später zu Ende gehen, und die Hälfte der Kekssorten könnte nicht mehr gebacken werden. Das *Bakebeggars* würde pleite gehen. Und wo sollte er dann seine heiß geliebten Pfefferminzplätzchen herbekommen? Es war entschieden: Er würde sich als Schiedszwerg zur Verfügung stellen. Was tat man nicht alles für Kekse.

»In Ordnung, ich mach's. Bringt mich zum Chefkonditor.«

Der Tulfo verhielt sich seltsam. Er verschwand wiederholt, ohne dass jemand wusste wohin. Danach schlief er stundenlang und gab dabei merkwürdige Geräusche von sich. Noch merkwürdigere als sonst. Als Frips ihn korrigierte, beschwerte er sich nicht. Und der Tulfo hatte lediglich fünf Brote zum Frühstück gegessen und auch die eher lustlos. Höchst verdächtig. Sonst verschlang er mindestens vierundzwanzig und dekorierte jedes einzelne von ihnen mit einem Tröpfelchen Prasselbeere, einer Flocke Pidersilienkraut und einem Tropfen Wildhonig. Meist spreizte er dabei den kleinen Finger ab und hauchte »kapriziös«, nach Art eines überkandidelten Chefkochs.

Am verdächtigsten war, dass der Tulfo Essen hortete. Das war normalerweise undenkbar. Auch wenn Polpo so tat, als wäre er ungeheuerlich wählerisch, was seine Nahrung anbelangte, so kam bei ihm der Trieb des wilden Tieres durch, sobald er in einem Umkreis von zehn Metern Nahrung witterte. Selbst die antrainierten Tischmanieren konnten nicht darüber hinwegtäuschen, dass er schlang. Schlangenartig waren auch die kleinen Huckel, die sich manchmal an seinem Hals oder Bauch bildeten, wenn er gerade wieder eine Menge auf einmal hinuntergewürgt hatte.

Jetzt aber lag da diese kleine Schachtel neben dem Kopfkissen in seinem Körbchen und darin ein einzelner Keks. Frips hatte nachgesehen, als der Tulfo in seinen komatösen Schlaf versunken war. Leise und heimlich, wie es Koboldart ist, hatte Frips sich angeschlichen und dabei ein schlechtes Gewissen gehabt, weil er sein eigenes Haustier ausspionierte. Als er gerade die Hand nach der Schachtel ausstrecken wollte, hatte der Tulfo plötzlich seine Augen weit aufgerissen und ihn angestarrt. Ertappt war Frips in der Bewegung eingefroren, doch Polpo hatte nur gemurmelt:

»Wie du willst, mein Gebieter.« Was sollte das jetzt schon wieder bedeuten? Doch Frips hatte keine Zeit damit vergeudet, länger über diese Frage nachzudenken, sondern schnell den Deckel der Dose gehoben, ungläubig auf den Keks geschaut, den Keks hochgehoben, um ein geheimes Versteck für etwas Wichtigeres zu finden, keins gefunden, den Keks an die Nase gehalten, einen süßlichen Duft mit einer winzigen Spur Bitterkeit vernommen, der Verlockung widerstanden, in den Keks zu beißen – und schon war der Koboldjunge wieder in seinem eigenen Zimmer.

Er sprang auf sein Bett und riss mit ruckartigen Bewegungen die Poster von der Wand. »Good bye, Dynamo Schmalzius«, rief er der Ohrenballmannschaft zu, »Ausgesungen, Lyra« der rockenden Baldin. Und so ging es weiter, bis nur noch Fetzen von Papier an der grünen Fläche klebten. Er war kein kleiner Kobold mehr, der nichts Besseres zu tun hatte, als irgendwelche Stars anzuhimmeln. Er hatte eine Mission. Er würde herausfinden, was mit seinem Tulfo nicht stimmte.

Zum Glück hatte er schon vor einigen Sommern einen dünnen, verwinkelten Spionageschacht gegraben, mit dem er von seinem Zimmer aus die Geheimnisse des Eckhauses belauschen konnte. Dank genauester aerodynamischer Berechnungen trug der Schacht Frips jedes Wort zu, das in den verschiedenen Räumen gesprochen wurde, wenn er sein rotes Ohr dagegenpresste. Je nachdem, welchen der Knöpfe er zuvor gedrückt hatte. Einer davon trug die Aufschrift: *Polpos Körbchen.*

4. Teil

Das Tor zwischen den Welten

15. Kapitel

In den frühen Morgenstunden machte sich Lille Brantock erneut zum Nachttannenturm auf. Die Sorge um die junge Baldin hatte sie kaum schlafen lassen. Wachsam überquerte sie den weiten Platz vor dem Turm. Hatte sich noch irgendwo einer der fiesen Schatten als gewöhnlicher Schatten getarnt? Würde auch sie gleich in ein Meer aus Schwärze getaucht werden?

Nichts geschah. Die Koboldin erreichte die ausladende Treppe unbehelligt und erklomm sie rasch. Schon von außen konnte Lille die Spuren des Kampfes erkennen. Harz tropfte wie dunkles Blut aus den Wunden der Tannen. Wenigstens schien die Magie der Balden langsam zu wirken: Die Bäume wiegten sich im Heilschlummer, während die Dryaden in ihrem Innern beruhigend summten. Neben dem Eingang stand wieder der Schrein mit dem Drachenbuch, allerdings waren einige Seiten eingerissen und der Einband angesengt, wie die Koboldmutter bemerkte.

Wann immer Lille diesen Ort betrat, hatte sie sich bislang von Hunderten von Balden umgeben gesehen, die sie umschwärmten, sie lachend an den Ohren zogen oder sonst etwas Baldenhaftes taten. Heute empfing sie nur Manjfee.

»Habt Dank, holde Koboldin, ist voll fett, dass du dich um Kalfa kümmerst. Sie pennt den Schlaf der Entrückten.«

»Das ist doch selbstverständlich. Ich hoffe, die Medizin hat wenigstens ein bisschen geholfen.« Eine Baldin tauchte wie aus dem Nichts auf und drückte Lille eine Bürste in die Hand. Schon war sie wieder verschwunden und ging anderen Dingen nach. Selbst in dieser Zeit, in der alles aus den Fugen geriet, blieb Raum für Rituale. Unzählige Male war der Heilerin als Baldenfreundin die Ehre zuteil geworden, der Königin die Haare zu bürsten. Sie wusste, dass es dabei nicht um Kosmetik ging, dafür waren die Haare der Baldin viel zu kurz. Heute schillerten sie kühl in Aquamarin. Lille nahm eine Strähne in die Hand und ließ die Bürste schweigsam hindurchrinnen. Wie Manjfee es wohl machte, ständig ihre Haarfarbe zu wechseln? Die Balden waren schon immer vernarrt in bunte Dinge gewesen. Deshalb flogen sie auch oft hinter Cendros Phönix her, wenn er frisch getankt hatte und die farbenfrohen Kristalle aus seinem Auspuff strömten.

»Wie ich knallhart kombiniere, verlanget es dich sicher zu wissen, warum ich ein so extraordinäres Outfit trage?« Lille Brantock war so auf ihre Aufgabe konzentriert gewesen, dass sie gar nicht bemerkt hatte, dass Manjfee nicht wie sonst ihr langes, leichtes Gewand aus tausendundeiner Farbe trug. Stattdessen war sie in einen warmen Mantel gehüllt, der aus Pelz zu bestehen schien und in allen Farben des Regenbogens leuchtete. Lille konnte sich allerdings nicht vorstellen, dass eine Baldin einen echten Pelzmantel tragen würde.

»Regenbogenwolle«, erklärte Manjfee. »Entsteht, wenn das Ende eines Regenbogens auf ein Schaf trifft. Warm wie die Sonne und regenabweisend. Lass dir verklickern, äußerst selten.« Lille nickte. Mit Geschichten vom Ende des Regenbogens kannte sie sich als Koboldin aus.

»Darf ich fragen, wozu du ihn brauchst?«

»Klaro, holde Baldenfreundin. Es ist mein Reisemantel. Wir Balden schicken uns an, auf eine lange journey zu gehen. Mehr kann ich dir nicht verraten.«

»Oh«, sagte Lille nur. Sie konnte sich nicht erinnern, dass die Balden jemals für einen längeren Zeitraum den Nachttannenturm verlassen hatten.

»Wann werdet ihr zurückkommen? Ihr … ihr werdet doch zurückkommen, oder?«

»Das erhoffe ich mordsfeste«, sagte Manjfee und hielt einen Moment inne. »Ich habe noch eine Bitte. Würdest du in unserer

Abwesenheit für die lütte Kalfa Sorge tragen? Wir können sie nicht mitnehmen, denn …«

»Du musst mir nichts erklären. Natürlich werde ich das«, sagte Lille. Die Königin der Balden und die Heilerin der Kobolde blickten sich einen Moment in die Augen. Zwei weibliche Wesen, die fest dazu entschlossen waren, diese Krisensituation zu meistern.

Ein kleiner Trupp aus Balden, darunter auch Selp und Wribo, begleitete die Koboldin, als sie den Wagen mit der bewusstlosen Kalfa hinter sich her nach Hause zog. Die zwei Jungbalden machten sich zwar Sorgen um ihre verletzte Freundin, dennoch waren sie aufgekratzt und freuten sich auf das bevorstehende Abenteuer.

»Voll krass, Mann, mir beliebt zu wissen, wie es jenseits dieses Kaffs aussieht!«

»Ob es irgendwo da draußen noch unbekannte Geschöpfe außer Balden, Menschen, Zwergen und Co. gibt? Und wenn ja, ob sie intelligent und uns wohlgesonnen sind?«

»Hey, vielleicht können wir ihnen ein paar Zaubersprüche abluxen!«

»Cool, Alter! Damit könnten wir fürwahr derbe viel Unbill anrichten!«

Sie waren am grünen Eckhaus angekommen. Selp und Wribo verabschiedeten sich von Kalfa.

»Gehab dich wohl, Schnalle.«

»Werd gefälligst ratzfatz wieder gesund, Verehrteste. Damit wir fett abfeiern können, wenn wir mit Ruhm bekleckert zurückkehren.« Und sie machten sich auf den Rückweg zum Nachttannenturm, denn sie hatten die Reisevorbereitungen bis zum letzten Moment hinausgezögert.

Grindu Brantock trug derweil die reglose Kalfa nach oben in Raizels Zimmer, in dem noch ein zweites Gästebett stand.

Das Bett war viel zu groß für den kleinen Baldenkörper. Die Bewusstlose wirkte noch zerbrechlicher, als diese elfenartigen Wesen es ohnehin taten, fand Raizel.

»Ähm, soll ich lieber rausgehen?«, fragte sie.

»Nein, bleib nur«, antwortete die Heilerin. Sie rieb die Handflächen aneinander, um sie mit Wärme aufzuladen, und legte sie der verletzten Baldin an die Schläfen.

Kalfas Geist tanzte in einem bunten Blütenfeuer, das die Blume in ihrem Kopf entfacht hatte. Die Schatten waren bis an den Rand ihres Bewusstseins zurückgedrängt worden, und wenn sie sich anstrengte, konnte sie vergessen, dass sie noch da waren. Lieber tanzen, tanzen, nicht mehr denken. Vergessen. Plötzlich war da wieder dieser wohlbekannte Geist, weiblich und weich. Doch Kalfa interessierte sich nicht dafür, sie wollte nur tanzen.

»Kalfa, hör mir zu, kleine Baldin, Kalfa.«

Kalfas Antwort war eine Pirouette aus Gedanken. Der andere Geist schien sich zu freuen.

»Sprich mit mir! Wie geht es dir, Kalfa?« Sie antwortete mit einem Pas de bourrée aus Assoziationen.

»Wann wirst du wieder gesund, kleine Baldin?« Kalfa vollführte die Figur des sterbenden Schwans. »Niemals mehr«, sollte das heißen. Die Stimme in ihrem Kopf schwieg.

Kalfa fühlte Bestürzung und machte ein paar kleine Sprünge. »Gräm dich nicht, du hast alles getan.«

»Aber es muss doch etwas geben, was dich retten kann!«

Kalfa hörte auf zu tanzen. Es hatte keinen Sinn mehr, die Realität ließ sich nicht aussperren. In dem Moment entfaltete die Zauberblume ihre volle Wirkung.

Lille Brantock war tief versunken in den Geist der bewusstlosen Baldin. Die Koboldheilerin erkannte, dass die Wunderarznei nicht stark genug war. Sie hätte jede Krankheit dieser Welt geheilt. Doch von Kalfa hatte etwas Besitz ergriffen, was nicht von hier war. Die Blume würde die Schatten nur für eine bestimmte Zeit zurückhalten können. Aber sie zeigte Lille die einzige Möglichkeit, die Baldin zu retten. Für einen Moment sah sie eine mattgelbe Dose, die mit kleinen, runden weißen Pillen gefüllt war. Der Name Neureginal, der auf einem Etikett vermerkt war, sagte Lille nichts. Sie erhaschte nur einen kurzen Blick darauf, dann war die Dose wieder verschwunden.

»Kalfa?«, fragte sie.

Die Antwort kam zögerlich und furchtbar leise, aber sie kam. »Ja?«

»Ich werde dir diese Arznei besorgen – und wenn es das Letzte ist, was ich tue.« Das sagten die immer in den alten Geschichten.

Lille rührte sich. Wie gebannt hatte Raizel auf die Heilerin und ihre Patientin gestarrt, beide äußerlich reglos. Wie gern hätte sie gewusst, was in ihrem Inneren vor sich ging. Die Koboldin öffnete die Augen, nahm ihre Hände von den Schläfen der Baldin und strich ihr liebevoll über den Kopf.

»Und?«, platzte Raizel heraus.

»Sie kann es schaffen.«

»Oh mein Gott, echt? Du bist ja genial!«

»Aber nur, wenn wir ihr die einzig wirksame Arznei besorgen ...«

»Worauf warten wir dann? Hast du sie in deiner Kräuterkammer? Oder müssen wir erst Pflanzen pflücken gehen? Ich zieh schon mal meine Stiefel an.«

»Ich fürchte, wir werden ein bisschen weiter gehen müssen als bis zum nächsten Kräuterfeld. Denn die Medizin gibt es hier nicht.« Raizel schaute sie verständnislos an. Lille fuhr fort: »Sondern nur in deiner Welt, die an die Macht der Schatten gewohnt ist und sie im Kleinen zu bekämpfen weiß.«

»Was, aber wie sollen wir das machen? Ich habe keinen blassen Schimmer, wie ich hierhergekommen bin. Woher soll ich dann wissen, wie wir zusammen wieder in meine Welt gelangen?« Und dann fiel Raizel Laurinels Angebot ein. »Du bist der Schlüssel. Nur, wenn du das Tor aufschließt, kannst du dieses Reich retten«, hatte er gesagt. So würde sie also wieder in ihre Welt zurückkehren.

Diese Schokoladenvögel waren wirklich ziemlich harte Verhandlungspartner. Die Revolutionäre gaben nicht auf, auch wenn sich der Chefkonditor des *Bakebeggars* zunächst unerbittlich zeigte.

»Ein eigener Tarifvertrag für Schokovögel – das ist ja lachhaft! Was würden dann die Marzipankäfer sagen? Demnächst fordern sie einen Mindestlohn für Schokoraspler.« Als Gilbo das letzte Wort übersetzte, hatte der Anführer der Schokovögel geschaudert wie ein Schwein, dem ein Metzger etwas von einem Fleischwolf erzählte. Dann ließ er Gilbo die Folgen eines Streiks in allen Einzelheiten ausmalen: leere Kakaobrunnen, Mousse sans chocolat und kein Tirili mehr in den

Hotelfluren. Zu guter Letzt hatten sie sich darauf geeinigt, dass die Schokovögel von der Speisekarte gestrichen wurden und dafür einmal in der Woche ein Konzert gaben. Zudem sollte die Hälfte ihrer Eier den Schokoladenbedarf des *Bakebeggars* decken.

Die Vögel hatten Gilbo überschwänglich gedankt und ihn zu ihrer Babystation geführt. Auf der einen Seite lagen Eier aus Nougat, auf der anderen Seite welche aus Vollmilch. Weiter hinten konnte Gilbo Krokant und Zartbitter erkennen. Er schämte sich ein bisschen, dass ihm bei diesem Anblick das Wasser im Mund zusammenlief.

»Die Vögel in diesen Eiern werden in Freiheit schlüpfen, dank dir«, sagte der Anführer zu Gilbo. Dabei tropfte ihm eine Schokoträne aus dem Auge. Der Zwerg fing sie unwillkürlich mit einem Finger auf und schleckte sie ohne nachzudenken ab. Sie schmeckte köstlich.

Nachdem er also diese kleine Eskapade unversehrt überstanden hatte, konnte sich Gilbo endlich wieder den wirklich wichtigen Dingen zuwenden. Er fand, dass er sich seine Kekse nun wirklich redlich verdient hatte und ging zurück in die Empfangshalle des *Bakebeggars*. Dort beseitigten die Angestellten des Hotels gerade die letzten Spuren des Aufstands. Die Barrikaden aus Kandis waren schon wieder abgebaut und zurück in die Vorratskammer gebracht worden. Eine Naschkatze in Dienstmädchenuniform fegte die verstreuten Schokostreusel zusammen, die sich von den Flügeln der Rebellen gelöst hatten. Gilbo hoffte, dass die Bäcker sie nicht in ihren Keksen verarbeiten würden. Sie schmeckten bestimmt bitter.

Mist, sein Bekannter saß nicht auf seinem Platz hinter dem Empfangstresen. Er war eines Tages in einem Kurs für Zwergensprache aufgetaucht, den Gilbo ehrenamtlich gab, und hatte sich nur mit *der Portier* vorgestellt. Das hatte niemanden gewundert, denn ein Name hätte zu dieser unscheinbaren Gestalt auch nicht gepasst. Gilbo konnte sich nicht erinnern, den Portier jemals ein Wort in der Zwergensprache sprechen gehört zu haben. Nach der dritten Stunde hatte der Schüler ihm nach dem Unterricht ein paar Kekse gegeben und ihm angeboten, sich jederzeit Nachschub zu besorgen. Das ließ sich Gilbo nicht zweimal sagen.

»Nicht schlecht«, sagte der Portier, der sich nach etwas gebückt haben musste. Beim Aufstehen zeigte sich nun sein Gesicht über dem

Tresen, dessen Holz in Relation zu diesem glanzlosen Geschöpf zu leuchten schien.

»Wie du das mit den Vögeln gemacht hast, meine ich.«

»Ähm, danke«, sagte Gilbo, und vor Stolz richtete sich seine rote Zipfelmütze auf. Ein Zwergenklischee, aber so war es eben. Er hatte eigentlich kein gesteigertes Interesse daran, mit diesem öden Zeitgenossen Konversation zu betreiben, fühlte sich indes zu etwas Small Talk genötigt.

»Sind die immer so aufmüpfig, die Schokovögel?«

Der Portier schüttelte den Kopf, seine Haare bewegten sich dabei genau so viel wie bei einem durchschnittlichen männlichen Kopfschüttler, also nicht besonders viel. »Bisher brav wie karamellisierte Kakaobohnen. Kein Wunder bei dieser Ausbeutung. Es wurde mal Zeit, dass jemand die ewige Süße des *Bakebeggars* ein bisschen versauert.« Der Zwerg fand, dass er heute genug diplomatische Worte gesprochen hatte, und wechselte das Thema: »Weshalb ich eigentlich hier bin …«

»Ach ja, du warst schon lange nicht mehr da, um dir Plätzchennachschub zu holen, nicht wahr?« Der Portier wühlte unter seinem Tresen herum und hielt einige Kekstüten in die Höhe. Gilbo hätte wahllos jede davon genommen, doch der Portier verstaute sie gleich wieder.

»Da ist noch nicht das Richtige für dich dabei. Ich werde mal in der Küche nachsehen, ob ich ein paar Leckerbissen abzweigen kann.« Der Portier klappte die Tür zu seinem Tresen auf. »Bin gleich wieder da. Wärst du so nett, mich in der Zwischenzeit zu vertreten?«

»Äh, klar«, sagte Gilbo und stellte sich hinter den Empfangstresen. Dummerweise reichte sein Kopf nicht darüber hinaus, sodass er etwaige Gäste nicht würde sehen können. Dafür war er genau auf der Höhe der Tüten mit den unterschiedlichsten Keksformen: Blumen, Glocken, Esel. Gilbo dachte kurz an seinen Freund Kneff und überlegte, ob dieser wohl inzwischen Erfolg bei seiner Angebeteten Klumfina gehabt hatte. Wahrscheinlich war er indes zu schüchtern und hatte stattdessen unzählige und unerhörte Liebesballaden verfasst.

Gilbo stellte sich auf die Zehenspitzen und lugte über den Tresen: Die Luft war rein. Also zog er schnell einen beliebigen Keks aus einer der Tüten und begann, genüsslich an ihm zu knabbern. Dabei fiel sein Blick auf ein kleines Büchlein mit weinrotem Ledereinband, das unter ein paar Kekstüten auf dem Regal unter den Postfächern der Hotelgäste hervor lugte. Gilbo war neugierig. Ob es sich um das geheime Notizbuch des Portiers handelte? Vielleicht würde es irgendwelche ungeahnten Tiefen seines Besitzers preisgeben. Nicht, dass Gilbo dachte, der Portier hätte welche. Aber man konnte ja nie wissen. Er schlug die erste Seite auf. »Raizels Tagebuch« stand darauf. Der Zwerg starrte auf die Seite vor ihm. Was zum hundertjährigen Bart machte dieses Buch hier? Es musste ihr gestohlen worden sein. Nur von wem? Er überlegte hin und her und fand trotzdem keine Lösung.

Kling! Das Geräusch fuhr Gilbo durch Mark und Bein und er schreckte wie ertappt auf. »Nie ist jemand da, wenn man es eilig hat«, grummelte jemand jenseits des Tresens. Gilbo lugte durch den Spalt der Klapptür. Ein Eichhörnchen mit einer gelben Mütze und einer Brieftasche stand davor und trat unruhig von einer Pfote auf die andere.

»Doch, hier bin ich«, sagte Gilbo. Das Eichhörnchen lugte über den Tresen und musterte ihn misstrauisch.

»Du bist kleiner als gewöhnlich. Und gewöhnlich bist du gewöhnlich«, sagte es skeptisch.

»Das mag sein. Ich vertrete nur kurz jemanden.«

»Aha.« Das Eichhörnchen zögerte noch einen Moment, dann fiel ihm wohl der noch prall gefüllte Briefsack ein. »Also gut.« Es fischte einen einzelnen weißen Zettel aus der Tasche und schob ihn zu Gilbo durch den Schlitz des Empfangstresens.

»Eine vertrauliche Nachricht für Zimmer Nummer fünfundvierzig.«

»Okay, danke.« Ohne lange nachzudenken, streckte Gilbo dem Eichhörnchen als Trinkgeld ein Plätzchen in Nussform zurück durch den Schlitz. Es bedankte sich artig und verließ das Hotel. Zimmer fünfundvierzig. Der Aushilfsportier suchte das richtige Brieffach. Es war kaum zu übersehen, denn es quoll über von Briefen, die mit Schleifen verziert waren und – Gilbo hielt seine empfindliche Nase daran – parfümiert. Es bestand kein Zweifel mehr: Fanpost. Gilbo verzog seine knollige Nase. Diese Menschen und ihr Idolgehabe. Als aufgeschlossener Zwerg überraschte es ihn jedes Mal aufs Neue, wie sehr die Menschen dem Stereotyp gerecht wurden, dass die konservativen Zwerge sich von ihnen machten: auf jene fixiert, die sie für noch größer als sich selbst hielten, leicht beeinflussbar, viel zu große Hände.

Als Gilbo die neue Notiz auf den Stapel legte, löste sich eine rosafarbene Karte heraus und fiel auf das Regal darunter. Genau dorthin, wo Raizels Tagebuch lag. »Dieser dreiste Kerl!«, entfuhr es Gilbo. Da hatte dieser Laurinel also irgendjemanden damit beauftragt, das Tagebuch zu stehlen, und es dann seelenruhig an der Rezeption abgeben lassen. Und dann war es wegen all der Fanpost aus seinem Fach gefallen. Wahrscheinlich wartete Laurinel schon unruhig auf sein Diebesgut. Sollte er noch ein wenig länger warten. Der Zwerg wollte sich den dünnen Band in die Tasche seiner Jacke stecken.

»Was machst du da?« Sein Bekannter war zurückgekommen und riss ihm das Tagebuch aus der Hand.

»Aber das gehört Raizel!«, rief der Zwerg empört aus.

Der Portier runzelte für einen Moment die Stirn, die Falten waren dabei so tief wie bei einem durchschnittlichen Stirnrunzler, also nicht besonders ausgeprägt.

»Tut mir leid. Ich bekomme großen Ärger, wenn Besitztümer unserer Gäste abhandenkommen. Und dieses Buch gehört einem gewissen Laurinel. Ich weiß nicht, wer diese Raizel ist, du musst da was verwechseln.«

»Aber es steht ›Raizels Tagebuch‹ auf der ersten Seite. Schau doch mal nach!«

»Das ist ausgeschlossen. Oder jemand hat hier rumgekritzelt. Ich hätte dich nicht allein an der Rezeption lassen sollen! Jetzt kriegst du erst mal deine Kekse.«

Raizel hatte einen Eichhörnchenboten zum Hotel *Bakebeggars* geschickt mit einer knappen Nachricht für Laurinel: »Werde das Tor öffnen. Morgen, wenn der Tau sich von den Blättern hebt. Sagen Sie, wo.« Sie musste nicht lange auf eine Antwort warten, nach kurzer Zeit kehrte der Bote zurück. Mit einer Pfote forderte das Tier stumm seinen Lohn ein: drei Nüsse, die sich das Hörnchen gleich in das

Schnäuzchen steckte. Mit der anderen händigte es ihr Laurinels Antwort aus. »Famos. Treffpunkt: Vermicellis Wiese. Dort, wo sich die Welten treffen.« Raizel konnte sich keinen Reim auf die letzte Angabe machen, aber nach Lyrik war ihr gerade ohnehin nicht zumute.

Lille Brantock kam die Treppe herunter, sie trug ein moosgrünes Oberteil mit Blätterranken auf dem Rücken, darunter lugte ein helleres Grün hervor. Zwei Stoffteile, vorne so zusammengenäht, dass sie zwei Zipfel bildeten. Selbst Kobolde schienen sich für besondere Anlässe schick zu machen. Raizel hatte sogar unweit des Brantockschen Hauses einen Laden namens Klabauterkleider gesehen, der mit dem Slogan warb: *Der richtige Grünton für jeden Schabernack.* Sie schwiegen auf dem Weg zu Vermicellis Buchhandlung, und Raizel dachte darüber nach, wie es ihr gelingen sollte, das Tor zwischen den Welten zu öffnen. Was, wenn es nicht funktionierte? Dann wäre Kalfa verloren. Aber seit Raizel der Baldenkönigin die Haare gebürstet hatte, schien alles möglich. Und dieser Laurinel war sich offenbar ganz sicher, dass sie der Schlüssel war.

Sie erreichten die Wiese, die so verlassen völlig anders wirkte als während der Theaterproben. Als läge eine Ahnung von Verhängnis über ihr. Und dort im Zentrum stand Laurinel auf der Holzbühne wie ein Filmstar auf dem roten Teppich. Die Bühne, natürlich – der Ort, an dem sich die Welten trafen. Wirklichkeit und Fiktion, das Land der Balden und das, in dem sie aufgewachsen war.

»Da sind Sie ja. Und die werte Frau Koboldin«, sagte Laurinel und beugte den Kopf hoheitsvoll. »Gerade schaute ich in die Richtung des Brantockschen Eckhauses und sagte zu mir: ›Aus dieser hohlen Gasse muss sie kommen.‹ Und schon steht sie vor mir.«

Er wollte ihr die Hand küssen, aber Raizel entzog sie ihm gerade noch rechtzeitig.

»Sie wollen das Tor öffnen, ich will es öffnen. Also lassen Sie uns beginnen.«

»Ah, ganz die Raizel, die mein Alter Ego – Dr. Laurens – so schätzt. Sie weiß genau, was sie will. Eine gute Charaktereigenschaft, nicht wahr?«, fragte Laurinel die Koboldfrau.

»Für solches Geplänkel haben wir jetzt keine Zeit. Es steht ein Leben auf dem Spiel!«, antwortete die Koboldin.

Auch Raizel war voller Ungeduld.

»Also, wie öffne ich jetzt das Tor?«

»Ganz einfach. Setzen Sie sich hier auf der Bühne auf den Boden, spüren Sie das Holz unter sich und schließen Sie die Augen. Ja, so ist es gut. Nicht blinzeln! Und jetzt nehmen Sie die Hand der Koboldfrau.«

Es vergingen einige Momente und nichts geschah. Raizel wurde zappelig, wie stets, wenn etwas nicht sofort funktionierte.

»Das ist doch albern, so klappt das …«

»Psst, jetzt seien Sie doch mal still.«

Raizel verzog die Lippen auf die für sie charakteristische Weise, bei der sie gleichzeitig die Nase kräuselte. Und dann hörte sie plötzlich ein ihr wohlbekanntes Lied: *Imagine* von John Lennon. Sie öffnete nur einmal kurz die Augen, um zu sehen, dass Laurinel tatsächlich sang. Gar nicht mal so schlecht übrigens.

Raizel klammerte sich an Lilles Hand, irgendwas passierte da, der Boden schien unter ihr wegzubrechen.

Sie lauschte auf den Songtext. *Und die Welt wird wie eine sein* – Das musste der Code sein! Und sie hatte die Zeilen unbewusst mitgesungen. Konnte es sein, war es möglich, dass sie damit bereits das Tor geöffnet hatte?

Beruhigt fühlte sie, wie Lilles Hand sich an ihre klammerte. Einen kurzen Moment hatte jemand ihr Bein berührt. War Laurinel etwa mit ihnen gereist? Sie traute sich nicht, die Augen zu öffnen. Dann tat sie es doch – und war zu Hause.

765.432 Flügelschläge und 1098 Schritte

Als die Balden einst das Zeitalter des Friedens ausriefen, hinterließen sie ihren Nachfahren für den Notfall magische Koordinaten, an denen sie die Kampfbücher versteckten. Ein *Naji* sollte die Balden zu dieser Stelle führen. Normalerweise nutzten die Balden diese Geräte, um sich gegenseitig kleine Geschenke zu verstecken, im tiefsten Wald oder zwischen den Häusern. Nur der Empfänger kannte die Koordinaten und niemand außer den Balden wusste überhaupt von der Existenz dieser Schätze. So sah man sie bisweilen mit suchendem Blick umherschweifen, ihr Naji schnell vor neugierigen Augen verbergend, damit niemand ihr Geheimnis aufdeckte. Das rosa transparente Gerät, das gerade so in Manjfees Hand passte, zeigte *765.432 Flügelschläge und 1098 Schritte* an. Das war, was ein Balde mit einer durchschnittlichen Reichweite pro Flügelschlag an Kraft aufbringen musste, um zum Versteck ihrer Ahnen zu gelangen. Wribo und Selp stupsten sich an und fragten den Weißhaarigen, was mit den Schritten gemeint sei. Schließlich bewegten sich Balden nur dann auf dem Boden, wenn sie in Gesellschaft von bemitleidenswerten nicht flugfähigen Wesen waren. Menschen zum Beispiel.

»Das werdet ihr noch früh genug checken. Und jetzt los, eilet!«, rief der Alte den jungen Balden zu. Manjfee gefiel sein Ton nicht. Er klang manchmal ganz so, als gefiele es ihm, dass die Bedrohung sie dazu zwang, ihren pazifistischen Lebensstil aufzugeben.

Für Selp und Wribo war das Ganze ein großes Abenteuer. Sie hatten riesige Rucksäcke mit zu der Versammlung auf dem Platz vor dem Nachttannenturm gebracht, von dem aus die Balden sich auf die Suche nach den Kampfbüchern ihrer Ahnen begeben wollten. Als der Alte sie zu Spähern ernannte und nach vorne rief, drehten sie vor Freude einen Looping in der Luft – wobei bunte Würfel, Karten und weiteres Spielzeug aus ihren Taschen purzelten.

»Was gedachtet ihr, mit diesem Kram zu tun?«, fragte Manjfee streng, musste dabei jedoch lächeln.

»Na, spielen, Gnädigste.«

»Mich dünkt, ich muss euch dazu verdonnern, das Zeug allhier zu lassen. Es wär zu schwer für euch.«

»Aber …«, kam es aus beiden Kehlen zugleich.

»Euch obliegt es, derbe fix zu sein, so als coole Späher. Damit erweist ihr uns einen großen Dienst.« Das schien den Jungbalden einzuleuchten und sie beeilten sich, einen Teil ihrer Ausrüstung zurück in den Nachttannenturm zu bringen. Währenddessen betrachtete

Manjfee ihr Volk, das den ganzen Platz ausfüllte. Der Gedanke *Wie ein Heer* durchzuckte sie. Diese mehrere Hundert erwartungsvoll entschlossenen Gesichter, manche besorgt, manche eher freudig erregt. Ihre Haare leuchteten dagegen in Zitronengelb, um einen fröhlichen Kontrapunkt zu der düsteren Stimmung zu setzen.

Die Balden würden nachts fliegen, um weniger Aufmerksamkeit auf sich zu ziehen. Und sie konnten nur wenig Proviant mitnehmen, würden sich also hauptsächlich von Beeren und Wurzeln ernähren müssen. Das war noch ihr geringstes Problem. Sobald Selp und Wribo wieder neben ihr gelandet waren, gab Manjfee das Signal zum Aufbruch.

»Wohlan, Balden, lasset uns losdüsen!«

So viele Balden hatte Cendro noch nie fliegen sehen, seit er einmal limitierten Sonderkraftstoff getankt hatte und sein Phönix ganz besonders glitzernde Farbkristalle ausgespuckt hatte. Fuhr etwa jemand ein ähnliches Gefährt wie er? Dann könnten sie Wettrennen veranstalten! Aber Cendro entdeckte keinen zweiten Phönix. Was zog die Balden dann bloß so an? Der Schornsteinreiter hatte es noch nie erlebt, dass sie sich in so großer Zahl vom Nachttannenturm entfernten.

Plötzlich musste er daran denken, dass er dort bei der Zusammenkunft der Baldenfreunde die Kekse aus dem *Bakebeggars* verloren hatte, die ihm so viel Ärger mit den Hilfsbäckern eingebracht hatten. Er schüttelte sich bei dem Gedanken an die kalte Dusche. Er sollte herausfinden, was es mit diesen Keksen auf sich hatte – nur musste er sie dafür erst mal wiederfinden. Seine Suche musste logischerweise im Baldenhort beginnen. Am besten würde er noch in dieser Nacht in den verlassenen Nachttannenturm gehen, denn dann würde er niemandem erklären müssen, warum er sich so für dieses Gebäck interessierte. Außerdem wusste Cendro, dass der Turm stets unverschlossen war. Dachte er zumindest.

16. Kapitel

Ein Heer von Schatten strömte durch das Tor zwischen den Welten. Das dunkle Geschwader setzte sich wie ein Krähenschwarm auf Häuser und verschluckte jeden Lichtstrahl, der es wagte, leichthin durch die Luft zu tanzen. Die Schatten versteckten sich nicht länger, waren von Spionen zu Eroberern geworden. Es war ein Sturm aufgekommen, und sie ritten auf den Windböen, die die stolzen Köpfe von uralten Bäumen beugten, bis ihre Wipfel den Boden berührten. Schon hatte die schwarze Wolke das grüne Eckhaus der Koboldfamilie Brantock umzingelt, den Buchladen des Bücherwurms Vermicelli und den Sitz der Königin, den Nachttannenturm. Das Dunkle hatte Einzug ins Reich des Nachttannenturms gehalten. Es rüstete sich für den Kampf, der diesem Land den Frieden nehmen sollte, den es so lange gehegt hatte.

Der Bücherwurm hob nur kurz den Kopf und wunderte sich über die unüblich frühe Dämmerung. Dann wandte er sich wieder der Inventur zu, da heute nur wenige Kunden seinen Laden besuchten. Ein Esel hatte nach sentimentaler Liebeslyrik gefragt und dabei etwas von einer gewissen Klumfina gemurmelt, an die er sein Herz verloren hatte. Vermicelli hatte ihm besondere Aufmerksamkeit geschenkt, denn unglücklich Verliebte waren gute Kunden. Sie lasen viel, um sich abzulenken oder in den Worten anderer ihre eigenen Gefühle wiederzufinden. Ungünstig wurde es nur, wenn ihre Liebe erwidert wurde, dann kauften sie am Anfang vielleicht noch ein Buch, aus dem sich die neu verbundenen Seelen gegenseitig vorlasen, dann brauchten die Liebenden nur noch die Worte, die zwischen ihnen waren.

Vermicelli zog ein zerknülltes Taschenbuch aus der Ritze zwischen Bücherschrank und Wand hervor. Er fluchte, denn er konnte es nicht ertragen, wenn so nachlässig mit Büchern umgegangen wurde. »Man spielt nicht mit Essen«, hatte ihm seine Mutter beigebracht. Zur Beruhigung griff er zu einem Kräuterbestimmungsband.

Während er vorne im Laden die Seite über Wirschelkraut herausriss und genüsslich ihr frisches Aroma einatmete, drangen die Schatten durch eine Ritze in der rückwärtigen Wand in die Druckerei ein. Kippten Kästen mit losen Seiten um und ließen die Sätze daraufhin im Nichts verschwinden. Setzten sich auf die Maschinen und saugten die Tinte heraus. Die Druckmaschinen blieben wie ausgeblutete Beutetiere zurück. Sie hatten ausgedient, der Romanzyklus *Imaginate* war beinahe vollendet und hatte seinen Sinn erfüllt: Raizel hatte das Tor zwischen den Welten geöffnet und die Schatten in das Reich der Balden eingelassen. Raizel wurde hier nicht mehr benötigt. Sie war in ihre Welt zurückgekehrt, und dort sollte sie auch bleiben. Und es gab nur eine Möglichkeit, das für alle Zeiten sicherzustellen. Der Autor feilte gerade an den entsprechenden Sätzen. Doch die sollten niemals gedruckt auf einem Stück Papier erscheinen. Was würden denn die Leser sagen, wenn ihre Lieblingsprotagonistin sich nicht mit einem *Und alles war gut* verabschiedete.

Sondern starb.

Das alles dachten natürlich nicht die Schatten, denn Schatten können nicht denken. Sie waren nur Abbilder von Gedanken, verdunkelte Abbilder, die noch den glücklichsten Tagtraum in verzweifelte Hoffnungslosigkeit verwandelten.

Tarik knabberte an dem Zeiskolben, konnte ihn aber nicht richtig genießen. Auch der weite Blick über die Felder und die schützende Höhle hinter ihm gaben ihm nicht das gute Gefühl wie gewöhnlich. Raizel war nicht zu Hause gewesen, als er eben am grünen Eckhaus geklingelt hatte. Zumindest hatte Herr Brantock das behauptet und ihm mit verlegenem Gesichtsausdruck ausrichten lassen, sie wolle ihn auch in Zukunft nicht sehen. Tarik schlug voller Kraft auf einen Stein ein, sodass seine Hand schmerzte.

Er musste irgendetwas tun. Etwas, was ihn nicht nur ablenkte, sondern ihm auch half, sein verirrtes Selbst wiederzufinden. Schreiben. Er holte sein in schwarzes Leder gebundenes Notizbuch hervor. Nahm den Bleistift, den er stets bei sich trug, und kritzelte drauflos. Fand ungewöhnliche Bilder, komponierte herzergreifende Satzmelodien und knüpfte geniale Assoziationsketten. Er schrieb sich in Rage, nur er konnte das: Tarik Tintenfeder, das Sprachgenie!

Zu Beginn waren es nur einzelne Gedanken gewesen, die er ungeordnet über die Seiten verstreut hatte. Die Aura der Höhle ergriff zunehmend von ihm Besitz, bald waren es keine unzusammenhängenden Sätze mehr, die sich bleischwer aus seiner Feder auf das Papier ergossen. *Imaginate, letzter Teil* stand oben auf der Seite, und der erste Satz lautete: *Raizel und ihre klein gewachsene Bekannte schauten sich neugierig um.*

Raizel und die Koboldin schauten sich neugierig um. »Was sind diese Dinger, auf die alle Menschen starren? Sind das eure Haustiere?«, flüsterte Lille ihr zu.

Raizel musste lachen. »Nein, das sind Smartphones. Intelligente Telefone.« Lille schaute sie verständnislos an.

»Du meinst ein intelligentes Haustier? So wie der Tulfo? Die Menschen haben diese Smartphones anscheinend lieber als ihre eigene Spezies. Sie schenken ihnen auf jeden Fall mehr Aufmerksamkeit.« Die Koboldfrau hatte keine Stunde in der Menschenwelt verbracht und schon die Misere der Zeit auf den Punkt gebracht.

»Wird denn im Roman nichts über Digitalisierung geschrieben?«, fragte Raizel.

»Digi… was?«, fragte Lille.

An den Smartphones hatte Raizel gleich erkannt, dass der Weltenwechsel funktioniert hatte. Ansonsten kam ihr die Umgebung nicht bekannt vor. Offenbar waren sie nicht in ihrer Heimatstadt gelandet. Die beiden hatten sich auf einer Bank vor einem Springbrunnen wiedergefunden, als sie die Augen öffneten. Der Tag neigte sich dem Ende zu, die Einkaufsstraße leerte sich langsam. Die Passanten schienen sich an ihrem plötzlichen Auftauchen nicht zu stören. Bis auf eine Frau, die ihre Tochter im Buggy vor sich herschob. Sie deutete auf Lille.

»Ach, wie niedlich. Aber sie wachsen ja so schnell, nicht wahr?«

Raizel blickte sie verständnislos an, bis sie Lille entrüstet schnauben hörte und verstand. Die Frau hielt die Koboldin offenbar für ihre Tochter! Raizel nickte nur, weil sie ihrer Stimme nicht traute, und versuchte ein Lächeln.

Da meldete sich das Kind zu Wort.

»Mama, guck mal, die hat so komische rote Ohren, und die Haut ist ganz grün!« Raizel hielt die Luft an.

»Sei still«, sagte die Frau und schob den Buggy schnell weiter, ohne Raizel und Lille noch einmal anzusehen.

Als Mutter und Kind sich entfernt hatten, atmete Raizel aus.

»Puh, das war knapp. Zum Glück sind die meisten Erwachsenen hier ziemlich ignorant. Aber trotzdem: Du musst irgendwie deine roten Koboldohren verstecken. Wir werden dir einen Hut besorgen.«

»Oh ja!«, sagte Lille, die nichts gegen eine kleine Shoppingtour in der fremden Welt einzuwenden hatte.

Im Einkaufszentrum wurde sie zunächst von Schaukästen mit Kräutern abgelenkt. Raizel konnte sie gerade noch davon abhalten, ein paar Zweige Rosmarin zu pflücken.

In der Modeboutique standen zur Dekoration einige Vogelbeerzweige in Vasen herum.

»Oh, diese Beeren kenne ich noch gar nicht. Daraus könnte man bestimmt einen leckeren Saft brauen!«, sagte Lille und griff nach den Früchten.

»Stopp, das sind Vogelbeeren, die sind giftig!«

»Oh, na ja. Aber man weiß ja nie«, sagte Lille. Und steckte eine Handvoll in ihren Beutel, ehe sie sich für einen lindgrünen Hut mit Schleife entschied.

Der Tulfo hatte den ganzen Abend merkwürdige Quiekgeräusche von sich gegeben. Es hörte sich an, als wenn er im Schlaf schwere Prüfungen zu bestehen hätte. Frips war todmüde und hatte sogar überlegt, seinen Spion zu verstopfen, damit er endlich schlafen konnte. Irgendetwas hatte ihn davon abgehalten. Dies war seine Mission, und die durfte er nicht wegen ein bisschen Müdigkeit aufs Spiel setzen. Um fünf Uhr morgens war es plötzlich still geworden. Statt endlich beruhigt die Augen zu schließen und selig in das Reich der Koboldträume zu entschlummern, setzte sich Frips mit einem Ruck auf. Jetzt ging es los.

Er presste sein Ohr an den Spion, und dank seiner koboldscharfen Sinne vernahm er ein leises Knirschen. Woher kannte er dieses Geräusch nur? Es klang wie ein Ast, der beim Versteckspiel im Wald zerbricht, oder wie Sand, der am Strand versehentlich in den Mund gerät und zwischen den Zähnen zermalmt wird.

Zwischen den Zähnen? Es musste der einzelne Keks sein, der ihn bei der Inspektion von Polpos Zimmer so irritiert hatte

Das Knirschen verstummte, stattdessen quietschte das Körbchen des Tulfos. Im selben Augenblick fiel alle Müdigkeit von Frips ab. Geistesgegenwärtig schnappte er sich noch seine mit getrocknetem Moos gefütterte Jacke, die er über den Schlafanzug zog, während er die Treppe hinunterstürzte. Er sah gerade noch, wie sich die Haustür hinter Polpo schloss.

»Mamma, guck mal, was für ein hässlicher Gartenzwerg!« Ein kleiner Junge blieb stehen und zog an der Zwergenmütze.

»Die ist ja echt«, sagte er verdutzt, als er die lange rote Kopfbedeckung plötzlich in den Händen hielt. Seine Mutter trat hinzu.

»Na, leg sie besser wieder zurück, sonst wird der Besitzer noch wütend.« Und nach einem Moment fügte sie hinzu: »Aber du hast recht, dieser Gartenzwerg sieht wirklich noch scheußlicher aus als sonstige Exemplare.« Die Menschen setzten ihren Spaziergang fort. Nicht ahnend, dass sie gerade einen Zwerg namens Gilbo zutiefst gekränkt hatten.

Lille war in tiefes Nachdenken versunken. Dabei zog sie ihre Ohren nach vorne wie ein horchendes Tier, wodurch sich auch der Hut nach vorne schob, sodass man das Gesicht der Koboldin kaum noch sehen konnte.

»Worüber grübelst du nach?«, fragte Raizel.

»Woher wir wissen sollen, welche Arznei Kalfa wirklich hilft. Ist schon klar, wir müssen in eine von euren A-p-o-the-ken. So heißen doch die Kräuterläden bei euch, oder? Aber ich habe die Dose in meiner Vision nur ganz kurz gesehen und kann mich nicht mehr an den Namen erinnern.«

»Oh.« Irgendwie war Raizel davon ausgegangen, dass die Koboldin genau wusste, was zu tun war. Ihr kam ein Gedanke.

»Wir könnten ja im Internet recherchieren.«

»Wo? In einem Netz?«

»Ja schon irgendwie, aber ein virtuelles …«

»Hat das was mit Tugend zu tun?«

»Ähm, nein, nicht wirklich. Kommt denn in *Imaginate* wirklich nie vor, wie ich im Internet surfe?«

»Nein. Es ist also eine wässrige Gegend? Dann sollte ich mir noch Gummistiefel besorgen.«

Während sie nach einem Internetcafé suchten, das rund um die Uhr geöffnet hatte, erteilte Raizel der Koboldin einen Crashkurs über das WWW.

»Das erinnert mich an unser Koboldnetzwerk, über das wir Streiche und Zaubersprüche austauschen!«, sagte Lille. »Mein Mann ist da übrigens Koordinator. Der würde bestimmt total gern mal *im Internet surfen.*« Die letzten drei Worte hatte sie betont ausgesprochen, wie um zu testen, ob sie die ungewohnten Begriffe richtig verwendete.

»Sehr gut«, lobte Raizel. Dann waren sie bei einem Internetcafé angekommen. *E-Mail for you* stand in Leuchtschrift über dem Eingang.

»Die sehen merkwürdig aus«, war das Erste, was Lille beim Anblick der grauen Geräte sagte. »Viel zu flach, um so viel Wissen zu speichern.« Das hatte der Besitzer gehört, ein breitschultriger Typ, der nach einer Mischung aus Fitnessstudiogänger und Computernerd aussah. Er baute sich vor dem Duo auf.

»Hast du etwa gerade meine Kleinen beleidigt?«

»Ähm, nichts läge mir ferner«, sagte Lille und grinste Raizel hinter dem Rücken des Besitzers an.

»Du hast mir gar nicht gesagt, dass es hier auch Trolle gibt«, flüsterte sie.

Raizel hielt sich rasch die Hand vors Gesicht, damit Koboldin und Troll ihr Lächeln nicht sehen konnten.

»Im Internet gibt es so manchen Troll«, murmelte sie. Aber es blieb keine Zeit, um der Koboldin die Abgründe des World Wide Web zu erklären. Lille war voller Tatendrang.

»Also, wie läuft das hier? Erscheint auf diesem eckigen Objekt gleich jemand, den wir um Rat fragen können?«

»So ungefähr. Nur dass es sich nicht um eine Person handelt.« Raizel rief die Google-Seite auf.

»Gooooogle«, las Lille vor. »Ist das so eine Art Heinzelmännchen?« Raizel erklärte der Koboldin die Funktionsweise der Suchseite und kam sich dabei ein bisschen so vor, als spräche sie mit einer Seniorin, für die das Internet etwas völlig Neues war. Eine, die an Heinzelmännchen glaubte. Und die Firefox für einen Wüstenfuchs mit magischen Kräften hielt.

Der Troll beugte sich über ihre Schultern und versuchte, einen Blick auf den Bildschirm zu erhaschen.

»Ein bisschen Privatsphäre bitte, ja«, sagte Raizel.

Der Internetcafébesitzer grinste. »Schicker Flachbildschirm, ne? Mein jüngstes Baby!« Dann trollte er sich.

»Flachbildschirm?«, fragte Lille besorgt. »Bedeutet das, dass nicht so viele Informationen hineinpassen?« Als Raizel belustigt den Kopf schüttelte, fügte die Koboldin interessiert hinzu: »Und weshalb bezeichnet er den Computer als ›Baby‹, handelt es sich bei diesem Mann um eine Kreuzung zwischen Mensch und Technik? Das würde auch sein merkwürdiges Verhalten erklären.«

Sie surften erst ein bisschen herum, Raizel wollte lesen, was in ihrer Welt passiert war, während sie fort war. Sie besuchte das Portal ihrer Lokalzeitung. Die verkündete als Aufmacher: *Literaturstudentin seit drei Wochen verschwunden – keine Spur.* Und dann wurden Kommilitonen zitiert, die sich um sie sorgten. Nachdem sie Lille die Tastatur erklärt hatte, überließ Raizel der Koboldfrau die Recherche und schaute sich träumend im Internetcafé um. Sie fühlte eine sonderbare Mischung aus Vertrautheit und Fremdheit. Immerhin befand sie sich wieder in der Menschenwelt, hatte diesen Ort – rund drei Stunden von ihrer Universitätsstadt entfernt, wie sie inzwischen rausgefunden hatte – jedoch noch nie besucht. Vielleicht waren es auch ihre Erlebnisse in der Baldenwelt, die Raizel zur Fremden in der eigenen Heimat gemacht hatten.

Die Suche nach der richtigen Medizin zog sich hin. Wie schön es wäre, wenn sie einfach in eine Apotheke spazieren und nach dem richtigen Mittel gegen *von Schatten induzierten Psychosen bei elfenartigen Balden* fragen könnten. Wahrscheinlich würde sie sich dann allerdings selbst bald in medikamentöser Behandlung wiederfinden. Raizel zuckte zusammen, als Lille sie ansprach.

»Gibt es hier auch ein Hotel *Bakebeggars*, das zufällig über ein sehr ausgeklügeltes Werbekonzept verfügt?«

»Äh, nein, wie kommst du darauf?«

»Jedes Mal, wenn ich eine neue Seite öffnen will, werde ich gefragt, ob ich einen Cookie akzeptieren will. Ich muss schon sagen, das ist ziemlich höflich und könnte mich tatsächlich zum Kauf bewegen. Allerdings haben sie bislang noch nicht verraten, welche Geschmacksrichtung die Kekse haben.« Raizel musste sich ein Grinsen verkneifen und klärte Lille auf, die alle neuen Informationen über die Menschenwelt sofort verarbeitete wie ein kleiner Supercomputer.

Noch einmal eine halbe Stunde später und die Koboldin verkündete: »Ich glaube, ich hab's.«

»Echt? Und, wonach suchen wir?«

»Nach Neureginal, einem Beruhigungsmittel.«

»Das, was die gestressten Frauen in den Seifenopern immer nehmen?«

»Singende Reinigungsmittel?«, fragte Lille interessiert. »Diese Welt ist wirklich sehr … speziell. Oder sehr musikalisch. Wie dem auch sei. Hier steht, Neureginal hilft der Psyche, mit Grausamkeiten fertigzuwerden. Und die Schatten, die Kalfa angegriffen haben, waren darauf trainiert, die Seele anzugreifen. Für deine Welt mag das normal sein, deshalb gilt das Medikament hier auch als relativ schwach, es ist nicht einmal verschreibungspflichtig. Aber in der Welt der Balden geschieht so etwas normalerweise nicht, deshalb sollte schon eine geringe Dosis helfen. Hoffentlich.«

432.109 Flügelschläge, 1098 Schritte

»Hey Wribo, wir sind schon ganz schön privilegierte Checker und mordsmäßig important als Späher der Balden, nicht wahr?« Selp und Wribo flogen gemächlich ihren Gefährten voraus, mit dem Naji in der Hand, das ihnen den Weg wies. Manchmal mussten sie den Kompass neu kalibrieren und sich dafür langsam zweimal im Kreis drehen.

»Ja stimmt. Imaginiere uns jetzt bloß mal in der drögen Balden-Elementarschule, ist fürwahr cooler hier. Mir dünkt, Kalfa wäre derbe stolz auf uns, wenn sie uns jetzt sehen könnte.« Kaum hatten die Worte seinen Mund verlassen, fiel Wribo ein, dass Kalfa vielleicht nie wieder aufwachen und niemals von ihren Heldentaten erfahren würde. Er schaute zu seinem Freund hinüber und las in dessen Blick, dass seine Gedanken in die gleiche Richtung gingen. Das Duo flog schweigend weiter. Schließlich drehten sie einen Bogen und ließen sich zurückfallen. Die beiden wollten prüfen, ob jemand die Balden verfolgte. Es dämmerte, bald würden sie sich einen Ruheplatz suchen müssen. Zwar brauchten sie nicht so viel Schlaf wie andere Lebewesen, doch auch Balden mussten ihre Kraftreserven regelmäßig auffüllen. Während ihrer langen Reise schlugen Selp und Wribo zum Zeitvertreib Luftpurzelbäume um die Wette. Es stand 314:310 für Selp. Wribo legte sich mächtig ins Zeug und merkte nicht, dass er bei seinem Looping in die Flugbahn einer Eule geriet. Der Vogel gurrte nur beleidigt, aber Wribo kam ins Trudeln und verlor an Flughöhe. Selp eilte seinem Freund hinterher und sie rasteten für einen kurzen Moment auf dem Wipfel eines Laubbaumes, dessen Blätter sich bunt gefärbt hatten.

»Stell dir bloß mal vor, wir würden jetzt fiese Schatten erspähen!«, sagte Selp aus einer Laune heraus. Zwar hatte er den Satz nicht wirklich ernst gemeint, aber Wribo musste sich die Schatten tatsächlich für einen Moment vorgestellt haben, denn nun konnte er sie plötzlich sehen. Die Schatten, die sich stets so darstellten, wie der Betrachter sie erwartete. Es waren nicht viele von ihnen, eher ein kleiner Suchtrupp, der gerade über ihren Köpfen hinwegzog und den Abendhimmel verdunkelte. Antibilder, die zu keinem Original passten. Die Jungbalden zogen sich Schutz suchend tiefer in das Blätterwerk des Baumes zurück. Wribo stieß Selp an. Sein sonst so munterer Freund zitterte. Sie brauchten kein Wort zu sagen, die Furcht stand ihnen ins Gesicht geschrieben. Niemals hatten sie ernsthaft erwogen, dass sie als Späher tatsächlich etwas erspähen könnten.

Jetzt mussten sie Manjfee und die anderen Balden warnen. Die beiden versuchten, eine telepathische Verbindung zu ihrer Königin aufzubauen. Doch es herrschte Funkstille. Richtig, Manjfee hatte ja gesagt, dass diese Art der Kommunikation nur im Umfeld des Nachttannenturms funktionierte. Also mussten sie selbst die Nachricht zu ihren Gefährten tragen. Nur wie sollten sie zu ihnen gelangen? Dafür müssten sie schließlich unbemerkt an den Schatten vorbeikommen.

Polpo lief durch die nächtlichen Straßen wie ferngesteuert. Wo in drei Kobolds Namen wollte er bloß hin? Niemand sonst war unterwegs, was wohl an den jüngsten Sichtungen unheimlicher Schatten lag. Niemand konnte sie fassen, nicht jeder sie sehen, doch die Bewohner des Ortes spürten ihre Anwesenheit. *Schatten über den Dächern – Eine Stadt wird heimgesucht*, hatte *Nachrichten aus Nirgendwo* heute Morgen getitelt. Das musste irgendwas mit dem Aufbruch von Raizel und seiner Mutter zu tun haben. Es fröstelte den jungen Kobold, und er zog sich die Jacke fester um die Schultern. Sie setzten den Weg fort, Kobold hinter Tulfo, immer einen Sicherheitsabstand wahrend. Und plötzlich wusste Frips, was ihr Ziel war: der Nachttannenturm. Ob es Polpo dort neulich beim Treffen der Baldenfreunde so gut gefallen hatte, dass er noch mal zurückwollte?

Der Tulfo blieb plötzlich stehen und drehte sich langsam um. Diese Szene hätte gut in einen dieser Horrorfilme aus Raizels Welt gepasst, dachte Frips. Allerdings erst, nachdem er sich schnell in einem dunklen Hauseingang versteckt hatte. War er entdeckt? Doch Polpo war lediglich in den Geruchsstrom des *Bakebeggars* geraten und drehte seine Nase, um den köstlichen Düften noch näher sein zu können. Dann schüttelte er sich und setzte seinen Gang fort. Frips erstarrte: Es musste irgendetwas Schlimmes mit dem Tulfo passiert sein, wenn er seinem Fresstrieb nicht nachgab.

Als sie den Platz vor dem Baldenturm erreichten, blieb der Kobold stehen. Hier gab es keinen Schutz vor neugierigen Blicken mehr. Ginge er noch weiter, würde er den Tulfo direkt konfrontieren müssen. Frips wartete erst einmal ab und lehnte sich gegen eines der Häuser, die den Platz säumten. Plötzlich merkte er, wie müde er noch war.

Seine Augen waren so auf Polpo fixiert, der leicht von einer Seite zur anderen wogend auf den Nachttannenturm zulief, dass der Kobold Cendro erst bemerkte, als der Tulfo bereits beinahe neben diesem stand. Der Schornsteinreiter schien mit zwei Balden zu verhandeln, die vor dem Eingangstor des Nachttannenturms standen. Merkwürdig, so mitten in der Nacht. Cendro und die Balden schienen sich zu streiten, wie ihre aufgeregten Bewegungen verrieten. Bei Cendros vielen Armen sah das ziemlich komisch aus. Währenddessen schlüpfte Polpo unbemerkt ins Innere des Turms. So ein Mist, was sollte Frips denn jetzt machen – hinterherlaufen? Wie würde er das alles den Balden erklären? Es würde ihm wohl nichts anderes übrig bleiben, als zu warten, bis der Tulfo wieder herauskam.

»Niemandem ist es gestattet, den Nachttannenturm im Dunkeln zu betreten, also verpiesel dich!« Die Balden, die den Eingang bewachten, waren unerbittlich. Wachen, das war so untypisch für Balden, dachte Cendro.

»Aber ich hab hier etwas Wichtiges verloren. Ihr kennt mich doch, jetzt stellt euch nicht so an!«, sagte er.

»No chance, Wertester.«

Und die zweite Wache assistierte:

»Dein Bemühen ist vergebens, Alter.«

Cendro stampfte mit dem Fuß auf, und eine Rauchwolke stieg auf. »Das kann ja wohl nicht wahr sein! Ich bin ein Baldenfreund, noch neulich habt ihr uns alle eingeladen, erinnert ihr euch nicht? Da habt ihr uns um Hilfe gebeten, und jetzt darf ich nicht mal mehr in den Nachttannenturm? Was ist das hier, ein Hochsicherheitstrakt?« Das letzte Wort kannte er aus *Imaginate* und hatte es schon immer mal anwenden wollen. Er musste offiziell werden.

»Ich möchte mit Manjfee sprechen«, sagte der Schornsteinreiter.

»Die Holde hat sich verpieselt«, sagte der Balde, und die zweite Wache fügte hinzu:

»Kehre ein andermal zurück, Schwarzkopf.«

»Schwarzkopf? Nur weil ich ein bisschen im Schornstein geduscht habe!« Cendro konnte nicht an sich halten und versuchte, an den Balden vorbeizulaufen. Doch er hatte deren Zauberkräfte vergessen. Cendro spürte, wie eine Kraft ihn langsam zurückdrängte, noch ehe er die Wachen auch nur berührt hatte. Die Treppen rückwärts hinunter, über den Platz zurück zu den Häusern.

»Tschüssi, Infamer«, klang es vergnügt aus Richtung des Eingangs. Das konnten sie doch nicht mit ihm machen!

Der Tulfo bewegte sich durch den Nachttannenturm. Aus Trauer über die Abwesenheit beinahe aller seiner Bewohner hatten die Bäume ihre Spitzen ins Innere geneigt. Das entging ihm jedoch, denn er hatte nur seine Aufgabe im Sinn. Er dachte auch nicht an die schönen Stunden, die er hier beim Treffen der Baldenfreunde verbracht hatte, wie Frips vermutet hatte. Der Tulfo dachte in diesem Moment eigentlich gar nicht wirklich. Sonst wäre er wohl niemals auf die Idee gekommen, das zu tun, wozu er sich jetzt anschickte.

Er holte einen unförmigen Gegenstand hervor, der tief unter seinem struppig gewordenen Fell versteckt war. Normalerweise hätte er ein so schweres Ding nur unter lautstarkem Protest und für eine deftige Belohnung geschleppt. Doch jetzt spürte er das Gewicht nicht einmal. Er versteckte sein Mitbringsel aus dem Hotel *Bakebeggars* unter der Vitrine, in der Manjfees Haarbürsten ausgestellt waren. Mindestens dreißig der kunstvollen Accessoires warteten dort auf Besucher, die das Ritual mit der Baldenkönigin praktizieren durften. Die Bürsten schimmerten in so unterschiedlichen Farben wie das Haar von Manjfee selbst, von Perlmutt bis Nachtfarben. Polpos Mission war nunmehr erfüllt, jetzt konnte er endlich zurück in sein Körbchen.

302.217 Flügelschläge, 1098 Schritte

Wo blieben Selp und Wribo nur? Manjfee hatte mit den Jungbalden verabredet, dass sie sich zur Nachtruhe wieder bei der Gruppe einfinden würden. Nun war der Himmel bereits tiefschwarz und die beiden ließen noch immer auf sich warten. Das monotone Schlagen der Flügel ließ die Gedanken der Königin abschweifen – zurück zum Nachttannenturm. Das sichere Zuhause fehlte ihr. Selbst die Beeren schmeckten hier in der Ferne nicht so gut. Sie ließ den Baldentrupp anhalten. Für die Königin und für den Weißhaarigen wurde jeweils ein Zelt aufgebaut, der Rest würde sich im Gras unter offenem Himmel zur kurzen Ruhe betten. Manjfee bat drei kräftige Reisebegleiter, Feuerholz zu sammeln. Zwar hatten Balden von Natur aus einen guten Wärmehaushalt und froren deshalb selten, aber das farbintensive Flammenspiel würde ihre Sinne erfreuen. *Und hoffentlich Schatten fernhalten*, setzte Manjfee in Gedanken hinzu.

Selp und Wribo näherten sich dem Lager der Balden, mit ihrem ausgeprägten Hörsinn konnten sie schon aus weiter Entfernung das fröhliche Geplapper ihrer Gefährten vernehmen. Vor den Spähern schwebte noch immer der Suchtrupp der Schatten. Wribo und Selp hatten keinen Weg gefunden, um sie zu überholen. Zu groß war ihre Angst vor Entdeckung. Kalfas Schicksal hatte ihnen auf drastische Weise vor Augen geführt, wie gefährlich die Schatten waren. So hielten sie sich im sicheren Abstand. Schließlich hörten sie ganz in der Nähe Baldenstimmen.

»Derbe dicker Stamm!«

»Fürwahr!« Drei ihrer Reisegenossen wurden sichtbar, als sie einen mächtigen Stamm aus dem Dickicht auf eine Lichtung schleppten. Sofort machten sich die Schatten auf den Weg zu ihnen. Selp vergaß jede Vorsicht und begann zu brüllen.

»Passt auf, ihr Opfer, da sind unerquickliche Schatten!« Die drei Balden reagierten umgehend und hielten den Stamm wie einen Schutzschild vor ihre Körper. Doch die Schatten ließen sich davon nicht beeindrucken und umschwirrten kurz darauf die Köpfe der Holzsammler. Selp wollte ihnen zu Hilfe eilen, aber Wribo hielt ihn fest.

»Das ist vergebliche Liebesmüh. Wir müssen zu Manjfee düsen!« Selp sah ein, dass sein Freund recht hatte. Dennoch schmerzte es ihn, die drei Gefährten zurückzulassen. Fieberhaft suchten die Jungbalden mit all ihren Sinnen nach der Baldenkönigin und fanden das Lager unweit der Lichtung. Keuchend kamen Selp und Wribo dort an. Manjfee war bei ihrem Anblick sofort alarmiert, denn es kam nicht allzu oft vor, dass Balden außer Atem gerieten.

»Du musst mitkommen, sofort!«, stieß Selp hervor, und vergaß für einen Moment, dass er mit seiner Königin sprach. Manjfee folgte ihnen, ohne eine Erklärung zu verlangen. Ihre Haare leuchteten alarmiert in Cyanblau, die helle Farbe wirkte wie ein Kontrast zur spätabendlichen Landschaft. Es war nicht viel Zeit vergangen, als sie wieder auf der Lichtung ankamen. Doch da waren keine Schatten. Nur drei Balden, die sich mit einem dicken Stamm abmühten und Selp und Wribo erfreut aufforderten, ihnen beim Tragen zu helfen. Die Jungbalden trauten ihren Augen nicht.

»Aber sie waren allhier! Ich schwöre, Alter«, meinte Wribo aufgeregt.

17. Kapitel

Ich dachte, hier gibt es keine Einhörner?«, flüsterte Lille Raizel zu, während sie zu dem Gebäude mit dem Einhornschild über dem Eingang schlichen. Als es im Wind hin und her schwang, quietschte es gespenstisch, und das Mondlicht tauchte die Apotheke in unheimliches Licht. Und dazu dieser Nebel, der alles einhüllte und diese Welt selbst für Raizel unwirklich erscheinen ließ.

Sie versuchte zu erklären.

»Es gibt sie auch nicht. Aber Einhörner sind Fabelwesen, denen magische Heilkräfte zugeschrieben werden. Früher gab es Scharlatane, die angeblich zerstoßenes Einhornhorn als Wundermittel verkauft haben. Ein bisschen von diesem Mythos ist bewahrt worden, deshalb hat diese Apotheke das Einhorn zu ihrem Wahrzeichen gemacht.«

»Gemahlenes Einhorn?«, platzte Lille heraus.

»Psst, denk dran, wir dürfen nicht gehört oder gesehen werden!«

»Gemahlenes Einhorn?«, wiederholte Lille diesmal leiser. »Das ist ja fürchterlich! Auf was für Ideen kommt ihr Menschen sonst noch?«

»Wusstest du, dass wir hier denken, Einhörner kämen nur zu Jungfrauen?«

Lille prustete los.

»Mensch, Lille, psst, wie oft soll ich das denn noch sagen?!«

»Tschuldigung. Das ist einfach zu witzig. Da muss sich dieser Tarik einen Scherz erlaubt haben. Bei uns gilt es als Aphrodisiakum, ein

Einhorn nur zu berühren. Deshalb versuchen überängstliche Eltern manchmal, ihre Jugendlichen von ihnen fernzuhalten. Das bringt aber nichts. Wenn ein Einhorn denkt, jemand sei reif für eine leidenschaftliche Liebesnacht, dann findet es schon seinen Weg. Das Horn selbst ist ein phallisches Symbol, wie könnt ihr Menschen es bloß mit Unbeflecktheit in Verbindung bringen?«

Raizel war bei diesem Gespräch ein bisschen unwohl zumute, Lille hatte plötzlich so etwas wahrhaft Koboldhaftes an sich, das ein wenig einschüchternd wirkte. Dieser Charakterzug würde bei ihrer bevorstehenden Aktion wahrscheinlich noch von Nutzen sein. Wenn sie in die Apotheke einbrachen. Denn sie konnten nicht bis zum nächsten Morgen warten, dann würde es vielleicht schon zu spät für Kalfa sein. Sie waren zwar beim Notdienst gewesen, doch der hatte das Neureginal nicht vorrätig und sie an die Einhornapotheke und den nächsten Morgen verwiesen. Mit dem Hinweis, dass ein harmloses Beruhigungsmittel wohl kaum einen Notfall darstellte.

»Oh wow, die Tür ist ja ganz aus Glas. Und ganz ohne Türgriff!«, rief Lille beeindruckt aus.

»Das ist eine elektronische Schiebetür. Aber komm, lass uns lieber nachsehen, ob es einen Hintereingang gibt.« Es gab einen. Doch dann fiel Raizel ein: »Mist, die Apotheke hat bestimmt eine Sicherheitsanlage!«

»Mit Schlösser knacken kennen wir Kobolde uns aus«, sagte Lille und kniff kurz die Augen zusammen.

»Fertig.«

»Wie, fertig?«

»Die Sicherheitsanlage ist jetzt ausgeschaltet. Vertrau mir.«

»Oookay. Bleibt mir ja eh nichts anderes übrig.«

»Stimmt.«

Das Fenster auf der Rückseite war ziemlich weit oben gelegen. Raizel atmete tief durch. Als Protagonistin sollte man sich von derlei Hindernissen nicht abschrecken lassen. Sie streckte sich, mit den Händen konnte sie gerade eben so das Fensterbrett berühren. Lille half ihr mit einer Räuberleiter, wobei auch sie das Wort Räuber noch nie zuvor gehört hatte wie der Rocker aus dem Café am Ende der Welt. Für eine solch kleine Person verfügte sie über ungeahnte Kräfte. Dennoch hing Raizel für einige Momente halb in der Luft, mit den

Händen am Fensterbrett festgeklammert. Sie musste ihre ganze Kraft zusammennehmen, um langsam ein Bein nach oben zu schwingen, durch das Fenster zu strecken und das zweite nachzuziehen. Dann drehte sie sich um und zog Lille in das Haus hinein.

Das Einbrecherduo konnte kein Licht anmachen, um keinen Verdacht zu erregen, und so mussten sie mit den wenigen Mondstrahlen vorliebnehmen, die durch das Fenster fielen. Lille lief aufgeregt umher, riss Schubladen auf, schnupperte an Töpfen und Verpackungen.

»Zum Klabautermann, das ist ja völlig anders hier. Die haben alles in Schachteln gepackt. Und diese Pillen, die riechen nach gar nichts. Woher soll man denn da wissen, was drin ist?«

Die Arzneien waren alphabetisch geordnet, und so war das Neureginal schnell gefunden. Raizel steckte drei Packungen ein, während die Koboldin sich bedauernd umsah. Am liebsten hätte sie jedes einzelne dieser Heilmittel ausgiebig studiert. Dafür war keine Zeit. Dennoch blieb Lille zögernd stehen. Raizel war schon beinahe wieder zum Fenster raus.

»Nun mach schon, beeil dich. Worauf wartest du?«, zischte sie der Koboldin flüsternd zu.

»Mir widerstrebt es, diesen Heilmenschen einfach etwas wegzunehmen. Schließlich sind sie ja so etwas wie Kollegen. Warte, ich könnte ihnen etwas dalassen. Etwas Wertvolles.« Die Koboldin spuckte auf ein Bündel Kamille, das zum Trocknen von der Decke hing. Raizel starrte sie ungläubig an.

»Bist du wahnsinnig? Das muss doch steril sein!«

»Koboldspucke ist für Menschen äußerst heilsam. In jeglicher Hinsicht. Die werden sich noch wundern. Und jetzt lass uns nicht weiter trödeln, wir müssen das Heilmittel zurück zu Kalfa bringen.«

Das erwies sich allerdings als nicht so einfach. Sie schafften es, unbemerkt aus dem Apothekenfenster zu klettern. Mit einem erneuten Augenzukneifen setzte Lille die Alarmanlage wieder in Kraft. Dann gingen die beiden zurück zu der Bank vor dem Springbrunnen, auf der das Tor zwischen den Welten sie ausgespuckt hatte.

Sie saßen eine Weile dort im Dämmerlicht, händchenhaltend und mit geschlossenen Augen. Nichts geschah. Außer dass ein Obdachloser sie fragte, ob sie leere Flaschen hätten oder alternativ ein bisschen Kleingeld. Lille gab ihm ein Goldstück, das er überrascht anstarrte.

Die Koboldin flüsterte Raizel zu: »Wenn er damit bezahlt, kommt der Taler danach wieder in seine Tasche zurück.« Dabei wirkte sie schon wieder so koboldhaft. Erschöpft blieb das Duo einfach sitzen. Irgendwann lehnte sich Lille bei ihr an und Raizel hörte sie leise schnarchen. Auch sie selbst glitt in einen Zustand zwischen Wachen und Träumen.

Irgendwann hörte sie die Vögel singen, es musste schon Morgen sein. Es fröstelte sie. Dann kam ihr ein Gedanke: Auf dem Hinweg hatte das Lied *Imagine* sie begleitet, vielleicht würde das noch einmal funktionieren. Sie stimmte die ersten Takte an.

Plötzlich setzte jemand in den Gesang ein, und dazu erklangen Gitarrenakkorde

Raizel und Lille öffneten die Augen. Vor ihnen stand ein junger Typ mit Dreadlocks und Cordjacke.

»Es geht doch nichts über Lennon. Bin gerade auf dem Nachhauseweg von einem kleinen Konzert im *Bösen Wolf* hier um die Ecke. Und ihr, auch mondsüchtig?«

»Wie kommst du darauf?«

»Na, weil ihr hier sitzt und den Mond anstarrt. Ein bisschen geheult habt ihr ja gerade auch. Fehlt nur noch, dass ihr euch in Werwölfe verwandelt.« Dabei grinste er.

Lille stupste Raizel an und flüsterte ihr ins Ohr:

»Hier gibt's noch frei lebende Werwölfe? Bei uns sind die alle domestiziert und bekommen bei Vollmond ein paar Stücke rohes Fleisch. Aber in freier Wildbahn? Ganz schön gefährlich, oder?«

Der Gitarrenspieler hatte mitgehört.

»Keine Angst, Kleine, wenn ein Werwolf kommt, vertreib ich ihn mit ein paar harten Gitarrenriffs.« Als Lille nicht reagierte, setzte er nach: »Ist ja schon gut, war nur ein Scherz. Es gibt natürlich keine Werwölfe. Brauchst dich nicht zu fürchten. Hier, falls ihr die nächsten Stunden noch nichts vorhabt: Ein Freund von mir inszeniert den Sommernachtstraum als Frühschoppen im Märchenpark.« Er drückte Raizel einen Flyer in die Hand.

»So, muss jetzt weiter. Eine schöne Zeit euch!« Und er verschwand langsam im Nebel.

Lille und Raizel sahen ihm amüsiert nach – und merkten so nicht, wie sich ihnen von hinten ein Zwerg näherte.

»Hey, Cendro, was machst du so spät denn noch hier?«

Der Schornsteinreiter fuhr zusammen, entspannte sich aber beim Anblick des Jungkobolds.

»Das ist eine lange Geschichte. Wollte in den Nachttannenturm, aber diese Volltrottel von Wachen haben mich nicht reinlassen.« Und nach einer kurzen Pause fügte er mit misstrauisch zusammengezogenen Augenbrauen hinzu: »Das Gleiche könnt ich dich fragen, Frips.« Der Kobold überlegte einen Moment, ob er dem Schornsteinreiter vertrauen konnte. Er musste einfach mit jemandem reden.

»Ich wollte auf Polpo aufpassen. Der benimmt sich schon die ganze Zeit so merkwürdig. Jetzt hat er sich an den Balden vorbei in den Turm hineingeschlichen. Ich habe echt nicht die geringste Ahnung, was er dort sucht.«

Wie von Frips' Worten beschworen, tauchte der Tulfo jetzt wieder vor dem Eingang des Nachttannenturms auf. Die Wachen stürmten auf ihn zu und redeten auf ihn ein. Was sie sagten, konnten die beiden aus der Entfernung nicht verstehen. Die Balden tasteten Polpo ab und hätten sicher auch seine Taschen durchsucht, wenn er welche gehabt hätte. Tulfos zogen es vor, unbekleidet herumzulaufen, was die meisten als Zugeständnis an ihre tierischen Wurzeln deuteten, die Tulfos selbst aber als ihr Bekenntnis zum Nudismus priesen. Nach einer kurzen Weile ließen die Wachen ihn gehen und er bewegte sich über den Platz auf Cendro und Frips zu.

»Was meinst du mit komisch benehmen?«, fragte der Schornsteinreiter.

»Er wirkte so abwesend, hatte kaum Appetit und brabbelte nur etwas von einem Keks vor sich hin …«

»Keks?!« Alarmiert starrte Cendro den Kobold an. »Dann hat er also meine Kekse aus dem *Bakebeggars* mitgenommen. Ja klar, er war schließlich auch bei dem Treffen der Baldenfreunde im Nachttannenturm. Dieser dreiste Dieb!« Cendro hatte diese Sätze vor sich hin gemurmelt, sodass sich Frips nicht wirklich einen Reim darauf machen konnte. Ihm war klar, dass sein Instinkt ihn nicht getäuscht hatte: Irgendetwas war hier faul. Und es wurde Zeit, dass er Polpo zur Rede stellte, statt ihm bloß hinterherzuschleichen.

Deshalb versperrte er dem Näherkommenden den Weg in die Schabernackgasse, die zurück zum Brantockschen Eckhaus führte. Cendro baute sich neben ihm auf. Er bebte so vor Aufregung, dass er kleine Rußpartikel verstreute. Das wirkte irgendwie bedrohlich. So kannte Frips den Schornsteinreiter gar nicht.

Der Tulfo starrte auf den Boden vor seinen Füßen, deshalb bemerkte er das Duo erst, als er schon direkt davor stand. Er schwankte ein bisschen und versuchte erst gar keine hochgestochene Begrüßung, was eindeutig nicht normal war. Er blieb einfach stehen.

Cendro lief zu ihm hin und packte ihn am Arm.

»Was hast du mit den Keksen gemacht? Hast du sie etwa gegessen?«

»Kekse, ja, wunderbar wohlschmeckende, deliziöse Kekse.« Die Blicke des Tulfos wanderten glasig gen Himmel.

Cendro wandte sich zu Frips. »Oh Mann, er ist besessen. Wir müssen sein Gehirn waschen.«

Für einen Moment war der Kobold so überrascht, dass er kein Wort rausbrachte. Niemals hätte er erwartet, seinen rußigen Freund von *Waschen* in Zusammenhang mit *müssen* reden zu hören. Dann brach es aus Frips heraus:

»Was? Von welchen Keksen redest du eigentlich die ganze Zeit?«

Cendro klärte ihn auf.

»Ich habe welche aus dem Hotel *Bakebeggars* mitgehen lassen, als ich Laurinel hinterherspioniert habe. Er steckt bestimmt auch hinter dieser Kekssache. Es muss irgendwas Bewusstseinsveränderndes hineingebacken worden sein. Denn nur wegen dieser paar Krümel haben die eine Horde Hilfsbäcker auf mich angesetzt, die die Kekse zurückholen sollten.«

Frips wusste nicht recht, was er davon halten sollte. Zu viele Informationen auf einmal. Doch er wollte seinem verhexten Haustier helfen, und so machte er einen Vorschlag.

»Wir bringen ihn am besten zu dir nach Hause. Hier ist es zu öffentlich.« Dabei neigte der Kobold seinen Kopf in Richtung der Baldenwachen, die außer Hörweite vor dem Nachttannenturm Patrouille liefen. Cendro murmelte zustimmend. Und dann schnappte er sich den Tulfo einfach mit einem seiner vier Arme und trug ihn zu seinem Phönix, den er zwei Straßen weiter im Schutze der Dunkelheit geparkt hatte. Über die Schulter gewandt sagte er zu Frips: »Los, komm, beeil dich.« Polpo schwieg derweil, verloren in anderen Dimensionen.

210.987 Flügelschläge, 1098 Schritte

Manjfee hatte Selp und Wribo so merkwürdig angeschaut. Als überlegte sie, ob die beiden sich die Sache mit den Schatten nur eingebildet hatten. Dennoch hatte sie das Lager abreißen lassen und die Balden angetrieben, weiterzufliegen. Jetzt waren alle am Ende ihrer Kräfte angelangt und der Reisetrupp rastete wenigstens für einen kurzen Moment. Die Landschaft war unwirtlich geworden, nur ein paar verdorrte Bäume streckten ihre armseligen Äste gen Himmel. Die Jungbalden mussten an den Nachttannenturm denken, hoffentlich erwartete ihn nicht ein ähnliches Schicksal. Der Weißhaarige bestand auf Wachen.

»Dieser uncoole Greis macht derbe Stress«, sagte Selb zu Wribo, und der nickte.

»Komm, wir verpieseln uns, Wertester.« Die jungen Balden flogen so leise wie möglich an ihren Gefährten vorbei. Sie kamen nicht weit. Einer der drei Holzsammler von früher in der Nacht schnitt ihnen den Luftweg ab.

»Unerlaubtes Entfernen von der Gruppe«, sagte er. »Muss euch zu dem Alten führen.«

»Mal locker, Digga, du beliebst wohl zu scherzen«, sagte Wribo, aber es nützte nichts. Der sonst geruhsame Balde stieß einen furchterregenden Pfiff aus und schon erschienen die zwei anderen Holzsammler, die Selp und Wribo unsanft am Arm packten. Einer von ihnen hatte sich so ein komisches Metallding auf den Kopf gesetzt, was die jungen Balden sehr amüsant gefunden hätten, wären sie nicht so empört gewesen.

Die merkwürdig kostümierten Balden führten Selp und Wribo zu einem Zelt, auf das ein lilafarbenes Dreieck gestickt war.

»Watten des?«, fragte Selp und wand sich unter dem Griff seines Wärters.

»Unser Wappen, auf Geheiß des Alten.«

Selp fand, dass sich dieses Wort *Wappen* lustig anhörte. Dennoch war ihm für den Moment das Scherzen vergangen. Was war bloß mit den drei Holzsammlern los? Die wirkten plötzlich so militant und von eindimensionalem Geiste wie die Vereinten Realisten. Das musste irgendetwas mit den Schatten zu tun haben. Wribo und er hatten sich schon gewundert, dass sie die Attacke scheinbar so spurlos überstanden hatten. Abgesehen davon, dass sie sich nicht daran erinnern konnten. Bei Kalfa war die Wirkung so ganz anders gewesen. Aber es waren diesmal auch weniger Schatten gewesen, die sich auf mehr Opfer verteilt hatten. Vielleicht war die Wesensveränderung der Holzsammler eine Vorstufe der Ohnmacht, die Kalfa gefangen hielt.

Plötzlich hörten sie laute Schritte, die sich näherten, dann wurde die Zeltplane unsanft beiseitegeschoben. Die Wachen streckten ihre Brust raus und richteten ihre Helme. Manjfee stürmte ins Zelt. Und auch wenn es ihnen vor ihrer Königin ein bisschen peinlich war, beim Davonstehlen erwischt worden zu sein, so waren Selp und Wribo froh, dass es nicht der Alte war.

»Was nehmt ihr euch heraus, tickt ihr noch ganz richtig?« Manjfee starrte die Holzsammler mit dem merkwürdigen Blechzeug auf dem Kopf an. Die orange leuchtenden Haare der Baldenkönigin standen ab, als wollte jedes einzelne die Wut ihrer Herrin demonstrieren. »Seid ihr mit jedem Meter, den wir uns vom Nachttannenturm entfernten, durchgeknallter geworden?« Sie hielt inne, als realisierte sie in diesem Moment, dass sie nur das ausgesprochen hatte, was sie schon eine Weile im Stillen befürchtete.

Von der Reaktion seiner Königin ermutigt, sagte Selp: »Uns verlangte es lediglich, auszubüxen und ein bisschen fun zu haben …« Wribo fiel anklagend ein.

»Die haben uns einfach einkassiert und uns hierhin verschleppt. Werteste Manjfee, mir scheint, die drei verdienen eine kleine Strafe …«

Wribo biss sich auf die Zunge, aber er konnte das gerade Gesagte nicht wieder zurücknehmen. Alle starrten ihn entsetzt an, selbst sein bester Freund Selp hatte seinen Kopf ruckartig zu ihm gewandt und seine Augen weit aufgerissen. Als würde er ihn nicht wiedererkennen. Das war kein Wunder, denn das Konzept von *Strafe* war den modernen Balden unverständlich, ein weiteres Fremdwort aus dem Lexikon einer archaischen Zeit, die sie weit hinter sich gelassen glaubten.

Mein Volk verändert sich, dachte Manjfee schaudernd. *Jetzt, auf dem Weg zu den Büchern der Alten, die ihr Wissen über den Kampf mit uns teilen wollen, entwickeln wir uns zurück und längst vergessene Wesenszüge prägen sich neu aus. Wie grauenvoll.* Wie dumm sie gewesen war zu glauben, sie könnten es mit den Schatten aufnehmen und dabei die pazifistischen Wesen bleiben, die sie waren. Waren, Vergangenheitsform.

Wribo immerhin schien sich bewusst zu sein, dass etwas mit ihm geschehen war, denn er stotterte:

»Keinen blassen Schimmer, warum ich das gerade gelabert hab. Seied so cool und vergesset meine unedlen Worte.«

Die Wachen atmeten erleichtert aus. *Sie haben tatsächlich gedacht, ich würde sie bestrafen*, dachte Manjfee, und dieser Gedanke beunruhigte sie am meisten. *Wie eine blutrünstige Herrscherin aus Raizels Welt es tun würde. Oder vielleicht sogar die als gerecht Erachteten, die ihre unfolgsamen Diener züchtigen.* Manjfee schüttelte sich angeekelt. Das hatte sie bisher nicht einmal nötig gehabt, denn wenn sie den Balden erklärte, warum eine Order sinnvoll war, führten sie diese ohne zu Murren aus.

»Jetzt begebet euch in eure Kojen, macht hinne«, sagte sie, da ihr nichts Besseres einfiel.

Zu ihrer Überraschung blickten sich die Wachen nur an und schauten betreten. Da ließ sich hinter ihr plötzlich eine wohlbekannte Stimme vernehmen.

»Es schmerzt mich außerordentlich, dir widersprechen zu müssen, Lady, aber an Schlafen ist zurzeit nicht zu denken. Wir müssen wachsam sein, kapische, werteste Manjfee?« Der Alte war zu ihnen ins Zelt getreten.

Seine Worte hatten auf die Baldenkönigin nicht die erwünschte Wirkung.

»Wachsam, wachsam, dieses Gelaber quillt mir aus meinen Lauschern heraus! Langsam deucht mir, du verfolgst deine eigene Agenda.

Nutzt den Übergriff der Schatten, um unsere ganze Gesellschaft auf heimtückische Weise umzustürzen. Wer wollte denn, dass wir für den Krieg voten? Wer hat uns dazu angestachelt, den Nachttannenturm zu verlassen und nach diesen beknackten Büchern Ausschau zu halten?«

Wribo und Selp hielten den Atem an. Und eigentlich hatten sie es ja auch schon gemerkt: Irgendetwas veränderte sich. Sie waren nicht mehr so unbeschwert wie noch vor wenigen Wochen. Sie hatten schon ewig nicht mehr mit den Tauperlen getanzt. Stattdessen schien es, als verdunkelte sich ihre Stimmung mit jedem Flügelschlag, den sie sich vom Nachttannenturm entfernten.

Der Alte seufzte. »Du hast recht, holde Manjfee, ich schulde dir eine Erklärung, Puppe.« Und nach einer kleinen Kunstpause fuhr er fort: »Ich werde euch meine Story erzählen.« Der Alte berichtete, dass er schon älter als tausend Sommer war und aus einer Zeit kam, in der im Baldenland noch nicht der Frieden regierte. Eine Zeit, in der das Gute täglich den Kampf gegen das Böse focht und mal als Gewinner, mal als Verlierer daraus hervorging. Wenn das Gute gewann, dann lag das meist an den Balden, denn sie waren damals große Krieger und sie schrieben ihr Wissen in Büchern nieder für ihre Nachkommen.

Obwohl sie für die Freiheit der ihnen anvertrauten Wesen stritten und sich somit reinen Gewissens der Kampfkunst widmen konnten, verfielen einige Balden der Verlockung des Bösen. Das grämte die damalige Baldenkönigin Silufee, doch sie sah keine Alternative. Ohne den Schutz ihrer Schwerter würden die Mächte des Bösen sie ohne Hindernis überrollen. Eines Tages hatte ein Baldenherrscher von weit her eine Idee: Was, wenn sich die Kräfte aller Balden, von den Auen im Süden bis zu den Eiswüsten des Nordens, vereinigen würden mit denen der Natur – ließe sich dann eine Quelle der Harmonie erschaffen, die die Schatten dauerhaft fernhalten würde?

Es wurde ein großes Konzil einberufen und man debattierte wochenlang. Am Ende wurde eine Entscheidung getroffen, die das Antlitz dieser Welt verändern sollte: Alle zu dieser Zeit lebenden Balden versammelten sich auf einem großen Feld, das von einem Tannenwäldchen begrenzt wurde.

»Und ihr könnt euch zusammenreimen, was sie gemeinsam erschufen …«, endete der Alte.

»Den Nachttannenturm – krass, fürwahr!«, riefen Selp und Wribo gleichzeitig aus und schwiegen dann schnell wieder, damit der Alte weitererzählte.

»Ihr geht recht in dieser Annahme, Jungs.« Der Bau dauerte elf Sommer. Während dieser Zeit gab es besonders viele Angriffe der Schatten, und die Zahl der Balden schrumpfte. Doch sie ließen nicht ab von ihrem Ziel, und eines Tages war es so weit. Er selbst war zu dieser Zeit ein Teenager wie Selp und Wribo gewesen, er konnte sich noch an das große Fest zum Einzug der Balden in ihr neues Zuhause erinnern. Jeder Bewohner von Baldorg hatte ein Stück Kuchen bekommen, das mit dem kostbaren Gelee der Kokudelenfrucht bestrichen war. Sie reifte nur alle dreihundertdreiunddreißig Sommer und wurde nach der Ernte sofort eingeweckt.

Der Alte erzählte weiter. Die Welt hatte sich mit dem Nachttannenturm grundlegend geändert. Die Schutzmauer von Baldorg wurde nicht mehr gebraucht und die Schatten hatten sich verkrochen. Ihrer Kraft beraubt, konnten sie den Geschöpfen der Baldenwelt nichts mehr anhaben. Der Baldenhort war in den ersten Sommern zu einer Touristenattraktion geworden. Ob Kobolde, Menschen oder Riesen: Jeder wollte mit eigenen Augen den Grund dafür sehen, dass sie friedlich und ohne Angst leben konnten. Ein Urururururgroßvater von Vermicelli hatte damals auf dem Platz vor dem Nachttannenturm einen Souvenirstand mit Miniaturtürmen mit künstlichem Tannenduft, Grußkarten mit Aufschriften wie *Nachttannenturm im Dunkeln* und Erfrischungen namens Baldentrunk oder Dryadenrotz betrieben und sich damit eine goldene Nase verdient. Und das, obwohl er als Wurm gar keine hatte. Erst als er auch Akupunktur mit echten Nachttannennadeln anbot, hatten die Balden das lukrative Geschäft einschränken müssen, da sich die Dryaden beschwerten.

Dies war auch die Zeit, in der sich die Sprache der Balden ausdifferenzierte. Sie wollten sich nicht über das einfache Volk erheben, aber auch den Kontakt zu den Weisen und Poeten des Landes nicht verlieren. Deshalb kombinierten sie den Wortschatz dieser so unterschiedlichen Gruppen einfach und schufen sich so eine eigene, unverwechselbare Sprache.

»Voll fett, vorzüglich«, urteilten die andächtig lauschenden Jungbalden.

Die Schatten also waren besiegt, die Kampfbücher wurden nicht mehr gebraucht. Silufee hatte überlegt, sie ganz zu zerstören, doch es gab da eine uralte Prophezeiung, die weissagte, dass sie irgendwann einmal wieder gebraucht werden würden. Genaueres wusste der Alte auch nicht. Deshalb hatten die Balden die Bücher mit den Kampfzaubern versteckt und den Ort mit dem gerade erfundenen Naji markiert. Silufee hatte den damals noch jungen Alten zum Botschafter der Zeiten erklärt und ihm mit einem besonders großen Stück der Kokudelenenfrucht ein längeres Leben geschenkt. Sollten die Schatten jemals wieder die Herrschaft über das Baldenreich beanspruchen, sollte es ihm obliegen, die Balden zu den Büchern zu führen. Und dieser Moment war jetzt gekommen.

Auf die Geschichte des Alten folgte ein Schweigen, das erfüllt war von Sorge (Manjfee) und Aufregung (Selp und Wribo). Es wurde gebrochen durch ein vernehmliches Klonk. Die Baldenkönigin schaute sich um und sah, dass die drei Wachen bewusstlos zu Boden gefallen waren.

»Weh mir, Fuck!« Manjfee eilte zu ihnen. Selp und Wribo schauten sich an. Ihnen war klar: Die zerstörerische Wirkung der Schatten hatte sich mit Verzögerung doch noch eingestellt.

5. Teil

Übersüßung

18. Kapitel

Sie hatten nicht bis zum Morgen abwarten können. Zu groß war Cendros Neugier und Frips' Angst um Polpo. Also hatten sie den apathischen Tulfo mit vereinter Kraft durch den Schornstein in Cendros Dachgeschoss getragen, ihn auf einen Stuhl gefesselt und mit der Befragung begonnen. Der frisch und hastig mit Ruß bestäubte Cendro qualmte dazu ein bisschen, was die düstere Atmosphäre verstärkte. Frips kam sich beim Verhör vor wie ein Kommissar aus den Krimis, die Raizel manchmal las. Solange sie auch Fragen stellten wie »Was hast du im Nachttannenturm gemacht?«, »Wo sind meine Kekse?« oder »Wieso bist du so komisch?« – die Reaktion blieb gleich. Sie blieb aus.

»Wie bringen wir ihn bloß zum Reden?«, fragte Frips erschöpft, als sie sich nach Stunden eine kleine Verschnaufpause gönnten.

»Wir müssen irgendetwas finden, was zu ihm durchdringt! Etwas, was ihn unter normalen Umständen berühren würde. Ich hätte ja meinen Phönix verwettet, dass man ihn mit Essen immer rumkriegt.« Die ungleichen Verbündeten hatten Pasteten vor der Nase des Tulfos geschwenkt, bis ihre Arme wehtaten und ihr Hunger so groß wurde, dass sie gezwungen waren, ihre Köder selbst zu verspeisen.

»Genau diese Schwäche für Leckereien hat ihn ja erst in diese Lage gebracht«, wandte Frips ein. »Dabei hat er früher sogar vergessen, hochgestochen zu reden, wenn es etwas besonders Delikates gab, und das sagt bei seinem versnobten Gehabe ja wohl alles.«

»Hochgestochen reden …« Cendro war auf einmal sehr nachdenklich geworden.

»Ja, er sagt Filet und meint Filou, Gratin und meint Crétin«, sagte Frips. Der Schornsteinreiter nahm gar keine Notiz von ihm. Stattdessen begann er, in einem riesigen Wandschrank zu kramen, der bestens dafür geeignet schien, alles in ihn hineinzustecken, wenn Besuch kam und fürs Aufräumen keine Zeit mehr war.

»Was machst du denn?«, fragte der Kobold ungeduldig.

»Musst du ausgerechnet jetzt anfangen, deine Sachen aufzuräumen?«

»Warte ab, ich suche etwas Bestimmtes.«

Als die Hälfte des Schrankinhalts auf dem Boden verteilt war, drehte sich Cendro schließlich triumphierend um. In seiner Hand hielt er ein französisches Fremdwörterbuch.

»Vielleicht kriegen wir ihn damit. Eine Art Gehirnwäsche durch die Stimulation des Sprachzentrums.«

Frips starrte ihn an. »Du bist völlig übergeschnappt.«

»Wieso, hast du eine bessere Idee?«, grunzte Cendro ein wenig beleidigt.

»Na, von mir aus, wir wissen eh nicht weiter. Also, wie hast du dir das vorgestellt? Sollen wir einfach irgendwelche Wörter aus dem Buch vorzulesen?«

»Ja, genau.«

»Du spinnst.«

»Na und?«

»Dann fang schon an.«

Cendro schlug mit großer Geste eine beliebige Seite auf.

»Affront«, sagte er zaghaft.

»Kann man nicht mal seine Skepsis äußern, ohne dass du gleich beleidigt bist?«, fragte Frips.

Cendro stöhnte genervt auf: »Das war schon eins der französischen Wörter.«

»Ach so.« Und nach einer kurzen Pause schob Frips nach: »Komisch, dass der Tulfo noch nicht wieder vor Normalität strotzt …«

»Ich mache weiter: Appartement, Bouillon, Camouflage, Chaiselongue, Chance, Chauffeur …« Mit jedem Wort legte Cendro an

Tempo zu. »Courage, Delegation, sich echauffieren.« Er steigerte sich immer mehr in Ekstase. »Fisimatenten, Jalousie, leger.«

Auch der Kobold stieg jetzt ein.

»Mannequin, Passepartout, Rendezvous.«Und so schrien sie beide aus vollem Halse auf den Tulfo ein: »Souterrain, Tête-à-tête, Trottoir!!!!!«

Stille.

»Hat … hat er sich gerade bewegt?«, fragte Frips.

»Ich glaube schon. Frag ihn noch mal was.«

Frips holte tief Luft. »Also, Polpo, was wolltest du im Nachttannenturm?«

Stille.

»Delikatesse?«, versuchte es Cendro.

Da brach es aus dem Tulfo heraus: »Liquidieren, verheeren, restlos zerstören!« Frips und Cendro starrten ihn an, als könnten sie es nicht fassen, dass er sich trotz all ihrer Mühen so unkooperativ zeigte.

»Vis-à-vis!!!«, brüllte Cendro.

»Also noch einmal«, sprang Frips ein. »Was hast du mit dem Nachttannenturm vor?«

»Verwüsten, komplett verwüsten!«

»Visage!!«

»Die Tannen ansägen!«

»Repertoir!!!«

»Ausrauben, alles ausrauben!«

»Mayonnaise«, seufzte Cendro erschöpft.

»Aus der Küche stibitzen, so viel ich tragen kann.«

»Engagem…«, setzte Cendro an, doch Frips unterbrach ihn.

»Das ist genug. Er ist wieder ganz er selbst.«

»Oh Mann, ein Glück. Ich weiß nicht, wie lange ich diese gestelzten Wörter noch ertragen hätte, die kitzeln ganz furchtbar in der Nase.«

Zwei Augenpaare starrten in eines. Aus ihm wich langsam der glasige Schimmer. Es verging noch einige Zeit, ehe irgendjemand etwas sagte.

Der Tulfo wirkte ziemlich betreten, als er schließlich murmelte: »Da habe ich mich wohl in Schwierigkeiten kapituliert …«

»Das heißt katapultiert«, sagte Frips reflexartig.

»Ach, du bist so ein Paarjupiter.«

»Häh?«, fragte Frips. »Ach so, du meinst Parvenus. Weißt du überhaupt, was das bedeutet?«

Cendro hatte sich von all den französischen Wörtern ein wenig erholt und unterbrach das Tulfo-Kobold-Gerangel. »Wo warst du sonst noch, seit du den ersten Keks gegessen hast?«

»Ich war auf einer Zauberwiese voller Tulfomädchen und in einem Land mit fliegenden Hühnerkeulen …«

Cendro verlor langsam die Geduld.

»Das war nur in deiner Einbildung! Wo warst du außerhalb deiner Keksfantasien?«

»Was, das habe ich nur geträumt?«, seufzte der Tulfo enttäuscht. Um dann lapidar zu ergänzen: »Ach ja, im Hotel *Bakebeggars* war ich noch kurz.«

Frips und Cendro zogen hörbar die Luft ein.

»Was hast du dort getrieben?«, fragten beide wie aus einem Mund.

»Das ist alles so verschwommen, ich weiß nicht mehr genau. Irgendetwas abgeholt. Ich sollte es in den Nachttannenturm bringen.«

»Was war das?«

»Keine Ahnung. Aber es war wichtig.«

»Ich wusste es, Laurinel, der hat im *Bakebeggars* ein Zimmer! Der war mir schon immer suspekt mit seiner Pomade im Haar. Los, wir müssen sofort ins Hotel und ihm ein für alle Mal das Handwerk legen!« Während Cendro tobte, lief er bereits aufgeregt im Raum herum, als kämen sie so schneller zu ihrem Ziel.

»Oh ja, ich begleite euch und hole mir noch einen Keks«, sagte der Tulfo. Der Blick aus zwei wütenden Augenpaaren fesselte ihn noch straffer an seinen Stuhl.

»Okay, hier ist es ja auch ganz gemütlich«, sagte er und versuchte einen reumütigen Augenaufschlag, der bei Haustieren sehr beliebt war, um ihre Besitzer emotional zu manipulieren. Es funktionierte zumindest teilweise.

»Tut mir leid, Polpo, wir können nicht riskieren, dass du einen Rückfall hast und Laurinel warnst. Deshalb müssen wir dich gefesselt lassen. Wenn du brav bist, bringen wir dir vielleicht was zu essen mit. Alles – nur keine Kekse«, sagte Frips, und sie machten sich auf den Weg. Draußen begann es bereits zu dämmern.

98.765 Flügelschläge, 1098 Schritte

Manjfees Haare spiegelten stets ihren Gemütszustand wider. Und an diesem Morgen hatte die Baldenkönigin weiße Haare. Als wollten ihre Haare das Reine bewahren, das sie selbst in dem Moment verloren hatte, als sie die Balden zur Verteidigung des Nachttannenturms gerufen hatte. Sie zog sich ihren Regenbogenumhang fester um die Schultern. Sie fröstelte dennoch. Manjfee hatte den Alten beobachtet, wie er vor seinem Zelt saß und in den Himmel starrte, mit einem merkwürdigen Gesichtsausdruck. Als wüsste er, dass er nicht in diese Zeit passte und nur diese Aufgabe noch zu Ende bringen musste, ehe er ging. Bald würden sie ihr Ziel erreichen. Und dann? Wenn sie die Bücher mit den alten Kampfzaubern in den Händen hielten, würde es erst richtig losgehen. Manjfee wusste nicht, ob ihre Haare jemals wieder fröhlich bunt erstrahlen würden.

Cendro und Frips waren in Windeseile im Phönix zum *Bakebeggars* geflogen. Sie hatten nicht darüber nachgedacht, wie sie vorgehen wollten, sobald sie angekommen waren. Cendro fiel ein, dass er dort ja immer noch als entlaufener Hilfsbäcker galt. Er musste also irgendwie unbemerkt in Laurinels Zimmer kommen. Deshalb planten sie, sich für einen Moment zu trennen, um sich dann vor der Tür des Keksverschwörers wiederzutreffen.

Vor dem Hotel warteten sie ungeduldig auf die frühmorgendliche Zuckerperlenlieferung. Die war im ganzen Dorf bekannt, weil sich meist trotz der frühen Stunde eine Horde von Kindern ansammelte, die darauf wartete, dass sich beim Verladen ein paar der süßen Perlen lösten. Cendro hoffte, die Angestellten würden zu beschäftigt mit den jungen Zuckerdieben sein, um zu bemerken, wie er sich auf dem Rollwagen versteckte.

Und dann war es so weit. Sie wünschten sich gegenseitig viel Glück und während sich Cendro an die Lieferanten anschlich, spazierte Frips wie ein ganz normaler Hotelgast durch die Eingangstür.

Der Portiersposten war verwaist, dort stand lediglich ein Schild mit der Aufschrift *Bin gleich wieder da.* Von dem Aufstand der Schokovögel konnte der junge Kobold nichts wissen. Ihm fiel allerdings auf, dass die süßen Tiere irgendwie befreit tirilierten. Von Cendros letztem Besuch kannten sie bereits Laurinels Zimmernummer und Frips rief den Zuckerwattefahrstuhl und ließ sich auf die richtige Etage bringen. Das war irgendwie alles zu einfach.

Auf dem Gang begegnete der junge Kobold niemandem, und schon bald hatte er Laurinels Zimmertür erreicht. Und was sollte er jetzt tun? Konnte sich Cendro nicht mal ein bisschen beeilen? Wenn sie gewusst hätten, dass die Empfangshalle so ausgestorben war, hätten sie sich den riskanten Umweg über die Zuckerperlenlieferung ja sparen können.

Frips wartete. Doch er hielt das Rumstehen nicht lange aus, schließlich war er ein Kobold. So legte er sein Ohr an die Tür. Erst konnte er nichts hören, dann ganz leise Worte, auf die er sich keinen Reim machen konnte. Sie klangen wie ein Befehl:

»Schreib – Gefahren …«

Tarik schrieb und schrieb. Wie im Rausch. Die Felder unter ihm, die Höhle hinter ihm: Nichts davon spielte mehr eine Rolle für ihn, er war ganz versunken in seiner Fantasiewelt. Seine Hand konnte nicht schnell genug schreiben, die Sätze drängten aufs Papier. Dann kam der Erzählfluss für einen Moment ins Stocken, ein kurzes Innehalten vor dem Finale. Schon ging es weiter. Mit selbstbewussten Lettern schrieb Tarik einen Satz, dessen schlichte Eleganz den Autor rührte: *Raizel wartete.*

Raizel wartete. Darauf, dass Laurinel sie wieder zurückholte, oder ihr etwas einfiel. Nichts passierte. Es war zum Verzweifeln: Jetzt hatten sie die Medizin und konnten sie nicht zu Kalfa bringen. Und mit jedem Augenblick, den sie hier festsaßen, verringerten sich die Heilungschancen der Baldin. So weit waren Lille und sie für ein einziges Leben gereist. Zugleich war die Welt der Balden insgesamt in Gefahr. Ob die Schatten den Nachttannenturm inzwischen erneut angegriffen hatten? Vielleicht würde Kalfa nicht ihre einzige Patientin sein, wenn sie zurückkehrten. Wenn.

In Raizel meldete sich eine leise Stimme, die ihr zuflüsterte: *Du bist doch schon zu Hause. Das wolltest du die ganze Zeit. Was gehen dich die Balden an?* Aber sie konnte ihre neuen Freunde nicht einfach so im Stich lassen! Und nicht nur, weil sich das für eine Heldin nicht gehörte. Mit einem Mal fiel Raizel ein, dass auf der Hinreise eine Theaterbühne das Tor zwischen Fiktion und Realität markiert hatte.

Ihr Blick fiel auf den Flyer, den ihr der Typ mit der Gitarre gegeben hatte. *Ein Sommernachtstraum – Open-Air-Theateraufführung im Märchenpark. Lassen Sie sich verzaubern.* Der Märchenpark war nicht weit von hier. Und dort musste für das Spätsommertheater eine Bühne aufgebaut worden sein!

»Lille, komm, wir müssen los«, sagte Raizel und sprang auf.

»Was, wohin denn? Ist dir eingefallen, wie wir wieder ins Baldenreich zurückkommen?«

»Ja, aber zunächst müssen wir einen Sommernachtstraum träumen.«

Mit der Antwort der Koboldin hatte sie nicht gerechnet.

»Na gut. Ich weiß nicht, wie uns das weiterhelfen soll, freue mich allerdings, Puck mal wiederzusehen. Ein entfernter Verwandter, sozusagen der schwarze Kobold der Familie, weil er fortwährend aus Versehen die falschen Leute verzaubert. Wenn er es absichtlich machen würde, dann wäre das natürlich vorbildlich koboldhaft, aber Schabernack aus Zufall – wo bleibt denn da der Spaß?«

Als sie ankamen, hatten sich die meisten Zuschauer bereits auf den Holzbänken niedergelassen, gleich würde die Matinée beginnen. Also mussten Lille und Raizel bis zum Ende der Vorstellung warten. Sie konnten ja nicht einfach so auf die Bühne springen. Als sie sich an einem älteren Pärchen vorbeidrückten, raunte die Frau ihrem Mann ins Ohr: »Oh nein, Bernhard, es ist sicher wieder so eine neumodische Inszenierung. Sie besetzen den Puck mit einer kleinwüchsigen Frau und lassen sie auch noch im Zuschauersaal rumlaufen. Hoffentlich werden wir nicht auch noch mit in die Handlung einbezogen. Ich habe wirklich genug von diesem postdramatischen Schnickschnack! Die Intendanten entfremden damit noch ihr gesamtes Abonnentenpublikum.« Raizel sah Lille an und registrierte in ihren Augen ein koboldhaftes Glitzern.

Und sie hatte sich nicht getäuscht, denn schon sagte Lille:

»Madam, Sie wurden auserwählt, als Publikumsvertreterin bei einer Nonstop-Improvisationsperformance zum Thema ›Erotik im Elfenreich: Titanias Welt und was wir daraus lernen können‹ teilzunehmen. Bitte begeben Sie sich im Anschluss an die Vorstellung hinter die Bühne.« Auf dem Gesicht der Frau zeichnete sich das nackte Grauen ab, sie packte ihren Mann am Arm und zerrte ihn davon, ohne noch ein Wort zu sagen.

»Ganz schön gemein«, sagte Raizel und amüsierte sich köstlich. Sie setzte sich hin und kramte nach einem der Bonbons, die sie aus der Apotheke hatte mitgehen lassen. Da merkte sie plötzlich, dass das Neureginal nicht mehr in ihrer Tasche war. Die Medizin für Kalfa war verschwunden, hatte sie sie etwa irgendwo verloren? Hektisch blickte Raizel um sich – und erspähte gerade noch ein mehr als kleinwüchsiges Wesen, das unter den Stühlen hindurch hinaus in den Märchenpark rannte. Raizel zögerte keinen Moment und lief hinterher. Was hatte es für einen Sinn, mit leeren Händen in die Baldenwelt zurückzukehren?

»Hey, Raizel, was machst du denn, es geht gleich los!«, rief Lille ihr hinterher. Das Publikum tuschelte: »Das muss ja eine umstrittene Inszenierung sein, wenn gleich drei Zuschauer schon gehen, ehe es überhaupt losgeht.« Oder vier, denn Lille lief Raizel hinterher. Sie hatte sie bald eingeholt, denn Raizel war unschlüssig stehen geblieben.

»Was ist denn bloß los?«, fragte die Koboldin besorgt.

»Dieser Zwerg, er, er, hat das Neureginal geklaut! Und jetzt ist er verschwunden!« Während Lille ebenfalls ihren Blick schweifen ließ, sagte Raizel jetzt etwas ruhiger: »Ich glaube, ich habe ihn schon mal gesehen. Es war der Zwerg, der rausgekriegt hat, dass Tarik der Autor von *Imaginate* ist. Also dachte ich eigentlich, dass er auf meiner Seite ist. Ich versteh das nicht.« Ratlos blieben sie einen Moment stehen.

»Mama, wieso hat Schneewittchen acht Zwerge?«, hörten sie ein Kind seine Mutter fragen. Lille und Raizel sahen sich an. Da musste sich ihr Ausreißer im Märchenwald unter Artgenossen gemischt haben!

Doch nachdem sie über sieben maulwurfhügelgroße Berge gestiegen und an dem winzigen Häuschen angekommen waren, warteten dort lediglich wie gewöhnlich sieben Zwerge mit ihren Spitzhacken auf dem Weg ins Bergwerk. Sie waren ganz am Ende des Märchenparks angelangt und als Raizel frustriert auf einen Knopf drückte, fingen die Zwerge an zu singen:

»Auf Wiedersehn, auf Wiedersehn, bleib nicht so lange fort! Auf Wiedersehn, die Welt ist schön, auf Wiedersehn, Myloooooord!« Die letzte Silbe klang ziemlich schief.

»Und jetzt?«, fragte Raizel. Auch Lille wusste sich keinen Rat und ließ sich auf Schneewittchens gläsernen Sarg plumpsen. Dann starrte sie gedankenverloren auf die große Wiese, um die herum die Märchenstationen kreisförmig angeordnet waren.

»Da, das Karussell!«, rief die Koboldin plötzlich.

»Wo? Ich sehe nichts!«, antwortete Raizel entnervt.

»Du musst warten, bis es sich einmal in der Runde dreht. Da, da ist er!« Und wirklich, neben einem kleinen Jungen auf einem feuerspeienden Drachen saß dort auf einem Plastikeinhorn – der Dieb. Raizel wollte sich sofort auf ihn stürzen. In diesem Moment wurde der Drache lebendig.

»In diesem Moment wurde der Drache lebendig.« In einem Augenblick dichterischer Selbstüberhöhung kritzelte Tarik diesen Satz auf einen der Notizzettel in seinem schwarzen Lederetui. Plötzlich fühlte er sich ungeheuer ausgezehrt. Er musste sich einen Moment ausruhen, ehe er weiterschrieb. Seine Figuren mussten eine Weile ohne ihn zurechtkommen. Er legte sich auf den Steinboden vor das nur noch glimmende Lagerfeuer und rollte sich zu einer Kugel zusammen. So erschöpft war der Autor in diesem Moment, dass er nicht einmal bemerkte, wie hart der kissenlose Höhlenboden unter seinem Kopf war.

Alle schrien auf einmal: Lille, Raizel, der Zwerg. Nur der kleine Junge hielt den Drachen für eine besonders authentische Animation und suchte sich seelenruhig ein neues Karussellgefährt, nachdem er vom Drachen abgeworfen worden war. »Cool«, war sein einziger Kommentar.

Die Schuppen des Drachen fingen die Sonne ein und ließen ihn leuchten wie einen Feuerball. Ein ebensolcher löste sich jetzt aus seinem Maul und versengte ein Stück Rasen. Dort hatte bis vor einem winzigen Moment noch Raizel gestanden.

»Ähem, du hättest mal erwähnen können, dass es bei euch noch wilde Drachen gibt«, sagte Lille.

Raizel sagte nichts. Was blieb auch zu sagen übrig, wenn man jeden Moment von einem Fabelwesen gegrillt werden würde. Der Drache stieß einen Laut aus, der sich wie ein wütendes Grollen anhörte. Wie eine näher kommende Lawine.

Je länger der Ton anhielt, desto mehr klang er wie ein Lachen. Außerdem spuckte der Miniaturdrache nur noch kleine Feuerwolken aus, die eher wie eine Begleiterscheinung als eine zielgerichtete Handlung wirkten.

»Endlich bin ich befreit! Das ganze Leben als ewiger Kreislauf – das hält doch keiner aus! Mir war, als wenn es tausend Stäbe gäbe, an denen reglose Leidgenossen von mir festgeschraubt waren. Dieses fürchterliche Karussell!«

»Dann willst du uns nicht mehr rösten?«, traute sich Raizel zu fragen.

»Rösten? Wie kommst du darauf, dass eine halbe Portion wie du und deine Koboldfreundin meinen seit Jahren aufgestauten Hunger auch nur ansatzweise befriedigen könntet? Eigentlich hätte man aus Anlass meiner Befreiung ein Festessen für mich arrangieren können. Ja, man behandelt uns Drachen nicht länger mit Respekt. Man verbannt uns ins Reich der Mythen und Sagen. Und Menschen, die noch an uns glauben, unterstellt man Eskapismus.«

Vor Aufregung stieß der Karusselldrache ein paar Rauchwolken aus, die jedoch ungefährlich waren und schnell verpufften.

19. Kapitel

Frips drückte sein Ohr noch fester an Laurinels Tür. Sosehr er sich auch anstrengte, er konnte kein Wort mehr herausfiltern, hörte lediglich so etwas wie ein Wutschnauben. Und dann, ohne Vorwarnung, begann sich die Tür zu öffnen. Er würde jeden Moment entdeckt werden!

In Panik presste sich der junge Kobold an die Wand. Tausend Gedanken rauschten durch seinen Kopf. Keiner blieb haften, um ihn zu irgendeiner Reaktion zu veranlassen. Außer dem hoffnungslosen Versuch, mit der Esspapiertapete zu verschmelzen wie ein Marshmallow mit heißer Schokolade. In dem Moment, als sich ein Schatten durch die Tür schob und Frips vor Schreck erstarrte – da gab die Wand hinter ihm tatsächlich nach und er fand sich in einem düsteren Gang wieder.

Das Erste, was ihm auffiel, war der Geruch. Es duftete nach karamellisiertem Zucker, nach frisch aufgegossenem Kakao, nach einem Kuchen in genau dem Moment, wenn er schon gar, aber in der Mitte noch saftig ist. Es war nicht zum Aushalten. Noch nie hatte der Kobold so einen konzentrierten Duft eingeatmet. Dies musste die sagenumwobene Entsüßungsanlage des *Bakebeggars* sein. Damit die Hotelbewohner und die Angestellten bei all den Zuckerdüften nicht wahnsinnig wurden, musste ein Teil davon kontinuierlich abgeführt und außerhalb von Baldorg entsorgt werden. Frips erinnerte sich an eine Legende: Dass ein Schriftsteller aus Raizels Welt einmal ins Reich der Balden gereist, im Hotel *Bakebeggars* eingekehrt und aus Versehen in die Entsüßungsanlage geraten war. Dadurch war sein Geruchssinn angeblich fürchterlich durcheinandergeraten, ein Trauma, das er in dem Roman *Das Parfüm* verarbeitete. Selbst seinen Namen hatte er nach dieser Erfahrung geändert in Süßkind.

Die Erleichterung über seine unerwartete Rettung wich einem neu aufkeimenden Entsetzen: Wenn Frips nicht schnell genug hier herausfinden würde, drehte er genauso durch und könnte nie wieder einen herzhaften Eintopf seiner Mutter genießen ... Auf den Flur zurück konnte er auch nicht, dann wäre er entdeckt. Also hielt er die Luft an, so gut es ging – und begann dem Gang zu folgen.

Als Tarik erwachte, fielen bereits ein paar Sonnenstrahlen in die Höhle. Er hatte nicht länger als eine Stunde geschlafen und fühlte sich dennoch aufgetankt. Der Autor streckte die Arme aus, gähnte und versuchte sich zu erinnern, was er vor seinem Einschlafen getan hatte. Doch egal, wie sehr er sich konzentrierte, er konnte sich nicht erinnern. Das lag vielleicht auch daran, dass seine Gedanken sich immer wieder zu Raizel verirrten. Dafür, dass er sie als literarische Figur eigentlich bis ins Innerste kannte, war ihr wechselhaftes Verhalten ihm gegenüber für ihn verstörend unberechenbar. Tarik würde ein paar Zeilen in sein Notizbuch schreiben und sich so ablenken. Er atmete tief durch, wunderte sich für einen Moment über den süßen Geruch und begann auf einer neuen Seite zu schreiben: *Der Teufel mit den drei goldenen Haaren galt im Märchenwald als Stilikone.*

Der Teufel mit den drei goldenen Haaren galt im Märchenwald als Stilikone. Diese gewitzte zweifarbige Frisur machte ihn nicht nur zum Schwarm von Schneeweißchen und Rosenrot, sondern auch von der Gold- und Pechmarie. Dennoch litt er unter einem Minderwertigkeitskomplex, da sein Haus am Rande des Parks gelegen war, dort, wo die weniger bekannten Märchen angesiedelt waren. Zusammen mit Allerleirauh und dem Findevogel hatte er eine Selbsthilfegruppe für unterschätzte Märchenfiguren gegründet und ließ sich von Hans im Glück im positiven Denken schulen. An diesem Tag hatte er besonders schlechte Laune, und er verspürte das dringende Bedürfnis, das an irgendjemandem auszulassen.

»Ich rieche, rieche Menschenfleisch«, murmelte er und ergänzte nach einem erneuten Schnuppern: »Und Koboldfleisch.« Er begann seiner Nase zu folgen, und schon bald kreuzte sich die doppelte Geruchsspur mit einem etwas herberen Duft. Der Teufel mit den drei goldenen Haaren blieb stehen und schnupperte. Kurz überlegte er, welche Spezies er sich zuerst vornehmen wollte. Mensch als Hauptgang, Kobold zum Dessert und als Vorspeise …

»Ich rieche, rieche Zwergenfleisch«, sagte er und verzog sein Gesicht zu einem dämonischen Grinsen.

Gilbo betrachtete erschöpft die drei Dosen Neureginal, die er Raizel und der Koboldsfrau entwendet hatte. Irgendwo ganz tief drin wusste er, dass sein Selbst gefangen, dass er das Spielzeug dunkler Mächte war. Doch er fühlte sich zu schwach, um sich dagegen zu wehren. Die ganze Welt jagte ihn: Raizel, Lille, ein Drache, und nun auch noch dieser durchgeknallte Typ mit den drei goldenen Haaren. Der Zwerg hatte sich zu den Bremer Stadtmusikanten gerettet und versteckte sich hinter dem Haus der Räuber. Das fortwährend vom Band abgespielte *Kikeriki* des Hahns strapazierte seine Nerven noch stärker als die Endlosschleife *Rapunzel, Rapunzel – lass dein Haar herunter!* von dem Märchen nebenan. Wie diese Brüder Grimm auf die abartige Idee kommen konnten, dieser Hahn sei musikalisch, war ihm ein Rätsel. Gilbo musste versuchen, irgendwie den Mechanismus zu zerstören, damit dieses jämmerliche Geräusch endlich aufhörte. Dafür musste er allerdings um das Haus herumkriechen, denn die Grimmsche Tierpyramide befand sich natürlich gut sichtbar in der Nähe des Fußweges, der die Märchenparkbesucher von Station zu Station geleitete.

Gilbo lugte zunächst vorsichtig um die Ecke herum, er konnte den Wahnsinnigen mit den drei goldenen Haaren nirgendwo erspähen. Also bewegte er sich langsam und mit Schulterblicken auf die metallenen Tiere zu. Als er gerade seine Hand ausstrecken wollte, um den Hahn zum Schweigen zu bringen, fiel sein Blick auf den Esel – und etwas Merkwürdiges passierte. Er musste plötzlich daran denken, was sein Freund Kneff dazu sagen würde, dass er Medikamente stahl und Lille und Raizel ihrem Schicksal überließ.

Kneff hatte sich endlich getraut, etwas zu unternehmen, um das Herz der edlen Eselin Klumfina zu erobern. Nicht so etwas Banales wie ein romantischer Heuschmaus bei Kerzenschein oder ein Strauß aus besonders delikaten Kornblumen. Er war schließlich ein raffinierter Esel. Und so hatte er ihr eine Karte zu der Show *Herzblume* geschenkt. Oder eigentlich nicht direkt geschenkt, sondern heimlich vor ihre Stalltür gelegt – sie war eine altmodische Eselin und zog den Stall jeglichen weiteren Behausungen vor. Aus der Ferne hatte Kneff beobachtet, wie Klumfina die Karte entdeckt, gelächelt und sich dann neugierig umgesehen hatte. Für einen Moment hatte Kneff gedacht, sie hätte ihn gesehen, denn ihr Lächeln vertiefte sich noch. Dann hatte sich die Tür wieder hinter ihr geschlossen und Kneff blieb seufzend zurück. Das gehörte sich für Liebesdiener nun einmal so.

Jetzt war der große Tag gekommen. Kneff hatte sich seit drei Tagen nur von Brotkrumen ernährt, so aufgeregt war er. Durch die Hintertür betrat er nun Vermicellis Buchladen. Der veranstaltete die *Herzblume*-Shows schon seit langer Zeit in der Schnipselgasse, ein zweites lukratives Standbein neben den *Imaginate*-Veranstaltungen. Sobald der Esel die Tür hinter sich zuschlagen hörte, eilte eine pausbäckige Fee mit einem lilafarbenen Umhang auf ihn zu und säuselte:

»Willkommen, Liebeshungriger, bei Herzblume! Es wird gleich losgehen. Setz dich schon einmal zu deinen Schicksalsgenossen.« Sie deutete auf eine Reihe von Stühlen im muffigen Halbdunkel hinter dem Samtvorhang. Kneff setzte sich.

»Hallo, alle zusammen«, sagte er in die Runde, bekam aber nur ein nervöses Nicken als Antwort. Soweit Kneff es überblickte, gab es außer ihm noch vier Kandidaten: zwei weitere Esel, ein aufgeregt schnaubender Hengst und ein Biber, der neben all den Huftieren anscheinend für einen Hauch Exotik sorgen sollte.

Es war Kneff ein bisschen unangenehm, mit ihnen zu warten, alle wussten, warum er hier war. Als ihm bewusst wurde, dass er das über sie genauso wusste, ging es ihm ein bisschen besser. Der Biber neben ihm war so aufgeregt, dass er sich die ganze Zeit die Zähne putzte.

»Gegen den Mundgeruch«, flüsterte er Kneff zu. »Wollen Sie auch mal?« Er reichte ihm einen Stock hinüber, auf den eine weißliche Paste gepinselt war.

»Ähm, nein danke«, sagte Kneff und fragte sich postwendend, ob er wohl Mundgeruch hatte.

»Du bist als Drittes dran«, flüsterte ihm plötzlich jemand ins Ohr. Neben ihm stand die Fee in Lila und überreichte ihm einen Programmzettel. Darauf stand:

»Herzblume, Sendung Nummer 12345«
Begrüßung durch Vermicelli
Applaus, nicht enden wollender
Verbeugung Vermicellis
Applaus, nicht enden wollender
Auftritt des ersten Kandidaten
Applaus, nicht ganz so ausufernd wie nach Vermicellis Moderation
Auftritt des zweiten Kandidaten
Applaus, nicht ganz so ausufernd wie nach Vermicellis Moderation
Auftritt des dritten Kandidaten
Applaus, nicht ganz so ausufernd wie nach Vermicellis Moderation
Auftritt des vierten Kandidaten
Applaus, nicht ganz so ausufernd wie nach Vermicellis Moderation
Auftritt des fünften Kandidaten
Applaus, nicht ganz so ausufernd wie nach Vermicellis Moderation
Die Entscheidung der weiblichen Kandidatin
Das Paar präsentiert sich gemeinsam
Seufzer aus dem Publikum
Vermicellis Schlussmoderation
Applaus, nicht enden wollender

Kneff sah zu, wie ein Kandidat nach dem anderen sich noch einmal die Frisur ordnete, die Schultern streckte und auf die Bühne trat.

Dabei wurde er selbst zunehmend nervöser. Um sich zu beruhigen, ging er im Kopf noch mal ganz genau durch, was er sagen wollte. Wie er Klumfina auf romantische, nicht zu schmalzige Weise seine Liebe schwören und ihr anschließend eine Ode rezitieren würde, die einzig aus Ia-Lauten bestand. Bei dem Gedanken bekam er Gänsehaut. Wenn sie auf das Gedicht nicht ansprang, wüsste er auch nicht weiter. So konzentriert war er auf seine bevorstehende Aufgabe, dass er nicht merkte, wie Vermicelli hinter den Vorhang kam und zischte: »Nur die Liebe zählt, ha! Nur der Profit zählt, und der ganze Saal ist voll mit heillosen Romantikern, formidabel!« Die Fee reichte ihm schnell ein Buch zur Stärkung: *Showmaster* von T. Teufelsschalk. Dann stupste sie Kneff an: »Zeit für deinen großen Auftritt. Die Bühne gehört dir.« Dem Esel rutschte das Herz in die Hose.

Jemand tippte Gilbo von hinten auf die Schulter. Der Zwerg drehte sich um – und sah in das grinsende Gesicht des Teufels mit den drei goldenen Haaren.

»Ich rieche Zwergenfleisch«, sagte dieser nüchtern.

»Ähm, ja dort drüben, da wohnt Schneewittchen, ihre Mitbewohner sollen sehr knackig sein«, erwiderte Gilbo schlagfertig.

»Ich ziehe dich als Vorspeise vor, dann gibt's Mensch zum Hauptgang und Kobold als Nachspeise«, sagte der Teufel mit den drei goldenen Haaren. Gilbo dachte schon, dass sein letztes Stündchen geschlagen hatte, da nahte Hilfe von gänzlich unerwarteter Seite.

»War mein Enkelchen wieder ungezogen?« Es hatte sich eine Frau mit Großmutterhaube genähert. »Es ist Zeit, schlafen zu gehen, mein Kleiner«, sagte sie und ließ sich auf den Boden nieder.

»Ja, Oma«, sagte der Teufel brav, legte seinen Kopf in den Schoß der Frau und begann umgehend zu schnarchen. Die vermeintliche Großmutter blickte auf und schaute Hilfe suchend um sich.

»Na toll«, sagte sie an jemanden hinter dem Zwerg gerichtet. »Und wie soll ich jetzt aufstehen?«

»Ähm, keine Ahnung«, sagte die Stimme der Koboldin Lille. Und jetzt erkannte Gilbo auch, wer sich dort unter der Großmutterhaube verbarg: Raizel. Sie hatte ihn gerettet! Und das, obwohl er sie bestohlen hatte! Die noble Tat verdrängte den Eindringling in seinem Geist, ließ den wahren Gilbo wieder die Oberhand gewinnen. Das war jetzt seine Chance, sich zu revanchieren.

»Vielleicht hilft es, wenn du ihm ein Haar ausreißt«, sagte der Zwerg. Lille und Raizel schauten ihn verwundert an.

»Bist du jetzt wieder auf unserer Seite?«, fragte Lille ein wenig misstrauisch. Gilbo nickte nur stumm mit dem Kopf. Dann sahen beide Raizel an.

»Wenn ich mich richtig erinnere, hat der Teufel seine Großmutter im Märchen nicht dafür umgebracht, dass sie ihm die Haare ausgerissen hat. Ich hoffe nur, das läuft hier ähnlich ab.« Und sie zog ein goldenes Haar heraus. Schläfrig hob der Teufel den Kopf.

»Was weckst du mich, Großmutter?«, fragte er.

»Mir träumte von einem Zwerg, der sagte, er sei bekehrt. Spricht er die Wahrheit?«

»Ja«, sagte der Teufel nur und fiel wieder in Tiefschlaf.

»Weshalb hast du ihn das gefragt?«, verlangte Gilbo ein wenig beleidigt zu wissen.

»Los, frag ihn, wie wir hier wegkommen!«, sagte Lille.

Und Raizel zog ein zweites goldenes Haar aus dem Schopf des Teufels.

»Was weckst du mich wieder, Großmutter?«

»Mir träumte von drei Wesen, die gestrandet sind in einer fremden Welt. Was müssen sie tun, um zurückzugelangen?«

»Sie können gar nichts tun, als ihr Schicksal dem Autor anzuvertrauen.« Kaum waren die Worte über seine Lippen gekrochen, als der Teufel schon wieder schnarchte.

»Na toll, jetzt sind wir auch nicht schlauer«, sagte Raizel. »Außerdem hat der ganz schön Mundgeruch.«

»Vielleicht gehört das zum Image eines Teufels«, mutmaßte Lille. »Ein Haar ist noch übrig. Überlege gut, was du ihn diesmal fragst.«

Raizel musste nicht lange überlegen und rieß das letzte goldene Haar aus. Diesmal wachte der Teufel mit einem kleinen Schrei auf:

»Aua, was weckst du mich zum dritten Mal, Großmutter?«

»Mir träumte von einem Mädchen, das hat den Teufel zum Schlafen gebracht und weiß nun nicht, wie sie ihn verlassen soll, ohne ihn aufzuwecken.«

»Ganz einfach. Indem sie seinen Kopf auf drei goldenen Haaren zur Ruhe bettet.« Und er schlief weiter.

Raizel tat, wie ihr geheißen. »Jetzt kann ich endlich diese grausige Großmutterhaube abnehmen«, sagte sie, als der Teufel selig weiterschlief und im Traum genüsslich schmatzte.

Gilbo betrachtete ihn fasziniert und sagte:

»Wahrscheinlich träumt er gerade von Zwergenfleisch.« Er schüttelte sich.

»Also, auf zu Rotkäppchen«, sagte Raizel. »Ich muss noch die Großmutterhaube zurückbringen.« Gilbo freute sich darüber, dass sie ihn wie selbstverständlich in ihre Aufforderung einschloss.

Der Weg zu Großmutters Haus führte durch einen Wald, und Raizel ertappte sich dabei, wie sie nach links und rechts ins Gebüsch schaute, um etwaige neue Angreifer früher erspähen zu können. Was war bloß mit ihrer guten alten Welt los, dass hier plötzlich Märchenfiguren lebendig wurden? Ob Tarik etwas damit zu tun hatte? Vielleicht war er so wütend über ihre Zurückweisung gewesen, nachdem sie erfahren hatte, dass er der Autor war. Aber würde er sie wirklich mutwillig in Gefahr bringen, indem er Drachen und Teufel in den Roman ihres Lebens hineinschrieb?

Weitere Angriffe bleiben vorerst aus, der spätmorgendliche Frieden wurde lediglich von ein paar Theatergästen gestört, die in der Pause der Aufführung durch den Märchenpark schlenderten. So gelangte das ungleiche Trio ungestört zur Hütte von Rotkäppchens Großmutter. Gilbo blieb sicherheitshalber vor der Figur mit dem roten Tuch auf dem Kopf stehen und wedelte mit einer Hand vor ihrem Gesicht herum.

»Die wird uns nicht angreifen«, stellte er zufrieden fest, als sie sich nicht rührte. Sie gingen ins Innere des Hauses, vorbei an dem Korb mit Wein hin zum alles beherrschenden Bett. Der Zwerg krabbelte schnell darunter und überreichte Raizel mit einem schuldbewussten Lächeln sein Diebesgut, das er hier vorhin versteckt hatte.

Im Bett lag der Wolf, seine Schnauze im Schrei erstarrt, sein Kopf der Großmutterhaube beraubt. Raizel lehnte sich vor, um sie ihm wieder aufzusetzen.

Je weiter er sich innerhalb des Rohrs vom Hotel *Bakebeggars* entfernte, desto geringer wurde die Süßekonzentration. Dennoch konnte sich Frips im Moment nicht vorstellen, jemals wieder voller Genuss in ein Stück Kuchen beißen zu können. Allein bei dem Gedanken daran wurde ihm noch ein bisschen übler. Dabei hatte er nicht gedacht, dass das überhaupt möglich war. Er musste endlich hier raus. Allerdings hatte der Kobold keine Ahnung, wo er sich befand. Was, wenn er eine der in unregelmäßigen Abständen in die Wand eingelassenen Luken öffnete – und dann vielleicht schnurstracks in eine Falle Laurinels und somit in sein Verderben tappte?

Also zwang sich Frips dazu, weiterzukriechen. Seine Pyjamahose, die er noch immer trug, war an den Knien schon ganz aufgescheuert, und seine Knie schmerzten. Obwohl das alles in allem keine besonders erfreuliche Situation war, genoss er es ein bisschen, den Helden zu spielen. Wenn ihn jetzt der Tulfo sehen könnte! Dabei fiel ihm wieder ein, dass er sich eigentlich mit Cendro im *Bakebeggars* hatte treffen wollen. Hoffentlich wartete der Schornsteinreiter nicht allein auf ihn. Aber Frips konnte nicht einfach zurück. Eine Stimme sagte ihm, dass er erst mal herausfinden musste, wohin die Entsüßungsanlage führte. Er hoffte nur, dass er nicht früher oder später an den schmerzhaft süßen Dämpfen erstickte oder zu viel von ihnen einatmete, als für seinen Verstand gut war.

Als Frips sich gerade fragte, ob der Schacht überhaupt irgendwohin führte, sah er in der Ferne einen Lichtschimmer. Mit neuem Ehrgeiz krabbelte er weiter, versuchte zu ignorieren, dass sich seine Schultern bereits seit einer halben Ewigkeit in dieser unbequemen Kriechhaltung verkrampften. Oder bildete er sich das Licht nur ein, halluzinierte im Zuckerdelirium? Als der Kobold seine letzten Kräfte mobilisierte und sich dem Schein näherte, wurde es tatsächlich zunehmend heller. Und dann streckte er seinen Kopf heraus aus dem Schacht, wobei ein paar Erdkrumen herabrieselten – und fand sich in einer Höhle wieder. Als Erstes vernahm er den leicht muffigen Höhlengeruch. Als Zweites sah er Tarik, der mit wilden Bewegungen etwas auf einen Zettel kritzelte.

Frips war so erleichtert, aus der Entsüßungsanlage befreit zu sein, dass ihm nicht auffiel, wie merkwürdig die Situation war.

»Hey, Tarik, was machst du denn hier? Du wirst nicht glauben, was mir gerade passiert ist. Beinahe hätte mich Laurinel erwischt. Und dann war ich plötzlich in diesem Schacht, puh, gerade noch mal gut gegangen. Es stank so mörderisch süß, kaum zum Aushalten …« Erst als Tarik nicht reagierte, obwohl der Kobold mittlerweile aus dem Schacht geklettert war und um ihn herumsprang, fiel Frips wieder ein, dass Tarik der Autor von *Imaginate* war und niemand wusste, welche Rolle er in dieser Geschichte eigentlich spielte.

Der Kobold stupste Tarik an. Der reagierte nicht, streckte nur seine Nase in die Luft, drehte sich in Richtung der Entsüßungsanlage und schnüffelte. Wie ein Tulfo, der die Fährte des frisch gekochten Mittagessens aufnahm. Frips erschauderte.

»Ähm, Tarik, alles okay bei dir? Wo sind wir hier überhaupt?« Er sah sich in der Höhle um, die Reste des Lagerfeuers und das Zeisfeld unter ihnen. In der Ferne konnte er die Silhouette von Baldorg erahnen. Dem Kobold fehlte allerdings die Muße, um die Aussicht zu genießen.

Als der Autor nicht reagierte, wagte Frips sich ihm vorsichtig zu nähern und ihm über die Schulter zu schauen. Es fiel ihm schwer zu entziffern, was dort in krakeligen Buchstaben wirr übers Papier verstreut gekritzelt stand. Frips blickte Tarik ins Gesicht, doch der nahm ihn noch immer nicht wahr. Der Autor schrieb einen neuen Satz, und diesmal konnte der Kobold genau lesen, was dort stand: *Mit einem drohenden Grölen aus den Tiefen seiner Kehle setzte sich plötzlich der Wolf im Bett auf und holte mit einer Pfote aus, um Raizel, Lille und Gilbo das Leben aus dem Leib zu schlagen.* Frips verstand augenblicklich: Tarik wollte seine Mutter umbringen! Ohne nachzudenken, riss der Kobold Tarik die Feder aus der Hand und brüllte »Neeeeeeeeeein!«

In Tariks Gesicht zuckte es, und in seine glasigen Augen kehrte der Ausdruck zurück.

»Was, was ist geschehen? Was machst du denn hier?«

Der Kobold hielt ihm das Notizbuch unter die Nase. »Du willst sie töten, du willst, dass sie nie zurückkommen, oder? Sie hat das Tor geöffnet und jetzt brauchst du sie nicht mehr, so ist es doch, oder? Du steckst mit Laurinel unter einer Decke! Du Ungeheuer!« Und er schlug mit seinen kleinen Fäusten auf Tarik ein.

»Hör auf!«, sagte dieser und starrte auf die Buchstaben. Die sollte er geschrieben haben? Das konnte er kaum glauben. Entsetzen machte sich in ihm breit. Doch er wusste, was zu tun war. Tarik griff erneut zur Feder. In dem Moment stürzte sich der Kobold wieder auf ihn.

»Du wirst nichts mehr schreiben! Das werde ich nicht zulassen!«, rief Frips aufgebracht. Tarik hielt ihn mit einer Hand ab, mit der anderen tauchte er die Feder ins Tintenfass.

»Du verstehst das falsch. Das war nicht wirklich ich, der das geschrieben hat. Lass es mich wiedergutmachen.« Der Kobold glaubte ihm nicht und stieß mit einem Fuß das Tintenfässchen um.

»Okay, es muss also ein Satz reichen. Dafür reicht die Tinte noch«, sagte Tarik und schrieb – noch krakeliger als zuvor, denn der Kobold zerrte an ihm:

»Der Wolf verwandelte sich in ein domestiziertes Schoßhündchen, das Raizel das Gesicht abschleckte.«

»Du Monster!«, rief Frips und kämpfte sich los. »Was hast du jetzt wieder geschrieben?«

Tarik hielt Frips das Papier vor die Nase.

»Oh«, sagte der Kobold. Und dann eine Weile nichts mehr. Er vergaß ganz, erleichtert zu sein, zu verwirrt war er.

»Weshalb hast du das mit dem Wolf geschrieben?«, fragte er schließlich.

»Ganz ehrlich: Das wüsste ich auch gern. Ich war irgendwie nicht ich selbst. Das passiert nur, wenn ich in dieser Höhle bin …«

»Was passiert dann?«

»Dass ich etwas schreibe, an das ich mich nachher nicht mehr erinnern kann. Die Raizel-Romane zum Beispiel.«

Sie vernahmen einen Lufthauch, der eine süße Woge aus dem Schacht mit sich brachte. Tarik schnupperte, und der Kobold erinnerte sich an eine ähnliche Szene, kurz bevor der Autor den Satz mit dem Wolf geschrieben hatte.

»Es ist der Entsüßungsschacht! Jemand versucht dich zu manipulieren! Wir müssen hier weg!« Und er zerrte Tarik an dessen Ärmel vor die Höhle. Dort saßen sie einen Moment schweigend und starrten auf das Feld weit unter ihren Füßen und die Gräser, die im leichten Wind wogten.

»Ich fürchte, du hast recht«, sagte Tarik nach einer Weile.

»Ich kann es nicht fassen. Weshalb haben sie sich ausgerechnet mich ausgesucht, um diese schrecklichen Sachen zu schreiben? Und weshalb konnte ich mich nicht dagegen wehren?« Die quälenden Selbstzweifel waren Tarik ins Gesicht geschrieben.

»Falls es dir hilft: Du bist nicht der Einzige, der sich von den Leckereien des *Bakebeggars* hat verführen lassen.« Frips erzählte Tarik die Geschichte mit dem Tulfo.

»Verrückt. Und ihr glaubt, Laurinel steckt dahinter?«

»Nicht glauben. Wir sind uns sicher. Deshalb muss ich jetzt auch bald zurück und Cendro helfen, diesen Fiesling zu verhören.« Frips schauderte bei dem Gedanken, wieder in den Entsüßungsschacht zu steigen, doch er hatte es ja schon einmal überlebt. Gegen die Dämpfe band sich der Kobold das rot karierte Taschentuch um die Nase, das Tarik ihm hinhielt. Ehe er ging, musste Frips noch eine Frage loswerden: »Ist das ... mit dem Wolf jetzt in echt passiert?«

»Denke schon«, sagte Tarik, der die Seiten seines Notizbuches überflog. Sein Herz schmerzte, als er sich vorstellte, dass er Raizel um ein Haar nicht wiedergesehen hätte – und dass er selbst daran schuld gewesen wäre. Er wischte den Gedanken beiseite.

»Deine Mutter und Raizel sitzen fest in ihrer Welt. Sie denken aus irgendeinem Grund, sie könnten über eine Bühne im Märchenpark wieder zurückkommen, aber ich bezweifle, dass das funktioniert.«

»Wieso?«, fragte der Kobold, der ein ziemlich großes Vertrauen in die Fähigkeiten seiner Mutter und seines literarischen Idols hatte.

»Weil Raizel jetzt in ihrer Welt ist. Da kommt sie aus eigenen Kräften nicht wieder heraus. Wenn wir nur wüssten, wie sie den Sprung in unsere Welt beim ersten Mal geschafft hat ...«

Es war der Kobold, der auf die naheliegende Lösung kam.

»Hast du vielleicht irgendwas geschrieben in der Art von: Und plötzlich fand sie sich in einer anderen Welt wieder ...«

Tarik unterbrach ihn: »Das muss es sein! Und vielleicht kann ich es wieder tun, aber ich brauche die exakte Formulierung. Sonst landen die beiden noch bei Harry Potter oder bei den Hobbits ...«

Frips fand die Alternativen eigentlich ziemlich reizvoll, obwohl er die Figuren nur quasi um die Ecke aus Raizels Lektüre kannte, die in *Imaginate* beschrieben wurde.

»Ich habe zufällig ein Exemplar deines Romans dabei.« Als Tarik ihn überrascht anschaute, erklärte der Kobold: »Ich wollte vor dem Einschlafen eine Stelle nachlesen. Dann musste ich wie gesagt blitzschnell dem Tulfo hinterherlaufen und habe mir das Buch ohne nachzudenken in die Pyjamahose gesteckt. Es handelt sich um die extra eng gedruckte Taschenbuchausgabe.« Plötzlich fiel Frips ein, dass er neben dem Autor seines Lieblingsbuches saß. So setzte er hinzu: »Vielleicht ... würdest du es mir auch noch signieren?«

»Ja klar«, sagte Tarik, der es nicht gewohnt war, nach einem Autogramm gefragt zu werden. Nachdem er hastig seinen Namen und die Widmung: *Für Frips. Möge dir das Unmögliche als reizvolle Herausforderung erscheinen* gekritzelt hatte, schlug er die letzte Seite auf.

Sie beugten ihren Kopf nach vorne, begierig, den letzten Satz zu lesen. Der war leider wenig spektakulär: *Raizel tagträumte mal wieder.* Wie sollte dieser Satz sie von einer Welt in die andere katapultiert haben?

Frips wies mit seinem Zeigefinger auf ein kleines Sternchen und seine noch winziger gedruckte Erklärung: *Letzter Satz aus Jugendschutzgründen leicht abgeändert. Gez. Vermicelli, der Herausgeber*

»Aus Jugendschutzgründen? Was hast du denn da Verbotenes geschrieben?«, fragte Frips neugierig.

»Keine Ahnung«, antwortete Tarik. »Es gibt wohl nur einen Weg, das herauszufinden. Ich muss zu Vermicelli und das Original finden.«

»Ich kann leider nicht mitkommen«, meinte der Kobold bedauernd. »Ich muss zurück ins *Bakebeggars* und Cendro helfen, diesen Laurinel auszuquetschen.« Plötzlich erinnerte er sich daran, was er gehört hatte, ehe er in den Entsüßungsschacht geraten war.

»Oh krass, bestimmt war er es, der dich ferngesteuert hat! Ich hab gehört, wie er in seinem Zimmer so was wie ›Schreib Gefahren‹ gesagt hat.«

Tariks Augenbrauen zogen sich voller Wut zusammen. »Den nehme ich mir nachher vor. Jetzt muss ich erst mal Raizel und Lille zurückholen.«

20. Kapitel

1098 Schritte

Es war die Art von Schlucht, aus der man Unheil erwartete, in die man hineinfiel, wenn man versuchte, sie zu bezwingen. Die Art, die selbst im Morgenlicht wirkte wie eine verlorene Landschaft, getunkt ins blutrote Licht einer sterbenden Sonne. Die Felsen waren ungleichmäßig geformt und beinahe schwarz. Die Bäume rund um die Schlucht reckten ihre Wipfel in den Himmel, nicht vergleichbar mit dem Nachttannenturm, eingehüllt in trüben Nebel. Die dünnen Ästchen glichen Totenbeinen, sie machten die Balden fühlen, als wären sie die einzigen Wesen auf der Welt. »Lass dich fallen«, rauschte der Wind. An diesem Ort warteten die Schatten auf die Balden. Noch hielten sie sich zurück, umwogten die dürren Bäumchen und raubten ihnen das letzte bisschen Leben.

Sie hatten sich jetzt schon so weit vom Nachttannenturm entfernt, dass die Schwere der Welt die Balden einen nach dem anderen nach unten zog und sie nicht mehr fliegen konnten. Das also war mit den tausendachtundneunzig Schritten gemeint gewesen. Der Weißhaarige lächelte nur, als hätte sich eine längst bekannte Gewissheit bestätigt. Und so begann der beschwerliche Abstieg in den Rachen der Schlucht. Die drei bewusstlosen Balden konnten sie nicht transportieren, also errichtete die Reisegemeinschaft einen behelfsmäßigen Unterstand, der das glücklose Trio wenigstens vor Wind und Wetter schützen würde. *Nicht aber vor den Schatten*, schoss es Manjfee durch den Kopf. Sie erschrak über sich selbst, weil sie dieses Risiko in Kauf zu nehmen bereit war. Ihre Haare waren so grau wie die Ödnis um sie herum.

Die Balden waren es nicht gewohnt, ihre Füße übermäßig zu strapazieren, und Selp und Wribo klagten bald über Schmerzen. Oder über Steinchen zwischen den Zehen. Oder einfach generell über die traumatische Erfahrung, der Schwerkraft ausgeliefert zu sein. *Wie sehr sich diese lebenslustigen Jungbalden in kurzer Zeit verändert hatten,* dachte Manjfee besorgt. Und sie selbst auch. Zwar war sie die Baldenkönigin und musste Haltung bewahren, aber wenn sie ehrlich war, würde sie am liebsten ganz weit weg sein. Bald wurde es ihr unter dem Regenbogenmantel zu warm und sie ließ ihn neben sich in der Luft schweben.

»Mich verlanget, auch so fresh und frei zu sein wie dieser Mantel«, jammerte Selp.

Die Baldenkönigin versuchte zu motivieren. »Gebärde dich nicht so freakig, es ist bald vollbracht!« Wenn sie nur selbst an ihre Worte glauben könnte.

In diesem Moment rutschte Selp aus und kullerte winselnd so weit in die Schlucht, dass er nur noch ein kleiner Fleck in der Ferne war.

»Seeeelp!«, schrie Wribo und vergaß aus Angst um seinen Freund seine müden Füße. Im dreifachen Tempo kraxelte er den Abhang hinunter, riss dabei Wurzeln aus der Erde und hätte selbst so manches Mal beinahe den Halt verloren. Der Rest der Balden folgte ihm so schnell es ging.

Wribo wurde ganz flau im Magen, als er auf Selp stieß, der sich nicht rührte. Blut tropfte von dessen Stirn.

»Hey, Kumpel«, flüsterte er und berührte mit einer Hand vorsichtig die Wange seines Freundes. Selp reagierte nicht. In Wribo stieg die Panik hoch. Erst Kalfa, jetzt Selp ... Er stupste den Bewusstlosen etwas weniger sanft an.

»Erwachet, edler Hoschi.« Und tatsächlich, wie durch ein Wunder begann Selp seinen Kopf zu bewegen. Er blickte Wribo verständnislos an und krächzte:

»Werter Bro, was hat sich hier zugetragen? Und weshalb lieg ich am Boden, jo?«

»Oh Dude, du seelenverwandter Vollhonk. Was fällt dir ein, mir so einen Schrecken einzujagen?!« Und er stieß Selp in die Seite. Der heulte protestierend auf.

»Alles Okidoki, werte Geschöpfe des Nachttannenturms?«, fragte Manjfee in die Tiefe.

»Er wird ’ne mordsmäßige Beule davontragen, derhalben muss er fürderhin aufpassen, aber sonst alles paletti«, rief Wribo nach oben. Dann setzte er sich erschöpft hin, ließ seinen Blick über das unwirtliche Geröll schweifen und gönnte sich eine wohlverdiente Pause.

Tarik betrat Vermicellis Buchladen, als Kneff gerade am Ende seines Auftritts angelangt war. Das Publikum hatte mitgefiebert und befand sich in einer romantischen Stimmung. Was Tarik beinahe zum Verhängnis wurde, denn eine Riesin erklärte ihn zu ihrem idealen Gefährten für diesen Abend.

»Ich steh auf kleine Männer«, sagte sie mit kokettem Augenaufschlag zu ihm. Tarik wusste nicht recht, wie er auf ihre Annäherungsversuche reagieren sollte. Vor allem, weil seine Verehrerin ihn ohne Probleme in ihrer Armbeuge zerquetschen könnte.

»Ähm, ich fühle mich sehr geehrt, aber … leider bin ich schon vergeben«, schwindelte er.

»Zu schade. Dann muss ich wohl von dir ablassen«, sagte sie theatralisch.

Tarik drängte sich schnell weiter, ehe sie es sich noch anders überlegte. Schnell schlüpfte er an einem Seitenzugang hinter die Bühne. Die *Herzblume*-Fee stürzte sich auf ihn und sagte mit plötzlich gar nicht mehr säuselnder Stimme:

»Zutritt nur für Kandidaten und Bücherwürmer, tut mir leid.«

»Ich muss dringend Vermicelli sprechen«, verlangte Tarik.

»Da bist du nicht der Einzige. Aber er ist gerade damit beschäftigt, sich auf seine Schlussmoderation vorzubereiten«, sagte sie und deutete auf den Bücherwurm, der in einer dunklen Ecke saß und gedankenverloren Papierschnipsel in sein Maul schob.

»Ah, der Herr Autor, sehr erfreut! Du wolltest dich wohl noch als *Herzblume*-Kandidat anmelden, was?« Der Bücherwurm musterte Tarik kritisch. »Du siehst wirklich so aus, als wenn du dringend eine Frau bräuchtest. Dieses Glühen in den Augen … Aber ich fürchte, du musst dich bis zum nächsten Mal gedulden, die Show hat schon angefangen.« Vermicelli deutete den entgeisterten Gesichtsausdruck seines Gegenübers falsch und fuhr fort: »Jaja, Stars haben es manchmal nicht leicht, feste Bindungen einzugehen, nicht wahr? All diese Groupies ersetzen keine Seelenverwandte …« Tarik wollte ihn unterbrechen, doch der Bücherwurm redete einfach weiter.

»Wir könnten eine ganze Show allein um deine Partnersuche kreieren, schließlich bist du ein Prominenter!« Der Bücherwurm wirkte entzückt über seine eigene Idee. Dann tat er schnell so, als wenn er Tarik damit einen Gefallen tun würde: »Ich werde dir also gern helfen, die passende Dame für deine rote Rose zu finden – vorausgesetzt, du verpflichtest dich, auch deine künftigen Romane exklusiv bei mir zu verlegen.«

»Ich werd es mir überlegen«, sagte Tarik halbherzig. »Aber jetzt würde ich mir gern mal das Manuskript des letzten *Imaginate*-Bandes ansehen.« Hastig setzte er nach: »Du hast es doch noch, oder?«

Vermicelli wurde neugierig. »Aber natürlich. Ich habe dafür extra einen eigenen Raum eingerichtet. Folge mir.«

Während sie einen engen Gang entlangliefen, der vielleicht für Würmer, nicht jedoch für Menschen gemütlich wirkte, fragte Vermicelli scheinheilig:

»Mein kleiner Laden kann sicher weiterhin die Plakette ›Offizieller *Imaginate*-Fanstore‹ über dem Eingang tragen, nicht wahr? Ich meine, du wirst doch einem alten Bücherwurm nicht seinen Lebensunterhalt nehmen …«

Tarik lächelte in sich hinein. »Nein, keine Sorge. Mich interessiert nur, weshalb du den letzten Satz geändert hast.«

»Ah, der letzte Satz interessiert dich also.« Vermicelli wand sich nach guter Wurmmanier. Man konnte förmlich sehen, wie er versuchte, den Grund für Tariks Frage zu ersinnen.

Derweil waren sie im Lager angekommen, das eher einem Schrein glich. Tarik hielt die Luft an: Die Manuskripte seiner Romanreihe waren hier jedes auf einem eigenen Samtkissen gebettet wie uralte Relikte einer längst vergangenen Zivilisation. Das Licht war papierschonend gedämpft und zauberte eine surreale Atmosphäre. Ein leichtes Surren lag in der Luft.

»Ein Kühlsystem, das für die optimale Raumtemperatur sorgt«, erklärte Vermicelli stolz.

Tarik kam sich vor, als wenn er gerade ins Zentrum einer geheimen Bibliothek eingedrungen wäre, in der uralte Schätze seit Ewigkeiten gehütet wurden. Stattdessen waren es seine eigenen Werke, die hier so sorgsam für die Nachwelt konserviert wurden. Während er an den Büchern entlang bis zum letzten Band lief, konnte er der Versuchung nicht widerstehen, mit der Hand über die Seiten zu fahren.

Das führte zu Protestbekundungen des Bücherwurms. »Nicht! Jede Berührung mindert den Wert«, rief er aus. Dann schien ihm wieder einzufallen, dass neben ihm der Autor stand, in dessen Macht es lag, ob es noch weitere *Imaginate*-Bände und damit garantierte Bestseller geben würde – oder nicht.

»Hier, die Originalfassung der letzten Seite des bislang letzten Bandes. Ist ja gerade erst eingetroffen. Und hier …«, er streichelte mit einem Finger die Luft über der Seite am unteren Ende, nur Millimeter über dem Papier, »haben wir auch den letzten Satz.« Vermicelli las lautlos. Er positionierte sich dabei so, dass Tarik nichts sehen konnte, was ihn halb wahnsinnig machte.

»Ach ja, genau, jetzt weiß ich auch, weshalb wir das ändern mussten. Es heißt hier: ›Und Raizel verlor sich im Reich ihrer Fantasie‹. Da wäre meine Buchhandlung wieder für Monate von den Vereinten Realisten belagert worden. Das wollte ich nicht noch einmal riskieren, nachdem einer ihrer Aktivisten einmal mein Schaufenster mit den Worten ›Wer nicht zaubern kann, ist lebensunfähig‹ vollgepinselt hat.«

Tarik sah ihn verständnislos an.

»Du musst verstehen: Für die VR-ler ist es schon ein unheimlicher Affront gegen den gesunden Lebewesenverstand, sich vorzustellen, dass es eine nichtmagische Welt wie Raizels geben könnte. Sie lassen ihre Literaturexperten da gern von Irreführung der Jugend dozieren. Dann noch anzunehmen, dass ein Geschöpf aus dieser trostlosen Welt über Fantasie verfügen könnte, würden sie für geradezu infam halten.

Deshalb habe ich den Satz geändert.« Und Vermicelli setzte nach: »Ich hoffe, damit habe ich nicht deine Gefühle als Autor gekränkt? Ich könnte dir anbieten, im Gegenzug eine neue Kurzgeschichte aus deiner Feder zu publizieren …«

»Nein danke, ich habe im Moment keine Zeit, um zu schreiben«, unterbrach ihn Tarik.

Vermicelli sah ein wenig enttäuscht aus. »Wenn du mir verraten wolltest, weshalb dieser Satz so wichtig ist, hättest du es mir längst gesagt, nicht wahr?«

Tarik nickte nur.

»Gut, dann lasse ich dich mal in Ruhe.«

Der Bücherwurm wandte sich der Tür zu. Dann fiel ihm noch was ein. »Es gibt ja einige Bestsellerautoren, die ruhen sich auf dem Höhepunkt ihres Erfolges aus und weigern sich, wieder irgendwas Neues zu schreiben. Aber ich bin mir sicher, dass du diesen Fehler nicht begehen wirst.« Und als wollte er verhindern, dass Tarik ihm widerspräche, schlängelte er sich überraschend schnell aus der Tür hinaus.

Jetzt war Tarik allein, allein mit seinem Werk. Wie merkwürdig das klang. Wenn er seinen Blick über die Seite schweifen ließ, erschienen ihm die Worte die eines anderen zu sein – Buchstaben, die er niemals auf diese Weise arrangiert hatte. Das war umso merkwürdiger, als es eindeutig seine Handschrift war, die diese fremden Sätze geformt hatte. Ihn überlief ein Schauder, er spürte, wie sich die Härchen auf seinen Armen aufstellten. Tarik musste an die Höhle und die Entsüßungsanlage denken und fragte sich, wer ihm vom *Bakebeggars* aus diese Worte ins Ohr geflüstert hatte. Ob es Laurinel war? Der hatte sich als Freund des Autors ausgegeben.

»Und Raizel verlor sich im Reich ihrer Fantasie.« Ob das der Schlüssel war? Schließlich träumte Raizel gern von Elfen und Zwergen, von Abenteuern und Zaubersprüchen, die Eisberge zum Schmelzen und Wüsten zum Blühen bringen konnten. Also war es nicht ausgeschlossen, dass sie sich mit ihrer Vorstellungskraft quasi selbst ins Baldenreich befördert hatte. Tarik fiel ein, wie merkwürdig sie bei der Theaterprobe reagiert hatte, als sie sich auf Vermicellis Geheiß hin auf ihre Vorstellungsgabe konzentrieren sollten. Hatte sie da selbst etwas geahnt? Die Schauspieler hatten bei der Probe so tun sollen, als hätten sie einen Geistesblitz gehabt. Vielleicht war dies auch der Schlüssel zu dem immer gleichen Anfangssatz jedes *Imaginate*-Romans: *Alles begann mit einem Blitz.* Einem Geistesblitz nämlich. Einem solchen folgend, kramte der Autor sein Notizbuch hervor und schrieb noch einmal den Satz, der alles verändern sollte: *Und Raizel verlor sich im Reich ihrer Fantasie.*

30 Schritte

Das Naji fing an zu piepsen. Entfernung zum Zielpunkt: dreißig Schritte. Jede einzelne der zurückliegenden tausendachtundsechzig Fußbewegungen hatte sich angefühlt wie ein Marathon. Selp hatte sich nach seinem Sturz geweigert weiterzugehen, sodass ihn zwei Wächter schleppen mussten. Obwohl der Balde nicht schwer war, hatten die Träger bei jedem Schritt geächzt, als lasteten mehrere Säcke Holz auf ihren Schultern. Jetzt endlich waren sie am Grund der Schlucht angekommen und Selp hatte die Reisegruppe damit überrascht, dass er sich von seinen Trägern losgerissen und sich mit ungetrübter Energie auf die Suche gemacht hatte.

Die Baldenkönigin ließ ihren Blick schweifen. Wo nur hatten ihre Ahnen die Truhe mit den Kampfbüchern versteckt? Die magischen Koordinaten schienen nicht besonders genau zu sein, deshalb gab es in all diesem Geröll unzählige Versteckmöglichkeiten.

Manjfee, die die Schatzsuche mit dem Naji bis zur Perfektion trainiert hatte – wie es sich für eine Baldenkönigin gehörte –, konnte auf ihr geschultes Auge vertrauen: Dieser Steinhaufen neben einem verkrüppelten Baum sah verdächtig aus, zu geordnet für eine natürliche Ansammlung. Wie sorgsam arrangiert. Manjfee fühlte ihr Herz schneller schlagen, als sie sich darauf zubewegte. Selp und Wribo hätten sich am liebsten vom Boden abgestoßen, um aus der Luft besser sehen zu können. Doch das war ihnen ja im Moment verwehrt.

Wenige Augenblicke später hatte Manjfee den ominösen Haufen erreicht, sie zögerte nicht, sondern versuchte sofort, den obersten Stein anzuheben. Er war zu schwer.

»Zu hülf, macht hinne«, befahl die Baldenkönigin. Sie hätte gar nichts sagen müssen, alle um sie herum waren so gespannt auf den bevorstehenden Fund, dass sich gleich mehrere Balden auf den Stein stürzten und ihn keuchend ein klein wenig anhoben. Manjfee bückte sich.

Sie konnte nichts sehen, war aber zu ungeduldig für einen Lichtzauber. So tastete sie mit ihrer linken Hand in der Nische unter dem Stein herum, hoffend, dass sich kein Tier dort eingenistet hatte. Sie fühlte einen Widerstand. Glatter als Stein unter all dem Staub. Sie hatte die Truhe gefunden – dachte sie zumindest.

Manjfee aktivierte die Kraft in ihrer Mitte und ließ ihre Magie den Fund ans Tageslicht befördern. Als sie die quadratische Box öffnete, kam darin nur ein Zettel zum Vorschein, der weitere Anweisungen gab: *Sucht in der Umgebung nach einem unterirdischen Gang. Geht bis ganz ans Ende, dort werdet ihr fündig werden.* Manjfee seufzte. Zu früh gefreut. Alle Balden begannen zu suchen, und am Ende war es Selp, der auf die teilweise verschüttete Luke stieß. Nachdem er Kiesel und Sand entfernt hatte, ließ sich die Klappe mit Leichtigkeit an dem außen angebrachten Messingring aufziehen.

»Begebt euch hierhin, fix!«, rief er – sichtlich erfreut, dass er nach seinem Sturz so einen wichtigen Fund vorweisen konnte. »Daselbst befindet sich ein Zugang zu einem Geheimgang!«

Manjfee ließ dem Alten den Vortritt, er stieg als Erster in die Tiefe. Es roch modrig und abgestanden, seit unzähligen Wintern hatte kein lebendes Wesen mehr diese Wände erblickt. Stattdessen starrten tote Augen aus den Nischen – die Balden mussten hier ihre im Kampf getöteten Krieger zur letzten Ruhe gebettet haben. Ihre Schädel waren manifestierte Mahnungen, zu welchen Konsequenzen es führte, wenn sie die Kampfbücher wieder ausgraben würden. Der Weißhaarige erzählte ihnen, dass die Schädel einem alten Ritual zufolge im Mondlicht gebleicht und von den Hinterbliebenen kunstvoll verziert worden waren.

Der Gang zog sich endlos dahin, nahm unzählige Wendungen. Manchmal war die Decke ein Stück eingefallen, sodass ein Mensch sich nur mit Mühe durch die Lücke hätte quetschen können. Für die Balden war das kein Problem. Irgendwo tropfte Wasser, und mit jedem *Plopp* stieg die Anspannung. Wie weit war es noch bis zum

Ziel? Das Naji konnte ihnen jetzt nicht mehr helfen, hier unter der Erde würde es wohl auch gar nicht funktionieren. Also mussten sie geduldig sein und sich dem Gang anvertrauen. Das war allerdings nicht so einfach, wenn man fortwährend von nackten Schädeln angestarrt wurde.

Und dann war der Gang zu Ende. Sie hatten die kahle Felswand schon eine Weile näher kommen gesehen, aber bis zuletzt nicht gewusst, ob nicht noch ein bis dahin nicht sichtbarer Nebentrakt abging. Doch da war nichts. Auch keine Truhe. Ratlos sammelten sich die Balden innerhalb des schmalen Raums, den die Wände ihnen ließen.

Ein Schädel löste sich aus der Wand und fiel klackernd zu Boden – es klang, als ob der vor Urzeiten Verstorbene seine Nachkommen verhöhnte: »Bald werdet ihr bei mir liegen …« Wribo und Selp zuckten zusammen und hielten sich unauffällig bei der Hand.

»Und nun, werter Macker? Habt ihr eine Hirnoffensive, die ihr uns offenbaren könntet?«, fragte Manjfee den Alten.

»Fürwahr, Schnecke. Mir wurde weiland ein Hint mitgegeben für den Fall, dass die Kampfbücher in der Zukunft gebraucht werden würden.« Die Balden warteten gespannt darauf, welcher Hinweis sie zum Schatz führen sollte.

»Er lautet: Wand.« Das Geräusch von vielen kleinen enttäuschten Ausatmern war zu vernehmen.

Wribo sprach das Offensichtliche aus: »Na toll, hier ist allerorten Wand.«

Manjfee begann, mit ihren Händen die Felsen abzutasten.

»Dass ich das nicht selbst ausklamüsert habe …«, murmelte sie. Sorgfältig streichelte sie Stein um Stein. Und dann, nach einer langen Zeit, zog sie plötzlich einen kopfgroßen Felsen aus der Wand. Die Balden stießen Laute der Verblüffung aus und drängten sich um ihre Königin, um zu sehen, was sich in der Nische verbarg. Und tatsächlich, schmal und lang lag dort, wonach sie die ganze Zeit gesucht hatten: die Truhe mit den Kampfbüchern.

»Oh krass, formidabel!«

»Wir haben es vollbracht!«

»Voll fett«.

»Welch Frohlocken!«

»Ich giggel mir einen ab!«

»Mir steht der Sinn danach, derbe abzufeiern!«

Die Balden waren begeistert. Eine Weile lang passierte nichts weiter, als dass sich alle in den Armen lagen und vor Aufregung ein paar Purzelbäume schlugen. Die seltsame Trübsal, die sie während der Reise überkommen hatte, war für diesen Moment verschwunden. Manjfee sträubte sich dennoch, die Truhe zu öffnen. Dann würde es kein Zurück mehr geben, sie würden dem so lange gehuldigten Frieden entsagen. Doch das hatten sie eigentlich schon in dem Moment getan, als die Schatten sich um Kalfa schlossen. Manjfee hoffte inständig, dass es der Verletzten inzwischen besser ging.

Ungeduldig warteten die Balden darauf, dass ihre Königin den Befehl zur Öffnung der Truhe geben würde. Stattdessen forderte Manjfee Wribo und Selp dazu auf, die schwere Eisenkiste nach draußen zu tragen. Auf dem Rückweg nahmen die Balden die leeren Augenhöhlen ihrer Ahnen kaum wahr, so gespannt waren sie darauf, endlich zu erfahren, welche Geheimnisse sich ihnen gleich offenbaren würden.

So erreichten sie den Ausgang innerhalb kurzer Zeit und stiegen einer nach dem anderen wieder nach draußen. Das plötzliche Sonnenlicht blendete sie, so dass sie blinzeln mussten. Das hielt die Balden nicht davon ab, sich zu streiten, wer von ihnen die Truhe aufmachen durfte.

»Ich hab sie die ganze Zeit geschleppt, mir gebührt die Ehre! Du brauchst dich gar nicht so anheischig zu machen!«, rief Wribo.

»Du infamer Vollhorst, du beliebst Witze zu reißen!«, warf Selp ein.

»Na gut, wir können es gemeinsam vollbringen«, gab Wribo ein Stück weit nach.

Die Freunde blickten Manjfee an, die nur belustigt nickte.

Und so lösten die zwei die Eisenriegel – oder versuchten es wenigstens.

»Potzblitz, verdammi – hier ist ein Zahlenschloss!«

Für einen Moment verharrten die Balden in angestrengter Überlegung. Hatten sie irgendwo eine bedeutsame Zahl übersehen, eingehauen in den Fels?

»Vielleicht hätten wir die Totenköpfe zählen müssen«, schlug jemand vor. Niemand meldete sich freiwillig, noch einmal in den Gang zurückzukehren.

Und dann war es wieder der Alte, der den entscheidenden Hinweis gab.

»Tausendachtundneunzig. Die Zahl der Schritte, die wir Luftwesen gehen mussten, der Erde ausgeliefert. Tausendachtundneunzig, die Zahl der Schweißperlen, die in die Schlucht fielen. Tausendachtundneunzig, die Zahl, die uns jetzt noch vom Geheimnis der Ahnen trennt.«

Fieberhaft gaben sie die Zahl ein – und tatsächlich, plötzlich ließ sich die Truhe mit Leichtigkeit öffnen. In diesem Moment senkten sich die Schatten auf die Balden nieder.

Als Frips durch die Entsüßungsanlage zurück ins Hotel *Bakebeggars* kroch, fühlte er sich wie ein Insekt, das versehentlich ins Maul eines Raubtieres geraten war und jetzt immer tiefer in den Rachen flog. Nur dass es hier statt nach Verwesung nach Zucker roch und dass er mit voller Absicht zurück in die Höhle des Löwen kehrte. Die Dunkelheit machte ihm allerdings nichts aus, schließlich war er ein Kobold.

Gegen die süßen Dämpfe hatte er sich mittlerweile abgeschottet, umso mehr, als er gerade erst Zeuge ihrer gefährlichen Wirkung geworden war. Auch Tariks Taschentuch half, das er sich schützend vor Nase und Mund gebunden hatte. Während die Knie des Kobolds beim Kriechen weiter aufgeschürft wurden, fragte er sich, was Cendro wohl mittlerweile widerfahren war. Hatte er es überhaupt ins Hotel *Bakebeggars* geschafft? Und wenn ja, war er vielleicht von Laurinel erwischt worden und wartete jetzt auf seinen Retter – also auf ihn? Er krabbelte ein bisschen schneller. Dennoch erschien es ihm viel zu früh, als er mit seinen Fingern das Ende des Schachtes ertastete. Er atmete tief durch, sofern das mit einem Taschentuch vor dem Mund möglich war. Gerade wollte er gegen die Wand drücken, um wieder auf den Gang vor den Zimmern zu gelangen, da hörte er Stimmen von der anderen Seite.

»Ein Glück, dass dieser Laurinel ein ausgedehntes Schläfchen hält. Sonst hat er immerzu neue Extrawünsche«, flüsterte ein Bediensteter. Und ein Zimmermädchen antwortete: »Ja, und er verlangt fortlaufend nach neuen Keksen. Angeblich hat ihn sein Arzt jetzt auf Diät gesetzt, und nun scheint er zu schmollen.«

Der Tratsch wurde fortgesetzt, sodass der Gang für Frips gesperrt war. Aber er hielt es keinen Augenblick länger in diesem engen Schacht aus! Allerdings musste es ja noch einen zweiten Ausgang geben, eine Verbindung zwischen Entsüßungsanlage und Laurinels Zimmer. Und wenn sein Zielobjekt tatsächlich schlief, konnte er es riskieren, sich einzuschleichen. Dann würde er den Missetäter überwältigen und ihn zur Rede stellen. Sein letzter Rest an Zweifel zerstreute sich, als Frips zu seiner Rechten ein Poltern und dann ein verhaltenes Fluchen in einer ihm wohlbekannten Stimmlage vernahm. Cendro war bereits im Innern des Zimmers! Frips horchte in Richtung des Ganges, die Angestellten plauderten munter weiter. Die Wände zwischen Zimmer und Gang mussten dicker sein als die der Entsüßungsanlage.

Frips tastete im Dunkeln nach der Tür – und purzelte unversehens ins Zimmer, als diese geöffnet wurde.

»Hab ich dich erwischt, du Spion«, flüsterte jemand, und Frips fand sich auf dem Boden wieder, mit dem Gesicht nach unten.

»Ach, du bist es«, schob Cendro im nächsten Augenblick leicht enttäuscht nach und lockerte den Griff um die Arme des Kobolds.

»Au! Mann, musste das sein?«, fragte dieser. Dann fiel ihm Wichtigeres ein als blaue Flecken. »Wo ist Laurinel?«

Cendro zeigte mit einem Finger in Richtung Bett, mit der anderen Hand bedeutete er Frips, still zu sein. Laurinel schien tatsächlich zu schlafen, wälzte sich dabei aber unruhig hin und her und stieß bisweilen unverständliche Laute aus. Frips und Cendro warfen sich einen Blick zu. Es bedurfte keiner weiteren Worte. Cendro fädelte den Gurt aus Laurinels Seidenbademantel, der über einen Stuhl drapiert war, Frips zog sich eine Socke aus und beide schlichen sich an den Schlafenden heran.

Es waren nur wenige Meter, doch sie kamen ihnen wie eine kleine Ewigkeit vor. Was, wenn Laurinel jetzt aufwachen würde?

Und dann war es so weit. Auf Cendros stummes Kommando hin stopfte Frips Laurinel seine Socke in den Mund, um ihn am Schreien zu hindern, gleichzeitig fesselte Cendro ihm die Hände. Laurinel träumte einfach weiter, brabbelte nur wieder irgendetwas, das kaum durch Frips Socke drang.

»Igitt, er wird sie komplett vollsabbern. Die zieh ich nie wieder an!«, sagte der Kobold. »Und dabei ist das eine Socke aus Vermicellis Fanstore. Ein Sammlerstück!«

»Ja, und das ist unser größtes Problem«, erwiderte Cendro sarkastisch. Jetzt hatten sie den mutmaßlichen Unhold also gefesselt, kamen aber nicht weiter.

»Wir müssen ihn aufwecken«, sagte Frips.

»Auf die Idee wäre ich nie gekommen«, meinte Cendro und stieß eine empörte Rußwolke aus.

»Dann tu doch was, statt hier weise Sprüche abzusondern«, forderte der Kobold und trat vorsichtshalber ein paar Schritte zurück.

Cendro grummelte etwas wie »Ja klar, die harte Arbeit bleibt mal wieder an mir hängen«, und stupste Laurinel unbeholfen an. Nichts geschah.

»Alles muss man selbst machen«, ahmte Frips Cendros Tonfall nach und kitzelte Laurinel unter den Achseln. Das war die uralte Kobold-Aufweck-Methode, mit denen schon Generationen von Brantocks ihre Kinder geweckt hatten – und manchmal auch die Kinder anderer, nur so zum Spaß. Laurinel schoss im Bett hoch und begann, wild draufloszureden. Dabei drohte er an der Socke zu ersticken, die in seinem Mund steckte.

»Sei still«, zischte Cendro. Laurinel tobte nur noch mehr.

»Du kannst nicht atmen, wenn du den Strumpf verschluckst!«, versuchte Cendro es mit Vernunft.

»Dir wird die Luft wegbleiben, wenn du meine Raizel-Socke verschluckst. Weil ich dann nämlich sehr wütend werde …«, fing Frips an.

»Ich dachte, du wolltest sie nie wieder anziehen?«, fragte Cendro.

»Grzumpppsdjiuissh«, kommentierte Laurinel.

»Also pass mal auf, Schmalzlocke«, drohte Cendro. »Wir werden jetzt diese Socke aus deinem Mund entfernen. Und wenn du schön ruhig bleibst, werden wir dir vielleicht nichts tun. Von einem Kobold verhext zu werden, ist nämlich nicht sonderlich angenehm.« Frips grinste dazu – dämonisch, wie er hoffte.

»Hast du das verstanden?«

»Grrrmmppppfuijk«, war die Antwort.

»Also dann, legen wir los«, sagte Cendro.

»Okay«, sagte Frips.

Nichts geschah.

»Worauf wartest du?«, fragte der Kobold.

»Es ist deine Socke«, sagte Cendro.

Angewidert streckte Frips eine Hand aus, Cendro hielt den Kiefer Laurinels auseinander wie bei einem Raubtier, der Kobold zog in Windeseile den Strumpf heraus und ließ ihn augenblicklich fallen. Wider Erwarten war Laurinel tatsächlich still. Das lag vielleicht daran, dass er schon wieder in eine Art komatösen Schlaf gefallen war. Diesmal warteten die Eindringlinge nicht lange, sondern zwickten und zwackten ihn so lange, bis er wieder halbwegs bei Bewusstsein war.

Laurinels Augen waren blutunterlaufen, sein Gesicht ansonsten leichenblass. Seine Hände zitterten unkontrolliert, wobei sich sein ganzer Körper mitbewegte. Und dann begann er zu wimmern:

»Ke... eee ... se ...«

Frips und Cendro schauten sich verständnislos an.

»Ke... eee ... se ...«, stöhnte Laurinel erneut.

»Kekse! Er verlangt nach Keksen«, rief Frips aus. Er realisierte blitzschnell etwas. »Das kann nur eins bedeuten: Laurinel ist auch nur eine Marionette in diesem Spiel, genauso mithilfe von Keksen unter Drogen gesetzt wie Tarik und der Tulfo. Er ist selbst nur ein Opfer!« Sie schwiegen. Die Schlussfolgerung war beängstigend: Es musste einen anderen geben, der hinter all dem steckte, dem die Stimme gehörte, die Tarik durch den Entsüßungsschacht zugeflüstert hatte, Lille und Raizel Gefahren zu schicken. Wer war dieser König der Kekse? Frips und Cendro waren so eingenommen von dieser Frage, dass sie nicht merkten, dass sie nicht länger mit Laurinel allein im Zimmer waren.

21. Kapitel

Raizel verlor sich im Reich ihrer Fantasie. Es war alles wie beim ersten Mal: Der Nachttannenturm mitten auf dem weiten Platz, das Gefühl, binnen kurzer Zeit eine lange Reise gemacht zu haben. Irgendwas mit einem Blitz war da auch gewesen. Aber etwas war anders: Der Platz war nicht leer, sondern wurde von einer riesigen Theaterbühne beherrscht. Und sie war nicht allein. Neben ihr rappelten sich gerade ein Zwerg und eine Koboldin auf. Während es Gilbo augenscheinlich die Sprache verschlagen hatte, rief Lille:

»Der Wolf, pass auf, er wird dich fressen!« Sie wähnte sich anscheinend noch immer im Märchenpark. Raizel schüttelte sie sanft.

»Wach auf, Lille! Wir sind wieder zurück. Da, siehst du, der Nachttannenturm! Wir sind außer Gefahr.«

Die Koboldin starrte sie mit weit aufgerissenen Augen an.

»Aber der Wolf! Erst ist er zum Leben erwacht, und dann war er plötzlich nur noch ein Schoßhündchen. Ich habe mich fast zu Tode erschreckt! Und das alles nur, weil du dir seine Haube ausgeliehen hast?«

»Das glaube ich kaum. Mich interessiert eher, wie wir es wieder in die Baldenwelt zurückgeschafft haben.«

Sie konnten nicht weiter über das Mysterium des Wolfes und ihrer unerwarteten Rückkehr nachdenken, denn ein Bücherwurm schlängelte sich aufgeregt schmatzend auf sie zu.

»Wo kommst du denn her? Hast du meine Nachricht nicht erhalten? Bei den Aufbauarbeiten für unsere Premiere übermorgen sind Schauspieler unerwünscht! Sonst kämt ihr noch auf die Idee, euch irgendwie abzustimmen, oder schlimmer noch – zu proben! Das ist nur etwas für Spießer! Wir dagegen schließen uns dem neuen Trend an, ex temporae zu spielen. Eine Performance, die dem Credo folgt: Weg vom Inhalt, hin zur Form! Da werden die Künstler jeden Augenblick aufs Neue von der Muse geküsst, den Schauspielern wird ihre Autonomie zurückgegeben und jede Vorstellung wird zu einem ganz unverwechselbaren Ereignis.« Er hielt kurz in seinem Redefluss inne, musterte Raizel und setzte nach: »Aber wie siehst du eigentlich aus? Die Haare völlig zerzaust! Du hast doch nicht etwa heimlich geprobt, oder?«

Raizel hatte im Laufe des Wortschwalls realisiert, dass für den übernächsten Tag eine Premiere angesetzt war. Kaum zurück aus ihrer Welt, sollte sie sich spielerisch schon wieder in diese hineinversetzen.

»Ich dachte, du hättest mich rausgeworfen?«

Der Bücherwurm schnaufte. »Ich will mal nicht so sein. Du hast deine Rolle zurück. Vermicelli ist nun einmal ein sehr großzügiger Regisseur.«

»Wir haben doch gerade erst mit den Proben angefangen. Und jetzt ist schon Premiere?«

»Das ganze Projekt stand auf dem Spiel, als du einfach verschwunden bist. Deinen Grund dafür konnte ich selbst nach der Kost von drei Psychologie-Fachmagazinen nicht ersinnen. Aber durch meinen genialen Einfall mit dem Improvisationsansatz sparen wir Zeit. Hier hast du noch einen Zettel mit Stichpunkten zu deiner Rolle. Die habe ich heute Nacht bei einem Brainstorming zusammengestellt.«

»Hier fehlt die Hälfte der Seite«, wandte Raizel ein.

»Na und? Ich hatte eben Hunger! Geistesarbeit steigert auch den Appetit«, grummelte Vermicelli beleidigt.

Lille mischte sich ins Gespräch ein: »Sie wird pünktlich zur Premiere da sein. Aber jetzt müssen wir erst mal etwas erledigen.«

»Was könnte wichtiger sein als die Kunst?!«, rief Vermicelli aus, um nachzuschieben: »Außer Profit natürlich.«

Das war alles zu glatt gegangen, dachte Manjfee. Weshalb bloß hatten sich die Schatten nicht wieder gezeigt, seit sie die drei Holzsammler überwältigt hatten? Hier, in weiter Entfernung vom Nachttannenturm, wäre es ihnen womöglich weit einfacher gefallen, die Balden zu besiegen. Es sei denn, die Schatten interessierten sich gar nicht so sehr für die Balden. Sondern eher für den Inhalt der Kiste.

In dem Moment, als sich dieser Gedanke durch Manjfees Geist stahl, bemerkte sie die Schatten. Ein Meer von ihnen umwogte die Balden, gierte wie sie nach dem Inhalt der Truhe. Wie es das Wesen dieser dunklen Gestalten war, wurden sie nur sichtbar, wenn der Betrachter mit ihrer Anwesenheit rechnete. Nur Manjfee konnte sie sehen, ihre Gefährten ahnten nicht, in welcher Gefahr sie schwebten.

»Haltet ein, Kumpel! Lasset die Truhe verschlossen!«, rief die Baldenkönigin, doch es war zu spät.

Voller Eifer hatten Wribo und Selp den Deckel hochgestemmt, endlich wollten sie das Geheimnis ihrer Ahnen ergründen. Als die Schatten sich auf die offene Truhe stürzten, streiften sie die Jungbalden.

»Wem beliebt es, mich derbe anzuremp…«, setzte Selp an – dann stockte er, denn nun konnte auch er die Schatten wahrnehmen. So viele waren es, dass er die nur wenige Schritte entfernte Manjfee nicht mehr sehen konnte. Ein Gefühl bodenloser Verzweiflung bemächtigte sich seiner. Dennoch gelang es seinem Mund, einen Schrei zu formen.

»Schatten!«, hallte es durch die Schlucht. Sie waren verloren. Die Schatten würden sie verschlingen, wie sie es mit Kalfa gemacht hatten, sie würden ausgelaugt hier in der Einöde liegen bleiben und niemand würde sie jemals finden. Das leise Piepsen des Najis würde das einzige Geräusch sein, das von ihnen blieb. Bis auch dieser letzte Ton irgendwann verklingen würde.

Die Balden riefen wild durcheinander, klammerten sich aneinander fest oder versuchten sich vor den Schatten in Sicherheit zu bringen. Einige besonders mutige stellten sich ihnen in den Weg und nutzten ihren Körper als Barriere, um den Angreifern den Weg zu den Kampfbüchern zu verbauen. Die Schatten teilten sich. Eine Hälfte umschwirrte die Truhenverteidiger so lange, bis diese reglos auf den Boden fielen. Der Rest machte sich über die Bücher her.

Legte sich auf sie, schmiegte sich zärtlich an – wie eine Vampirmeute kurz vor dem Biss. Und tatsächlich schien es, als wollten sie die Bücher aussaugen. Dabei gaben die Schatten schmatzende Geräusche von sich, als würden sie etwas schwer Verdauliches zu sich nehmen. Manjfee sammelte die Energie in sich und schleuderte sie wie einen sich drehenden Kreisel in die Schattenmenge. Und es geschah das Unerwartete: Während ein Teil der schrecklichen Geschöpfe im Nu verging und eins mit den Steinen der Schlucht wurde, erhob sich der Rest von den Büchern. Statt die Balden anzugreifen, flogen sie einfach davon, in die Höhe, hinaus aus der Schlucht, zurück nach Baldorg.

All ihre Geheimnisse waren nun in der Hand der Schatten. Mit den Kampfzaubern würden sie als Nichtbalden nicht viel anfangen können, also musste noch etwas in den Büchern stehen. Manjfee drehte mit zitternden Händen die Seiten des unbeschrifteten Bandes um, der ganz zuoberst gelegen hatte. Dabei konnte sie den Gedanken nicht verjagen, dass Schatten bereits diese Worte berührt hatten und dass sie so beim Lesen auch etwas von deren dunkler Macht in sich aufnahm.

Und dort, unscheinbar auf der vorletzten Seite, fand sie die Überschrift *Prophezeiung*. Darunter nur wenige Sätze, die indes keinen Raum für Zweifel ließen: »Wenn dereinst die Zeit kommt und die Balden dem Frieden entsagen müssen, wird es zu einer alles entscheidenden Schlacht gegen die Schatten kommen. Ein Mädchen aus einer fremden Welt wird den Ausschlag geben: In ihrer Macht liegt es, den Nachttannenturm zu zerstören und die Welt der Balden zu versklaven.«

»Gequirlter Mäusekot, vermaledeiter!«, murmelte Manjfee. Damit konnte nur Raizel gemeint sein. Was sollte das heißen? Dass sie nur in diese Welt gereist war, um sie zu zerstören? Und wenn ja, aus Versehen – oder willentlich? Das war nicht möglich. Manjfee dachte an die junge Frau, die ihr das Haar gebürstet hatte. Sie konnte sich nicht so in ihr getäuscht haben. Oder?

Als Tarik noch etwas benommen aus dem Manuskriptsaal in den Publikumsbereich des Bücherladens trat, hörte er gerade noch die letzten Sätze von Vermicellis Schlussmonolog. »Wer wird nun die Herzblume nach Hause führen? Wir überlassen der holden Klumfina die Bühne, möge sie uns ihre Wahl verkünden!« Im Publikum war ein aufgeregtes Tuscheln zu vernehmen, eine Gruppe von eindeutig überschminkten Eselinnen rief ihrer Freundin zu: »Los, Süße, such dir deinen Traumesel aus!« Dann brachen sie in mädchenhaftes Gekicher aus, das sich aus IA-Lauten zusammensetzte. Tarik konnte sich der allgemeinen angespannten Erwartung nicht entziehen, und so entschloss er sich, die Entscheidung noch abzuwarten.

Klumfina griff ein wenig schüchtern nach dem Mikro und hauchte hinein: »Zunächst möchte ich sagen, dass mir alle Kandidaten sehr attraktiv erscheinen. Und auf die, die jetzt nicht gleich mit mir auf dieser Bühne stehen werden, warten im Publikum ein paar reizende Freundinnen von mir.« Der Eselinnenchor brach in ein Gejohle aus Ia-Lauten aus. Es verstummte abrupt, als Klumfina erneut zum Sprechen ansetzte.

»Ich entscheide mich für … Kneff.«

Das Publikum kreischte, als der Gewinner auf die Bühne galoppierte und Klumfina tief in die Augen sah. In dem Moment, als ein Konfettiregen auf das Paar niederging, trafen sich auch ihre Mäuler zum ersten Kuss. Vermicelli seufzte übertrieben gerührt und überreichte dem Paar ihren Gewinngutschein: eine Flugreise mit Cendros Phönix in die Berge der Eiszeitlosen, wo sie einander als Schneefiguren porträtieren und in einem selbst gebauten Iglu übernachten sollten. Nach ihrer Rückkehr würden sie getrennt voneinander befragt werden und bei der nächsten Show berichten, ob es bei ihnen gefunkt hatte. Daran konnte niemand Zweifel haben, der die beiden betrachtete, wie sie da so innig umschlungen ihren Beifall entgegennahmen.

Tarik hatte genug gesehen und wandte sich zum Gehen. Er musste unbedingt herausfinden, ob das mit dem letzten Satz funktioniert und er Raizel und Lille tatsächlich in die Baldenwelt zurückgeholt hatte. Kurz vor dem Ausgang des Bücherladens wurde er aufgehalten. Jemand versperrte ihm den Weg. Es war die Riesin von vorhin.

»Ah, da ist ja mein Schnuckel wieder. Ist das nicht unglaublich süß, wie Kneff und Klumfina zusammengefunden haben. Ich bin emotional ganz aufgewühlt!« Dabei wickelte sie sich kokett eine Haarsträhne um den Finger, die sich gut als Sicherungsseil für eine Bergbesteigung geeignet hätte. Als Tarik nicht sofort reagierte, fragte sie:

»Darf ich dich auf ein Glas Holundersekt einladen?« Irrte er sich, oder hörte er da einen leicht gereizten Unterton heraus?

»Ähm, ist es dafür nicht etwas früh?«

»Du wirst doch nicht etwa die Einladung einer Lady ausschlagen?« In den Augen der Riesin funkelte es bedrohlich.

»Ähm, nein, natürlich nicht«, sagte Tarik. Sofort kehrte das anhimmelnde Lächeln auf das Gesicht der Riesin zurück.

»Ach, du bist so niedlich, wenn du dich genierst.«

Lille und Grindu hielten sich zur Begrüßung lange in den Armen. Als der Koboldmann den Ellbogen seiner Frau berührte, sog diese hörbar die Luft ein. »Was ist los?«, fragte Grindu alarmiert.

»Ach, es ist nichts«, versuchte Lille zu beschwichtigen. Der Koboldmann ließ sich nicht abwimmeln und streifte ihren Ärmel nach oben. Mit Entsetzen starrten er und Raizel auf die Koboldhaut, die nun gräulich statt grün aussah.

»Das muss der Einfluss der Menschenwelt sein«, meinte Lille. »Aber es wird bestimmt wieder besser, jetzt, da wir zurück sind. Ich werde eine Ringelblumensalbe draufschmieren.« Und als sie den Blick ihres Mannes auffing, fügte sie hinzu:

»Mach dir keine Sorgen um mich!«

Bei dem Anblick des Paares wünschte sich Raizel, sie hätte auch jemanden, der sich so über ihre Rückkehr freuen würde. Unwillkürlich dachte sie an Tarik, verscheuchte den Gedanke aber gleich wieder. Ob er wirklich ihr Tagebuch gestohlen hatte? Sie war jetzt zu müde, um darüber nachzudenken. Vor dem wohlverdienten Schlaf stand noch ein Besuch bei Kalfa an.

Zaghaft klopfte Raizel an die Tür zum Krankenzimmer.

»Glaubst du, sie wird dich höflich hereinbitten?«, fragte Lille ungeduldig und stieß die Tür auf. Kalfa lag immer noch genauso reglos dort, wie sie sie zurückgelassen hatten, vielleicht noch eine Spur blasser.

»Sie hat die ganze Zeit nichts gegessen, ich habe ihr lediglich etwas Kräutertee einflößen können«, sagte Grindu besorgt. Der Koboldvater hatte sich während ihrer Abwesenheit beurlauben lassen, um über Kalfa zu wachen. Normalerweise arbeitete er als Koordinator des Koboldnetzwerkes, über das Streiche, freche Sprüche und Zaubereien ausgetauscht wurden. Manchmal wurde er mitten in der Nacht zu einem Notfall in die Zentrale an der Magie-Allee 3 gerufen, wenn das Netz überlastet war, weil Kobolde zu dieser Zeit besonders kreativen Unfug ausheckten.

Als Lille die Arzneidose öffnete, kam es Raizel plötzlich absurd vor, in dieses rein pflanzliche Mittel so eine große Hoffnung gesetzt zu haben. Dennoch beobachtete sie mit klopfendem Herzen, wie die Koboldin eine der kleinen weißen Pillen herausholte, mit einem Stößel zermalmte und die Krümel in Kalfas Mund rieseln ließ. Dann drang Lille wieder in den Geist der verletzten Baldin ein.

Lange Zeit schien rein gar nichts zu geschehen. Raizel konnte lediglich das leise Atmen der Koboldin hören, von der Baldin fehlte weiterhin jedes Lebenszeichen. War die ganze Reise umsonst gewesen? War es schon zu spät, die Schatten schon zu weit in Kalfas Seele vorgedrungen?

Für Lille hingegen stellte sich die Situation völlig anders dar. Zunächst hatte sie sich erschrocken, weil Kalfas Energie auf einen winzigen Punkt zusammengeschrumpft war, der von tiefem Dunkel umgeben wurde. Doch die Baldin war eine Kämpferin. Sobald sie merkte, dass da etwas in ihr war, was ihr helfen konnte, begann sie sich gegen die Schatten zu wehren. Kalfa drückte die Eindringlinge mithilfe des Neureginals an den Rand ihres Bewusstseins zurück, bis sie vergehen mussten. So machte Kalfa es mit jedem einzelnen Belagerer ihres Geistes, und Lille war die ganze Zeit Zeugin dieses inneren Kampfes und stand der Baldin schweigend bei. Bis irgendwann der letzte Schatten vertrieben war und sich etwas in Kalfa löste. Alle Anspannung fiel von ihr ab und sie selbst in einen tiefen Schlaf. Diesmal war es kein Traum des Sterbens, sondern ein Heilungsschlummer. Lille löste sich aus ihrem Geist, um die Patientin nicht aufzuwecken. Die Koboldin drehte sich zu Raizel um, blickte in deren erwartungsvolles Gesicht und sagte: »Wir haben es geschafft. Sie wird sich wieder erholen.«

Manjfee war von einer merkwürdigen Erregung erfüllt. Ihre Haare schimmerten in einem satten Lilaton, ein Farbtupfer in der öden Schlucht. Endlich hatten sie die Kampfbücher gefunden. Ihnen blieb jedoch nur wenig Zeit, um die Zauber ihrer Ahnen zu erproben. Denn die Schatten würden nicht lange warten, ehe sie den Nachttannenturm erneut angriffen. Und diesmal würde ihnen vielleicht Raizel dabei helfen. Diese Vorstellung kam ihr weiterhin sehr abwegig vor, aber die Balden konnten die Prophezeiung auch nicht einfach ignorieren. Also mussten sie so schnell wie möglich zum Nachttannenturm zurückkehren und gleichzeitig die Zaubersprüche lernen. Wie sollten sie die Verletzen nach Hause bringen, die sich den Schatten so mutig in den Weg gestellt hatten? Sie konnten sie ja nicht einfach in der Schlucht ihrem Schicksal überlassen. Dieses Opfer war sie nicht bereit zu erbringen – noch nicht.

Selp hatte in der Zwischenzeit im Zauberbuch geblättert. »Jemanden bewusstlos machen, entwaffnen, Dinge durch die Luft schleudern«, las er murmelnd. Eine kurze Pause, dann fragte er mit schalkhaft blitzenden Augen: »Geht das auch mit lebenden Objekten? Das wäre ja wohl krass kommod!« Der junge Balde hatte anscheinend schon vergessen, dass er vor noch nicht allzu langer Zeit blutend am Boden gelegen hatte. Die Strapazen der tausendachtundneunzig Schritte waren ihm hingegen noch sehr lebendig im Gedächtnis geblieben – und er war nicht gewillt, sie noch einmal durchzustehen.

Sie probten mit Steinen – davon gab es hier ja genug. Zunächst warfen die Balden sie nur parallel zum Boden, woraus Selp und Wribo innerhalb kurzer Zeit einen Weitwurfwettbewerb machten.

»Haltet ein, ihr Spinner. Wir müssen Zeug von größter Importanz vollbringen«, mahnte Manjfee.

»Okidoki, Werteste, frischauf!«

Als Nächstes übten sie, die Steine in die Höhe zu werfen. Immer ein Stück näher zum wolkenbedeckten Himmel hinauf, und noch eine Libellenlänge weiter.

»Verflixt, welch Ungemach«, sagte Manjfee, als sie auf magische Weise einen Stein bis fast ans obere Ende der Schlucht katapultiert hatte – aber eben nur fast, sodass er wieder hinunter vor ihre Füße fiel. Wenn das nun ein Baldenkörper gewesen wäre …

Als ausgerechnet der weißhaarige Alte es schließlich schaffte, mithilfe der Magie den ersten Stein über den Rand der Schlucht zu schleudern, brachen die Balden in Jubel aus. Der verflog bald, als Manjfee sagte, einer der Balden müsse nach oben klettern, um zu überprüfen, ob die Steine sanft genug aufkamen, um durch lebende Körper ersetzt zu werden. Sie sah Wribo an, und der grummelte unenthusiastisch. Während die Balden weiter das Steinewerfen trainierten, wandte ihre Königin sich erneut dem Buch zu. Sie hatten zu wenig Zeit, um zunächst gemütlich nach Hause zurückzukehren und dann Zauber für Zauber zu verinnerlichen. Sie mussten die Kampfsprüche schon auf dem Weg zurück zum Nachttannenturm lernen. Denn wer wusste schon, was sie zu Hause erwartete …

In diesem Moment wurde sie von Selp abgelenkt, der jauchzend und winkend an ihr vorbeiflog. Wie …? Dann sah sie Wribo, der mit konzentriertem Gesichtsausdruck und ausgestrecktem Arm hinter ihr stand. Das Duo war also mal wieder zu ungeduldig gewesen und hatte gleich Stein gegen Baldenkörper getauscht. Wie die gesamte Reisegesellschaft, verfolgte Manjfee gebannt den Flug des Jungbalden. Doch der Wurf war eine Spur zu kurz gezielt, und so verfehlte er den sicheren Boden des oberen Rands um ein Haar und fiel schreiend zurück in die Tiefe.

Selp versuchte zu fliegen, doch vergeblich. Die destruktive Macht der Schlucht war zu stark. Sein Schreien wurde noch lauter, während seine Gefährten am Boden aufgeregt durcheinanderliefen.

»Er fällt, der bedauernswerte Knilch!«, rief einer.

»Wir müssen ein krasses Wunder vollbringen!«, ein anderer. Nur ein »Aaaaaah« kam aus Wribos Mund, als er mit vor Entsetzen geweiteten Augen sah, wie sein Freund dem tödlichen Aufprall entgegentaumelte. Manjfee schlug fieberhaft die Seiten im Zauberbuch um. Ihr Blick hatte dort etwas gestreift … Sie musste den Spruch jetzt finden, sofort, sonst war es zu spät!

Da war er. Die Königin der Balden zögerte keinen Augenblick.

»Halte ein, Dude«, sagte sie gebieterisch. Ihre Stimme klang nach größerer Zuversicht, als sie tatsächlich empfand. Der Zauber gelang ihr auf Anhieb. Keinen Moment zu früh. Selp blieb knapp über Wribos Kopf in der Luft hängen und konnte nicht einmal mehr mit Armen und Beinen zappeln. Als er das bemerkte, fing er erneut zu schreien an. Dessen ungeachtet, zogen einige Balden ihn mit vereinten Kräften zurück auf den sicheren Boden. Dort blieb er noch für einen Moment steif liegen, bis er sich langsam wieder rühren konnte. Manjfee atmete erleichtert aus, das leise Geräusch vervielfacht durch die anderen Balden.

»Habt Dank, Schnecke«, sagte Selp kleinlaut. Manjfee fand, dass der Schreck Standpauke genug war.

Die meisten Balden, darunter auch Selp und Wribo, zogen es nach dieser verhinderten Katastrophe vor, die Schlucht doch lieber selbst emporzuklettern. Dem Alten und Manjfee gelang es mithilfe des Zauberspruchs, die Bewusstlosen sowie einige mutige – oder besonders fußfaule – Balden wohlbehalten in die Sicherheit zu schleudern. Danach sahen sie sich an und nickten sich zu. Zum ersten Mal war Manjfee tatsächlich ein bisschen dankbar, dass der Alte da war. Sie sammelte noch einmal die Magie in ihrer Mitte und beförderte binnen kurzer Zeit auch den Weißhaarigen aus der Schlucht hinaus. Während er noch flog, wirkte auch er den Zauber und nahm die Baldenkönigin so mit sich in die Höhe. Während sie durch die Luft schwebte, überlegte sie schon, welche Zauber sie die Balden auf dem Nachhauseweg lernen lassen würde. Zunächst einmal konnte sie es nicht erwarten, diesem Ort des Todes zu entkommen.

Da war jemand am Fenster. *Tock, tock* machte es gegen das Glas – und es war nicht der Wind. Raizel hatte gemütlich im Bett gelegen und in einem alten Koboldmärchenbuch gelesen. Raizel hatte die Zeit seit dem anstrengenden Ausflug in ihre alte Heimatwelt im gemütlichen Eckhaus mit leckerem Essen und Gesprächen am Kaminfeuer verbracht. Ihr erschienen diese Stunden wie die Ruhe vor dem Sturm. Bei einem Theaterstück würde man von dem retardierenden Moment sprechen, das das Ende hinauszögert. Wobei sie hoffte, dass ihre Geschichte nicht wie in der Tragödie in eine Katastrophe münden würde. Die Balden waren auf Reisen und Lille und Raizel unschlüssig, wie sie im Kampf gegen die Schatten weiter vorgehen sollten. So hatte sie sich einstweilen mit Vermicellis Theaterstück abgelenkt. Bei dem Gedanken an die morgige Premiere begann ihr Herz zu klopfen.

Heute hatte sie dieses Buch im Wohnzimmerregal der Brantocks entdeckt. Sobald Raizel in diese fremde und dennoch irgendwie vertraute Mythenwelt eingetaucht war, konnte sie sich nicht mehr lösen. Nur noch eine Seite, sagte sie sich immer wieder, und las dann doch weiter. Da gab es Geschichten wie *Ansel und Kyrta* von einer alten Frau namens Kyrta, die sich im Wald verirrte und sich im Hungerdelirium ein Lebkuchenhaus herbeifantasierte. Ihr Hauskobold Ansel fand sie am Ende und brachte sie zurück in die Zivilisation. Dankbar machte sie ihn zum Erben ihres Hauses, womit die Emanzipation der Kobolde vom menschlichen Diener zum eigenständigen Herrn eingeleitet war. Zu dieser Erzählgattung gehörten auch *Sonnenschwarzchen und die sieben Kobolde* oder die Geschichte *Der Fischkönig* rund um einen Klabautermann auf einem Schiff. Als es gerade um das Freizeitvergnügen des Goldenen Ballwurfs von Deck zu Deck ging, hörte Raizel das Geräusch. *Tock, tock.*

Ihr Körper erstarrte. Oder hatte sie es sich nur eingebildet? Nein, da war es wieder: *Tock, tock.* Jemand klopfte an. Raizel konnte vor ihrem Fenster nichts erkennen, da es im Zimmer hell und draußen bereits stockdunkel war. Ihr Herz pumpte schneller, als sie sich erinnerte: Sie hatte das Fenster einen Spaltbreit offen gelassen, weil die Luft sich unter dem Dach so aufgeheizt hatte. Die Temperatur war an diesem Tag eher spätsommerlich als herbstlich gewesen. Schon hörte Raizel das quietschende Geräusch, als das Fenster nach oben geschoben wurde. Und dann stellte jemand sein Bein ins Zimmer und zog das zweite nach. Tarik. Raizel war zugegebenermaßen ein bisschen beeindruckt, dass er offensichtlich an der wuchtigen Fliederpflanze die Wand hinaufgeklettert war. Tarik zog die Augenbrauen entschlossen zusammen, als er statt einer Begrüßung sagte:»Du musst mir jetzt bitte endlich zuhören.«

Raizel richtete sich auf und zog die Bettdecke wie einen Schutzwall um ihren Körper. Er setzte sich unaufgefordert zu ihr aufs Bett und Raizel stieg sein Geruch nach schwelender Glut in die Nase. Er fuhr fort: »Ja, ich habe dieses verdammte Buch geschrieben, und ich bereue es nicht, denn sonst hätte ich dich nie kennengelernt. Das musste ich dir einfach sagen, auch wenn du mich nicht sehen willst. Außerdem wollte ich mich davon überzeugen, dass es dir gut geht.«

Raizel legte das Märchenbuch zur Seite. Dabei rutschte ihre Bettdecke weg und entblößte ihre nackten Beine. Er zog eine Augenbraue hoch.

»Du hast mich schön an der Nase herumgeführt, mein Tagebuch gestohlen und mir dann nach dem Mund geredet!«, fuhr Raizel ihn an.

»Tagebuch? Welches Tagebuch?« Tarik sah ehrlich überrascht aus, musste Raizel zugeben.

»Dieses Buch mit dem weinroten Einband, Fanexemplar aus Vermicellis Fanstore. Es ist aus meinem Zimmer verschwunden, zufälligerweise kurz nachdem die Sache mit deiner Autorschaft aufgeflogen ist und du dich bei mir einschleimen musstest.« Plötzlich fiel ihr noch etwas ein und sie gewann wieder an Fahrt: »Und dass du am Flieder hinauf in mein Zimmer klettern kannst, hast du ja gerade eben bewiesen.«

»Ich hab dein Tagebuch nicht, wirklich!«, sagte Tarik. Er schien abzuwägen, ob er den nächsten Satz wirklich sagen sollte, dann rang er sich dazu durch.

»Ehrlich gesagt habe ich dein Tagebuch auch gar nicht gebraucht. Ich weiß ja auch sonst ziemlich viel darüber, wie du so tickst.« Ihm war das Geständnis sichtlich unangenehm.

»Ich gebe zu, dass ich mir genau überlegt habe, was ich nach der Enthüllung des Zwerges wohl sagen könnte, um dein Vertrauen zurückzugewinnen. Ich hatte deshalb auch die ganze Zeit ein schlechtes Gewissen. Aber dann auch wieder nicht, denn ich musste dich einfach irgendwie dazu kriegen, dass du wieder mit mir redest.«

»Indem du mir das sagst, was ich hören will, ohne es zu meinen?«

»Also gelogen war es nicht. Nur eben kein spontanes Geständnis, sondern eher ein wohl geplantes.«

»So wie das hier heute Abend.«

Tariks Augen weiteten sich.

»Ja, stimmt, Mist. Aber diesmal habe ich keine bösen Hintergedanken, wirklich! Und zum Beweis dafür habe ich dir etwas mitgebracht.« Tarik zog das schwarze Lederetui mit den Notizzetteln und seine Schreibfeder aus seiner Jackentasche. Er reichte ihr beides und sie nahm es schweigend an.

»Ich schenke dir meine Notizkladde als Symbol dafür, dass ich mich nicht mehr in dein Leben einmischen werde. Versprochen. Ich habe eben noch einen letzten Satz geschrieben. Willst du wissen, wie er lautet?«

Raizel zuckte nur mit den Schultern, was er als widerwillige Zustimmung interpretierte.

»›Und sie vergab ihm alles, nahm seinen Kopf in die Hände und zog ihn an sich‹«, sagte er im Vorleseduktus. Raizel musste gegen ihren Willen schmunzeln. Sie schlug die letzte Seite des Heftes auf. Der Satz fehlte. Tarik grinste. Der Gedanke, er habe ihr Tagebuch gestohlen, kam Raizel plötzlich absurd vor.

»Wie bin ich denn eigentlich wieder zurück in die Baldenwelt gelangt, weißt du das?«

»Ja, das war auch ich. Ich habe herausgefunden, wie du die Reise beim ersten Mal angetreten hast. Da hatte ich geschrieben: ›Und sie verlor sich im Reich ihrer Fantasie‹. Das habe ich nun noch einmal wiederholt.«

»Ach, jetzt verstehe ich. Diese Methode funktioniert nur in die eine Richtung, weil das Reich meiner Fantasie ja nun mal nicht die schnöde Menschenwelt ist. Laurinel hat mich dazu gebracht, das Tor zwischen den Welten zu öffnen, indem ich den Song *Imagine* singe. Da geht es schließlich ebenfalls um Vorstellungskraft.« Sie lächelte zufrieden, weil sie sich das selbst zusammengereimt hatte. Auch er lächelte sie an.

»Das klingt einleuchtend. Du bist anscheinend schlauer, als ich dich beschrieben habe.«

»Ach, du magst wohl keine intelligenten Frauen?«

»Oh doch. Ich finde sie sogar ziemlich attraktiv.« Er legte eine Hand auf ihren Oberschenkel, blieb aber in sicherer Entfernung sitzen.

Bei seiner Berührung glitt ihr ein wohliger Schauer über den Rücken, sie wollte noch mehr von diesem Gefühl. Sie sah ihn an, und sein Mund erschien ihr so verlockend, dass sie für diesen Augenblick alles Weitere vergaß. Bevor er noch irgendetwas sagen oder sie es sich anders überlegen konnte, zog sie ihn weiter zu sich aufs Bett und drückte ihre Lippen auf seine. Bekam eine Gänsehaut, als er sie in seinen starken Armen hielt. Berauschte sich an seinem schneller werdenden Atem, während er mit seinen Händen ihren Körper erforschte. Für den Moment erschien den beiden nichts in ihren zwei Welten bedeutender, als dass sie beieinander waren. So hatte sich der ungeschriebene Satz aus Tariks Notizheft doch noch in Realität verwandelt.

Nachher, als sie aneinandergekuschelt im Bett lagen, strich Tarik mit der Hand über die Narbe in ihrer Handinnenfläche. Raizel erinnerte sich, dass er das damals im *Café am Ende der Welt* auch schon einmal gemacht hatte.

»Ach deshalb bist du so interessiert daran …«, realisierte sie plötzlich.

»Ja, genau, weil ich sie im Buch beschrieben habe. Der deutlichste Beweis, dass du wirklich meine Raizel bist.«

»Deine Raizel! Nur, wenn ich in der Stimmung bin, mich dir zu schenken!«, meinte sie kokett. »Und wo wir gerade dabei sind, hättest du mir nicht stärkere Augen geben können? Ich bin beinahe nachtblind, das hättest du dir mal besser ausdenken können!«

»Irgendeinen kleinen Makel musstest du ja haben«, entgegnete Tarik.

»Du Schleimbolzen!« Raizel kuschelte sich an ihn. Das vertraute Gefühl, das sie schon die ganze Zeit spürte, fühlte sich endlich richtig an. Und wenn sie jetzt sogar schon Witze darüber machen konnten, dass er als Romanautor ihr Erfinder war, dann würden sie das auch irgendwie handhaben können.

»Jetzt mal im Ernst. Ich habe dich nicht bis ins letzte Detail beschrieben. Ich bin bei der Personenzeichnung eher so der grobe Typ, um dem Leser noch mehr Raum für Fantasie zu lassen«, erklärte Tarik. »Deshalb ist da auch noch ganz viel Raizel, die ich noch nicht kenne. Und die ich nicht erwarten kann kennenzulernen.«

»Du schleimst schon wieder!«, rief Raizel. Im Stillen hielt sie das nach diesem ganzen Hickhack auch irgendwie für angemessen. Anschließend erzählte sie Tarik von ihren Abenteuern im Märchenwald.

»Und dann wurde dieser Wolf lebendig …«

Tarik sah plötzlich schuldbewusst aus. »Ich weiß.« Sie blickte ihn fragend an:

»Woher? Hast du mit Lille gesprochen, bevor du an mein Fenster geklopft hast und über mich hergefallen bist?«

»Über dich hergefallen? Also, das war ja wohl eher andersrum. Ich wollte nur mal kurz ›Hallo‹ sagen, und wäre dann gleich wieder gegangen. Aber du hast mich ja nicht gelassen …«

Tarik grinste. Raizel kam plötzlich ein schrecklicher Gedanke.

»Lenk nicht ab! Du wusstest das mit dem Wolf, weil du ihn lebendig gemacht hast, oder? Du hast ihn lebendig geschrieben!«

Tarik reagierte auf den Vorwurf, indem er die Augen zusammenkniff.

»Ja, das stimmt. Aber ich war nicht ich selbst. Jemand hat irgendwelche berauschenden Dämpfe über die Entsüßungsanlage des Hotel *Bakebeggars* in meine Schreibhöhle geleitet. Und die haben etwas mit mir gemacht, ich weiß auch nicht was, dass ich diese Dinge geschrieben habe.«

Raizel musste gegen ihren Willen lachen und sagte neckend: »Du armer Kerl, du hast dich also tatsächlich von Zucker verhexen lassen?«

»Ähm, ja. Süßen Dingen kann ich eben nur schwer widerstehen«, erwiderte er und küsste sie, wobei er ihr in die Augen schaute und an ihrer Unterlippe sog, bis sie sanft zurückschnappte. Raizel erwiderte seinen Kuss, schob Tarik aber nach kurzer Zeit weg.

»Und als er dann zum Schoßhündchen wurde, das warst du auch?«

»Meinst du jetzt den Wolf?«, fragte Tarik mit hochgezogener Augenbraue.

Raizel knuffte ihn in die Seite: »Jetzt sei doch einmal ernst!«, sagte sie und meinte das Gegenteil.

»Ja, sobald Frips mich zur Vernunft brachte, habe ich den Wolf zurückgepfiffen, sozusagen«, sagte Tarik. »Mir ist das selbst alles nicht geheuer. Aber ich konnte doch nicht zulassen, dass meiner Protagonistin etwas geschieht …«

»Frips hat dich in der Höhle aufgestöbert?«, fragte Raizel. Sie überkam eine Woge von Zuneigung für den jungen Kobold. Er war nicht zu Hause gewesen, als sie und Lille ins Heim der Brantocks zurückgekehrt waren. Der Eichhörnchenbote hatte einen Brief von Frips gebracht mit den knappen Worten: *Übernachte heute und morgen bei Cendro. Der Tulfo ist auch dabei. Macht euch keine Sorgen, Frips.* Die Brantocks hatten sich zwar ein wenig gewundert, dass sich ihr Sprössling anscheinend schon frühmorgens aus dem Haus geschlichen hatte, aber Grindu meinte: »Soll er doch bei diesem ganzen Schlamassel ein bisschen Spaß haben.«

Raizel betrachtete die Spiegelung im Fenster, wie sie so eng umschlungen dalagen.

»Kannst du nicht einfach schreiben: ›Und alles wird gut‹, und dann wird es Realität?«

Tarik überlegte einen Moment. »Das würde nicht für diese Welt gelten. Da könnte dieses Böse, das sich nicht greifen lässt, sich weiter ausbreiten.«

»Und wenn du die Schatten im Roman erwähnst, würden sie dann aus der Baldenwelt verschwinden?«

»Eventuell, wenn ich sie ganz exakt beschreibe, was bei Schatten ja schon wieder schwierig ist. Ich weiß ehrlich gesagt noch zu wenig über meine eigene Kraft als Autor. Ich ahnte ja nicht einmal, dass ich eine eigene Welt erschaffen habe, ehe du vor mir standest. Aber selbst wenn die Schatten dadurch wirklich von hier verschwänden – sie wären dann ja in der Menschenwelt und könnten dort ihr Unwesen treiben, während wir hier unbeschwert Händchen halten. Willst du das wirklich?

«Raizel seufzte. Heldin zu sein war manchmal ziemlich kompliziert.

Mitten in der Nacht kehrten die Balden nach Hause zurück. Manjfee hatte sie zur Eile angetrieben und während des gesamten Rückflugs nur sehr kurze Pausen gemacht, Eine kleine Gruppe transportierte als Nachzügler die Verletzten. Die Schatten hatten die Balden die ganze Zeit über nicht mehr gesehen. Als sie in der Dunkelheit in Baldorg ankamen, erwarteten sie beinahe, ihren geliebten Nachttannenturm von den Schatten verwüstet vorzufinden. Doch das Gebilde aus Bäumen stand stolz wie eh und je, ein organisches Kraftzentrum der Harmonie. Auf dem Platz davor war eine Bühne aufgebaut und ein Plakat kündigte die Premiere für den Zeitpunkt an, wenn sich die Sonne das nächste Mal senkte.

Zunächst erschien es Manjfee grotesk, angesichts der Bedrohung durch die Schatten eine muntere Abendveranstaltung zu besuchen.

Aber die meisten Bewohner von Baldorg wussten ja nichts davon, erinnerte sie sich. Sie hatte die Baldenfreunde um Stillschweigen gebeten. Die Königin überlegte, ob sie Vermicelli anraten sollte, die Premiere abzusagen und stattdessen eine Versammlung einzuberufen, um alle vor den Schatten zu warnen. Doch das würde nur Hysterie schüren. Die Balden trainierten bereits eifrig die alten Zauber aus den Kampfbüchern und bereiteten sich so auf den nächsten Angriff vor. Im Moment konnten sie nichts weiter tun, denn die Schatten hatten sich zurückgezogen. Vielleicht war eine kleine Ablenkung auch gar nicht schlecht. Sollten die Bewohner von Baldorg – die Balden eingeschlossen – sich noch einmal amüsieren. Für einige würde es vielleicht das letzte Mal in ihrem Leben sein. Manjfee erschauderte, und ihre Haare färbten sich pechschwarz.

Schlaflos lag Tarik in Raizels Bett und betrachtete die Frau neben sich, die friedlich döste. Er fand es ziemlich verrückt, dass er quasi seine eigene Partnerin erschaffen hatte. Allerdings gab es an ihr so viele Seiten, die er nicht beschrieben hatte und somit nicht kannte, dass er sie keinesfalls lesen konnte wie ein offenes Buch. Auch hatte er nicht das Gefühl, sie in Schach halten zu können wie ein Autor seine Hauptfigur. Ganz im Gegenteil, sie tanzte ihm gehörig auf der Nase herum! Bei dem Gedanken lächelte er zufrieden. Weit weniger glücklich war er über jenes weitere unbekannte Element in seinem Werk. Wie hatte er bloß all diese schrecklichen Dinge schreiben können? Er kam sich fürchterlich vor. So viel Leid hatte seine Feder ins Leben gerufen, auch wenn es in einer anderen Welt war. Er haderte mit sich und der mysteriösen Kraft seiner Worte, die er noch immer nicht vollends durchdrang. Wie hatte jemand ihn so fernsteuern können? Nie wieder wollte er das zulassen.

6. Teil

Die Premiere

22. Kapitel

Der Tag der Premiere war angebrochen. Jeder putzte sich heraus. Für den kulturellen Höhepunkt der Saison hatte sich Lille Brantock bei der Hut-und-Mantel-Fee per Expressbestellung ein Kleid in Tannengrün anfertigen lassen. Es war schick und dennoch warm genug, um sie bei der Open-Air-Aufführung an diesem frühen Herbsttag nicht frösteln zu lassen. Ihr Arm hatte zum Glück schon fast wieder seine grüne Farbe zurückerlangt. Lilles Mann Grindu hatte sich sogar einen Anzug angezogen, was bei Kobolden nur sehr selten vorkam. Alle wollten für einen Augenblick nur der Kunst huldigen – und dem Premierensekt aus der süßen Larundeltraube. Davon ließ Vermicelli vorab reichlich verteilen, denn er rechnete sich aus, dass leicht betüdelte Zuschauer sowohl der Inszenierung wohlwollender gestimmt sein als auch seinen Umsatz an Naschwaren steigern würden. Dafür hatte er ein paar willige *Imaginate*-Fans in Brezelkostüme gesteckt, die nun schwitzend mit ihrer salzigen Ware über den Platz vor dem Nachttannenturm liefen. Was tat man nicht alles für die Kunst! Vermicelli selbst hatte sich einen Bauchladen umgeschnallt und verkaufte Lakritzhütchen mit dem Etikett *Original nach Raizels Lieblingsrezept.*

Die echte Raizel glühte derweil vor Lampenfieber. Nach ihrer Nacht mit Tarik war keine Zeit für Tändelei geblieben. Am Morgen musste sie sich hastig für die Premiere fertig machen. Ihr Liebhaber hatte sie noch zum Theaterplatz begleitet, ihr über die Wange gestreichelt, während sie sich an seine Hand schmiegte. Nur für einen kleinen Moment, dann hatte sie ihn aus der Garderobe verscheucht, um sich nicht ablenken zu lassen. Raizel überkam eine neue Welle der Aufregung, als sie an Tarik dachte.

Vermicelli schlängelte sich hinter den Vorhang in die Garderobe. Als er sah, wie durcheinander seine Hauptdarstellerin war, tat er etwas Unerwartetes. Er ringelte sich um ihre Füße und sagte unbeholfen: »Na, na.« Zwar hatte er sich über seine Lektüre ein theoretisches Wissen über menschliche Regungen von Aufregung bis Zärtlichkeit angelesen, doch praktisch kannte er sich mit Zuneigungsbekundungen nicht so gut aus. Schließlich war er ein Wurm, wenn auch ein ungewöhnlich schlauer.

Und dann war es so weit. Gemeinsam mit einigen Statisten lugte Raizel durch den Vorhang, während Vermicelli das Publikum begrüßte. Sie erblickte Manjfee, die einen Luftplatz leicht über den anderen Zuschauern eingenommen hatte und zur Feier des Tages kornblumenblaue Haare trug. Die Balden waren offenbar gerade noch rechtzeitig zur Premiere zurückgekommen. Neben der Baldenkönigin schwebte Kalfa auf einem Ehrenplatz. Sie war noch ziemlich blass, aber es ging ihr mit jeder Stunde besser. Lille hatte allerdings erzählt, dass Manjfee während eines kurzen Gesprächs vor der Premiere von weiteren Verletzten gesprochen hatte, die Baldorg erst noch erreichen mussten. Raizel lief es bei diesem Gedanken kalt den Rücken herunter. Für einen Moment hatte sie gehofft, dass die Premiere abgesagt werden würde. Aber Manjfee und Lille hatten sich darauf verständigt, dass die Bewohner von Baldorg eine kleine Verschnaufpause bitter nötig hatten und sie im Moment ohnehin nicht wussten, wo sich ihre Kontrahenten versteckten. Raizel schalt sich selbst für den Gedanken, dass sie es fast lieber mit den Schatten aufnehmen würde, als vor all den Zuschauern auf die Bühne treten zu müssen.

Die Hauptdarstellerin wider Willen ließ ihren Blick über das Publikum schweifen. Da war ein frisch verliebtes Eselspaar, der Zwerg Gilbo und dort Tarik. Ihr Blick verweilte einen Moment auf seinem Gesicht. Sie konnte sich noch gut an das Gefühl seiner Lippen auf ihren erinnern. Neben ihm saßen Lille und Grindu. Merkwürdig, Frips und Cendro fehlten. Und auch der Tulfo. Dabei war Raizel sich sicher gewesen, dass ihre drei Freunde dieses Ereignis um keinen Preis verpassen wollten. Frips hatte schließlich selbst eine Rolle im Theaterstück zu spielen, als ihr kleiner Bruder. Er war doch so stolz darauf gewesen! Ob ihnen etwas zugestoßen war? Nein, sicher hatte nur der Phönix eine Fehlzündung gehabt und sie würden im letzten Augenblick noch rechtzeitig erscheinen. Raizel sah, dass auch die Koboldeltern sich besorgt umschauten.

Dann zupfte sie jemand am Ärmel.

»Raizel, dein Auftritt in dreißig Augenaufschlägen!«

Frips und Cendro waren nicht auf dem Weg zur Premiere. Sie wussten nicht einmal, wie spät es war und dass sich in diesem Moment der Vorhang auf dem Platz vor dem Nachttannenturm hob. Sie hatten sich in einem hell erleuchteten Gang wiedergefunden, nachdem ein Unbekannter ihnen in Laurinels Zimmer von hinten Säcke über den Kopf gestülpt hatte. Der konzentrierte Geruch von Zucker war das Letzte, an was sie sich erinnern konnten. Dann waren sie ohnmächtig geworden.

Jetzt saßen sie hier schon eine ganze Weile, ohne dass sich jemand hatte blicken lassen. Sie waren an den Füßen gefesselt und konnten so nicht einmal ihr Gefängnis erkunden.

»Laurinel war es also nicht«, bemerkte Cendro irgendwann trocken. Dann schwiegen sie wieder, denn es gab ohnehin nichts zu erzählen oder zu planen.

Vermicelli war zufrieden mit seiner Regiekunst, die Premiere bislang ohne größere Schnitzer verlaufen. Gerade befand sich Raizel ganz allein auf der Bühne. Sie setzte an zu einem Monolog, von dem Vermicelli überzeugt war, dass er theatrale Selbstgespräche wie *Stein oder nicht Stein* in den Schatten stellen würde. Obwohl, *Schatten* war in letzter Zeit ein zu negativ besetzter Begriff.

Sie hatten den Monolog nur ein einziges Mal geprobt, er würde also sicherlich brillant werden, unverdorben von Regieeinfällen, nicht abgeschliffen durch Gewöhnung. Hier würde vielleicht ein Stück jener

Vorstellungskraft, die *Imaginate* ausmachte, auf der Bühne wahrhaftig werden. Raizel sprach die ersten Worte: »Traum oder nicht Traum? Das fragt sich der Barde!«

Es war in diesem Moment, als Kalfa es spürte: die wohlbekannte Ahnung von einer Angst, die sie überwunden zu haben glaubte. Das Gefühl von Gefahr wurde so übermächtig, dass sie zu zittern begann. Gehetzt blickte sie sich um. Selp und Wribo, die ein paar Plätze weiter weg in der Luft schwebten, sahen ihre Freundin mitleidig an. Seit Lille sie wieder zu Bewusstsein gebracht hatte, wähnte sich die einst so mutige Baldin ständig verfolgt. Sie schreckte vor jedem natürlichen Schatten zurück, als würde sie jeden Moment wieder in die ewige Dunkelheit gezogen werden. Auch Manjfee war aufmerksam geworden, griff nach Kalfas Hand und drückte sie aufmunternd. Die Baldin ließ sich nicht beruhigen. Sie fühlte die Anwesenheit von etwas Dunklem, Unsagbarem. Etwas, was eigentlich nicht existieren dürfte auf dieser Welt und es auch nicht tat. Und doch war es da, zog den Kreis immer dichter um die Zuschauer, flüsterte ihr ins Ohr, berührte mit einem kalten Atem, der kein Leben brachte, ihren Nacken. Und dann hielt Kalfa es nicht länger aus.

»Schatten!«, rief sie und zog dabei die Vokale so in die Länge, dass sie sich von der Bühne bis in die hinterste Reihe des Publikums ausdehnten. Der helle Schrei der Baldin brachte den Umschwung. Auf einmal konnten alle Premierengäste und Darsteller die Schatten sehen, die sich bis dahin mit der Unwissenheit der Anwesenden tarnen konnten. Denn niemand hatte mit ihnen gerechnet. Außer der Baldin, die schon einmal in ihrer Macht gewesen war. Und jetzt manifestierten die Schatten sich vor den Augen aller, wurden für jeden einzelnen Premierengast zum individuellen Grauen: zum Rudel hungriger Wölfe, zum die Axt schwingenden Mörder, zum toten Kind. Sie waren überall. In der Luft, unter den Sitzen, hinter dem Vorhang, in der Garderobe.

Manjfee schaltete blitzschnell. Was für ein Glück, dass sie die Kampfzauber noch auf dem Nachhauseweg zum Nachttannenturm trainiert hatten. Ihre Haare reagierten auf die veränderte Situation und wurden mit einem Schlag scharlachrot. Rot für Gefahr, Rot für

Kampf, Rot für das Blut, das hier auf dem Platz vor dem Nachttannenturm vergossen werden würde.

Der Oberkonditor und Wortführer der Vereinten Realisten sprang auf die Bühne, schwenkte ein Banner mit der Aufschrift *Gegen die Magielosigkeit – Imaginate verdirbt unsere Kinder* und begann zu schreien. »Ich habe es euch doch gesagt, ihr Ungläubigen! Dieser Roman bringt nur Verderben über uns. Blind seid ihr der Masse gefolgt, habt euch vom Bestseller-Etikett verführen lassen, und jetzt müsst ihr die Konsequenzen erleiden! Mord und Totschlag! Selbst als Theaterstück strahlt dieser Roman alles Übel dieser Welt ...!« Weiter kam er nicht, denn eine Gruppe von Schatten stürzte sich auf ihn. Was genau mit ihm geschah, konnte Manjfee nicht mehr erkennen, denn in diesem Moment explodierte etwas im Nachttannenturm. Sie vernahm das Geräusch und erwartete voller Schreck, ihr geliebtes Zuhause erbeben zu sehen. Stattdessen sah sie gar nichts. Das lag am Nebel, der aus dem Innern des Turmes aufstieg, zwischen den Baumwipfeln nach draußen drängte und die Nachttannen umwogte wie in einer dieser alten Gruselgeschichten. Nur der Vollmond fehlte noch.

Vermicelli, der seit dem Ausbruch des Tumults hin und her gerobbt war und Fanartikel in Sicherheit brachte, verharrte einen Moment und betrachtete das Spektakel bewundernd. Als überlegte er, wie er ebenfalls einen solch beeindruckenden Effekt erzielen könnte, sollte er jemals wieder die Chance bekommen, irgendein Bühnenevent zu organisieren.

Jemand muss eine Nebelkanone im Innern des Baldenhorts versteckt haben, dachte Manjfee. *Aber wer hat es bloß an den Wachen vorbeigeschafft?* Diese Frage allerdings war jetzt erst einmal nebensächlich. Denn der Nebel schmeichelte den Schatten, die jetzt noch weniger substanziell erschienen als zuvor. Die Balden harrten tapfer aus und ließen mit den alten Zaubern einen körperlosen Angreifer nach dem anderen zerstieben. Neben Manjfee ging ein menschlicher Premierengast zu Boden, der sich allein mit dem Programmheft bewaffnet auf die Schatten gestürzt hatte, die seine zwei Söhne attackieren wollten. Die Baldenkönigin reagierte instinktiv.

»Hinfort, ihr ollen Spacken, ihr habt hier nichts zu lachen!«, rief sie. Die Magie ihrer Ahnen ließ die dunklen Geschöpfe ächzen. Sie ließen von dem Mann ab, der Manjfee einen dankbaren Blick zuwarf, seine kleinen Kinder auf den Arm nahm und vom Schlachtfeld floh. Manjfee gewann an Zuversicht. Sie würden es schon schaffen, die Schatten in Schach zu halten.

Doch dann sah sie, wie Raizel auf die Bühne trat und ihre Lippen bewegte. Die Königin konnte zwar nichts hören als den Kampfeslärm, aber sie wusste es auch so: Raizel hatte das Tor zwischen den Welten geöffnet und somit ihren Feinden einen Weg ins Baldenreich geebnet. Manjfees furchtbare Ahnung wurde bestätigt, als Schatten um Schatten von der Bühne auf den Platz vor dem Nachttannenturm strömte. Die Baldenkönigin erinnerte sich an die Worte aus dem alten Buch, das sie in der Schlucht gefunden hatten: *Wenn dereinst die Zeit kommt und die Balden dem Frieden entsagen müssen, wird es zu einer alles entscheidenden Schlacht gegen die Schatten kommen. Ein Mädchen aus einer fremden Welt wird den Ausschlag geben: In ihrer Macht liegt es, den Nachttannenturm zu zerstören und die Welt der Balden zu versklaven.* Die Prophezeiung – sie wurde Realität.

Raizel wurde von den Schatten hoch in die Luft hinaufgetragen. Von ihrem schwarzen Thron aus konnte sie die Bühne von oben betrachten und beobachten, wie alles im Chaos versank. Während das Eselpaar sich aneinanderklammerte und die Balden die aus dem Tor strömenden Gestalten attackierten, brachte Vermicelli seine Fanartikel in Sicherheit. Ihn interessierte wahrscheinlich vor allem der finanzielle Schaden bei einer missglückten Premiere – dieser Kleingeist.

Und in Raizels Kopf begann sich eine neue Fantasie zu formen: Vielleicht barg dieser Kampf die Chance, Tabula rasa zu machen. Platz zu schaffen für eine neue, noch bessere Gesellschaftsordnung, in der die Philosophen herrschen sollten und nicht das Kapital. Der Versuch, die in ihrer Welt gemachten Fehler zu umgehen. Und wer hatte all diese Erfahrungen aus einer Welt, die nicht von der Harmonie der Balden verweichlicht wurde? Allein sie. Deshalb war eine Tatsache unantastbar: Sie, Raizel, würde die Herrscherin dieser neuen Gesellschaft sein. Sie war nicht an diese eine Welt gebunden, verfügte über ein viel größeres Potenzial. Ja, vielleicht würde sie sogar eines Tages die beiden Welten zusammenführen!

Raizel streckte die Hände zu einer Siegerpose in den von Schatten verdunkelten Himmel. Bei dem Gedanken, dass für diese geniale Idee bedauerlicherweise ein paar Opfer gebracht werden mussten, erschrak sie für einen Moment über sich selbst. Da hob das Schattenmeer sie noch ein bisschen höher, und die Euphorie verdrängte alle anderen Gedanken.

Gilbo war beim Ausbruch des Kampfes zunächst in eine Art Schockstarre verfallen. Das war ein Schutzmechanismus, den sich die Zwerge von den Igeln abgeschaut hatten. Nur dass Zwerge außer der Spitze ihrer Zipfelmütze keine Stacheln hatten, weshalb sie auf einem Schlachtfeld ziemlich deplatziert waren. Darum hatte sich Gilbo auch sehr über die Geschichten aus Raizels Welt gewundert, die das Zwergenvolk als Krieger beschrieb, die für Ruhm und Ehre jeden Moment ihr Leben riskieren würden. Dieses Verhalten zeugte in seinen Augen nicht gerade von Weisheit. Gilbo realisierte schnell, dass ihn selbst seine Starre nicht davor schützen würde, von den Schatten oder einem verirrten Baldenzauber getötet zu werden. Deshalb hatte er sich auf der Zuschauertribüne dort zusammengerollt, wo eigentlich Füße begeistert Applaus für das Theaterstück stampfen sollten.

Zunächst hatte Gilbo starr vor Schreck mit dem Kopf gegen die Holzlehne gelehnt verharrt. Irgendwann wagte er es, sich umzudrehen – und erschrak fürchterlich, als er dort jemanden sitzen sah. Mit seiner Zipfelmütze hätte Gilbo dessen Knie berühren können. Und es war ein ihm nicht Unbekannter, der dort auf der ansonsten verlassenen Tribüne konzentriert auf einen Gegenstand in seinem Schoß starrte.

Vorsichtig, ganz vorsichtig beugte der Zwerg sich ein Stück vor, um zu sehen, weshalb dieser Mensch dort mitten im Schlachtengetümmel seelenruhig sitzen zu bleiben schien.

Hatte er es doch gewusst! In den Händen hielt dieser Jemand nämlich ein Büchlein, das Gilbo schon einmal im Hotel *Bakebeggars* gesehen hatte. *Raizels Tagebuch* stand darauf geschrieben. Einige Seiten schienen zerrissen zu sein. Der ihm Wohlbekannte arrangierte die Papierfetzen zu neuen Sätzen und murmelte dabei vor sich hin.

»Herrschaft der Philosophen …«, hörte Gilbo – und in diesem Moment sah er, wie Raizel triumphierend auf ihrem Thron aus Schatten tanzte.

»Du verlogener Sesselpupser!«, rief der Zwerg aus, und vergaß vor Wut alle zwergische Vorsicht. Wer immer hier mit Raizels Gedanken spielte, indem er irgendetwas mit dem Tagebuch anstellte, der war es sicher auch gewesen, der Gilbo mit Keksen ferngesteuert und somit dafür gesorgt hatte, dass er Lille und Raizel in die fremde Welt gefolgt war und ihnen die Medizin gestohlen hatte. Jetzt war dieser Bann über ihn gebrochen, sein Geist war wieder frei wie der eines jungen Zwerges, der zum ersten Mal allein durch die Wälder streifte. Niemals wieder würde er es jemandem gestatten, sein Denken und Handeln zu manipulieren. Oder das von Raizel. Er stürzte sich auf seinen Widersacher. Ohne Plan, voller Zorn.

In dem Moment, als Gilbo sich auf seinen Gegner warf und dieser von ihrem Tagebuch abließ, kam Raizel für einen Moment zu sich selbst. Voller Entsetzen erkannte sie, dass sie das Tor erneut geöffnet und die Balden somit vielleicht dem Untergang geweiht hatte. So hätte sie am Ende genau das bewirkt, was sie die ganze Zeit hatte verhindern wollen. Irgendjemand versuchte hier, sie für seine Zwecke einzuspannen. Seit der letzten Nacht hatte sie immerhin die Gewissheit, dass es nicht Tarik war. Wer hinter dieser ganzen Sache steckte, musste sie als Angehörige der Menschenwelt offenbar als Geheimwaffe missbrauchen. Also gab es nur eine Chance: Sie musste sich selbst außer Gefecht setzen.

Raizel klammerte sich an der Oberkante der hölzernen Bühnenkonstruktion fest. Nicht länger wollte sie von diesen widerwärtigen Schatten getragen werden. Sie sah das Kampfgetümmel unter sich und stöhnte verzweifelt auf. Dann holte sie mit ihrem Kopf aus und schlug ihn mit voller Kraft gegen die Bühnenwand.

Sie fiel. Das Meer aus Schatten gab sie frei, und diesmal gab es keine Nachttannen, die sie auffangen konnten wie bei ihrer Ankunft in dieser Welt. Raizel schlug auf dem Boden auf, der Aufprall lediglich gedämpft vom Theatervorhang, in den sie sich verhedderte. Und es wurde schwarz um sie.

Alles begann mit einem Blitz. Doch als Raizel diesmal nach ihrem Sturz wieder zu Bewusstsein kam, befand sie sich nicht auf dem Platz vor dem Nachttannenturm. Und sie hatte nicht bloß eine Blitzzeichnung gesehen, sondern es zuckten helle Funken vor ihrem inneren Auge hin und her. Das lag daran, dass der Flur, in dem sie aufwachte, gleißend hell erleuchtet war. An den Wänden nahm sie runde Lampen in Bullaugenform wahr, die jedoch jegliche Gemütlichkeit einer Schiffsreise vermissen ließen. Dafür sorgte auch das Gerippe von Röhren, das die Wände verschandelte. Die Lichter spielten mit dem Auge des Betrachters, schienen zu springen: Wohin ihr Blick sich auch wandte, wurde sie geblendet.

Raizel hörte Gemurmel von allen Seiten und Signaltöne wie von Lautsprecherdurchsagen – nur ohne Durchsage. Die Geräusche schwollen an und klangen ab, ohne dass sich eine Information herausfiltern ließ. Geräusche von Schritten, die sich näherten, aber es kam niemand. Die schwarzen Türen, die vom Flur abzweigten, wirkten nicht so, als wenn sie sich jemals öffnen würden. Und absurderweise roch es dabei intensiv nach frisch gebackenem Kuchen. Ob dies eine Art von Folter war? Sie mit diesen köstlichen Gerüchen zu quälen, während sie darben musste? Beobachtete man sie?

Raizel wusste nicht, wie sie an diesen Ort gelangt war. Das Letzte, an das sie sich erinnern konnte, war der Moment ihres Absturzes. Nachdem sie ihren Kopf gegen die Bühnenwand gestoßen hatte, trugen die Schatten sie nicht länger und sie war gefallen. Beim Aufprall hatte Raizel das Bewusstsein verloren. Was war bloß geschehen? War der Kampf schon vorbei – und waren die Balden siegreich daraus hervorgegangen? Und weshalb hatte sie plötzlich diese wahnsinnigen Ideen einer neuen Weltordnung gehegt? Raizel bekam eine Gänsehaut und zog Schutz suchend ihre Knie an den Körper. Dabei bemerkte sie den Teller mit Keksen. Und was für Kekse es waren: solche mit kleinen Nuss- und Apfelstückchen, mit noch dickflüssiger Schokolade in der Mitte, wie ein aufgeplatztes Exemplar verriet. Raizel überfiel plötzlich fürchterlicher Appetit. Und schon hielt sie einen der betörenden Kekse in der Hand und wollte ihn in den Mund schieben.

»Das würde ich lieber nicht tun«, sagte jemand.

Erst jetzt bemerkte Raizel, dass in einer Einbuchtung der Wand neben ihr ein Kobold und ein ziemlich rußiges Wesen hockten. Raizel unterdrückte die Freude darüber, in dieser Situation nicht allein zu sein.

»Frips, Cendro, was macht ihr denn hier?« Frips grinste ironisch und angesichts der Situation recht tapfer.

»Wir sind erwischt worden, und jetzt hat uns jemand gefesselt und an die Wand gekettet. Wir haben herausbekommen, dass jemand den Tulfo mit Keksen ferngesteuert hat und sind ins Hotel *Bakebeggars* gegangen, um Laurinel zur Rede zu stellen.«

Cendro fiel ein: »Denn wir dachten, jemand mit so einer Schmalzlocke kann nur Böses im Schilde führen. Deshalb sind wir uns auch in letzter Zeit nicht mehr begegnet, ich war auf geheimer Mission unterwegs.«

Frips unterbrach ihn. »Ja, dann fanden wir heraus, dass Laurinel selbst ein Opfer der Kekse ist. Aber wir konnten unseren Sieg nicht so richtig auskosten, denn kurz darauf …«

Cendro wollte den Höhepunkt erzählen und drängelte sich vor: »… hat uns jemand von hinten überwältigt und hierhin verschleppt. Er trug eine Kapuze über dem Kopf, als er uns befahl, einen Beruhigungsbrief an Frips' Eltern zu schreiben. Gesehen habe ich unseren Entführer aber nicht. Du vielleicht?«

»Nein, leider nicht.« Dann fiel Raizel ein, dass die beiden ja noch gar nichts von der Theateraufführung und dem Angriff der Schatten wussten. Doch im Moment konnten sie ohnehin nichts tun, und so wollte Raizel sie nicht noch weiter beunruhigen. Sie versuchte vergeblich, die Fesseln ihrer Freunde zu lösen. Vorsichtshalber zertrat sie die dämonischen Kekse mit ihrem Stiefelabsatz, um nicht in Versuchung zu geraten.

Und dann ging das Licht aus. Raizel hielt die Luft an. Wieder hörte sie das Geräusch näher kommender Schritte. Und als das Licht ohne Vorwarnung wieder aufblendete und sie die hellen Punkte vor ihren Augen weggeblinzelt hatte, stand da tatsächlich jemand im

Gang. Sie glaubte nicht, ihn schon einmal gesehen zu haben. Sicher war sie sich dessen nicht.

»Du«, hörte sie Cendro hinter sich keuchen.

»Aah, da erinnert sich jemand an mich«, sagte der Entführer. »Normalerweise nehmen die Besucher des *Bakebeggars* mich kaum wahr. Die wollen nur ihren Zimmerschlüssel und eine Ration ihrer Lieblingskekse.«

Der Mann wirkte in seiner langweiligen Uniform und seinem Durchschnittsgesicht so unscheinbar, dass er Raizel in jeder anderen Situation nicht weiter aufgefallen wäre. Er war weder besonders klein noch besonders groß, weder besonders schlank noch besonders dick. Er war in jeder Hinsicht blass, aber eigentlich auch wieder nicht so sehr, dass es einer Erwähnung wert gewesen wäre. Vor der schmutzigen Wand des Kellerraumes war er in seiner beigen Uniform kaum zu erkennen. Und dieses Chamäleon sollte der Bösewicht dieser Geschichte sein?

»Der Portier, das ist der Portier aus dem *Bakebeggars*. Ich hab ihn bei meinen Recherchen über Laurinel gesehen. Beinahe hätte ich ihn nicht wiedererkannt, so dröge …«, flüsterte Cendro. Frips stieß ihn in die Seite und unterbrach ihn.

»Hältst du es für eine gute Idee, den Mann zu beleidigen, der uns in seiner Gewalt hat?«, zischte der Kobold.

Der Entführer achtete nicht auf den Zwischenruf.

»Das *Bakebeggars* ist die optimale Umgebung, um meine Umwelt unauffällig zu beobachten. Wie sie hier alle süchtig nach Schokolade ein und aus gehen. Eine Tortur war das all diese Sommer und Winter – ständig umgeben von glücklichen Wesen im Zuckerwattedelirium!« Der Portier stieß ein Lachen aus, und es klang so wie das Durchschnittslachen aller Fieslinge, also nicht besonders.

»Hier unter dem Hotel hört man die Gäste nach ihrem Keksgenuss vor Wonne seufzen. Die Entlüftungsschächte tragen den Ton weiter und verstärken ihn bis ins Unerträgliche. Eine bittersüße Selbstgeißelung, die ich mir auferlegt habe, um nie mein Ziel zu vergessen: diesem Seligkeitsgedusel ein Ende zu setzen!« Das also waren die seltsamen Geräusche gewesen, die Raizel nach ihrem Aufwachen gehört hatte.

»Es ist gar zu köstlich, dass alle Laurinel verdächtigt haben! Dabei folgte er die ganze Zeit meinem Willen«, frohlockte der Portier, wobei sein ausdrucksloser Tonfall nicht zu seinen Worten passte. Und dann erzählte er seinen Gefangenen, wie er das mit den Keksen gemacht hatte. »Jedermann pflegte mich zu ignorieren, hielt mich für langweilig und fad. Also erdachte ich eine Methode, um dem Leben jedes Einzelnen genau die Würze zu verleihen, nach der es ihn verlangte.«

Der Portier kannte Laurinel schon lange. Regelmäßig checkte der Mann mit dem gigantischen Ego ins Hotel *Bakebeggars* ein und verlangte von ihm stets nur die beste Suite und die delikatesten neuen Kreationen aus der Konditorei. Der Mann mit der Vorliebe für Haarpomade wurde das Versuchskaninchen des Portiers. Zunächst schickte er ihm ein Plätzchen, das ihn bis zum nächsten Morgen glauben machte, er sei einer der Schokovögel des Hotels. Natürlich hatte Laurinel der *Aufmerksamkeit des Hauses* nicht widerstehen können – in seiner Selbstherrlichkeit hatte er sich als Ehrengast bestätigt gefühlt. Mit der Zeit machte der Portier Laurinel von seinen besonderen Keksen abhängig, ohne dass sein Opfer etwas davon ahnte. Laurinel fühlte sich lediglich seltsam ausgelaugt, wenn er seiner schlanken Linie zuliebe mal einen Tag auf Süßigkeiten verzichtete. Irgendwann glaubte sich der Portier sicher genug, um aus der Deckung zu kommen und Laurinel direkt zu konfrontieren. Er bot ihm an, eine wichtige Rolle in seinem Kekskomplott zu spielen, und Laurinel hatte sofort zugestimmt. Als wenn er eine Wahl gehabt hätte, die Sucht hielt ihn fest im Griff. So hatte der Portier Laurinel angewiesen, die Schatten zu dirigieren. Und noch eine Aufgabe wartete auf seine Marionette. Raizel starrte den Portier an. Obwohl er gerade seinen Masterplan enthüllte, wirkte er äußerlich noch immer in etwa so interessant wie ein Sandkorn in der Wüste. Das war sehr verwirrend. Normalerweise waren die Bösen in den Romanen eigentlich die aufregendsten Charaktere.

Als Nächstes war der Portier auf die Suche nach einem Demiurgen gegangen. »Demi, was?«, fragte Frips an dieser Stelle.

»Demiurgen«, sagte der Portier. »Das sind Schreibschöpfer, die mit ihren Worten Welten erschaffen können. Es gibt nicht viele von ihnen. Ich war mir nicht einmal sicher, ob die Geschichten über sie nicht überhaupt nur Legenden sind.« Bis er auf Tarik stieß. Dem Portier fiel irgendwann auf, dass sich dessen Werbesprüche bewahrheiteten. Wenn seine Slogans Liebesglück oder einen guten Schlaf verhießen, dann schmachtete beziehungsweise schnarchte halb Baldorg kurz darauf. Also hatte der Portier Tarik beobachtet und herausgefunden, dass sich dessen Schreibhöhle direkt am Ende der Entlüftungsanlage des Hotel *Bakebeggars* befand. Daraufhin hatte er Tarik mit süßen Dämpfen den Geist vernebelt und ihm durch das Rohr die Idee zu der Romanreihe *Imaginate* eingeflüstert.

Raizel zog die Luft ein. Tarik hatte also recht, bei *Imaginate* war unfreiwillig eine Art Ghostwriter mit an Bord gewesen. Der Entführer hatte das Geräusch gehört und wandte sich ihr zu.

»Leider hat Tarik noch zu viel Eigenes in den Roman einfließen lassen. Eine derart widerborstige Figur wie dich hätte ich mir niemals ausgedacht.«

Raizel nahm das als Kompliment. Als sie an Tarik dachte, durchströmte sie für einen Moment ein wohliges Gefühl. Wo er wohl gerade war? Ob er mit den Balden gegen die Schatten kämpfte? Würde sie jemals wieder seinen Mund küssen, der sich so oft zu einem amüsanten Lächeln verzog, seine Liebkosungen spüren, seine Hände auf ihrer Haut? Das warme Gefühl verschwand und machte Sorge Platz.

Tarik hatte ungläubig mit angesehen, wie Raizel sich als Herrin der Schatten gebärdete. Die Frau, die gestern noch in seinen Armen gelegen und mit der er die Wärme ihres Bettes geteilt hatte, für die er ans Ende von mehr als einer Welt gehen würde. Und dann fiel sie. Den Kampf um sich herum missachtend, lief Tarik zu der Stelle, an der sie aufgeschlagen war. Sein Geist war so darauf konzentriert, sie zu finden, dass die Traube aus Schatten, die sich für einen Moment forschend um seinen Kopf sammelte, schnell wieder von ihm abließ. Da gab es leichtere Opfer. Tarik bemerkte den versuchten Angriff nicht einmal. Doch für einen Moment war ihm die Sicht geraubt worden. Und als er auf der Bühne ankam, fehlte von Raizel jede Spur.

Er fand sie nicht, obwohl er den besudelten samtroten Theatervorhang mehrmals von einer Seite auf die andere wendete.

»Schadensersatz!«, krächzte ein aufgebrachter Vermicelli neben ihm. Als sich jemand im Kampfgetümmel an der Ticketkasse zu schaffen machte, robbte der Bücherwurm hinterher und rief: »Haltet den Plünderer!«. Niemand reagierte, jeder war darauf bedacht, sich selbst in Sicherheit zu bringen. Tarik kletterte auf die oberste Ebene der Zuschauertribüne, um einen besseren Überblick zu bekommen. Als er von dort über den Platz blickte, nahm er zum ersten Mal das ganze Ausmaß der Katastrophe wahr: An vielen Stellen lagen Theaterbesucher und Statisten reglos auf dem Boden, auf einigen saßen noch Schatten, wie um sie auszusaugen. Dann zogen sie weiter, um ein neues Opfer zu suchen. Tarik erschauerte. Gern hätte er Manjfee und den Balden geholfen, die sich todesmutig ins Schattenmeer warfen und ihre Zaubersprüche riefen.

»Vermaledeiter Hosenscheißer, sei heimgesucht von einem Beißer«, hörte er sie rufen, und ein paar Angreifer wichen zurück. Schnell nahmen neue Schatten ihren Platz ein.

Da fiel Tariks Blick plötzlich auf eine kleine Gestalt einige Reihen unter ihm. Der Zwerg, der ihn als Autor entlarvt hatte! Was machte der dort so ganz allein? Gilbo lag auf dem Boden und hielt sich ein Bein. Tarik kletterte über die Tribüne zu ihm hin und packte ihn am Schlafittchen.

»He, was soll das? Lass mich runter!«, rief der Zwerg.

»Okay, wenn du meinst«, antwortete Tarik, hielt ihn über den Rand der Tribüne und ließ ihn über dem Abgrund baumeln.

»Lass das, was willst du von mir?«, rief Gilbo.

»Du weißt so viel, bist sogar hinter mein Geheimnis gekommen. Kannst du mir sagen, wohin Raizel verschwunden ist?«, fragte Tarik hoffnungsvoll. Dabei stellte er den Zwerg wieder auf den sicheren Boden.

»Ich habe eine Ahnung«, murmelte Gilbo geheimnisvoll vor sich hin und brachte Tariks ohnehin angespannte Nerven beinahe zum Reißen. Endlich fuhr der Zwerg fort.

»Ich muss zugeben, dass ich dir Unrecht getan habe. Du hast zwar *Imaginate* geschrieben, aber du bist nicht derjenige, der in meine Gedanken eingedrungen ist und der jetzt wahrscheinlich Raizel in seiner Gewalt hat.«

»Du weißt also, wer es ist?«, stieß Tarik hervor. Der Zwerg schaute auf und nickte.

»Wer? Nun sag schon!«

»Der Portier vom Hotel *Bakebeggars*. Hat so getan, als sei er mein Freund, oder Bekannter, und mich mit Keksen aus der Hotelbäckerei versorgt. Da muss irgendwas drin gewesen sein.« Gilbo war anzusehen, wie unangenehm es ihm war, so getäuscht worden zu sein.

»Und der Portier hat Raizels Tagebuch. Es hat irgendwas mit ihrem merkwürdigen Auftritt heute als Herrin der Schatten zu tun. Ich wollte es ihm wegnehmen, aber er konnte fliehen. Er hat Gewalt angewendet, wie es jeder Durchschnittshalunke aus Raizels Welt getan hätte. Ich glaube, mein Bein ist gebrochen.«

Hastig dankte Tarik ihm für die Informationen, setzte sich den Zwerg behutsam auf seinen Rücken und brachte ihn aus dem Kampfgetümmel hinaus in Sicherheit. Dann begab er sich auf schnellstem Weg zum Hotel *Bakebeggars*.

Im Keller des Hotels fuhr der Portier in seinem Triumph-Monolog fort. Es war ihm gelungen, eine Granate mit Raizel in die Baldenwelt einzuschleusen. Und zwar ganz einfach, indem der Portier Tarik den Satz diktierte: *Raizel träumte davon, eine berühmte Literaturwissenschaftlerin zu werden, gleich ihre erste Publikation würde einschlagen wie eine Bombe.* Beim Wechsel der Welten hatte sich die Bombe vom Metaphorischen ins Buchstäbliche verwandelt. Ein gewagtes Unterfangen, zugegebenermaßen. Aber es hatte funktioniert. Nachdem Tarik den Satz *Sie verlor sich im Reich ihrer Fantasie* geschrieben und sie damit samt Bombe in die Baldenwelt befördert hatte, wollte der Portier sie zunächst loswerden. Nur die Bombe brauchte er zur Zerstörung des Nachttannenturms. Raizel war zu unberechenbar und musste beseitigt werden. So schickte der Portier Gilbo los, um den Phönix zum Absturz zu bringen. Auch den Zwerg hatte er sich zuvor mit einer Sondermischung der *Bakebeggars*-Kekse gefügig gemacht.

Es war merkwürdig: Die Worte des Portiers brachten Raizel endlich die ersehnte Auflösung, dennoch konnte sie sich einfach nicht vorstellen, dass dieses unscheinbare Menschlein in seiner noch unscheinbareren Uniform hinter der ganzen Geschichte stecken sollte.

Die Mimik des Entführers war noch immer starr wie eine Maske, als hätte man die lachenden und weinenden Gesichter aller Portiere aus Balden- und Menschenwelt übereinandergelegt und daraus einen Querschnitt gebildet. So ertappte Raizel sich dabei, wie ihre Aufmerksamkeit sich wiederholt von ihm löste, stattdessen zu den rußigen Rückständen auf Cendros Kleidung wanderte, zum Knurren ihres Magens, zu den Kekskrümeln auf dem Boden …

Frips stupste sie in die Seite. »Hey, Raizel, konzentriere dich. Der ist bestimmt beleidigt, wenn du so abgelenkt bist«, flüsterte der Kobold. Sie riss sich zusammen. Was der Portier da im monotonen Tonfall berichtete, war in der Tat unerhört.

Mehrmals hatte er seinen Plan ändern müssen: Als die Granate dem Einhornzauber zum Opfer gefallen war, überlegte er sich eine neue Strategie. Er war nunmehr ganz froh, dass Raizel auch den zweiten Tötungsversuch mit dem Gift im Fliederwein im *Café am Ende der Welt* überlebt hatte. Denn jetzt brauchte er sie doch noch.

Zum Glück hatte der Portier in weiser Voraussicht für einen Plan B gesorgt. Dafür hatte er Tarik ein Alter Ego Laurinels in den Roman schreiben lassen. Eine Vorsichtsmaßnahme. Denn Hauptfiguren aus Bestsellerromanen neigten nun einmal dazu, ein Eigenleben zu entwickeln, wie er erläuterte. Wenn Dr. Laurens Raizel dazu bewegen konnte, einen nicht geringen Teil ihrer seminarfreien Zeit fernab vom Tageslicht in einer Bibliothek zu verbringen, dann würde sicher auch Laurinel nicht ohne Einfluss auf sie sein.

Tatsächlich hatte dieser Raizel dazu bewegen können, das Tor zwischen den Welten zu öffnen, sodass neue Schatten in die Baldenwelt strömen konnten. Erneut dachte der Portier, er könne sich ihrer endlich entledigen, indem er Tarik die Figuren des Märchenparks lebendig schreiben ließ. Doch dann hatten die Schatten dem Portier von der Prophezeiung berichtet. So war ihm Raizel weiterhin als nützlich erschienen. Und während der Theaterpremiere hatte sie seine kühnsten Hoffnungen erfüllt.

Bei den Worten des Portiers erinnerte Raizel sich schaudernd an ihre finsteren Gedanken, als die Schatten sie emporgehoben hatten.

Dann kam ihr eine Idee: Wenn der Portier offensichtlich der Inbegriff des Durchschnitts war, so würde er vielleicht auch so reagieren, wie es dem Klischee eines Übeltäters entspräche. Der strebte in Büchern und Filmen oft nach Anerkennung für seine Missetaten. Also versuchte Raizel den Portier mit einer Nachfrage bei Laune zu halten.

»Wie haben Sie mich dazu gebracht, mit den Schatten zu tanzen?«. Sie hatte recht gehabt. Der Portier erklärte sich gern. Wie in einem dieser Krimis. Kurz bevor der Täter alle umbrachte.

23. Kapitel

Der Tulfo hatte die Fesseln, die ihn an den Stuhl banden, einfach durchgebissen. Lieber hätte er seine Zähne in ein anständiges Stück Fleisch vertieft. Deshalb war seine Laune nicht die beste. Allerdings musste er sich eingestehen, dass seinen Freunden keine Wahl geblieben war. Er hatte sie verraten, weil er seiner Kekssucht nachgegeben hatte. »Zu viele Süßigkeiten sind nicht gesund«, hatte Lille immer gepredigt. Er hätte auf sie hören sollen.

Der Tulfo machte sich ernsthaft Sorgen um Frips. Auch wenn er es nicht wie ein verspieltes Schoßhündchen zeigte, so war er seiner Koboldfamilie doch treu zugeneigt. Und das nicht nur, weil sie ihn mit Essen versorgte.

Hoffentlich passierte dem Jungen nichts. Auf eigene Faust in die Höhle des Löwen zu gehen, war eine Idee, auf die auch nur ein Kobold kommen konnte. Polpo musste die anderen warnen, gemeinsam würden sie das *Bakebeggars* stürmen und Frips und Cendro zu Hilfe eilen. Gerade müssten sie alle bei der Theaterpremiere von *Imaginate* sein. Also würde auch er sich dorthin begeben.

Nach Luft schnappend kam Tarik am Hotel *Bakebeggars* an. Das Foyer war wie ausgestorben, auf dem Tresen lag ein Zettel: *Heute Tagesausflug zur Imaginate-Premiere.* Vielleicht hatte Vermicelli zu

Werbezwecken ein Sonderkontingent an Karten springen lassen, denn anscheinend hatten sich die meisten Gäste und auch die Angestellten angeschlossen. Tarik fragte sich unwillkürlich, wie viele von ihnen zurückkehren würden.

»Kann ich dir helfen, Schmuckjunge?« Eine Naschkatze strich um seine Beine, in den Barthaaren klebte Zuckerwatte. Tarik beschloss, dass jetzt keine Zeit für lange Ausflüchte blieb.

»Ich muss wissen, wo sich der Portier aufhält. Es hängen vielleicht Leben davon ab.« Das klang selbst in seinen Ohren ziemlich pathetisch. Was nichts daran änderte, dass es wahrscheinlich zutraf.

Die Naschkatze musste erst einmal nachdenken. »Der Portier, wer ist das noch einmal?« Als es ihr einfiel, betrachtete sie Tarik verwundert mit ihren dunklen Augen. »Weshalb interessierst du dich für diesen langweiligen Typ? Er ist nicht einmal ein kleines bisschen süß«, sagte sie und schielte zu einem Lolli hin, der als Dekoration außerhalb ihrer Reichweite an der Wand klebte. Tarik ging auf den Erpressungsversuch ein, pflückte die Süßigkeit und reichte sie ihr. Die Naschkatze schnurrte genüsslich, als sich ihre Lippen um die Beute schlossen. Dann erbarmte sie sich zu einer Antwort.

»Also, wenn du es unbedingt wissen musst: Dieser fade Angestellte hat unverständlicherweise einen Schlüssel zu den unbenutzten Kellergewölben des Hotels. Bevor du gehst: Kannst du mir noch eine Baiser-Rose von der Wand pflücken?«

Der Portier setzte seinen Monolog in Raizels Richtung fort. »Wohlweislich hatte ich mir schon einmal dein Tagebuch gesichert. Der Tulfo brachte es mir im Keksdelirium. Zu meinem Glück hatte er ja die Kekse stibitzt, die Cendro im Nachttannenturm zurückgelassen hatte.«

Cendro stöhnte in Erinnerung an die Hilfsbäcker auf, die ihn wegen der fehlenden Kekse gejagt hatten.

Der Portier erzählte weiter. »Der Tulfo hat auch die Nebelkanone im Nachttannenturm deponiert, die den Schatten im Kampf einen Vorteil verschafft. Ich hätte es ja selbst gemacht, aber die Balden bereiten mir mit ihrem Harmoniegehabe unerträgliche Kopfschmerzen.«

Er blickte Frips an, ohne eine Miene zu verziehen. Der Kobold biss sich vor Wut auf die Unterlippe. Der Portier wandte sich Raizel zu. Sie versuchte angestrengt, irgendein Gefühl von seinem ausdruckslosen Gesicht abzulesen. Es gelang ihr nicht.

»Tarik ist wie gesagt ein Demiurg, ein Schreibschöpfer. Und weil du seine Erfindung bist, steckt auch in dir ein Teil jener Macht, über das geschriebene Wort dein Schicksal selbst zu formen. So musste dein Tagebuch nur so vor Vorstellungskraft strotzen. Ich war mir allerdings lange nicht ganz sicher und habe gezögert. Und dann kehrten die Schatten zu mir zurück und berichteten von einer Prophezeiung in den Kampfbüchern der Balden. Dass es in deiner Macht steht, Raizel, die Welt der Balden zu versklaven. Da war für mich alles klar. Und so habe ich aus deinem Tagebuch einzelne Buchstaben ausgeschnitten und so arrangiert, dass stehen blieb: ›Sie öffnet das Tor zwischen den Welten.‹ Nun hast du endlich deine Aufgabe hier erfüllt: Der Strom der Schatten wird jetzt nicht mehr versiegen. Egal, wie viele von ihnen die Balden erledigen: Es wird nicht an Nachschub fehlen.«

Als Raizel das Tor öffnete, hatte sich das Blatt gewendet. Für jeden Schatten, den die Balden mit den Kampfzaubern besiegten, erschienen zwei neue. Der Nebel, der aus dem Innern des Nachttannenturms quoll, verschleierte den Verteidigern den Blick. Sie wussten nicht mehr, wo der Nebel aufhörte und die Schatten begannen. Nun würde es nur eine Frage der Zeit sein, bis die Schatten im Schutz des Nebels jeden einzelnen Balden besiegt haben würden.

Doch dann schälte sich aus dem Dunst eine sehr sonderbare Truppe heraus. Schon wenige Nächte später würden die ersten dieses Ereignis anzweifeln. Die Kinder und Enkel der Zeitzeugen würden diese Episode der Schlacht um den Nachttannenturm wie eine Legende betrachten, die mit der Wahrheit wenig zu tun hatte: Als Erstes betrat Polpo den Platz. Er trug einen Lederriemen mit Buntstiftpatronen über der Schulter. Nach ihm kamen rund zwanzig weitere Tulfos, die er auf die Schnelle aus ihren Körbchen geworfen hatte. Die meisten waren schnelles Gehen nicht gewohnt und keuchten heiser. Ihre Gesichtsausdrücke erinnerten hingegen daran, dass ihre Vorfahren einst Raubtiere gewesen waren, ehe sie domestiziert und von ihren Herrchen und Frauchen verwöhnt worden waren. Für diesen Moment hatten sie die trägen Zeiten hinter sich gelassen.

Polpo schnalzte mit der Zunge und die Tulfos folgten ihm ohne zu zögern in den Nachttannenturm. Mitten hinein ins Herz des Nebels. Und irgendwie gelang es ihnen, die Nebelkanone auszuschalten, ohne dabei von den Schatten verschluckt zu werden. Die Furcht bringenden Geschwader schienen über die Tulfos keine Macht zu haben, denn deren größte Angst bestand darin, nicht rechtzeitig zum Abendessen nach Hause zu kommen. Und wenn sie diesen Kampf nicht gewinnen würden, gäbe es wohl auf absehbare Zeit keine geregelten Mahlzeiten mehr. Also nahmen sie sich gezwungenermaßen der Sache an. Als die Nebelkanone entkräftet war, hatten die Tulfos ihre Aufgabe erfüllt und kehrten erschöpft in ihre gemütlichen Körbchen zurück.

Als sich der Nebel gelichtet hatte, wurde der Nachttannenturm zum Asyl für Schutzsuchende. Wie lange noch würde er halten? Immer mehr Premierengäste flüchteten sich in den Baldenhort. Nicht aber Selp und Wribo, die Tapferkeit mit Übermut verbanden und es mit jedem Schatten aufnahmen, der so unvorsichtig war, in Reichweite ihrer Zaubersprüche zu kommen. Dann begingen sie einen großen Fehler.

»Dort an dem Tor, mein verehrter Kumpel, drängeln sich derbe viele Schatten«, rief Wribo seinem Freund zu.

»Dann kein Zaudern, Bro!«, erwiderte Selp, und schon flogen die Jungbalden zum Tor zwischen den Welten. Bereit, es mit einem ganzen Herr an Schatten ganz allein aufzunehmen.

Das konnte nicht funktionieren. Während sie die ersten Angreifer mit ihren neu erlernten Zaubersprüchen noch ohne Mühe vertrieben, schwanden ihre Kräfte zusehends, und als der Strom ihrer Gegner nicht abriss, packte sie wachsende Verzweiflung.

Die zwei Jungbalden wurden von der Übermacht ihrer Angreifer auf den Boden gedrückt. Dabei fiel ihr Blick auf das Tor, das sich im Mittelpunkt der Bühne mit schwammigen Umrissen auftat und stetig neue Schatten ausspuckte. Von der Welt, aus der sie kamen, war nichts zu erahnen. Sollte dies das Letzte sein, was sie in ihrem Leben sahen?

Da tauchte plötzlich aus einer Bühnenversenkung der weißhaarige Balde auf. Vermicelli, der das Ganze aus der Ferne beobachtete, würde später erzählen, er sei erschienen wie ein Deus ex Machina, ein unvorhergesehener Retter. Und dann fing der alte Balde an zu singen: *Paint it black.* Wenn ein Song von John Lennon das Tor zwischen den Welten öffnete, dann konnte eins der Rolling Stones es vielleicht wieder schließen. Woher der Weißhaarige diese Eingebung hatte, blieb sein Geheimnis. Das Ergebnis war wie das Gegenteil einer Explosion: Das Tor zog sich zusammen, die benachbarten Schatten mit sich reißend. Am Ende gab es ein leises Pling und die letzten Reste des Tores waren verschwunden.

Es funktionierte. Die Baldenwelt hatte sich wieder verschlossen vor den Eindringlingen. Mit neuem Elan stürzten sich die Balden in den Kampf. Selp und Wribo rappelten sich auf und blickten ungläubig auf den Alten, auf den sie bislang nicht sonderlich gut zu sprechen gewesen waren. Der sie jetzt aber gerettet hatte. In diesem Moment sackte der Weißhaarige in sich zusammen, als hätte ihn ein Pfeil in die Brust getroffen. Alle umstehenden Balden zogen erschrocken die Luft ein. Und auch Manjfee beendete ihren Zweikampf mit einem Schatten und eilte herbei. Sie kniete neben dem alten Balden nieder, nahm seine Hand in ihre und drückte sie. Und dann ging alles ganz schnell, zu schnell, um angemessen reagieren zu können.

»Flennt nicht um meiner«, sagte der Weißhaarige. »Meine Zeit ist um, und wenn ich meinen Teil dazu beitragen konnte, dass der Frieden forthin währt, dann erfüllt mich das mit krassem Glück. Aber ich muss noch etwas loswerden. Ich glaube, wir haben unsere Ahnen falsch verstanden. Kampf ist nicht die Lösung, er führt nur zu neuen Opfern. Das haben meine Zeitgenossen schon gewusst.« Er hustete. »Es muss einen zweiten Teil der Prophezeiung geben …« Dann schwiegen seine Lippen für immer. Sanft streichelte ihm Manjfee über die Wange, ihre Haare färbten sich weiß wie die seinen. Doch das Trauern musste auf später verschoben werden.

Die Atmosphäre im Keller des *Bakebeggars* war irgendwie bedrohlicher geworden. Raizel konnte nicht genau sagen, woher dieses Gefühl kam, aber sie merkte intuitiv, dass der Portier mit seiner Erzählung am Ende angelangt war und zur Tat streiten wollte. Und die würde mit ziemlicher Sicherheit verhängnisvoll für sie alle sein. Also versuchte sie, ihn am Reden zu halten.

»Wie haben Sie das mit den Schatten gemacht? Ich meine, es gab hier ja schon welche, ehe ich das Tor geöffnet habe. Wie haben Sie die erschaffen?« Raizel verwendete instinktiv wieder das Sie, denn das Du erschien ihr zu vertraut für ihren Entführer.

»Aaah, eine gute Frage. Da muss ich weiter ausholen.« Der Portier versuchte, eine heroische Erzählerpose einzunehmen, die Arme deklamierend zur Decke gestreckt, die Augen weit aufgerissen. Da er aber von so mittelmäßiger Erscheinung war, wirkte das seltsam grotesk.

Frips gluckste, der Portier warf ihm einen Blick zu, der wütend hätte sein können, wenn er nicht so leer gewesen wäre. »Ich werde euch zunächst eine Parabel erzählen«, setzte er an. »Eines Tages geht er aus dem Haus und vergisst, wer er war. Ohne sich umzudrehen. Die Tür fällt ins Schloss und sein Schlüssel passt nicht mehr.«

Frips unterbrach ihn: »Wer ist dieser ›er‹ aus der Geschichte?«

Der Portier seufzte verhalten. »Das ist ein allgemeingültiges ›er‹, das für alle Lebewesen gültig ist. Jetzt lass mich weitersprechen. Also, wo war ich: Eine Nachbarin grüßt ihn – so verliert er seinen Namen. Den Weg hinunter: Sonnenblumenallee – Wärme existiert nicht mehr, nur noch Winter. Weiter geht er, sieht nicht seine Umgebung, denkt nur an den nächsten Schritt. Was gemeinhin als zukunftsträchtig betrachtet wird. Er hatte aber keine Zukunft. Er kommt an seiner Arbeitsstelle vorbei, sein Platz ist längst neu besetzt. Er rächt sich und steckt sie in Brand. Die Erinnerung an seine Zeit hier. Irgendwo zwischen Dorfgrenze und Waldanfang streift er mit seiner Hand einen Dornenstrauch, und er vergisst sein Schmerzempfinden. Ein Einsiedler fragt ihn nach seiner Herkunft und macht ihn dadurch heimatlos. Er denkt daran, dass er ewig so weitergehen könnte, die Erde umkreisend wie ein rastloser Wind. Kurz darauf gelangt er am Ende der Welt an. Er steht auf einem Felsen, vor ihm der Abgrund. Da er kein Vogel ist, klettert er vorsichtig eine Stufe tiefer. Da überwindet er seine menschliche Existenz und schwingt sich in die Lüfte.«

Stille im Gang, nur das Licht flackerte als Antwort. Der Portier schaute von einem zum anderen.

»Ihr fragt euch, weshalb ich euch diese sonderbare Geschichte erzählt habe, nicht wahr? Ganz einfach: Sie hat mich inspiriert.«

Frips traute sich eine Frage zu stellen. »Und was hat das Ganze mit den Schatten zu tun?«

Raizel setzte nach. »Ich dachte, alles Böse hat im Baldenreich keine Chance.«

Der Portier hatte nur auf ein Stichwort gewartet. »Aber die Schatten sind nicht böse. Sie sind einfach nur nicht so nervtötend *gut* wie alle hier.«

Der Entführer sah weiterhin Unverständnis in den Gesichtern seiner Gefangenen. So erklärte er, wie er die eben erzählte Parabel in einem alten Buch gefunden hatte. Es stammte aus der Zeit vor dem Nachttannenturm, als Nihilismus in der Baldenwelt noch verbreitet war. Die Geschichte hatte den Portier auf eine Idee gebracht: Er musste etwas erschaffen, was quasi in passiver Opposition zu dem stand, was er besiegen wollte. Ein Wesen ohne eigentliches Wesen, das nicht mit der Güte der Balden ausgestattet war. Die Abwesenheit von Empathie würde eine zerstörerische Kraft freisetzen, die alles Leben aus denen heraussaugte, die zu lange in Berührung mit den Schatten kamen.

Ein Wesen ohne eigentliches Wesen, dachte Raizel. *Das gilt auch für den Portier. Er führt selbst eine Art Schattenexistenz und hat viel mit seinen seelenlosen Helfern gemein.* Ihre Gedanken wurden von dem Entführer unterbrochen.

»Ich habe den ersten Schatten der modernen Baldenwelt geschaffen, indem ich alle Charakteristika eines gefühlvollen Wesens negiert habe. Wie in der Parabel eben: Am Ende verliert der Protagonist sogar seine Menschlichkeit und verwandelt sich vom Helden der Geschichte ins Gegenteil. Ich musste meine Opfer nur dazu bringen, in einen Spiegel zu schauen und den dann zertrümmern. So wurden aus ihnen Antibilder, Schatten ihrer selbst.«

Der Portier sah sich um. Wäre sein Gesichtsausdruck nicht so reglos gewesen, wäre er vermutlich Beifall heischend gewesen.

»Welche Opfer?«, keuchte Raizel.

»Oh, ich habe mir natürlich niemanden aus Baldorg vorgenommen. Das wäre viel zu schnell aufgefallen. Nein, Reisende von weit her, die im Hotel *Bakebeggars* abstiegen und nie wieder auscheckten. Dennoch waren meine Schatten etwas schwächer, weil sie im Reich der harmonischen Balden erschaffen wurden. Durch den Nachttannenturm ausgebremst, hatten sie nur einen sehr begrenzten Handlungsspielraum. Als du das Tor geöffnet hast, kamen dann aber die Schatten aus der Menschenwelt und verbanden sich mit meinen zu einem nicht aufzuhaltenden Schattenmeer. Und jetzt brauche ich euch nicht mehr.«

Raizel überlegte, ob sie im Zweikampf eine Chance gegen den Portier haben würde. Wahrscheinlich würde es dafür genügen, wenn sie stärker als ein durchschnittlicher Hotelangestellter wäre. In diesem Moment sah sie, wie sich in der Decke direkt über dem Portier eine Luke öffnete. Ganz langsam. Jemand streckte vorsichtig seinen Kopf hindurch. Tarik. Wie attraktiv er mit seinen etwas derangierten Haaren und dem Dreitagebart aussah! Sie musste unwillkürlich an die letzte Nacht denken, die sie gemeinsam verbracht hatten. Selbst in der aktuellen misslichen Lage begann ihre Haut verräterisch zu kribbeln.

Der Entführer zog ein Gerät aus der Innentasche seiner Hoteluniform. Es erinnerte an eine Erkältungsdampfdusche. Aus der schmalen Öffnung waberte heiße Luft und sofort roch es im Gang noch intensiver nach Zuckerwatte.

»Konzentrierte Luft aus der Entsüßungsanlage. Das hält niemand lange aus«, sagte der Portier. Raizel hörte, wie der Kobold entsetzt die Luft einzog.

»Jaja. Zucker ist ein Teil von jener Kraft, die stets das Gute will und stets das Böse schafft«, murmelte der Portier vor sich hin, während er sich ihnen näherte. »Ich denke, ich werde mit dem Kobold beginnen«, sagte er.

»Halt!«, schrie Raizel verzweifelt. Sie musste den Entführer bei seiner Eitelkeit packen.

»Wie genau haben Sie das mit den Keksen gemacht? Und damit alle in Ihre Gewalt gebracht: Tarik, Polpo, Laurinel?«

»Du hast den Zwerg vergessen.« Raizels Taktik ging offensichtlich auf, denn der Portier war stehen geblieben und blickte versonnen ins Leere.

»Nachts habe ich mich in die Küche des *Bakebeggars* geschlichen. Niemand hat mich bemerkt, wie auch bei Tage nicht. Und weil Sehnsucht hier nun einmal die Hauptzutat ist, war es nicht so schwer für mich, eine Grundformel zu ersinnen, die die Barrieren des Geistes überwindet. Ich werde sie euch natürlich nicht verraten – obwohl es eigentlich auch keinen Unterschied macht, weil ihr ohnehin nicht die Möglichkeit haben werdet, mein Geheimnis auszuplaudern …« Der Portier stieß wieder sein Lachen aus, das sich aufgrund fehlender Individualität schwer beschreiben ließ.

»Nur so viel: Rumrosinen, in winzige Stückchen geschnitten, spielen eine nicht unwesentliche Rolle dabei. Und dann …« Der Portier holte tief Luft und seine drei Gefangenen konnten gar nicht anders als hoch gespannt sein, welche Enthüllung jetzt noch folgen würde. Dabei versuchten sie verzweifelt, nicht Tarik anzuschauen, um diesen nicht zu verraten.

»… habe ich für jedes Opfer eine besondere Zutat gewählt. Für Laurinel hat ein bisschen Zuckerschaum gereicht. Bei dem Zwerg war es schon schwieriger, ihn für so einen langen Zeitraum unter meinen Willen zu zwingen. Pfefferminz hat's vollbracht.« Raizel dachte daran, was der Portier zuvor gesagt hatte: Der fade Mann, dessen Person und Leben offenbar ohne jeden Geschmack auskommen musste, hatte für jedes seiner Opfer anscheinend genau die passende Würzmischung zusammengestellt. Der Entführer setzte seine Litanei fort. »Übrigens funktioniert das Ganze nur, wenn in den Opfern eine gewisse Eitelkeit bereits angelegt ist, die ich mithilfe der Kekse oder der Dämpfe der Entsüßungsanlage stimulieren kann.«

Tarik zuckte bei diesen Worten zusammen. Eine gewisse Eitelkeit … Die war ihm als Schriftsteller tatsächlich nicht ganz fremd. Er hatte zwar nicht alles gehört, was der Portier gesagt hatte, aber bei dem Wort *Entsüßungsanlage* aufgehorcht. Sollte etwa dieser Wicht mit dem nichtssagenden Gesicht dort unten ihm die Idee zu seiner Romanreihe eingeflüstert haben? Diese Vorstellung kratzte empfindlich an seinem Ego. Umso begieriger war er nun, ihm das Handwerk zu legen. Tarik probierte vorsichtig, ob er sich durch die Luke in den Keller zwängen konnte. Mehr als Arm und Kopf passten nicht hindurch. Er musste sich jetzt entscheiden. Sollte er nach der Tür in den Keller suchen? Aber bis er sie gefunden hatte, war es vielleicht schon zu spät. Also musste er sich etwas Neues einfallen lassen. Er zog vorsichtig seinen Kopf zurück und brach im Raum über dem Keller eine Zuckerstange von der Wand.

24. Kapitel

Was hatte der Weißhaarige bloß damit gemeint, dass es noch einen zweiten Teil der Prophezeiung geben musste? Rat- und rastlos blätterte Manjfee im Buch mit den Kampfzaubern. Es drängte sie, zu ihren Gefährten zurückzueilen und ihnen gegen die Schatten beizustehen. Aber vielleicht könnte sie dieses Ziel viel besser erreichen, wenn sie auf diesen Seiten irgendeine versteckte Information fände. Wieder und wieder las die Baldenkönigin die Prophezeiung über Raizel, die ihrer Welt das Verderben bringen würde. Merkwürdig eigentlich, dass die wichtigste Botschaft erst auf der vorletzten Seite versteckt war. Manjfee schlug die zweite Seite des Buches auf. Dort stand lediglich ein Sinnspruch: *Nomen est omen*. Der Name ist das Schicksal. Damit konnte sie nicht viel anfangen. Allerdings korrespondierte diese Seite mit der, auf der die Prophezeiung gestanden hatte: So wie die erste und die letzte Seite letztlich auf einem Stück Papier standen, so bildeten auch die zweite und die vorletzte Seite eine Einheit. War also der Sinnspruch der Schlüssel für die Prophezeiung … Konnte es so einfach sein? Vielleicht würde man die Schatten ihrem wahren Schicksal zuführen, indem man ihnen Namen gab und sie somit quasi aus ihrem Schattendasein hinausführte.

Es war einen Versuch wert. Und so spuckte die Baldenkönigin alle Namen aus, die ihr in den Sinn kamen: »Alby, Lux, Suzy, Mitsu, Kalix, Mab …«

Und mit jedem von ihnen endete ein Zweikampf irgendwo auf dem Platz vor dem Nachttannenturm. Denn die Schatten, die plötzlich einen Namen hatten, waren wie Spiegelbilder, die man mit dem Original konfrontiert hatte. Sie hoben sich gegenseitig auf und ihre Bestandteile vermischten sich mit der Luft, um Teil einer neuen, glücklicheren Existenz zu werden. Dort, wo gerade noch ein Schattenmeer wogte, lag jetzt nur noch der reglose Körper eines Theaterbesuchers. Lille Brantock lief zu ihm, ohne zu überlegen, in welche Gefahr sie sich womöglich begab. Vielleicht war es noch nicht zu spät, um zu helfen. Grindu lief ihr hinterher, bereit, das Leben seiner Frau gegen alle dunklen Mächte dieser Welt zu verteidigen.

»Mox, Thraxas, Ruby«, Namen ergossen sich über den Platz. Die Balden, die sich plötzlich ihrer Gegner beraubt sahen, blickten sich überrascht um. Gerade noch schien alles verloren, und jetzt sollte der Kampf so plötzlich vorüber sein? Als sie Manjfee erspähten, verstanden sie intuitiv, was geschehen war. Die Haare der Baldenkönigin leuchteten gebieterisch in Purpur. Ihre Gedanken stahlen sich in diesem Moment zu Raizel. Ob der zweite Teil der Prophezeiung jetzt überwunden war? Oder stand die Zerstörung ihrer Welt noch immer kurz bevor?

»Den einen habe ich mit Nougattalern gekriegt, den anderen mit Mohnkipferl. So habe ich sie alle konditioniert wie Tiere«, schloss der Portier. »So bin ich also …«

»Pawlow.« Dieser Name war plötzlich in Raizels Kopf aufgetaucht, ohne dass sie genau wusste, woher er kam. Hatte so nicht einmal ein Wissenschaftler geheißen, der das Verhalten von Hunden mit Nahrung steuerte? Wie der Portier es mit Keksen und seinen Opfern getan hatte.

Der Portier, der nun kein Namenloser mehr war, zuckte unter seinem Namen zusammen wie unter tausend Nadelstichen. Die erste erkennbare Regung des Reglosen.

Tarik hatte seinen Kopf wieder durch die Kellerluke gesteckt. Er nutzte diesen Moment und angelte mit einer überdimensionalen Zuckerstange nach Raizels Tagebuch. Es steckte in der Jacketttasche der Portiersuniform. Nach mehreren Fehlversuchen verhakte sich die Zuckerstange endlich in der Spiralheftung. Die drei Gefangenen hielten die Luft an, als Tarik die Zuckerstange mit der kostbaren

Fracht langsam zu sich nach oben zog. Der Portier hatte den Diebstahl nicht bemerkt. Schließlich hielt Tarik das Tagebuch in seinen Händen. Was nun?

Cendro reagierte geistesgegenwärtig und verwickelte den Portier in ein Gespräch.

»Welchen Ihrer besonderen Kekse würden Sie denn bei mir vorschlagen, werter Herr Pawlow?«

Die Frage schmeichelte dem Portier offensichtlich, denn er ging in die Ecke, in der Frips und Cendro gefesselt auf dem Boden lagen. Dort fing er an zu dozieren.

»Schön, dass Sie sich für meine kleine Wissenschaft interessieren. Vielleicht werde ich Sie noch ein bisschen länger am Leben lassen und mit Rußplätzchen füttern.« Cendro rang sich ein beifälliges Murmeln ab.

Raizel schlich zu dem Fleck, wo gerade noch der Portier gestanden hatte. Plötzlich wusste sie, wie sie endlich wieder Herrin über ihre eigene Geschichte werden konnte. Das Tagebuch! Es musste der Schlüssel sein. Tarik schien auch etwas darüber zu wissen, denn er ließ sein Diebesgut blitzschnell in ihre Hände fallen. Dann stand sie mit dem Tagebuch da und wusste nicht weiter. Ihr fehlte etwas zum Schreiben.

Frips hatte das Geschehen verfolgt. Er trug noch immer den Stift bei sich, mit dem Tarik in der Höhle seinen Roman signiert hatte. Der Kobold musste nun abwägen: Wenn er Raizel den Stift zuwarf, würde er die Aufmerksamkeit des Portiers unweigerlich wieder auf sie lenken. Aber wenn er nichts tat, wäre dieser über kurz oder lang am Ende seines Monologs angekommen. Und das konnte für sie alle fatale Folgen haben. Also signalisierte der Kobold Raizel, dass er etwas werfen würde. Und dann tat er es.

Raizel fing den Stift in der Luft auf und lief damit bis auf die gegenüberliegende Seite des Raumes hinüber. Der Portier bemerkte dies natürlich sofort. Er schien sich seiner Sache aber so sicher zu sein, dass er ihr jetzt in aller Seelenruhe hinterherging, den Zerstäuber mit der tödlichen Süßkraft erhoben in der Hand.

In Panik suchte Raizel einen freien Platz im Tagebuch. Die vom Portier zerrissenen Seiten fielen heraus. Da, endlich, eine leere Stelle. Hastig fuhr sie mit dem Stift über das Papier. Sie schrieb nur einen

Satz. Dann ließ sie das Tagebuch fallen und wartete auf den Portier. Jeder Muskel in ihrem Körper war angespannt.

»Nein, tu es nicht!«, riefen Frips und Cendro wie aus einem Mund, als der Portier den Zerstäuber direkt vor Raizels Nase hielt. Tarik hörte den Ruf des Entsetzens durch die noch geöffnete Luke, während er ein Stockwerk höher fieberhaft nach dem Eingang zum Keller suchte.

Raizel atmete den süßen Dampf ein. Für einen kurzen Augenblick duftete es himmlisch wie in Omas Backstube. Dann fing ihre Nase fürchterlich an zu jucken und der Geruch wurde so intensiv, dass sie sich verzweifelt nach getragenen Socken oder vergorener Milch sehnte. Sie merkte, wie die Dämpfe ihr Gehirn angriffen. Und dann ging alles ganz schnell. Plötzlich spürte sie eine ungeahnte Kraft in ihrem Innern. Raizel kanalisierte diese Macht in ihre Arme und stieß damit den Portier mit voller Wucht von sich, sodass er gegen eine Wand prallte. Der Zerstäuber ging bei dem Aufprall zu Bruch und setzte seinen toxischen Inhalt mit einem Mal frei. Der Portier wollte schreien und atmete dabei tief ein. Als die süße Luft seine Lunge traf, sackte er in sich zusammen.

In diesem Moment stürzte Tarik in den Raum.

»Lass sie sofort los!«, rief er. Dann blieb er abrupt stehen und sah sich im Raum um. Raizel betrachtete ihn amüsiert.

»Da bist du ein bisschen spät dran. Ich habe ihn schon unschädlich gemacht, mit seinen eigenen Waffen geschlagen. Aber danke für das Tagebuch.« Tarik nahm Raizel in den Arm, strich ihr erleichtert über den Kopf. Eine ganze Weile hielten sie sich einfach aneinander fest. Sie spürte seine Hände an ihrer Hüfte und fühlte sich so geborgen, wie sie es an diesem Ort nicht für möglich gehalten hätte. Er küsste sie stürmisch auf den Mund, seine Barthaare kitzelten ihre Wange. Sie tastete und ließ ihre Hand auf seinem Po verweilen.

»Hey, ihr Turteltäubchen! Könnt ihr uns vielleicht mal losmachen?!«, meldete sich Cendro zu Wort. »Danach könnt ihr euch ja hier im Hotel ein Zimmer nehmen.«

»Oh, ja klar«, sagte Raizel peinlich berührt und lief zu ihren Freunden, während Tarik den bewusstlosen Portier fesselte.

»Voll krass, wie hast du das gemacht, Raizel?«, fragte Frips. »Du bist echt megastark!«, rief der Kobold begeistert aus. Raizel zeigte ihm das Tagebuch. Dort stand als letzter Eintrag: *Im Angesicht des Todes kann ich ungeahnte Kräfte mobilisieren.*

Tarik riss ihr das Buch aus der Hand. »Bist du verrückt? Das hätte auch schiefgehen können! Kannst du bitte beim nächsten Mal nichts über deinen Tod schreiben, ja?«

Raizel musste über seine Sorge lächeln. »Beim nächsten Mal, ja?«

Frips hüpfte vorsichtig auf und nieder, um seine eingerosteten Glieder zu neuem Leben zu erwecken, und beschwerte sich über eingeschlafene Füße.

»Du hast nicht zufällig etwas Ruß dabei?«, fragte Cendro an Tarik gerichtet. Und Raizel schmiegte sich an ihn und atmete tief durch. Was sie sofort bereute, denn es stank im Raum noch immer bestialisch nach Zucker. Gierig sog sie stattdessen den Duft ihres Liebhabers ein, so schön herb statt schrecklich süß.

Dann starrten sie alle vier den Portier namens Pawlow an, der diese Geschichte ersonnen hatte. Bis auf das Ende natürlich. Er sah nicht mehr so unscheinbar aus wie zuvor. Seine ganze Körperhaltung zeugte von Erschöpfung, als er nun langsam zu sich kam. Seine Augen blickten verstört, aber auch seltsam erleichtert. Seine Uniform hatte beim Sturz ein paar Flecken abbekommen und dabei den Chamäleoneffekt eingebüßt. So wurde auch der Träger irgendwie sichtbarer.

»Niemand, niemand hat mehr meinen Namen gesagt, seit ich dieses Hotel das erste Mal betreten habe«, murmelte er vor sich hin.

»Diese zwei Silben, grässlich und verzückend zugleich. Grausam, weil sie mich an ein Leben vor der totalen Einsamkeit erinnern, als mich noch jemand benannte. Liebreizend, weil sie eine verlorene Seite in mir wachkitzeln.«

Frips flüsterte Raizel ins Ohr: »Was für ein Süßholzgeraspel.« Raizel kicherte. Pawlow nahm keine Notiz von ihnen. Wie auch: So lange hatte niemand Notiz von ihm genommen, dass ihn diese Erfahrung maßlos überforderte.

»Ich kann mir einfach nicht vorstellen, dass dieser Typ mir eingeflüstert hat, *Imaginate* zu schreiben«, sagte Tarik mehr zu sich selbst als zu sonst jemandem.

In diesem Moment erwachte der Portier für einen Moment aus seiner Trance und blickte ihn direkt an. »Du hast dich aber auch ganz schön gegen meinen Einfluss gewehrt. Die ganze Raizel-Geschichte, dieser Zusammenhalt in ihrer Familie – das stammt alles aus deiner Feder.« Dann blickte der Portier wieder ins Nichts, seine Gedanken waren weit weg.

»Was machen wir jetzt bloß mit ihm?«, fragte Raizel. »Wir können ihn ja nicht einfach hier sitzen lassen.«

»Die Balden! Wir bringen ihn zu Manjfee!«, rief Frips aus.

In diesem Moment brachen die Bilder von der Schlacht vor dem Nachttannenturm wieder in Raizels Bewusstsein ein. Sie schnappte nach Luft.

Als sie auf dem Platz vor dem Nachttannenturm ankamen – Raizel und Tarik hatten Frips und Cendro schnell über die Ereignisse während der Premiere aufgeklärt –, war bereits alles vorbei. Die Bühne hing in Fetzen, Vermicelli saß auf den Stufen, und wenn Würmer weinen könnten, hätte er es sicher getan. Allerdings ausnahmsweise nicht aus finanziellen Gründen und nicht einmal, weil seine Premiere geplatzt war. Über den ganzen Platz waren leblose Körper verteilt, von Menschen, Balden, Zwergen, vereint auf der Schattenseite des Lebens, die Tod heißt. Denn alle würde das Neureginal nicht retten können, einige waren den Eindringlingen aus der Menschenwelt zu lange ausgesetzt gewesen.

Sie wurden von Polpo empfangen, der als einziger Tulfo nicht sofort in sein Körbchen zurückgekehrt war. Seine ungewöhnliche martialische Aufmachung überraschte Raizel selbst in dieser angespannten Situation. Frips stürzte sich freudig auf ihn, und plötzlich verwandelte sich Polpo vom heldenhaften Krieger wieder zurück in ein Haustier, das sich auf dem Rücken wälzte, um am Bauch gekrault zu werden.

»Polpo, wie hast du dich befreien können? Woher hast du den Degen?«

»Ein Gentleman niest und schweigt«, sagte der Tulfo und nieste. Dann legte er den Degen ab und verlangte nach Nahrung. »Aber bloß keine Kekse.« Der Tulfo hatte in dem Moment, als die Gefahr gebannt war, wieder zu seinem alten Selbst zurückgefunden.

Manjfee begrüßte sie mit müden Augen. Der Blick der Baldenkönigin blieb auf Tarik haften, als hätte sie plötzlich eine Eingebung. »Nomen est omen«, murmelte sie vor sich hin. Und dann offenbarte sie ein letztes Geheimnis, indem sie an ihn gewandt fortfuhr: »Tarik Tintenfeder, du abgefahrener Poet. Ich vermochte es selbst lange nicht zu begreifen, just in diesem Augenblick habe ich es gecheckt: Du bist ein Demiurg, weil dein Nachname ›Tintenfeder‹ dir die Schöpferkraft gibt, mit deinen geschriebenen Worten eine ganze Welt zu kreieren. Und vergesset nicht diese junge Schnecke hier.« Sie zwinkerte Raizel zu und diese wusste, dass die Baldenkönigin ihr keine Vorwürfe machte. Raizel hatte die Prophezeiung hinter sich gelassen, und sie konnte ihre Zukunft von nun an selbst bestimmen. Wie auf Kommando fing es an zu regnen, Tod und Verzweiflung vom Platz vor dem Nachttannenturm waschend.

25. Kapitel

Der Nachttannenturm trug Trauer. Die Nadeln der stolzen Bäume hatten einen beinahe schwarzen Grünton angenommen, sie hielten ihre Köpfe geneigt, um der Toten zu gedenken. Hundertundeine Nacht lang kam das gesellschaftliche Leben in ganz Baldorg beinahe komplett zum Erliegen: In den Bars versiegten die Zapfhähne, das Hotel *Bakebeggars* ließ die Öfen erkalten und selbst Vermicelli verzichtete auf die üblichen Marketingaktionen. Jedes Mal, wenn die Blätter der Bäume sich bunt färbten, wollte man künftig der Schlacht vor dem Nachttannenturm gedenken und dazu ermahnen, den Frieden nicht als Selbstverständlichkeit anzusehen. Doch das Leben musste weitergehen, auch wenn es schwerfiel.

In und um den Nachttannenturm kehrte allmählich wieder Harmonie ein. Sie war von einer nicht mehr ganz so unbeschwerten Art, aber dafür vielleicht umso beständiger. Die Truhe mit den Kampfbüchern wurde an den Wurzeln der Bäume vergraben, die den Baldenhort konstituierten. Manjfee hatte beschlossen, sie nicht verstecken oder gar vernichten zu lassen, denn es war nicht auszuschließen, dass sie eines Tages noch einmal gebraucht werden würden. Für den Moment jedoch hatten die Balden sich wieder dem Frieden verschrieben.

Weil Polpo ein schlechtes Gewissen wegen der Nebelkanone hatte, die er im Kekstaumel in den Baldenhort eingeschleust hatte, half er beim Wiederaufbau des Turmes.

»Ich möchte nicht als Persona non Gratin in die Baldenchronik eingehen«, erklärte er. Noch lange sprachen alle über dieses Wunder, einen Tulfo freiwillig arbeiten zu sehen. Nach ihrem heldenhaften Einsatz im Kampf um den Nachttannenturm hatten er und seine Artgenossen sich ansonsten schnell wieder in ihre gemütlichen Körbchen zurückgezogen und lebten ihren Jagdinstinkt höchstens beim Fliegenfangen aus.

Die Brantocks machten Überstunden: Lille pflegte mithilfe ihres Sohnes die Verletzten gesund, während Grindu das überlastete Zaubernetz stabilisierte. Nach den aufregenden Erlebnissen der letzten Zeit wollte jeder mit jedem die neuesten Informationen austauschen, was zeitweilig zum Absturz der magischen Kommunikationsplattform führte.

Nach hundertundzwei Nächten holten sie die Premiere nach. An drei Abenden hintereinander führte Vermicellis Truppe das Stück auf dem Platz vor dem Nachttannenturm auf. Nach der langen Abstinenz waren die Leute hungrig nach Geselligkeit und strömten in Scharen herbei. Auch die Raureifbalden aus dem Eiszapfenpalast kamen wieder angereist, diesmal zu einem fröhlicheren Anlass. So waren alle Vorstellungen ausverkauft, und der Rezensent der Zeitung *Nachrichten aus Nirgendwo* schrieb unter der Überschrift *Da ist der Wurm drin*: *Mit dieser Uraufführung hat Vermicelli neue Standards in der Regiekunst gesetzt. Kommende Inszenierungen werden es schwer haben, an dieses Niveau anzuknüpfen.* Der Bücherwurm freute sich über die herausragende Kritik dermaßen, dass er aus Versehen ein Drittel seines Buchbestandes auffraß.

Manjfee hatte lange nachgedacht, was mit dem Portier zu tun sei. Jemanden zu bestrafen widerstrebte ihr eigentlich. Und seitdem Raizel ihn mit seinem Namen Pawlow angesprochen hatte, war er ohnehin nur noch ein Schatten seiner selbst, wobei das *seiner selbst* bei ihm ja schon vorher nicht besonders viel gewesen war. Doch er hatte zu viel Unheil über das Baldenreich gebracht, um gänzlich ungeschoren davonzukommen. Also beschloss die Baldenkönigin, dass er am eigenen Leib erfahren sollte, was er angerichtet hatte. Sie bat Tarik, den Portier in Raizels Welt hineinzuschreiben und ihn an all die Schreckensorte zu schicken, für die er verantwortlich war: von Kriegsschauplätzen zu Hungerkatastrophen, in Foltergefängnisse und zu lieblosen Familien. Zwei Monate blieb er fern.

Der Portier kam als neuer Mensch zurück. Ihm fehlten drei Finger, und niemand konnte ihm entlocken, wie er sie verloren hatte. So würde Pawlow nie wieder durchschnittlich aussehen. Die innere Veränderung wog noch weit schwerer. Mehrere Tage sagte er kein Wort, stumm liefen ihm die Tränen über die Wangen. Schließlich warf er sich vor Manjfee, die ihn jeden Tag besuchte, auf den Boden und bat um Vergebung.

»Wie verblendet ich war! Ich hatte keine Ahnung …«, schluchzte er. Nachdem die innere Blockade niedergerissen war, konnte er sich Manjfees Baldencharme nicht länger verwehren, und es strömte aus ihm heraus. Wie ihn stets alle übergangen hatten, wie er auch einmal bemerkt werden wollte. Wie er all das Geschehene nur jemals wiedergutmachen sollte? Manjfee seufzte, musterte ihn traurig und mitleidig. Dann gab sie ihm eine zweite Chance. Seine Katharsis wurde öffentlich zelebriert, indem er alle seine noch verbliebenen Spiegel auf dem Platz vor dem Nachttannenturm zerstörte. Ein Sicherheitsabstand verhinderte, dass ein Zuschauer aus Versehen in den Spiegel schaute und so Gefahr lief, zum Schatten zu werden.

Pawlow besuchte seine Opfer in dem eigens dafür eingerichteten Kurheim mit Blick auf weite Getreidefelder und unterstützte mit seiner aufrichtigen Entschuldigung ihre Genesung. Unter der Leitung von Lille und Manjfee wurden auch die einstigen Schatten, die jetzt wieder einen Namen hatten, mit sanfter Hand zurück in den Alltag geleitet. Sie waren einen Tag nach der Schlacht plötzlich wieder in ihrer ursprünglichen Gestalt auf dem Platz vor dem Nachttannenturm aufgetaucht und konnten sich nur schemenhaft an die Geschehnisse erinnern. Als die Koboldfamilie einmal zusammen mit Polpo das Kurheim besuchte, stellte man fest, dass es der geistigen Gesundheit äußerst zuträglich war, regelmäßig einen Tulfo zu streicheln. Nur die Schatten aus Raizels Welt schienen einfach so vergangen zu sein, ohne eine Spur in der Baldenwelt zu hinterlassen.

Ab sofort arbeitete Pawlow gegen freie Kost und Logis in Vermicellis Buchladen und blühte dort auf. Die Intellektuellen waren neugierig auf diese gescheiterte Existenz und eilten herbei, um sich von ihm Bücher verkaufen zu lassen. Endlich bekam der ehemalige Portier die Aufmerksamkeit, die er sich so lange ersehnt hatte. Jede

Woche gab er kostenlose Lesungen für Kinder und besuchte die Alten zu Hause, um ihnen Gutenachtgeschichten vorzulesen. Und plötzlich löste all die Harmonie keinen Brechreiz mehr in ihm aus. Weil er selbst ein Teil davon war. Nur manchmal verfolgten ihn die Schatten in Albträumen und erinnerten ihn an die Vergangenheit als Mann, von dem niemand Notiz nahm.

Laurinel fastete unter Aufsicht der Koboldheilerin so lange, bis das mörderische Verlangen nach Keksen halbwegs abgeklungen war. Dann dachte er sich ein Fitnessprogramm aus, das zu einem Großteil aus Akkord-Haarekämmen bestand. Damit hatte er so großen Erfolg, dass er mit einer Bühnenshow durch die Baldenwelt tourte.

Und für Tarik und Raizel rückte der Abschied näher. Sie vermisste ihr altes Leben, ihre Familie und ihre Freunde aus der Menschenwelt. Selbst das Studium ein wenig. Sosehr die Brantocks, die Balden und vor allem Tarik ihr fehlen würden, gehörte sie einfach nicht in diese Welt. Vor ihrer Rückkehr wollten Tarik und sie noch gemeinsam ein kleines Geschenk suchen, das Selp und Wribo ihnen mithilfe der magischen Koordinaten versteckt hatten. Nachdem die jungen Balden sie in den Gebrauch des Najis eingeführt hatten, zog das Paar los.

Ihr Blick fiel über weite Felder, doch um sie herum standen schützende Bäume. Es roch nach reifen Äpfeln und von der Sonne getrocknetem Gras. An diesen abgeschiedenen Ort hatte das Naji sie geführt. Tarik und Raizel machten einen Wettkampf daraus, das Geschenk der Balden zuerst zu finden. Am Ende gewann Raizel, als sie auf einen Baum kletterte und in seinem hohlen Innern an einem Seil befestigt eine Dose entdeckte.

»Eine Bürste«, stellte Raizel leicht enttäuscht fest, als sie den Deckel aufgeschraubt hatte. Dann fiel ihr das Ritual der Balden ein, das sie bei ihrer Ankunft so irritiert hatte.

»Also darf ich Manjfee wohl noch einmal zum Abschied die Haare bürsten«, schlussfolgerte sie.

»Hier, du hast noch etwas übersehen«, sagte Tarik und reichte ihr einen unscheinbaren, zerknitterten Zettel. Darauf standen nur drei Worte: *Drei Wünsche frei.*

»Das ist ja wie im Märchen«, stellte Raizel fest, und Tarik erwiderte: »Ja, und du bist die alte, warzige Hexe ...«

»Und du der Frosch, den ich nicht küssen werde!«, rief Raizel und jagte ihn vom Baum. Sie ließen sich auf den Wiesenboden fallen, lehnten sich mit den Rücken an den Stamm und schwiegen eine Weile.

»Glaubst du, das mit den Wünschen funktioniert tatsächlich?«, fragte sie.

»Versuch's doch mal.«

»Okay. Also, ich wünsche mir ... dass wir zusammen sein können.« Nichts geschah, als dass einige freche Ameisen sie am Bein kitzelten.

»Hat es gewirkt?«, fragte sie.

»Kann man nicht sagen. Willst du immer noch in deine Welt zurückkehren?«, antwortete er.

Sie zögerte, wich seinem Blick aus, sagte dann leise: »Ja.«

»Dann wohl nicht. Wahrscheinlich gilt das mit den Wünschen sowieso erst ab dann, wenn du wieder zu Hause bist.«

Sie legte ihren Kopf in seinen Schoß und blickte nach oben in sein Gesicht. Seinen Mund umspielte ein leises Lächeln, in den Augen konnte sie seine Zuneigung zu ihr sehen. Vermischt mit einer Traurigkeit, die sich erst Bahn brechen würde, wenn sie gegangen war. Er legte einen Arm um sie und sie spürte die Wärme seiner Hand auf ihrem Bauch. Ihr wurde ein wenig schwindelig, auf die angenehme Art. Dann beugte er seinen Kopf nach unten, um sie zu küssen.

Türkis, sonnengelb, haselnussbraun, lavendelfarben: Die Haare der Baldenkönigin wechselten fortwährend ihre Schattierung. Als wollten sie nachholen, was sie während der Zeit der Schatten verpasst hatten. Raizel erinnerte das Farbspiel an eine Discokugel. Zum Feiern war ihr jedoch gerade nicht zumute. Beide schwiegen, während sie Manjfees Haare bürstete. Wie damals, als Raizel gerade erst anfing, diese Welt zu erkunden. Und jetzt war sie kurz davor, zu gehen. Sie würde sich nicht einmal mehr daran erinnern können, was sie hier erlebt hatte. Ein Zauber von Manjfee würde bewirken, dass all diese Erfahrungen aus ihrem Gedächtnis getilgt sein würden, sobald sie zu Hause ankam. Damit sie sich nicht verplapperte und die Baldenwelt so in Gefahr brachte.

»Habt krass viel Glück, holde Maid. Der Nachttannenturm wird dich nicht vergessen, Süße.« Die Abschiedsworte der Baldenkönigin schnürten Raizel die Kehle zu. Sie dachte an Tarik, dem sie bereits Lebewohl gesagt hatte, ehe sie zu den Balden aufgebrochen war. Ihn auf dem Platz vor dem Nachttannenturm zurückzulassen, nachdem sie die Theaterbühne erneut als Tor zwischen den Welten genutzt hätte, wäre zu schmerzhaft gewesen. Das musste sie jetzt allein durchstehen. Und Tarik konnte auch nicht einfach mit ihr durch das Tor gehen: Lilles Erfahrung hatte ja gezeigt, was mit Reisenden aus Baldorg geschah, wenn sie sich zu lange in der Menschenwelt aufhielten.

Vermicelli schlängelte sich um Tariks Beine herum. Der Autor saß grüblerisch auf einem Lesesofa in seinem Buchladen, ohne den Anschein zu erwecken, bald etwas zu kaufen. Selbst Pawlow war das schon aufgefallen, obwohl der die meiste Zeit davon eingenommen war, Autogramme zu geben. *Der geläuterte Herr der Schatten*, wie ihn die *Nachrichten aus Nirgendwo* getauft hatten, lockte Kundschaft an und hatte auf diese Weise schnell den Respekt des Bücherwurms gewonnen. Auch Tarik hätte als Bestsellerautor eigentlich Kunden anziehen müssen, stattdessen irritierte er sie eher, wenn er seufzend melancholische Widmungen in die eifrig hervorgekramten Romanexemplare seiner Fans kritzelte.

»Hey, Tarik, weshalb so trübselig? Das verschreckt die Käufer«, sagte Vermicelli. Das war gerade so viel Einfühlungsvermögen, wie er eben aufbringen konnte. Als Tarik nicht reagierte, fügte der Bücherwurm hinzu: »Ach, es ist wegen Raizel, nicht wahr? Ich könnte versuchen, dich als Kandidat in meiner nächsten *Herzblume*-Show unterzubringen. Da gibt es eine ziemlich hohe Erfolgsquote in Liebesdingen!« Tariks Blick war Antwort genug. Vermicelli verkroch sich in eine Ecke seines Ladens. In der Abteilung für Ratgeber in allen Lebenslagen hatte er plötzlich einen Geistesblitz. So schnell er konnte, robbte er zurück zu Tarik.

»Ich habe vielleicht eine Lösung für dein Problem gefunden.« Er erntete einen skeptischen Blick.

»Die Macht liegt in deinen Büchern, das musst du doch eigentlich wissen, Tarik Tintenfeder. Dort herrscht deine Fantasie, dort kannst du das Universum nach deinem Willen formen. Und wenn du dir ein Leben ohne Raizel nicht vorstellen kannst, dann liegt es auf der Hand, was du tun musst, oder? Eine romantische Liebesszene wirst du ja wohl noch zu Papier bringen können, oder?«

Tarik starrte ihn an. Vermicelli deutete das als Zustimmung und ergänzte schnell:

»Für diesen Tipp gewährst du mir sicher die Erlaubnis, den nächsten *Imaginate*-Band exklusiv zu vermarkten, nicht wahr?«

Tarik setzte sich an seinen alten Schreibtisch, schaltete die grüne Bibliothekslampe an, nahm seine kratzende Feder zur Hand und machte sich an die Arbeit. Bei Vermicellis Worten hatte er plötzlich daran denken müssen, wonach Raizel ihn nach ihrer gemeinsamen Nacht gefragt hatte: Ob er nicht einfach schreiben könne, dass alles gut wird? Damals hatte er noch nichts von der Kraft seines Namens gewusst: Tarik Tintenfeder, Schreibschöpfer. Doch seit Manjfee ihn aufgeklärt hatte, erschien ihm Raizels Wunsch nicht länger wie eine unrealistische Träumerei. *Wenn ich schon vorher geahnt hätte, dass ich Personen oder Dinge aus Baldorg in Raizels Welt hineinschreiben kann, wäre es dann nicht zur Schlacht um den Nachttannenturm gekommen?*, fragte er sich. Aber es wäre gegen seine Prinzipien gewesen, die Schatten oder auch den ungeläuterten Pawlow in die Menschenwelt zu verbannen und diese somit ihrem Schicksal zu überlassen. Jetzt, wo er endlich wieder selbst Verantwortung für sein Schreiben übernehmen konnte, wollte er sich die möglichen Folgen ganz genau vor Augen führen.

Falls er sich ganz in Raizels Welt hineinschriebe, statt nur durch ein Tor zu reisen, bestünde immerhin die Chance, dass er nicht wie Lille Brantock mit seiner Gesundheit für den Weltenwechsel bezahlen müsste. Sicher konnte er sich da natürlich nicht sein, aber das Risiko nahm er in Kauf. Er müsste nun auch zum Autor seines eigenen Lebens werden. Unter Tariks zunächst aufgeregten und dann gleichmäßiger werdenden Handbewegungen entstand der vorerst letzte Teil von *Imaginate*: *Alles begann mit einem Blitz.*

Epilog

Alles begann mit einem Blitz. Den ganzen letzten Tag hatte das Unwetter getobt und Raizel an das viktorianische Reihenhäuschen gefesselt, das sie mit drei Mitbewohnern teilte. Als sie am nächsten Morgen erwachte, drängte es sie ins Freie. Sie wunderte sich über sich selbst, als sie keinen Appetit auf die Zitronenkekse verspürte, die sie sonst oft zum Frühstück aß, wenn es schnell gehen musste. An diesem Tag gruselte sie sich geradezu davor. Stattdessen verspürte sie merkwürdigerweise das Bedürfnis, sich die Haare zu kämmen, was bei ihren widerspenstigen Locken ein auswegloses Unterfangen darstellte.

Endlich war sie zum Aufbruch bereit. Draußen roch es noch angenehm nach Regen. Ihren üblichen Spazierweg kannte sie wie im Schlaf: die Straße hinunter bis zum Kindergarten, dann nach rechts abgebogen am Zeitungskiosk vorbei. Die örtliche Boulevardzeitung titelte heute mit der Schlagzeile: *Wunderheilung – nach einem Besuch in der Einhornapotheke wurden einige Kranke über Nacht kuriert. Zuvor hatten sie sich über einen seltsamen Beigeschmack des Kamillentees gewundert.*

Am Kiosk roch es betörend nach Earl Grey. Raizel bedauerte, dass sie kein Geld mitgenommen hatte. Wenn sie sich jetzt etwas wünschen dürfte … Da streckte ihr der Kioskverkäufer auch schon einen Pappbecher entgegen, aus dem es wohlig qualmte. »Hier, geht aufs Haus«, sagte er. Verdutzt nahm sie das Geschenk entgegen – als wenn er Gedanken lesen könnte!

Raizel wohnte am Rande ihrer Universitätsstadt, im Zentrum der britischen Studentenmetropole wäre die Miete viel zu teuer gewesen. Schon nach wenigen Minuten erreichte sie freies Feld. Auf der rechten Seite zweigte eine von Apfelbäumen gesäumte Gasse ab. Hier konnte sie ungestört träumen, denn außer Schafen und Zwergen – ach was, Schafen und Pferden natürlich – begegnete ihr hier beinahe nie jemand. Wie schön es jetzt wäre, an diesem einsamen Ort einen interessanten Typen zu treffen …

Heute wurden anscheinend alle ihre Wünsche erfüllt. Denn als sie um einen mächtigen Baumstumpf herumlief, wäre sie beinahe mit einem jungen Mann zusammengeprallt. Ihre Blicke fingen sich, das helle Blau ihrer Augen mischte sich mit seinem dunklen Grün. Wie das Aufleuchten eines Traumes durchzuckten Raizel für einen Moment Bilder von spitzen Ohren und angeknabberten Bücherseiten.

Ihr Gegenüber war genauso abrupt stehen geblieben wie sie. Er schien es nicht eilig zu haben, seinen Weg fortzusetzen. Stattdessen musterte er sie aufmerksam. Fast schien es, als ob er auf sie gewartet hätte. Er nahm eine imaginäre Mütze ab, verbeugte sich scherzhaft und sagte: »Ich glaube, wir hatten noch nicht das Vergnügen, uns an diesem Ort zu begegnen. Ich bin Tarik.«

Raizel hatte nun nur noch einen Wunsch frei, doch sie würde auch erst mal keinen mehr brauchen.

In einer anderen Welt fiel das Licht einer grünen Bibliothekslampe auf eine verwaiste Feder.

Vermicellis Herzblume-Show

Vermicelli, Bücherwurm: »Bei uns sind heute die glücklichen Gewinner der letzten *Herzblume*-Show: das Eselspaar Kneff und Klumfina. Nach ihrer romantischen Reise in die Berge der Eiszeitlosen haben wir sie getrennt voneinander befragt.«

Klumfina: »Schon auf dem Hinflug kamen wir aus IA-Lauten nicht heraus, und Kneff hat sich eng an mich gekuschelt.«
Kneff: »Als wir uns gegenseitig als Schnee-Esel porträtieren sollten, konnte ich meine Süße ungeniert betrachten.«
Klumfina: »Ich fand es niedlich, wie er dann der Schnee-Klumfina einen Kuss gegeben und mir einen schüchternen Blick zugeworfen hat …«
Kneff: »Als ihr kalt wurde, habe ich sie mit Heu zugedeckt, nach Gentlemanart.«
Klumfina: »Ihm war die ganze Zeit so kalt, dass ich mein Heu mit ihm geteilt habe.«
Kneff: »Ich möchte mein Leben auch weiterhin mit Klumfina teilen.«
Klumfina: »Er ist schon ein kleiner Goldesel. Was jetzt nicht heißen soll, dass ich nur aufs Finanzielle aus bin. Nein, der richtige Esel für mich muss auch was im Kopf haben.«
Kneff: »Ich habe nur sie im Kopf.«

Bei Herzblume *handelt es sich um ein eingetragenes Markenzeichen von Vermicelli, Imaginate-Verleger und Bücherwurm Ihres Vertrauens.*

Figuren

Raizel, Hauptfigur im doppelten Sinne
Die fantasievolle Literaturstudentin will den Ursprung ihrer Welt ergründen.

Tarik
Der geheimnisvolle junge Mann gibt Raizel so manches Rätsel auf.

Vermicelli, Bücherwurm und geschäftstüchtiger Buchhändler
Er vermarktet *Imaginate* samt Fanartikeln und knabbert unter Stress die eigene Ware an.

Manjfee, Königin der Balden, und ihre Getreuen Kalfa, Wribo und Selp
Sie sprechen in einer eigenartigen Mischung aus Hofpoesie und Ghettoslang und entsprechen auch sonst keinem Elfenklischee.

Lille Brantock, Koboldmutter und Heilerin
Sie lebt mit ihrem Mann Grindu und dem frechen Sohn Frips in einem schiefen grünen Eckhaus und nimmt Raizel bei sich auf.

Polpo, Tulfo, sprechendes Haustier der Koboldfamilie Brantock
Er ist ebenso verfressen wie faul, verwendet Fremdwörter fortwährend falsch und ist unheimlich eingeschnappt, wenn man ihn darauf hinweist.

Cendro, Schornsteinreiter
Er liebt Ruß und Asche und fliegt in seinem Phönix über die Dächer. Er will Raizel helfen und verfolgt so viele Fährten, wie er Arme hat.

Gilbo, Zwerg und Philosoph
Zum Leidwesen seiner Handwerkerfamilie zieht er Geisteswissenschaften vor. Er will hinter das Geheimnis von *Imaginate* kommen, um sich gegen die dunklen Mächte zu wehren, die zeitweise von ihm Besitz ergreifen.

Laurinel
Er gibt sich als Freund des anonymen Autors von *Imaginate* aus. Doch wer ist er wirklich?

Danksagung

Dieser Roman wäre nicht möglich gewesen ohne meine Eltern, die bei aller Rationalität meinen Sinn fürs Fantastische geweckt – und unzählige Varianten des Manuskripts geduldig studiert haben. Meine Schwester, die früher ihre Haare so oft zu wechseln pflegte wie die Baldenkönigin, feilte mit mir an der Liebesgeschichte, und in Frips spiegelt sich eine jüngere Version meines Bruders wider.

Marie beglückte mich mit ihrem entzückten Ausruf angesichts der Vereinten Realisten.

Danke auch an Simone Veenstra für ihre aufbauenden Worte und die Ermunterung zu grundsätzlichen Eingriffen sowie an Elisa für die Lektüre und die gemeinsame Begegnung mit einem literarischen Vorbild (»That was quick and painless«).

Astrid und das Drachenmondteam – wie fantastisch, dass ihr an meine Geschichte glaubt!

Meinem Lektor Stephan Bellem danke ich unter anderem für den Mord an diversen Doppelpunkten.

Danke an Matthias und Agnieszka für die Hilfe bei Grafik und Video zum Buch und an Geraldine für den Bücherwurm.

Und wie wunderbar, dass es dich gibt, der du mich deine Elfe nennst.

Über die Autorin

Nina F. May (Jahrgang 1981) ist Kulturredakteurin beim RedaktionsNetzwerk Deutschland (RND). Sie studierte Theaterwissenschaften, Germanistik und Journalistik in Leipzig sowie Kreatives Schreiben in Liverpool. Die Idee zu diesem Roman kam ihr im Traum: Dort durfte sie selbst den Nachttannenturm erforschen und der Baldenkönigin die Haare mit den wechselnden Farben bürsten. Heute lebt die Autorin mit ihrer Familie in einem kleinen Häuschen mit verwunschenem Garten bei Hannover.

Lisa Rosenbecker

Litersum – Musenkuss

ISBN: 978-3-95991-333-1, kartoniert, EUR 14,90

Litersum – Das Universum aller Buchwelten ist nur eine Tür weit entfernt …
Malou Winters hat sich damit abgefunden, dass ihr Anti-Musen-Kuss die Ideen angehender Autoren auslöscht und sie diese Gabe zum Wohle des Litersums einsetzen muss. Als der junge Detective Chris Lansbury von Scotland Yard sie jedoch verdächtigt, zwei Autoren ermordet zu haben, will sie das nicht auf sich sitzen lassen. Zusammen begeben sie sich über zwei Universen hinweg auf die Suche nach dem wahren Täter und stoßen dabei auf allerhand Lügen und Widerstände. Malous Verständnis vom Litersum wird auf den Kopf gestellt und bald weiß sie nicht mehr, wem oder was sie glauben soll.Und dann ist da noch dieses verwirrende Herzklopfen, sobald sie sich in der Nähe des attraktiven, aber grimmigen Lansbury aufhält.
Ob auch das mit einem Kuss ausgelöscht werden kann?

Elke Aybar

Back to Wonderland – Hinter dem Schleier

ISBN: 978-3-95991-203-7, kartoniert, EUR 14,90

Eine Liebe, herbeigeführt durch dunkle Magie. Ein König, der im Sterben liegt. Ein Gestaltwandler, der zum Beschützer seiner Welt werden muss. Eine junge Frau, die nicht ahnt, dass sie die einzige Erbin eines Thrones ist, der bald in gefährliche Hände fallen wird …

Alice schwebt im siebten Himmel. Sie ist glücklich verliebt, lebt mit dem Mann ihrer Träume gemeinsam in London und eröffnet bald ihr eigenes Café. Ihr Leben verändert sich schlagartig, als sie einen Tag vor der Eröffnung entführt wird und wenig später in der kargen Winterlandschaft des Königreiches Wynterhaav erwacht. Die eine Hälfte des Landes will ihren Tod, die andere sie vor den Altar führen.

Ihrem Beschützer Rodin bleibt nur eine Möglichkeit, um sie – und damit seine Heimat und ihre Bewohner – zu retten. Er muss ein gefährliches Ritual vollziehen, das für ihn alles verändern wird …

Nina Bellem

Im Schatten der Raunacht – Spiel der Fae

ISBN: 978-3-95991-299-0 , kartoniert, EUR 12,90

Mir wurden zwanzig Jahre meines Lebens gestohlen. Von einem Fae,
einer magischen Rasse, die unerkannt unter den Menschen lebt.
Und diese Jahre will ich wiederhaben.
Mittlerweile bin ich sehr gut darin geworden,
sie zu jagen. Dann klopft eines Tages ein sprechender Hund an meine Tür,
meine Wohnung wird von fiesen Albtraumgestalten verwüstet
und nebenbei steht noch das Schicksal der Welt auf dem Spiel.
Irgendwie werde ich das Gefühl nicht los,
ich bin nicht zufällig in dieser Geschichte gelandet …

STEPHAN R. BELLEM
RUF DER RUSALKA
LONDON NEWS OF THE WEEK
DRACHENMOND VERLAG